누가
하늘다람쥐를
죽였나?

＊이 책은 문화체육관광부, 한국장애인문화예술원의 후원을 받아
2022년 장애인 문화예술 지원사업의 일환으로 발간되었습니다.

변경섭 장편소설

누가 하늘다람쥐를 죽였나?

제1판 제1쇄 발행 2022년 8월 30일

글쓴이	변경섭
펴낸이	강봉구

펴낸곳	작은숲출판사
등록번호	제406-2013-000081호
주소	10892 경기도 파주시 와석순환로 307 (목동동, 산내마을11단지 현대아이파크 아파트)
서울사무소	04627 서울시 중구 퇴계로 32길 34
전화	070-4067-8560
팩스	0505-499-8560
홈페이지	http://www.littleforestpublish.co.kr
이메일	littlef2010@daum.net

ⓒ 변경섭

ISBN 979-11-6035-135-4 03810
값은 뒤표지에 있습니다.

변경섭 장편소설

누가
하늘다람쥐를
죽였나?

작은숲

숲속으로 들어간 날

모든 이야기는 숲속에 들어가는 날부터 시작되었다.

숲의 이름은 모른다.

새봄이 서울에서 이사와 살면서부터 늘 보아오던 숲이었다. 새봄이 사는 집을 둘러싸고 있어 어쩌면 친근할 수도 있는 숲이지만 무서워서 들어가 본 적이 없었다. 반면 새봄이 아빠는 수시로 숲을 드나들었다. 숲속의 집이니 숲은 그에게 생활이었다. 새봄이는 겁이 많아 겨우 몇 번 아빠 뒤꽁무니만 따라 들어갔다간 얼른 빠져나오곤 했다.

참나무, 가래나무, 잣나무, 물박달나무, 소나무, 오리나무, 느릅나무 등 아빠 키보다 열 배는 더 커 보이는 나무들이 새봄이 겁쟁이라며 놀리듯이 깔깔거리고 웃고 있고, 그 아래 붉나무, 딱총나무, 고광나무, 병꽃나무, 때죽나무 등이 나도 얼굴을 내밀어보자고 무진 애를 쓰는 모습이 안쓰러웠다. 이런 나무들을 비웃기나 하듯이 노박덩굴이나 다래 덩굴은 키 큰 나무들을 우악스럽게 움켜쥐고 타고 올라가 나무들이 숨을 쉴 수 없도록 목을 졸랐다. 마치 아프리카 정글처럼 덩굴 우거진 숲이었다.

더군다나 나무들 아래에는 온갖 풀들이 우북하게 자라 음습했다. 마당 가 풀숲에서 뱀이 벗어놓고 간 허물을 흔치 않게 발견하곤 했다. 새봄이는 그 허물을 보고 기겁을 했다. 뱀은 물론 온갖 벌레들이 숲속에서 기어 다니고 있을 것이라 상상하는 것은 당연했다. 그러니 새봄이 숲을 보고 무서워하는 것은 물론 감히 혼자 숲에 들어갈 엄두를 내지 못하는 것도 당연했다.

새봄이 사는 곳은 사방이 산으로 둘러싸인 분지 형태이다. 남쪽으로만 길게 길이 뚫려 있는 막다른 곳이다. 해발이 1,200여 미터인 청태산이 북쪽을 가로막고, 1,230여 미터인 대미산이 동쪽에서 부부처럼 어깨를 맞대고 마을을 내려다보며 서 있다. 그리고 서쪽에는 900여 미터의 용마봉이 큰아들 노릇을 하고 있다. 이들을 위시해 능선이 길게 뻗어 크고 작은 봉우리가 도토리 키 재듯 마을을 둘러쌌다. 해발로만 보면 상당히 높은 산들임에도 그렇게 높아 보이지 않는 건 마을 터전 자체가 해발 500여 미터 이상 높은 위치에 자리하고 있어서다.

한편 마을을 두른 연봉은 악산이 아니라 흙산이다. 악산이라면 대개 칼끝을 세워 놓은 것처럼 날카로워서 시각효과 때문에 높게 보이지만 흙산은 부드러운 곡선으로 이어져 위압감이 없다. 아비와 어미가 자식을 품기 위해 두 팔을 벌린 듯 자애롭기까지 하다.

산이 높으면 골이 깊다는 말이 있다. 그래서 마을은 오랫동안 사람 손길이 타지 않은 오지로 남았다. 그만큼 면 소재지로부터 멀리 떨어져 있다는 뜻이다. 마을은 도시 사람들이 하나둘 이주해오기 전까지는 길도 좁고 먼 비포장길이었다. 터덜터덜 두서너 시간을 걸어들어와야 집이 하나씩 보이기 시작한다. 그 막다른 곳에 마을이 있다. 마을을 끝으로 길도 끝난다. 옛날에는 봉평으로 넘어가기 위해서 창재를 걸어서 넘었다고 하는데 지금은 누구도 이 고갯길을 이용하지 않는다.

이사 오던 날 차를 타고 들어오던 새봄이 운전하고 있는 아빠 얼굴을 쳐다보며 울상을 지었다. 이곳에 들어가면 다시는 도시로 빠져나갈 수 없을 것 같은 불안감이 엄습했기 때문이다.

"아빠! 정말 나 무섭다. 지금 세상에 이렇게 깊은 산골이 있어? 봐봐, 사람은 말할 것도 없고 개미 새끼 한 마리 보이지 않잖아?"

하천 옆을 따라 난 길을 따라 가도 가도 보이는 것은 나무와 풀들이었다. 가끔 숲에 숨어 있는 밭이 눈에 띄었을 뿐 온통 녹색이다. 보통은 주변 풍광을 바라보면서 감탄사를 연발할 텐데, 새봄이는 도시의 그림자를 등에 업고 들어와서인지 다시 나갈 걱정부터 하였다.

강원도 산골 마을은 좁은 골짜기 속에 서너 개의 집이 띄엄띄엄 떨어져 있는 것이 보통이다. 그러나 새봄이가 사는 마을은 산속에 넓은 분지가 들어앉아 시야가 가리지 않을 정도로 트여 있다. 터가 넓어서 그런지 사람들도 꽤 많이 살았다. 예전에는 화전민들이 화전을 일구며 살았다고 한다. 그 후손 중에 이곳을 떠나지 않고 산 사람들이 마을을 형성하고 살았다. 분지 가운데 평탄한 곳에 옹기종기 집들이 들어앉았고, 그 주변으로는 모두 밭들이다. 주민들은 주로 고랭지 배추며 무, 양배추, 명이나물, 브로콜리, 고추와 같은 채소와 더덕, 오미자, 옥수수를 키우고, 당귀, 산양삼과 같은 약초를 재배하는 사람도 더러 있다.

이곳에서도 새봄이 이사하여 들어온 곳은 마을 원주민들 사는 곳과는 외따로 떨어져 있다. 처음에 들어올 때는 멀리 눈에 먼저 띄는 마을이 있어 저곳으로 이사 가는구나! 생각했는데, 그게 아니었다. 마을 안으로 들어가기 전 샛길이 있는데, 그 좁고 경사 급한 산길을 따라 숲으로 들어갔다.

"아빠, 어디로 가는 거야? 왜 산속으로만 자꾸 들어가? 저 앞에 보이는 마을이 아니었어?"

새봄이 의문투성이 표정으로 아빠를 바라보며 물었다.

새봄이 아빠는 빙그레 웃으며,

"왜, 무섭니? 하긴 넌 태어나서 줄곧 도시에서만 살았으니 그럴 만도 하지. 조금만 더 있어 봐라. 너도 여기가 마음에 들 거다. 난 꼭 꿈꾸던 이상향에 들어오는 기분인걸."

새봄이는 아빠 마음을 조금은 이해할 것 같았다. 아빠는 서울에 살면서도 뭔가 맞지 않는 옷을 입은 사람처럼 도시 생활을 거북해했다. '난 이담에 고향에 내려가서 농사지으면서 살고 싶다'는 말을 일삼았다. 그러나 완전 도시 여자인 엄마 등쌀에 눌려 그 말을 실제로 실천하리라고는 전혀 상상할 수 없었다.

그렇게 숲이 우거진 산길을 통과하여 올라온 곳이 새봄이 사는 산속 마을이다. 큰 마을 속에 또 하나의 작은 마을인데 자작나무숲이 중심에 자리하고 있어 자작나무골이라고 한다. 자작나무숲을 중심으로 양옆에 두 개의 골목이 생겨 그 골목을 따라 10여 가구 남짓이 숲속에 질서 없이 자리 잡고 있다. 여기에 사는 사람들은 은퇴자 아니면 저마다의 사정을 가지고 들어온 도시 이주민이다.

마을 뒤쪽은 대미산 자락인데 숲이 끝없이 이어져 있다. 새봄이는 숲이 크고 깊다는 말만 들었지, 감히 상상할 수조차 없다. 숲을 들여다봐도 나무들이 빼곡하게 들어차서 멀리까지 보이지도 않았다. 숲속은 항상 어두컴컴했다.

언젠가 이웃의 약초꾼이 약초를 캔다며 산속으로 들어갔다. 그를 사람들은 약초전문가라며 치켜세웠다. 약초동호회에서 활동하며 웬만한 산은 다 타 보았다고 자랑하던 사람이다. 나중에 야산을 마련하여 약초를 재배하는 것이 그의 꿈이라고 했다. 이름이 현동이다.

그런 그가 약초를 캐러 산속에 들어갔다가 길을 잃어 전혀 엉뚱한 곳으로 빠졌다. 그 바람에 마을로 되짚어 내려오지 못했다. 그때 새봄이 아빠한테 전화로 마을에서 정 반대 방향에 있으니 자기를 데리러 올 수 없느냐고 울음 섞인 목소리로 말했다. 그래서 데려온 적이 있다. 거기까지 가려면 자동차로 도로를 따라 원을 그리듯이 돌아가야 하므로 족히 한 시간은 가야 하는 거리였다. 새봄이 아빠는 고개를 갸우뚱하면서 '어떻게 거기까지 갔지? 이상한 놈이네!'라고 중얼거리며 자동차를 몰고 갔었다.

그를 데리고 온 아빠는 차를 마시며 어떻게 된 일이냐고 물었다. 평소에도 그는 아빠와 술자리를 가끔 가졌고, 시간만 나면 새봄이 집에 놀러 와서 이런저런 약초며, 이 산에 산나물이 어떤 종류가 많은지를 이야기하곤 했다.

"상구 형님, 저 하마터면 죽을 뻔했어요."

그는 상기된 얼굴로 동정을 구하듯 아빠 얼굴을 빤히 쳐다봤다. 새봄이는 옆에 앉아 현동 아저씨와 아빠가 얘기 나누는 소리를 들었다.

"아니 자네는 산에 관한 한 전문가 아냐? 왜 이깟 산을 타면서 길을 잃고 그러나!"

아빠가 핀잔을 주듯 말했다. 그는 아빠보다 열 살은 아래였다.

"아이고 형님, 그게 아니라니까요. 여기서 봐서는 산이 높아 보이지 않아서 산속이 그렇게 깊을까? 대수롭지 않게 여기지만, 막상 들어가 보면 달라요. 그렇게 넓고 깊은지는 나도 몰랐다니까요."

이어지는 약초꾼 현동의 장광설은 이랬다.

"처음에는 산에 들어가서 버섯이나 좀 따오려고 들어갔죠."

그러면서 마을 뒤편 숲을 손으로 가리켰다. 새봄이와 아빠도 덩달아 눈길을 숲으로 가져갔다. 거무스름한 숲속에서 뭔가 금방 튀어나올 것처럼 조용했다. 오싹했다.

"들어가자마자 창출삽주 뿌리, 옥죽둥굴레 뿌리 그리고 토복령청미래덩굴 뿌리 같은 것들을 캤죠. 그런데 이 산속에 산작약이 꽤 눈에 띄더라고요. 흰 산작약은 흔하지 않거든요."

그의 말대로 산작약은 미나리아재비목 멸종위기 야생식물 2급으로 지정된 귀한 식물이다.

그는 좀전의 두려움은 떨쳐버린 듯이 마치 자기 텃밭이라도 갔다 온 양 자랑스럽게 떠벌였다. 항상 말버릇이 흔히 통용되는 식물 이름으로 말하지 않고 약재 명으로 굳이 힘주어 말했다. 이웃 사람들이 그를 다른 사람에게 소개할 때마다 약초전문가라고 말하면서부터 그는 더욱더 전문용어를 동원해 쓰곤 했다. 그러면 사람들은 부러운 듯이 그를 쳐다보며 추켜세웠다. 사실 숲에 와서 몇 년 살아도 식물에 관심을 두지 않으면 집 주변 숲속에서 자라는 그 흔한 잔대나 더덕 잎도 구별하지 못한다. 하물며 어린 오가피나무잎과 산삼잎을 구별하는 것은 더더욱 어렵다. 산삼이나 오가피나무 잎 모두 다섯 갈래로 갈라져 있기 때문이다.

"맞아, 여기 숲속은 약초가 많더라. 다음부터 산에 들어갈 때는 나하고 같이 가자. 나도 뭐가 약초고 산나물 종류가 어떤 것이 있는지 좀 알아보게."

아빠는 덩달아 흥분하며 말했다.

"상구 형님, 그게 금방 되는 게 아녀요. 나도 얼추 10년은 쫓아다녔어
요."

어깨를 들썩이며 으스대듯 말했다.

사실 상구도 농촌 출신이지만 들 넓은 평야 지대 출신이라 산에 대해
서는 별로 아는 게 없다. 더군다나 고등학교부터 도시로 나갔고 대학은
서울에서 다녔다. 유년 시절 들판과 냇가에서 놀며 경험했던 자연 지식
이 전부였다. 그러니 약초꾼 현동의 말에 금방 주눅이 들고 말았다.

"나도 뭐에 홀렸는지 모르겠어요. 이것저것 캐면서 들어가다 보니까
버섯도 제법 눈에 띄더라고요. 운지버섯구름송편버섯은 죽은 나무에 천
지고요, 느타리, 청버섯, 영지버섯은 심심찮게 보이고, 또 그 귀한 노루
궁뎅이버섯까지…. 그 버섯들에 눈이 홀려서 그렇게 깊이 들어가는지
도 모르고 들어가 버렸어요. 아차, 싶어서 휴대전화 나침반 앱을 켜 봤
죠. 분명히 휴대전화에서 가리키는 대로 내려갔는데, 이상하게 다른 곳
으로 내려가는 것 같더라고요. 그래서 왔던 길을 되짚어 올라가서 다시
확인했죠. 이번에는 산속이 너무 깊어서 그런지 통화권 이탈이라고 나
오는 거예요! 나도 모르게 마을에서 더 멀리 들어간 거죠. 순간 큰일 났
다, 싶었다니까요."

목이 타는지 그는 물을 달래서 목울대가 드러나도록 들이켰다.

"아저씨, 그래서요? 어떻게 빠져나왔어요?"

새봄이 옆에서 가만히 듣고 있다 눈을 동그랗게 뜨고 다음 얘기를 채
근했다.

그동안 새봄이네 집에 놀러 와도 본척만척하던 새봄이 바짝 다가와

서 자기 얘기를 들어주니 신기했나 보다. 현동은 더 신이 났다.

"내가 누구니? 산을 타고 돌아다닌 게 어언 10여 년인데! 산에서 길을 잃어버리면 방향은 일단 베어진 나무둥치를 찾아야 해. 그걸 봐서 나이테가 넓은 쪽이 남쪽이야. 남쪽이 따뜻하잖아. 그래서 나이테가 그쪽으로 넓은 거야. 그래도 방향을 알 수 없으면 무조건 계곡을 찾아서 계곡을 따라 내려가는 거야. 물은 항상 낮은 곳으로 흐르잖니. 그럼 어딘가에서 사람이나 마을을 만나게 되지."

약초꾼 현동은 새봄이를 바라보고 우쭐해서 말했다.

"그 순간 정신 차려야지 생각했죠. 베어진 나무둥치는 아예 보이지도 않았고, 더군다나 아무리 둘러봐도 근처에 계곡이 안 보였어요. 그래서 먼저 내려갔던 길에서 다른 방향으로 길을 잡아서 산속을 한참 헤맸어요. 헤매고 다니다 보니까 분지같이 넓은 곳에 낙엽송_{일본잎갈나무} 군락이 보이더라고요. 그 밑을 붉은 고비가 완전히 덮었어요. 고비가 그렇게 많은 곳은 처음 봤다니까요. 마치 열대지방에 양치식물이 정글 속을 뒤덮은 것 같았어요. 형님, 언제 봄에 고비 꺾으러 들어가 봅시다. 고비도 나물로는 최고예요."

"이 사람아! 지금 고비가 문제야. 그래, 어떻게 빠져나왔냐니까?"

아빠도 궁금한지 채근하듯 다그치며 말했다.

"정말 겁이 났어요. 산을 그렇게 타고 다녔는데 겁이 났던 건 이번이 처음이라니까요. 물론 전에는 동호인들과 함께 움직여서 위험하다고 느끼지 않았는데 이번에는 혼자였잖아요."

아빠가 다그치는 통에 현동도 멋쩍었는지 변명 아닌 변명을 늘어놓았다. 혼자였다는 말에 힘을 주었다. 잠시 숨을 고르는 모양이었다. 침묵이 흘렀다.

"낙엽송 군락지를 지나서 능선을 하나 넘었나, 그랬어요. 숲속에서 조그맣게 물 흐르는 소리가 들리더라고요. 숲속에서는 너무 조용하니까 새소리하고 물소리는 아주 크게 들려요. '아, 이제 살았구나!' 하고 좀 안심했죠. 그 계곡을 따라 내려가기 시작했어요. 그런데 가도 가도 끝이 없는 거예요. 그렇게 계곡이 깊고 긴지 몰랐다니까요. 정말 지루해서 혼났어요."

그렇게 계곡을 타고 내려와서 전화를 한 곳이 우리 마을에서 정 반대 방향인 대화면 개수리 계곡 아래였다.

"다음부터는 산에 절대 혼자 들어가지 말라고. 아무리 자네가 산에 대해서 잘 알고 있어도 원숭이도 나무에서 떨어지는 법. 산속은 예측할 수 없는 게 많은 거여. 그러다 잘못되기라도 하면…."

아빠는 현동의 눈치를 살피며 얼버무렸다. 더 말하면 안 되겠다 싶었다. 가뜩이나 이번 일로 어깨가 처져 주눅 든 모습이었다.

"알았슈, 조심해야지. 담부턴 형님하고 같이 갑시다. 고비도 꺾으러 가고…."

"정말 그렇게 고비가 많아? 그러지 그럼, 다음엔 같이 가자고. 나도 여기 와서 좀이 쑤셔서 견딜 수 없더라고. 가끔 산이라도 타고 해야지."

"근데 우리 동네 숲이 그렇게 깊고 넓은지 몰랐다니까. 하마터면 큰 코다칠 뻔했어."

현동은 혼잣말처럼 중얼거렸다.

새봄이는 두 사람 말을 들으며 숲이 그렇게 무섭나? 라고 생각했다. 창문 너머 숲을 바라보았다. 어두컴컴한 숲이 보였다. 더럭 겁이 났다. 굴속에서 무엇이라도 툭, 튀어나올 듯이 아가리를 벌리고 있었다. 가뜩이나 숲을 보며 겁을 내고 있었는데, 아저씨 말을 듣고 두려운 정도가 아니라 공포감까지 엄습했다.

　산골의 봄은 새봄이에게 새 활력을 주었다.
　새봄이는 추운 겨울을 이겨내고 새싹이 움트는 모습을 보며 처음으로 감동했다. 이렇게 가까이에서 언 땅을 뚫고 올라오는 새싹을 보는 것은 경이로움 그 자체였다. 서울에서 살 때는 학원에서 밤늦게 돌아와 씻고 잠드는 것이 일상이었다. 가끔 친구들과 교외에 놀러 나가도 산과 들은 그저 저 멀리 당연히 있어야 하는 것이었다. 이야기 주제는 주로 배우나 가수 등 아이돌에 한정되었고, 그들 중 한 명씩 우상으로 가지고 있으면서 서로 자기 의견을 앞세우고 다투는 것이 다반사였다. 그러니 새봄에게 자연의 변화를 직접 느끼며 바라보는 것, 그것들의 사소한 움직임이나 생명의 탄생 하나하나가 놀랍고 궁금한 점들이었다.
　아직 잔설이 여기저기 남아 있었다. 새봄이는 추운 겨울을 아빠와 단둘이 보내며 강원도가 정말 추운 곳이라는 것을 몸소 체험했다. 아빠는 몹시 추워하는 새봄이가 안쓰러워 겨우내 쓰러진 나무를 거둬다 난로에 불이 꺼질 새가 없도록 지피면서도 새봄이 눈치를 살폈다. 자기 고집으로 이곳 산속에까지 데려와서 고생만 시키는 것은 아닌지, 옳은 일을 한 건지 판단이 서지 않았다.
　그래도 시간은 흘렀다. 봄이 왔다. 봄은 왔으나 지대가 높은 곳이라 4월인데도 산봉우리나 응달 자락에는 녹지 않은 눈들이 하얀 자투리 광목천을 두른 듯 희끗거렸다.
　아직 두꺼운 외투를 입고 이리저리 쏘다니던 새봄이 어느 날인가 아빠가 만든 꽃밭을 서성이다 놀라운 광경을 발견했다. 아직 땅이 얼었다 녹았다를 반복하고 있을 때인데도 미세한 틈을 비집고 무언가가 뾰족 입을 내밀었다. 깜짝 놀랐다.

"아빠, 이것 봐! 이게 뭐야? 아직 추워서 땅이 얼어붙었는데도 어떻게 싹이 뚫고 나오지?"

"어디? 뭐가 나왔길래?"

덩달아 흥분한 아빠가 쌀을 씻어 밥솥에 앉히다 말고 부리나케 새봄이 가리키는 곳으로 나왔다.

아빠는 요즘 새봄이가 활기를 띠며 무엇인가에 관심을 가지는 모습에 조금은 안심되었다. 이사 오고 나서도 줄곧 새봄이는 자기 방에 틀어박혀 나올 줄을 몰랐고, 서울에 살 때보다도 더 말수가 줄어 걱정이 이만저만이 아니었다. 가끔 아빠 눈치를 살피며, 서울에 다시 이사 가면 안 되느냐고 물을 때면 아빠는 가슴이 철렁 내려앉는 듯 가슴을 쓸어내렸다. 그러니 새봄이가 호들갑 떨며 이것저것 묻는 것이 하나도 지겹지 않았다. 오히려 즐거웠다. 말도 안 되는 것이라도 묻고 또 묻고 했으면 좋겠다고 생각했다. 다 대답해줄 자신 있었다.

"그거? 작년 가을에 우리가 심은 수선화하고 튤립 같은데?"

늦은 가을에 심는 구근 식물이라면서 먼저 정착한 이웃 아주머니로부터 얻은 알뿌리였다.

"아하, 그렇구나! 우리가 심은 거지!"

그제야 알았다는 듯 새봄이 놀라워했다.

"아빠, 정말 놀랍지 않아요? 이렇게 추운데도 어떻게 싹을 틔우지?"

"맞아, 얼어 죽지 않고 살아나오는 거 보면 대단해! 끈질긴 생명력이 정말 놀랍지 않니?"

아빠는 새봄이를 쳐다보며 새싹이 나와서 놀랍다기보다 오히려 새봄이가 다시 살아나고 있는 것에 더 경이를 느끼고 있었다. 무척 기뻤다. 안심되었다. 요즘은 숨을 쉬고 사는 것 같았다.

그런 일이 있은 후부터 새봄이는 아침에 눈 뜨자마자 밖으로 먼저 나갔다. 4월인데도 눈이 펑펑 쏟아져 때아닌 하얀 눈이 산과 밭을 덮었다. 새봄이 집 주변도 눈이 덮였다. 수선화 싹이 죽을 것 같다고 죽을상을 하며 아빠가 어떻게라도 해줬으면 하는 눈치를 주었다. 발을 동동 구르며 초조해했다. 그러나 아빠라고 어떻게 해줄 수는 없는 노릇이었다. 새봄이가 싹이 난 자리에 눈을 치워주고 기도를 하였다. 간절해 보였다. 아빠는 그러는 새봄이 모습을 보고 따뜻한 미소를 지었다. 눈에 덮였어도 수선화는 전혀 주눅 들지 않았다. 새봄이가 빌었던 기도가 하늘에 닿아서인지 팔팔하게 잎이 하나 더 생겨났다. 새봄이 걱정은 보란 듯이 숲으로 날아갔다.

수선화뿐만이 아니었다. 얼마 안 있어 창끝 같은 원추리가 나왔고, 산괴불주머니가 몽글몽글 싹 터 올라왔다. 털제비꽃, 졸방제비꽃, 알록제비꽃은 아무도 모르게 숨어서 올라왔다. 시기는 조금씩 달라도 장구채, 참나리꽃, 노루오줌, 쥐오줌풀, 미나리냉이, 잔대, 끈끈이대나물, 큰까치수염, 둥굴나물, 물봉선화, 엉겅퀴, 산비장이, 개미취, 배초향, 도깨비부채, 물레나물, 현호색도 올라왔다. 초본과 식물만이 아니었다. 나무들도 새싹이 트는 것을 보고 호기심이 발동했다. 오리나무, 두릅나무, 가래나무, 찰피나무, 층층나무, 물박달나무, 고광나무, 딱총나무, 다래 덩굴, 병꽃나무, 노박덩굴, 붉나무까지 우후죽순 꽃처럼 피어났다.

새싹이 올라올 때마다 아빠는 곤혹스러워 했다. 잎 모습이 다 나온 것을 보고도 이름을 잘 알지 못하는 터에 싹을 보고 무엇인지 알아맞히는 것은 거의 불가능에 가까웠다. 새봄이는 무서울 정도로 집요했다. 그것도 모르냐며 핀잔을 받을까 두려워 인터넷을 검색하고, 식물과 나무 도감을 몰래 샀다. 자존심이 구겨지는 것을 허락할 수 없었다. 명색이 시골 출신이라 모른다고 쉽게 물러날 수 없었다. 그러나 모르는 것은 모르는 것이었다. 모르는 것은 먼저 정착하여 식물 이름을 잘 아는 이웃 억순 아주머니에게 물어서라도 대답해 주려고 애썼다. 억순 아주머니네 꽃밭에는 야생화가 천지다. 그래도 대답 못 해주는 것이 많았다.

새봄이도 처음에는 아빠에게 의존하다 안 되겠던지 스스로 해결하려 하였다. 새봄이는 인터넷에 능숙할 뿐 아니라 휴대전화를 끼고 사는 세대인지라 식물 이름을 알려주는 앱이 있다며 아빠에게 자랑스레 보여 주었다. 이제 새봄이는 대답도 시원스럽게 못 해주는 아빠에게 물어보지 않았다. 수시로 집 안팎을 돌아다니며 사진을 찍고, 때로는 주변 숲속에 들어가서 시간을 보내는 일이 잦아졌다. 그동안 그렇게 숲에 들어가는 것은 고사하고 숲을 쳐다보는 것조차 무서워하더니 놀라운 변화였다.

새봄이 방관하듯 쳐다보고 있음에도 아랑곳하지 않고 상구 혼자 꽃밭을 만들어 꽃씨를 뿌리고, 이웃에서 꽃모종을 얻어다 심고 가꾸었을 때, 새봄이는 얼마 못 가서 이곳을 떠날 텐데 꽃을 심느냐며 툴툴거렸다. 그러거나 말거나 아빠는 묵묵히 꽃밭의 빈자리를 채워 나갔다. 그리고 집 주변 언저리 빈 땅이라도 있으면 사과, 자두, 매실, 호두, 산사나무 등 유실수를 심고, 철쭉, 진달래, 인동덩굴, 산당화, 좀작살나무, 화살나무, 매화말발도리, 조팝나무, 골담초, 단풍나무, 산딸나무 같은 것들을 사다 심었다.

텃밭에도 채소 모종을 사다 심었다. 상추며 쑥갓은 기본이고, 고추, 토마토, 가지, 오이 등도 심었다. 그나마 텃밭이 있어 심란한 마음을 추스를 겸 매일같이 나가 돌을 골라내고 밭 꼴을 만들었다. 텃밭 일을 하는 동안에는 다른 생각이 나지 않았다. 어려서 부모님을 도와 농사일을 거들었던 생각이 새록새록 났다. 그때 기억이 텃밭을 가꾸는 데에 많은 도움을 주었다. 아니 지난날 기억을 떨쳐버리려 텃밭에 더 정성을 쏟는 지도 몰랐다. 떨어져 사는 아내 생각도 텃밭에 정신을 쏟고 있을 때만큼은 잊고 있었다.

집 주변 숲은 텃밭에 신경 쓰는 사이 아무도 모르게 신록이 짙어져 눈을 편안하게 하였다. 가만히 쳐다보고 있으면 나무에 달린 잎도 시시각각 변하고 있음을 알 수 있다. 새 움이 틀 때는 볼그레한 빛깔을 띤 앙증맞은 아기 손이었다. 잎이 자라면서 연초록이 숲 여기저기에 뾰족뾰족 고개를 내밀었다. 나무마다 잎이 움터 자라는 속도가 다르다 보니 군데군데 연초록 양탄자를 펼치다가 어느 순간 숲 전체로 퍼져나갔다. 초여름이 가까울수록 초록이 짙어져 숲을 보는 눈이 덩달아 푸르게 물들었다. 나무에 바람이 불면 짙푸른 바닷물이 밀려오듯 나뭇잎이 일렁였다. 그 모습을 보는 새봄이 가슴도 물밀듯 요동쳤다. 갑자기 자기도 모르는 허기를 느꼈다. 저 숲속이 어떤 곳인지 궁금했다.

새봄이는 마룻바닥에 우두커니 앉아 밖을 바라보고 있었다.

산괴불주머니나 수선화같이 봄에 일찍 피는 꽃들은 이미 지고 없었다. 보라색 붓꽃이 지고 나니 봄은 벌써 떠나려고 발자국을 떼고, 막 여름이 발을 들여놓으며 엷은 웃음을 흘리고 있었다. 인동덩굴에는 하얀 꽃이 피었다가 금색으로 변했다. 은은한 향기가 새봄이 코를 자극했다. 큰까치수염꽃, 벌개미취, 원추리꽃, 금꿩의다리, 큰꿩의다리, 비비추, 노루오줌이 피기 시작했다. 박주가리는 길가 나무를 타고 올라가서 웃었고, 척박한 길가에서 날 좀 보아 달라고 밤과 낮을 바꿔가며 피고 지는 달맞이꽃은 달빛에 애원하듯 흐느꼈다. 꽃들이 여름을 안아 맞아들였다.

온갖 꽃들이 만발하자 꿀벌들은 말할 것도 없고 몸집이 우둔한 뒤영벌, 파리같이 날렵한 꽃등에 그리고 주삿바늘 같은 긴 주둥이를 자랑하는 박각시나방도 저마다 경쟁하듯 꽃을 열심히 찾아다니며 눈도장을 찍었다. 잉잉거리는 소리가 잔칫집에 온 손님들 시끌벅적 소리 같았다.

뿐만이 아니었다. 이른 봄부터 흰나비가 제일 먼저 나와서 꽃을 탐했다. 새봄이는 신기해하며 어느새 나비 뒤를 쫓았다. 방안에 처박혀 누구하고도 얘기하기 싫다며 밖에 나오지도 않던 이전에 새봄이가 아니었다. 겨울 긴 잠에서 깨어나 봄이 기지개를 켜듯 새봄이도 덩달아서 가슴을 활짝 열었다.

아빠는 이제 새봄이를 조금은 안심하고 두어도 되겠다 싶었나 보다. 마음이 좀 놓여서일까? 아랫녘 배추 농사를 크게 짓는 반장 집에 가서 농사일을 거들거나, 집 짓는 곳에 손을 거들었다. 어느 순간부터 이곳 산골에는 도시에서 이사 오는 사람들이 많아졌다. 개인이 집을 지어 살거나 건축업자가 산을 파헤쳐 집을 지어 팔았다. 새봄이 아빠는 건축 일을 하고 들어올 때가 잦아졌다.

새봄이를 지켜보며 혹시 무슨 일을 저지르지나 않을까 항상 걱정하고 있었는데, 아직 완전히 안심할 단계는 아니라도 숨통이 좀 트이는 것은 사실이었다. 여기 이사 오고 나서 새봄이는 더 불안해했고, 잠시도 새봄이를 떠나 밖에 나가 있을 수가 없었다. 어쩌다 볼 일이 있어서 읍내라도 나가 있으면 새봄이는 무섭다며 30분이 멀다 하고 전화를 해댔다. '아빠, 나 무섭단 말야. 언제 들어와? 아빠, 나 두고 멀리 간 거 아니지? 빨리 안 들어오면 나 아빠 찾아서 나갈 거야' 울먹이며 말하는 새봄이 목소리를 들을 때마다 산속에 들어온 것을 후회했다.

새봄이가 산속에 들어가서 자연의 품에서 지내면 나아질 거라는 막연한 기대가 순간순간 무너졌다. 겨우내 새봄이와 아빠 사이는 겨울바람처럼 서로 냉랭했다. 우울한 새봄이 마음은 잿빛 겨울 안개가 드리운 것처럼 영 가실 줄을 몰랐다. 그런데 딱히 아빠가 애를 쓴 것도 아니지만 어느 봄날 이후부터 꽁꽁 얼었던 계곡물이 조금씩 녹아 바위틈 사이로 쫄쫄, 흐르듯이 새봄이 마음이 녹아내렸다.

뿔나비가 끈끈이대나물꽃에 앉았다. 청띠신선나비가 참나무에 앉아 이리저리 걸어 다닌다. 그러더니 나무 둥치 상처 난 곳에 주둥이를 디민다. 호랑나비가 벌개미취에 앉았다가 범부채에 오랫동안 머문다. 흰색 바탕에 주홍색 띠가 치마를 두른 듯한 부전나비는 하얀 톱풀꽃에서 별 볼 일 없었는지 이내 옆에 있는 큰까치수염꽃에 옮겨붙어 떠날 줄 모른다. 검은색에 은색 무늬의 멋쟁이 은판나비가 샘가에 떼로 모여 물을 먹느라 새봄이 다가가는 줄도 모른다. 다가가 손을 뻗을라치면 한꺼번에 하늘로 솟아오르며 나는 모습이 여간 이채로운 것이 아니다.

새봄이는 여태껏 나비는 꽃을 찾아다니며 꿀만 먹는 것으로 알았으나 유심히 관찰해 보니 그렇지 않다는 것을 알았다. 청띠신선나비나 은판나비같이 나뭇진을 먹고 사는 것도 있고, 꿀을 찾아 꽃을 배회하는 종류도 있다는 것을 알았다. 처음에는 나비가 그냥 예뻐서 뒤꽁무니를 쫓아다녔다. 그러다 한두 종류가 아님을 알았다. 나비 사진을 찍었다. 찾아서 노트에 이름을 적었다.

어느 날이었다.

꽃잎에 생긴 검은 반점이 마치 표범 가죽 무늬 같은 참나리꽃이 피었다. 원추리도 줄기를 하늘로 뻗어 올려 꽃을 피운다. 주홍색 꽃이 하늘을 향해 기원한다. 둘 다 주홍 꽃이지만 원추리꽃은 옅은 주홍색이나 참나리꽃은 아주 짙다. 살랑살랑 손을 흔드는 듯한 모습이 애절하다. 초여름부터 피는 꽃 중에는 둘 다 키가 늘씬해 단연 눈에 띈다. 고만고만한 풀들 위에 훌쩍 큰 모습이 말라깽이 미인 같고, 꽃은 팔 벌려 누구라도 껴안을 듯 추파를 던졌다.

새봄이는 무심코 하늘을 보다가 원추리꽃에 눈을 돌렸다. 벌써 꽃은 피고 지고를 반복하고 있었다. 원추리꽃은 아랫부분에서 먼저 꽃이 폈다 지면 꽃대가 또 올라가 꽃을 피우고, 지고를 반복하여 여름 내내 꽃이 핀다. 벚꽃처럼 한꺼번에 피고 일시에 지는 꽃이 아니다. 순서를 지키듯 기다리고 있다가 꽃봉오리가 벌어져 활짝 피고 며칠을 못 가 통째로 땅에 떨어진다. 그러면 다음 꽃봉오리가 기다렸다는 듯이 눈을 뜨고 방긋 웃는다.

'어! 저게 무슨 나비지?'라고 새봄이는 순간 소리를 뻔했다. 그러나 이내 숨을 가다듬었다. 감탄 소리에 놀라 달아날까 조바심치며 조용히 지켜보았다. 원추리꽃 속에 날개까지 파묻고 코를 박아 꿀을 빠는 나비였다.

봄을 맞고부터 꾸준히 날아와 친구 삼았던 여러 다른 나비와는 달랐다. 몸집도 훨씬 컸다. 날개는 검은 상복처럼 시커멓고, 제비처럼 꼬리가 날렵하게 삐져나와 있다. 날개 끝에는 눈동자 같은 점들이 나열되어 있고, 어떤 놈은 날개 안쪽이 청색 빛이 감돌아 보는 눈을 황홀하게 했다. 날개 팔락이는 모습을 지켜보는 새봄이 눈이 반짝였다. 산제비나비였다. 이름 그대로 생긴 모습이 제비처럼 날렵하고, 날아다니는 우아한 날갯짓이 마치 바람에 살랑살랑 흔들리는 나뭇가지 끝 이파리를 떠올리게 했다. 새봄이는 산제비나비에 흠뻑 빠져들었다.

원추리꽃에 있다가 참나리꽃에도 날아갔다. 엉겅퀴꽃에도 앉았다. 펄럭이며 이리저리 거닐다가 어떤 놈이 다른 한 마리 산제비나비 뒤를 계속 쫓아다녔다. 춤추는 것 같았다. 아니 서로 희롱하는 것이다. 그렇게 한참을 앞서거니 뒤서거니 날아다니다가 같이 하늘 높이 솟아올랐다. 순간 한 마리가 땅으로 곤두박질치는 비행기처럼 떨어졌다.

"어어, 왜 저러지. 어디 다쳤나?"

새봄이는 깜짝 놀랐다. 떨어지는 한 마리에 눈이 가다 보니 다른 한 마리는 어디로 사라졌는지 보이지 않았다. 숲속으로 사라져 버렸다. 떨어진 산제비나비를 찾아볼까 생각했으나 이내 단념했다. 숲속에 떨어졌기 때문이다. 떨어진 곳을 안다 해도 풀숲에서 나비를 찾는 것은 애초 불가능했다.

"왜 갑자기 떨어졌을까? 이상하네?"

새봄이는 내내 궁금증을 풀 길이 없었다. 잠들면서도 산제비나비 생각뿐이었다. 검은 것들이 팔락팔락 날아다니며 창문을 통해 들어오려고 창문을 두드렸다. 커튼 사이로 달빛을 타고 들어오는 청색 광선이 새봄이 몸을 비췄다. 수백 마리 검은 나비가 창문 밖에 날아들었다. 깜짝 놀라 잠에서 깨어났다.

그날도 산제비나비는 원추리꽃에 날아들어 꿀을 빨았다. 어젯밤 악몽에 시달렸던 새봄이는 그 기억을 털어버리려는 듯이 고개를 흔들다가 자기도 모르게 발걸음을 옮겼다. 살금살금 나비에게 다가갔다. 손에 닿을 듯 다가가니 너무도 가볍게 다른 꽃으로 날아갔다. 또 다른 놈이 날아왔다. 그놈은 새봄이를 전혀 의식하지 않는 듯했다. 가만히 바라만 봤다. 꿀을 빨다 말고 꽃에서 나와 새봄이를 바라보는 것만 같았다. 앉아 있던 새가 포르릉 날아오르듯이 저만치 날아갔다가는 새봄이 곁에 있는 꽃에 다시 앉았다. 그러다가는 다시 날아올랐다.

"어, 쟤가 왜 저러지?"

새봄이는 이상한 생각이 들었다. 다른 놈들처럼 훌쩍 날아가지 않고 자꾸만 새봄이 곁을 날아갔다가는 또 날아오기를 반복했다. '나더러 자기를 따라오라는 건가?' 그렇게 생각하고 몇 발자국 옮겨보았다. 그러자 나비도 새봄이 앞을 날아갔다가 나뭇잎에 앉아 기다리고 있는 듯했다. 새봄이가 다시 나비 가까이 다가가자 또 날아올라 저만치 떨어져 다른 잎에 앉아서 기다렸다. 집 앞 숲으로 향하였다.

새봄이는 잠시 망설였다. 조금 더 들어가면 수풀 우거진 굴속으로 들어가는 입구였다. 더럭 겁이 났다. 순간 아빠가 했던 말이 떠올랐다. '혹시 숲에 잠깐이라도 가려면 꼭 장화 신고 들어가야 한다'고 언젠가 꽃을 관찰하러 잠깐 숲에 들어갔다 나오는 새봄이를 보고 걱정하듯 당부했었다. 혹시 뱀이나 벌레에게 물릴 수도 있으니 조심하라는 것이다. 부리나케 장화를 신고 다시 나오니 그때까지도 나비는 그대로 앉아 있었다. '자기를 따라오라는 뜻이 분명한데!' 새봄이는 가슴이 콩닥거렸다. 뭔가 모를 두려움이 엄습하면서도 또 다른 호기심에 여기서 멈출 수 없었다.

나비는 더 깊은 숲속으로 새봄이를 데리고 들어갔다. 오리나무군락을 지나 잣나무들이 빼곡히 들어찬 숲도 지났다. 여기저기 드문드문 떡갈나무가 넓은 잎을 벌리고 나뭇잎 사이로 날아드는 빛을 날름날름 받아먹었다. 개쉬땅나무는 하얀 떡가루 뿌려놓은 것 같은 꽃을 피우고 새봄이가 지나가는 길을 환영하듯 밝혀주었다.

새봄이는 속으로 나비에게 쉬었다 가자고 속삭였다. '어디까지 가는 거니? 난 지금 수풀 속을 헤쳐오느라 힘들다고. 너는 날아가니 쉬운가

본데…' 그러자 나비가 새봄이 속마음을 알아차렸는지 이끼 낀 커다란 바위 모서리에 앉았다. 새봄이 키보다 10배는 더 큰 바위였다. 새봄이도 잠시 앉아 숨을 쉬었다. 하늘을 쳐다보니 울창한 나뭇잎에 가려 햇볕이 들어오지 않았다. 바람이 불 때마다 움직이는 잎들 사이로 언뜻언뜻 슬쩍 엉덩이만 디밀었다가는 없어졌다.

나비가 다시 날아올랐다. 소나무들이 하늘 높은 줄 모르고 곧게 뻗었다. 새봄이 집 옆에 있는 소나무는 가지들이 구불구불 넓게 펼쳐 자라 보는 사람마다 명품이라며 침이 마르도록 칭찬했는데, 여기 소나무들은 볼품이 없었다. 그래도 여기저기 흩어져 있는 바위가 소나무 사이사이에 차고앉아 활짝 웃고 있어 망정이지 멋없는 이 소나무숲을 어떻게 지나가나 푸념하듯 새봄이 또 속으로 말했다.

'아직 멀었어? 어디 가는 거야?' 나비는 또 알아들었다는 듯이 날개를 몇 번 펄럭였다. '오, 이상하다! 내가 생각하는 대로 어떻게 나비가 내 마음을 알아채지?' 새봄이는 골똘히 생각했지만 자기도 뭐가 뭔지 알 수 없었다. '내가 정신이 어떻게 된 건가? 어떻게 나비를 따라 이리 깊은 숲속으로 들어와 있지?' 그렇게 생각하며 무아지경으로 걸었다. 소나무숲도 지났다. 산철쭉이며 병꽃나무가 나무 아래 울타리를 두르듯 검은 숲속을 수놓았다. 순간 눈앞에 엄청나게 높은 고목 한 그루가 떡하니, 앞을 가로막았다. 새봄이 팔 아름으로 몇 번을 둘러야 둘레를 알수 있을지 가늠이 되지 않았다. 하늘을 찌를 듯이 높이 서 있는 상수리나무였다.

눈이 휘둥그레졌다.

이렇게 큰 상수리나무가 이 숲속에 있다는 것도 처음 들었거니와 나무 아래 고라니 한 마리가 얌전히 앉아 있었다. 커다란 눈망울을 깜박이며 마치 새봄이를 기다렸다는 듯이 사람을 보고도 도망가지 않았다. 나비는 벌써 자기 할 일을 끝냈다는 듯 날아왔던 길을 되짚어 날아가 사라졌다. 고라니가 일어나 새봄이 앞으로 한 걸음 다가왔다. 그런데 이상했다. 뒷다리 한쪽이 불편해 보였다. 그 순간 알아차렸다.

"어, 너는 내가….."

새봄이는 순간 얼어붙어 말을 잇지 못했다.

"분명히 맞아. 바로 너지?"

새봄이는 얼른 다가가 고라니를 끌어안았다. 고라니도 마다하지 않고 자연스럽게 새봄이 품에 안겼다.

서준이의 죽음 그 후

새봄이가 아빠와 함께 이곳으로 이사 온 것은 한여름이었다.

새봄이는 아빠가 시골로 내려간다고 했을 때 실감이 나지 않았다. 서울에서 나서, 자라고, 학교도 다녔다. 엄마도 역시 서울 사람이다. 친구들도 모두 서울내기이다. 그러니 시골은 깊이 아는 바가 없었다.

시골 경험이라곤 그것도 초등학교 때 방학이 되면 몇 번 할머니 집에 놀러 간 기억, 그리고 명절 때 잠깐씩 들렀을 뿐이다. 엄마 성화에 중학교 때부터는 할머니 집에 놀러 가지 못했다. 열심히 공부해야 좋은 대학 갈 수 있다며 거의 모든 시간을 학원에서 보냈다. 더구나 할머니 댁은 충청도에 너른 들이 있는 시골이라서 특히 기억할만한 경험은 없었다. 산도 있고 계곡이 있었다면 놀러 간 기억이라도 남았을 텐데 들판의 벼만 인상에 남았다.

아빠는 농담 삼아 얘기하곤 했다. 언젠가는 귀향해서 농사를 짓든지, 아니면 약초를 키우면서 살고 싶다고. 그런 말을 할 때마다 엄마는 콧방귀를 뀌며 들은 척도 하지 않았다. 엄마에게 그런 말은 씨도 안 먹힐 말이었다. 농촌 출신이니까 그냥 향수에 젖어서 하는 소리겠지 하며 귓등으로 넘겼다. 더구나 추진력도 약해서 실천에 옮길 거라고는 생각지도 않았다.

한동안 아빠에게서 시골에 가겠다는 소리는 없었다. 아빠는 괴로울 때면 자포자기 심정으로 그런 얘기를 하는 경우가 많았다. 새봄이가 초등학교 6학년 때 남동생 서준이 교통사고를 당했다. 서준이는 좀 내성적이어서 활동적이지 않았다. 초등학교 4학년 때까지도 새봄이가 학교를 데리고 다녔다. 보통 아빠나 엄마가 학교에 데려다주고 데려오곤 했지만 그렇지 못할 때는 새봄이가 서준이 보호자 노릇을 했다.

그날도 아빠가 퇴근길에 데리러 왔다. 서준이와 새봄이는 방과 후 학습을 하고 아빠가 올 시간에 맞춰 학교 정문을 나섰다. 새봄이가 서준이 손을 잡고 학교 앞 건널목에서 기다리고 있는데, 길 건너에서 아빠가 손을 흔들고 있었다. 서준이는 그 신호가 빨리 건너오라는 손짓으로 알았던지 교통신호가 바뀌지 않았는데도 길을 건너기 시작했다. 돌발적으로 일어난 일이었다. 새봄이는 깜짝 놀라 쫓아가 서준이를 붙잡으려 했으나 이미 늦었다.

서준이는 외골수였다. 다른 사람 말은 들으려 하지 않았다. 엄마 말도 잘 듣지 않았다. 그런데 아빠 말은 잘 따랐다. 학교에 들어가면서 증세가 완화된 듯 보였으나 아빠를 보기만 하면 주변 시선은 아랑곳하지 않았다. 이웃 아주머니는 자폐증세 비슷하다며 병원에 가서 진단을 받아보는 게 어떠냐고 권하기까지 했다. 그런 말을 엄마는 거세게 부정했다.

"애가 무슨 문제가 있다고 그래요? 당신 애들이나 잘 키워요. 우리 서준이 아무 문제 없어요. 당신이 뭘 안다고…."

이웃 간에 스스럼없이 잘 지내다가 이 말다툼으로 새봄이까지 이웃집 언니, 오빠하고 서먹해졌다. 엄마는 이웃집 아주머니와 다시는 말을 섞지 않았다.

그날도 서준이는 길 건너에서 아빠가 부르자 주변을 살피지도 않고 길을 건넜다. 승용차는 서준이를 정면으로 들이받았다. 운전자는 허둥대는 아빠와 모여 있는 사람들에게 자기는 잘못이 없다며, 애가 갑자기 뛰어들었다고, 그래서 자기도 어쩔 수 없었다며 연신 변명 아닌 변명을 늘어놓았다. 아빠는 운전자를 주먹으로 때려눕혔다. 서준이는 4개월을 꼬박 사경을 헤매다 그렇게 이별을 고하고 말았다.

엄마는 서준이가 떠나자 모든 일을 놓고 한동안 실성한 사람처럼 헤매고 다녔다. 서준이가 다니던 학교에 찾아와서 서준이가 살아 있는 것처럼 교실 밖에서 기웃거릴 때도 있었다. 서준이가 죽은 장소에 가서는 정신을 놓고 한참을 앉아 있다 오기도 했다. 심지어 자폐증세 같다고 걱정 해주던 이웃집 아주머니를 찾아가 '당신이 그런 저주를 해서 우리 아들이 죽었다고, 이 개 같은 년아!'라고 악담을 퍼부으며 욕까지 해댔다. 주위에서는 아들이 죽어서 그런다며 이해하려는 듯했으나 나아질 기미가 보이지 않자 슬슬 피하기만 했다. 그 이후로 이웃과도 단절된 생활을 할 수밖에 없었다.

아빠는 그러는 엄마를 챙기느라 마음 아픈 흉내조차 낼 수 없었다. 그러면 엄마는 새끼를 죽인 놈이 어찌 슬퍼할 줄도 모르느냐며 울며불며 악다구니를 부렸다. 아빠는 눈물만 흘릴 뿐 아무 말도 하지 않았다. 하지만 새봄이는 아빠가 엄마 몰래 캄캄한 방안에서 홀로 짐승같이 우는 소리를 여러 번 들었다. 한동안 식음을 전폐하다시피 했다. 아빠의 울음소리를 들으면 순간 겁이 덜컥 나기도 해서 혹시 아빠가 나쁜 일이라도 저지르지나 않나 싶어 방문을 열어 보기도 했다. 아빠 눈과 마주쳤다. 무릎에 얼굴을 파묻고 울다가 새봄이를 보고 얼싸안아 같이 흐느졌다. 새봄이는 서준이가 꼭 자기 때문에 죽었다는 생각이 들었다. '그때 내가 서준이 손목을 꼭, 붙들고 있어야 했는데…. 그걸 놓치는 바람에…' 집안 분위기는 말 그대로 적막강산이었다.

서준이를 하늘나라로 보내고 나서 정신이 없다가 시간이 흘러 안정됐다 싶었는데, 아빠는 그때부터 다시 시골로 내려가 농사지으며 살고 싶다고 말했다. 그 병이 도진 것이다. 여기는 서준이가 생각나서 못 살겠다고 괴로워했다. 그러나 엄마는 시골에 가서 살려면 이혼하자고 쐐기를 박았다. '난 서울에서 나고 자라 시골 생활 해 본 적도 없고, 할 생각도 없어요. 정 그렇게 하고 싶으면 당신 혼자 내려가서 살아요. 새봄이는 내가 맡을 테니…' 엄마는 단호했다. 사실 그랬다. 엄마가 시골에 내려가서 농사일한다는 것은 상상이 가지 않았다.

엄마는 말끝마다 새봄이를 맡겠다고 했지만 새봄이는 그 말을 믿을 수 없었다. 서준이가 죽은 후부터 엄마는 이유 없이 새봄이에게 분풀이하는 일이 많아졌다. 중학교에 진학한 새봄이는 공부하라는 엄마의 성화를 견딜 수 없었다. 말로는 공부하라는 말이지만 기실 서준이가 죽었으니 그 몫까지 해야 한다며 다그치는가 하면 새봄이가 잘 챙기지 않아서 동생이 그렇게 되었다는 말까지 서슴지 않았다. 성적이 조금이라도 떨어지면 회초리를 드는 것은 예사였다. 새봄이는 엄마 때문에 죽은 서준이 혼령이 자기에게 붙어 있는 것이라는 생각까지 하기에 이르렀다. 새봄이를 맡겠다는 엄마의 말은 아빠의 의지를 꺾겠다는 의사 표현 그 이상도 이하도 아니었다. 그런 상황에서 엄마와 아빠가 타협한 것이 다른 곳에 이사 가서 사는 것이었다.

세월이 약이라고 했던가. 이사하고 나서 아빠는 점점 서준이 생각도 잊었다. 아니 잊으려고 더 일에 열중했는지 모른다. 직장에 나가 밤늦게 들어오는 것이 다반사였고, 그럴수록 엄마와의 관계도 데면데면해졌으며, 새봄이와 얘기하는 시간도 거의 없어졌다. 아빠는 오로지 일에 빠져 살았다. 아빠는 환경공학을 전공하였다. 90년대부터 환경에 관심이 높아지고 환경 관련 회사들이 많이 생겨났다. 아빠는 그때 토양을 정화하는 회사에 들어갔다. 딱히 토양과 관련한 전공을 하진 않았지만, 신생 업종이다 보니 환경공학을 전공한 사람을 많이 뽑았다. 그때 당시만 해도 누구도 돌아보지 않는 업종이었다. 유류나 중금속 등으로 오염된 토양을 정화하여 깨끗한 토양으로 복원하는 것이다.

아빠는 이 일에 대하여 자부심이 대단했다. 서준이가 죽기 전까지만 해도 새봄이나 엄마에게 토양정화의 중요성이나 정화 방법에 대하여 침 튀기듯 설명해 줬다. 유류나 중금속이 토양을 오염시키면 발암물질이 지하수에 흘러들어 그걸 사람이 마시게 되고, 또 오염된 지하수가 발원하여 하천을 오염시키면 하천수가 또 농지를 오염시킨다고 했다. 그러니 발암물질이 포함된 지하수를 마시거나 오염된 하천수로 지은 농작물을 먹으면 당연히 인체에 영향을 주어 암을 발생시킨다고 겁을 주었다. 토양정화가 그만큼 중요하다는 이유를 일하는 자부심과 연결 지었다. 그래서 새봄이와 엄마도 아빠가 하는 일을 자랑스러워했다.

서준이가 죽고부터는 새봄이와 엄마에게 자랑스럽게 설명하는 열정은 시들해지고, 더욱더 회사에서 사는 시간이 많아졌다. 아빠는 일 중독자처럼 회사 일에만 매달렸다. 아빠가 다니는 회사는 지방에 공사 현장이 발생하는 경우가 많았다. 오염된 지역은 주로 오래된 공장이 많았고, 또 현장에 상주하며 장기간 정화해야 하기 때문이다. 그러면 굳이 본인이 파견을 나가지 않아도 되는 것도 자원해서 현장 근무하는 편을 택했다.

그럴수록 엄마와는 더 멀어졌다. 엄마도 바쁘게 살았다. 대형 슈퍼마켓이나 조그만 회사 직원으로 일하다가 공인중개사 자격증을 따서 부동산중개업 하는 회사에 들어갔다. 매일 바빴다. 어떤 때는 지방으로 부동산 임장을 갔다 온다며 하루 이틀씩 집을 비우기도 했다. 서로 관계가 좋으니 나쁘니 얘기할 계제도 없었다. 그럴수록 새봄이는 아빠와도, 엄마와도 멀어졌다. 집에는 아무도 없는 경우가 많았다.

아빠는 새봄이가 중학교 3학년 때 실직했다. 대학을 졸업하고 바로 그 일부터 시작했으니 거의 20년을 그 분야에서 일했다. 이곳저곳 회사를 옮겨 다녔어도 같은 일을 해왔으나 일거리도 점점 줄었다. 활황이던 토양정화산업 분야도 점차 쇠퇴하기 시작했다. 우후죽순 생긴 회사들이 그때부터 살아남기 위해 출혈경쟁을 했다. 제 살 깎아 먹기식으로 무조건 수주하고 보자며 단가를 낮춰 입찰하다 보니 회사의 재무 사정은 악화일로였다. 이제 아빠도 다른 일을 했으면 싶었다. 그래서 회사가 구조 조정하는 시기에 덜컥 사표부터 내고 말았다.

새봄이는 고등학교에 들어가자 아빠, 엄마와는 정말 필요한 것 아니면 말도 하지 않고 지냈다. 새삼스러울 일도 아니지만 제 방에 처박혀 아예 밖에 나오지도 않았다. 무슨 일이 있긴 있었는데, 통 얘기를 하지 않았다.

"여보, 나 이제 다른 직장 찾아다니는 것도 지치고 내가 전에 얘기하던 거 해 보려고…."

아빠는 실직 후 여러 회사에 지원했으나 쉽지 않았다. 엄마는 또 그 병이 도졌다고 생각했는지 귓등으로 흘렸다. 출근 준비하느라고 거울 앞에서 얼굴 화장하는 손만 분주히 움직였다. 아무런 대꾸도 하지 않았다.

"새봄이 쟤, 저러고 있은 지도 꽤 오래됐잖아. 벌써 몇 달째야! 어떻게든 해봐야 할 거 아냐?"

아빠는 걱정스러운 듯 새봄이 방을 쳐다봤다. 엄마가 돼서 딸 신경 좀 쓰라는 은근한 책망 조의 말이었다.

아빠는 엄마에게 불만이 많았다. 더군다나 출장 핑계로 가끔 지방에 내려가 외박까지 하는 것을 보고는 불안감이 가시지 않았다. 그렇다고 실직하고 있는 주제에 딱히 뭐라 불만을 표시할 수도 없었다. 실직하고 있다고 자신을 무시하는 태도는 그렇다손 치더라도 바쁘다는 핑계로 새봄이가 저러고 있어도 신경 쓰지 않는 점을 은근슬쩍 지적하는 것이다. 그러면서 마치 새봄이 때문에라도 공기 좋고 환경 좋은 시골에 내려가서 생활하면 새봄이도 좋아질지 모른다고 은근히 졸랐다. 사실 새봄이가 왜 저러고 있는지 정확히 알지도 못하면서 무작정 갖다 붙이는 꼴이다. 상구 자신의 의견을 얘기해서는 설득이고 나발이고 될성부르지 않으니 새봄이를 핑계로 해보겠다는 심산이었다. 또한 혜숙이 하는 모습을 보고 있자니, 상구는 이것저것 신경 쓰지 않을 곳으로 도망치고 싶은 심정도 한편엔 있었다.

새봄이는 언젠가부터 친구들하고 학원에도 나가지 않았다. 학교도 나가는 둥 마는 둥 했다. 그러다 아예 학교를 나가지 않겠다고 버텼다. 울며불며 더는 학교를 나가지 않겠다고 하는 바람에 등 떠밀 수도 없었다. 그냥 두고 보는 수밖에 없었다.

마치 자기 방이 외계인에 둘러싸여 있기라도 하듯 방어하는 것처럼, 새봄이는 자기 방을 철통같이 지켰다. 누구도 들어오지 못하게 방문을 꼭꼭 걸어 잠그길 여러 날이었다. 상구는 무슨 일인가 싶어 학교를 찾아가 보았으나 특별한 이유를 설명해주지 않았다. 그냥 새봄이가 학교

생활에 적응을 못 하고 있구나, 라고만 생각했다. 서준이가 죽은 이후
부터 새봄이가 눈에 띌 정도로 내성적으로 변해가고 있구나라고 생각
은 했지만, 학교생활에 이토록 적응 못 하리라고는 미처 생각하지 못했
다. 그러다 나중에 아이들끼리 폭행 사건이 있었다는 것을 알았다. 상
구는 학교에 가서 항의하고 폭행한 아이를 징계하는 선에서 무마한 적
이 있었다. 그런데 새봄이는 끝끝내 학교에 가지 않겠다고 버텼다. 결
국 자퇴서를 내고 말았다. 말릴 방도가 없었다. 방안에 틀어박혀 무엇
을 하는지 가끔 방문을 열어 보면 딱히 하는 일 없이 문을 닫고 나가라
는 표시로 눈을 부라렸다. 방문을 닫고 나가면 혼자 느껴 우는 소리가
들리는 듯도 했다. 상구는 가슴이 미어졌다. 어떻게 새봄이를 저 굴속
에서 끄집어 내올까 고민하고 고민했다.

"애 핑계 대고 어디로 내빼시겠다?"

엄마는 조롱하는 투로 눈 흘기며 아빠를 바라봤다. 벌써 1년 반 이상
을 백수로 지내는 꼴을 보기도 싫어했다.

"또 알아, 나도 그렇고 쟤도 전원에 가서 생활하다 보면 괜찮아질지?"

풀 죽은 표정이다. 그러나 지푸라기 하나라도 잡아본다는 심정으로
또 꺼내는 얘기다. 혜숙은 이제 상구가 무엇을 한다 해도 말릴 기운이
없다. 아니 관심이 없다. 매일같이 신문이나 뒤적거리고 툭하면 지방에
갔다 온다며 며칠씩 집을 비웠다. 사실 엄마도 이제는 지쳐서 새봄이가
남편 말마따나 시골에 내려가서 지내다 보면 나아질지 모르겠다고 은
근히 기대하는 눈치였다.

혜숙이 못 이기는 척 말을 던졌다.

"그래, 어디 알아본 데는 있고?"

이게 웬 떡이냐, 싶었는지 상구는 얼른 대답했다.

"응, 원래는 고향 근처 알아보려고 돌아다녀 봤는데 땅값이며 집값이 장난 아니더라고…."

고향 근처는 부모님이 살던 충청남도를 말한다. 충청남도도 신도시 개발로 도로가 잘 뚫리고, 공장 이전이 많아지면서 토지가격이 오를 대로 올랐다. 그런 정보쯤 부동산중개업을 하는 혜숙도 잘 알고 있었다.

"그래서 강원도 쪽으로 알아보려고…."

말하면서 혜숙의 눈치를 살폈다.

"그래, 그럼 한번 알아봐. 나도 혹시 좋은 곳이 있나 알아볼 테니. 우리 회사 부장님이 강원도 쪽 땅을 잘 아니 나도 물어는 볼게."

사실 혜숙도 충청도 쪽은 싫었다. 시댁이라고 가보지만 산이라고는 저 멀리 흐릿하게 보이는 게 전부고 마을 주변은 온통 논으로 둘러싸인 곳이라 별 감흥이 없었다.

상구는 혜숙이 남 얘기하듯 건성으로 말하는 게 불편했다. 더욱이 말 끝마다 우리 회사, 우리 회사라며 말하지만, 직원 몇 명도 안 되는 중개 법인이면서 무슨 대단한 회사에서 일하는 양 으스대는 것이 꼴사나웠다. 그리고 언젠가부터 우리 부장님이라는 호칭을 자주 입에 올리는 게 여간 귀에 거슬리지 않았다. 그렇지만 이렇게라도 긍정적인 반응이 나온 게 얼마 만인가? 잘 구슬러 이번 기회에 지루한 서울 생활을 벗어나고 싶었다.

상구는 여윳돈이 그리 많지 않아서 땅값이 비교적 싸다고 여겨지는 정선이나 영월 오지를 주로 찾아다녔다. 땅값도 싼 만큼 좀 더 넓은 토지를 구입할 수 있었고 풍광도 수려했기 때문이다. 또 횡성이나 평창에 있는 부동산중개업소에 좋은 곳이 있으면 연락해 달라고 의뢰해 두었다. 그곳에서 연락이 오면 부리나케 쫓아가곤 했다. 상구는 전원생활

꿈에 부풀어 그 어느 때보다도 생기가 돌았다.

그러던 어느 날 마음에 드는 곳이 있다면서 상구는 아내 혜숙에게 같이 가 보자고 채근을 했다. 그러나 혜숙은 가서 볼 생각이 없었다. '당신이 살 거니까 당신 맘에나 들면 되지, 굳이 나까지 갈 필요가 뭐 있어.'라며 시큰둥한 반응이었다. 그래도 남편이 살 집이니 한 번쯤 가서 보자는 권유도 신통치 않았다. 자존심이 상했지만 할 수 없었다. 살던 아파트를 정리했다. 혜숙은 서울에서 일해야 한다며 오피스텔로 옮겼다. 나머지 자금으로 지금 이 집을 사서 이사 오게 되었다.

새봄이는 사실 오기 싫은 곳에 왔다.

아빠에게 대놓고 싫다는 말은 못 했지만 내키지 않았다. 막상 시골로 이사 갈 날이 가까워질수록 두려운 마음이 앞섰다. 더군다나 엄마와 떨어져 산다니 어떻게 살 수 있을지 걱정되었다. 여태껏 새봄이 자기 손으로 밥 한 번 지어 본 적이 없는데, 아빠랑 단둘이 가서 살자니 그럴 만도 했다.

그러나 아빠는 흥분하고 있었다. 그토록 원하던 전원 생활을 하게 된다고 생각하자 온갖 계획들 생각에 잠을 이루지 못했다. 새봄이에게 걱정하지 말라고 말했다. '내가 다 알아서 할 테니 너는 그저 내려가서 꼼짝 안 하고 있어도 돼. 거긴 마을 주변이 전부 숲으로 둘러싸여 있어서 건강에도 좋을 거야. 기분전환도 할 겸, 내려가자. 내려가서 정 못 견디겠으면 다시 엄마한테 와도 되잖아'라며 어르고 달랬다. 내려가도록 허락해 준 엄마의 진심이 무엇인지 몰라도 어쨌든 새봄이가 같이 내려가지 않으면 안 되는 상황이었다. 새봄이와 같이 간다는 핑계로 허락을 받은 거나 마찬가지이기 때문이다.

새봄이는 아빠가 '못 견디겠으면 다시 엄마한테 와도 된다'고 한 말에 그나마 위안이 되어 따라나섰다. 그리고 아빠 혼자 산속에서 산다니 나라도 같이 가서 있어 주는 거라며 우쭐했지만, 기실 새봄이는 이 도시를 잠시만이라도 떠나 있고 싶은 마음이 어느 순간 가슴속 한 부분에 자리 잡았다. 오래 있고 싶은 마음은 추호도 없으나 견딜 수 없는 순간을 벗어나고픈 마음이 봄날에 새싹 움트듯 자라 있었다.

아빠는 내려와서 우선 제일 먼저 텃밭을 만들었다.

산 경사면을 깎아 만든 집 자리이다. 집을 살 때 한구석에 이미 텃밭 모양이 갖추어져 있어도 채소를 심기 위해서는 돌을 골라내야 했다. 강원도 땅에는 돌이 많다더니 정말 돌투성이였다. 매일 아침밥 먹기 바쁘게 나가서 괭이로 땅을 파 돌을 골라냈다. 골라낸 돌을 밭 언저리에 던졌다. 그 돌들이 쌓여 작은 둔덕을 이뤘다고 하면 믿지 않을 것이다.

새봄이는 아빠가 매일 같이 나가 밭을 만들기 위해 땀을 흘려도 서울에서와 마찬가지로 밖으로 나올 생각을 하지 않았다. 새봄이는 숲이 무서웠다. 검붉은 굴속 같은 숲이 자기를 삼켜버릴 것만 같았다. 그 두려움이 머릿속을 떠나지 않았다.

'아빠는 이런 곳이 뭐가 좋다고 그렇게 노래 불렀담. 사방이 숲에다, 할 일도 없고, 심심해서 죽을 맛이구만' 새봄이는 혼잣말로 중얼거리며 짜증을 냈다. 겨우 거든다는 것이 아빠가 목마르다며 물을 가져다 달라면 마지못해 나와 물을 가져다주는 정도뿐이었다.

아빠는 일군 텃밭에 일찌감치 가을무와 배추를 심었다. 이곳은 해발이 750m가 넘어 가을이 일찍 온다고 했다. 8월 초순, 늦어도 중순 이전에는 씨를 뿌려야 가을에 거둘 수 있다고 억순 아주머니가 귀띔해주었기 때문이다. 억순은 이곳에 이사 와서 제일 먼저 인사한 이웃이다. 집을 계약하러 온 날부터 쭈뼛거리며 만난 이다.

키는 작달막하고, 오동통하니 살이 쪘으며, 성격이 쾌활했다. 이름이 무엇인지는 모르나 생김새나 매사 적극적인 성격이 억순이 같다고 하여 그냥 그렇게 부르던 것이 굳어버렸다. 그녀는 이집 저집을 돌아다니며 참견하기를 좋아했다. 처음 만난 사람이건 오래전부터 같이 지내던 사람이건 상관없다. 처음에 이사 온 사람들은 그러는 그녀의 행동거지를 호의로 생각해서 고마운 마음을 숨기지 않았지만, 수시로 드나들며 참견하니 나중에는 그게 그녀의 성격이며 호의일지라도 여간 부담스럽지 않았다. 이웃 사람들이 그녀를 보며 짜증을 내는 것도 아빠는 이해되는 구석이 있다고 나중에서야 알았다.

아빠는 귀촌하면서 이웃 사람들과 잘 지내야 한다고 생각했다. 그런 말을 귀동냥으로 들어서 익숙했다. 원주민들 텃세가 있으면 생활하기가 불편하다는 것쯤은 자신이 어려서 농촌 생활을 해봐서 잘 알고 있었다. 경조사뿐만 아니라 이웃의 대소사가 있으면 빠지지 않았다. 가끔 이웃을 초대해서 닭을 사다 백숙도 끓여 대접하고, 아빠 자신 또한 술을 즐겨하다 보니 집에서 술자리도 잦았다.

더군다나 엄마 없이 딸만 데리고 내려와서 사니 더욱 친숙하게 지내려는 의도도 다분했다. 산골생활은 이웃과 잘 사귀면 여러모로 얻는 게 많다. 김치를 담그면 맛보라며 나눠주는 것은 말할 것도 없고, 직접 재배한 푸성귀를 먹어 보라고 뽑아다도 주고, 온갖 꽃모종까지 심으라며 분양해 준다. 그리고 일손이 부족하거나 급한 일 있을 때는 수시로 부른다. 귀찮다기보다 이것이 산골생활의 재미요, 아빠가 그토록 원했던 그리움이었다.

"아니 딸은 학교 안 다녀?"

어느 날 아빠는 이웃 사람들을 모셔 놓고 술자리를 마련했었다. 이웃 사람들은 대개가 직장을 은퇴하고 내려온 사람이라서 형님뻘이 많았다. 그때 뜬금없는 질문을 받았다.

"아, 예, 그럴 일이 있어서요. 어서 술이나 받으세요."

아빠는 화제를 돌리려고 술잔에 술을 채워 돌리며 얼버무렸다. 딱히 질문에 대답할 상황은 아니라고 생각했다.

"이곳에는 멧돼지나 산토끼 같은 거 없어요?"

아빠는 얼른 말머리를 돌렸다.

"없긴 왜 없어. 지난겨울에도 저 아랫마을 계촌리 사는 포수 있잖아, 그 사람이 멧돼지 두 마리나 잡는 걸 봤는데. 유해조수 퇴치라나 뭐라나 그런 거 허가받고 잡는다는구만. 아이고, 크기가 얼마나 큰지! 내 생전에 그렇게 큰놈은 첨이라니까. 나도 전방부대에 오래 있어서 가끔 산에서 내려오는 멧돼지를 봤는데, 먹을 게 없으니까 어미가 새끼들을 데리고 쩜밥 먹으려고 내려오거든. 전방에서 내가 본 멧돼지보다 훨씬 크더라니깐."

성호가 침 튀기며 말했다.

그는 군에서 오랫동안 직업군인으로 근무하다 은퇴하였다. 인천에 칼국수 식당을 차려 장사를 했다. 그러나 생각처럼 쉽지 않았다. 하다 하다 도저히 버틸 수 없어서 깡그리 말아먹기 전에 그나마 정리하고 내려왔다고 했다.

"이 산에는 멧돼지뿐만이 아녀. 노루도 봤다니까! 저 동산 너머 조금만 올라가면 산속에 밭이 있잖은가? 거기 밭 옆 숲속에 노루 한 마리가 올무에 걸려 버르적거리는 걸 내가 봤다니까!"

짐승 얘기에 모두 빠져들었다. 성호는 좌중을 둘러보며 심각한 표정을 지었다.

다시 말을 이었다.

"살려주려고 다가가니까 더 난리를 치는 거야. 어떻게 다가갈 수가 있어야지. 지 살려주려고 하는 것인지도 모르고. 가만히 지켜보고 있자니 짠하데. 공포에 질려서 나를 빤히 처다보고 있는데, 내가 무얼 할 수가 있어야지. 혼자서는 엄두가 안 나서 그 젊은 친구, 약초꾼 있잖은가, 그래도 그 친구는 무슨 수라도 낼 거 같아서 찾아서 같이 그 자리에 돌아가 봤더니, 결국에는 죽고 말았더라고."

성호는 노루의 죽음이 안타깝다는 듯 두 눈을 씀벅거리며 슬퍼했다. 그가 따라 놓은 소주를 단숨에 들이켰다. 갑자기 방안 술자리 분위기가 숙연해졌다.

"참, 아직도 올무가 심심찮게 보인다니까. 내가 지금은 공무원 그만뒀기 망정이지, 옛날 성질 같아서는 올무 놓은 놈 찾아서 요절을 내버릴 텐데. 분명 그 올무 이 동네 사람이 놓은 걸 거야. 그렇다고 동네 사람 고발하면 고발했다고 야박하다고 할 거고…."

씩씩거리며 자기가 공무원이었다는 것을 은근히 내세우는 사람은 동식이었다.

그는 경기도 고양에서 공무원을 하다 내려왔다고 했다. 그러나 나중에 안 사실은 정식 공무원이 아니라 공용차를 운전하는 운전기사였다. 그는 항상 공무원이었음을 자랑스럽게 떠벌렸다. 공무원이 무슨 대수라고 뒤에서는 수군수군 뒷말하며 못마땅해했지만, 그의 면전에서는 누구도 토를 달지 않았다.

"요즘은 그래도 많이 준 거예요. 옛날에는 올무 얼마나 많이 났어요. 솔직히 고기 먹기가 어려웠잖아요. 그래서 야생동물 많이 잡아먹었죠.

산토끼, 꿩, 이런 거."

아빠가 옛날 생각 난 듯이 말했다.

아빠는 돌아가신 아버지가 언뜻 생각났나 보다. 새봄이도 아빠 얘기를 들어서 아는 얘기다. 할아버지는 겨울이면 철사 올무와 청산가리를 넣은 콩을 챙겨 멀리 산에 원정까지 가서 산토끼와 꿩을 잡아 왔다고 했다. 가난한 시절이었으니 그것이 할아버지가 자식들에게 고기 맛을 보여 주는 흔치 않은 수단이었다고 한다.

"맞아, 하지만 지금 그랬다간 경을 쳐. 야생동물 함부로 잡아먹다가 걸리면 벌금이 수백이여!"

동식이 행여 그런 생각 하지도 말라며 정색하듯 말했다.

"맞아요, 그러면 안 되고말고요."

고개를 끄덕이며 이구동성으로 맞장구쳤다.

거실에서 아빠가 이웃 사람과 술자리를 가져도 새봄이는 나와 보는 법이 없었다. 사람들은 새봄이 얼굴을 보고 싶어 하는 눈치였으나 아빠는 새봄이 성미를 아는지라 그냥 술이나 먹자며 말렸다. 그러니 사람들은 새봄이가 무슨 병이라도 걸려 요양차 내려온 게 아닌가 지레짐작하기도 했다. 하지만 가끔 날이 저물어 어둑해지면 마당에 나와 멀쩡히 걸어 다녔다. 그런 모습을 보니 아픈 것도 아니었다. 아빠에게 사정을 물어봐도 그냥 모른척해달라고만 했다. 그러니 그 내막을 알 수 없었다.

고라니를 만나다

마을 이장 아버지가 돌아가셨다고 온 동네가 뒤숭숭했다.

가을이 한참 깊어가고 있는 때였다. 벌써 산 정상에는 빨갛게 단풍이 물들었다. 단풍이 들기 시작하면 하루하루가 다르다. 눈에 뜨일 정도로 산 아래로 줄달음을 친다. 새봄이는 산이 이렇게 붉게 물들어가는 모습을 직접 본 적이 없었다. 어쩌다 밖에 나와 산을 쳐다보곤 한숨이 절로 나왔다. 아름다움이라고는 전혀 느껴지지 않았다. 새봄이는 계절의 변화에도 무감각했다. 엄마 얼굴을 보지 못한 지 여러 달이 지났다.

언제 장례식장에 갈 거냐고 건너 골목에 사는 건축업자 우식이 아빠에게 물었다. 우식은 부동산중개업을 하면서 동시에 일 년에 한두 채씩 집을 지어 팔기도 하니 편하게 사장님이라고 불렀다. 그는 집을 지어서 팔릴 때까지 자신의 임시거처로 삼다가 팔리면 다시 이사를 하곤 했다. 우리 집도 우식이 지은 집이었다.

아빠는 사실 내키지 않았다. 평소에 내왕도 없던 터라 꼭 가야 하나 하고 망설이고 있었다. 하지만 그래도 촌에서는 이장이 행세깨나 하는 위치인지라 그냥 무시하고 넘어갈 수는 없었다. 후일 얼굴을 마주치기라도 하면 그것도 낭패가 아닌가.

낮에는 할 일이 있어서 갈 수 없고, 이따 저녁에 가보겠다고 건성으로 대답했다. 그러냐며, 그럼 자기는 지금 갔다 오겠다며 아빠를 두고 차를 몰고 떠났다. 물끄러미 쳐다보았다. '별일도 다 있네! 그리 약은 짓이란 짓은 다 하고, 구두쇠같이 구는 놈이 예의 차린답시고 나서는 꼴이라니…' 아빠는 중얼거리며 혀를 끌끌, 찼다.

우식은 이곳에 주민등록도 옮겨 놓지 않고 산다. 그런데도 이장 아버지가 죽었다는 말에 장례식장에 갔다 와야 한다며 설레발쳤다. 그는 처세에 능한 사람이었다. 이곳 토지를 매입해 집을 지어 팔다 보니 때로는 이장의 힘이 필요할 때가 있음을 누구보다 잘 알았다. 사실 아빠는 평소에도 그에게 좋은 감정이 있지 않은 터라 같이 갈 마음이 없었다. 집을 건성으로 지어 팔아서인지 겨울을 나기에 애를 먹었다. 외풍이 심해 유난히 강원도 겨울이 춥게 느껴졌다. 이웃 말로는 그 사람이 지은 집은 다 그렇다며 벽 틈 사이로 바람이 들어와서 그러니 건축업자한테 하자보수 요구를 하라고 충고를 받은 적이 있었다. 그래서 우식에게 사정을 얘기하고 집을 고쳐 달라고 요구했지만, 해주겠다고 말만 할 뿐 나서는 기미가 전혀 없었다. 이마에 기름을 바른 듯이 뺀질거리기만 했다.

아빠는 저녁을 물리고 주섬주섬 옷을 갈아입었다. 장례식장에 다녀올 요량으로 옷을 입으며 새봄이 눈치를 살폈다. 잠시도 떨어져 있으려고 하지 않으니 하는 말이다. 새봄이는 이곳에 온 후로 더 불안해했다. 서울 아파트에서는 제 방에 틀어박혀 게임을 하든지, 아니면 자기가 좋아하는 웹툰을 보며 시간 가는 줄 모르고 있었지만, 이곳은 아빠만이 유일한 의지처였다.

아빠가 그러는 모양을 보고 새봄이는 불안한 눈치다. 좀 있으면 캄캄

45

한 밤이고 아무도 없는데 아빠마저 나가버리면 집안에서 혼자 있어야
했다.

"아빠, 어디 가려고?"

"웅, 우리 마을 이장 아버님이 돌아가셨대. 읍내 장례식장에 가보려
고."

새봄이는 그런 말이 귀에 들어올 리 없었다. 오직 아빠가 자기를 두
고 나간다는 사실에 집중할 뿐이었다.

아빠도 모르는 바가 아니었다. 걱정되었다. 그렇다고 아이를 데리고
장례식장에 갈 수는 없다고 생각했다. 조문 온 사람이 마을 사람이 대
부분일 터이지만 새봄이에게는 여태껏 일면식도 없었다. 당연히 노출
될 수밖에 없는 상황이고 보니 새봄이에게 감당이 안 되는 상황을 스스
로 연출한다는 것은 무리였다. 그래도 저리 불안해하니 그냥 두고 가야
하나 난감했다.

새봄이는 애원 가득한 눈초리로 아빠 눈을 바라봤다.

"그럼 너 아빠랑 같이 갔다가 올래? 웬만하면 집에 있는 게 좋을 텐
데…."

새봄이는 화색이 돌며 따라나설 듯이 벌떡 일어섰다.

상구는 새봄이를 눌러 앉히는 것을 포기했다. 새봄이를 차에 태우고
가면서도 걱정이 끊이지 않았다. 새봄이를 데리고 장례식장에 들어갈
지를 두고 속으로 애만 끓였다. 옆자리 새봄이는 태연했다.

막상 장례식장에 도착해서는 새봄이가 차에서 내리려고 하지 않았
다. 자기도 많은 사람이 있는 곳에 들어가려 하지 않았다. 집에 혼자 있
기가 무서워서 아빠를 따라나선 것이지 장례식장에 들어간다는 생각
은 전혀 하지 않았다. 장례식장 풍경을 본 것은 새봄이가 중학교 때 할

머니가 돌아가셨을 때가 유일했다. 할아버지가 돌아가셨을 때는 새봄이 너무 어려서 데리고 가지 않았다.

같이 들어가서 뭐라도 먹고 나오자고 말해도 막무가내였다. 차에 혼자 남아 있을 새봄이가 안쓰러워 설득해보았지만, 오히려 차에 혼자 있을 테니 얼른 갔다 오라며 등을 떠밀었다. 내심 새봄이가 따라 들어가면 어떻게 대처해야 하나 걱정한 자신의 속마음을 들킨 것 같아 쑥스러웠다. 사실 어린 딸을 마을 어른 장례식장에 데리고 오는 사람도 없을 것이며, 또한 새봄이 존재를 알지 못하는 마을 사람들이 궁금해하며 묻는 말에 일일이 대꾸해야 하는 난처함이 컸다. 시골 사람들은 유난히 남의 사생활에 궁금한 점이 많아 시시콜콜 참견하고 묻는다. 속으로는 잘됐다 싶었다.

일면식도 없던 사람에게 조의를 표하고, 저녁밥을 먹고 왔으니 잠시 앉아서 떡이며 과일 몇 조각을 주워 먹다 허둥지둥 빠져나왔다. 밖에 있는 새봄이 생각에 지질러 앉아 있을 수가 없었다. 안면이 있는 마을 사람이 왜 벌써 일어나느냐며 붙잡으려 했다. 아빠는 대충 둘러대고 새봄이에게 돌아왔다.

"아빠 없이 괜찮았어? 사람들이 자꾸 붙잡는 것을 뿌리치고 오느라 혼났다."

새봄이는 대답도 없이 얼굴빛 환해지며 어서 가자고 눈짓으로 채근했다.

"새봄이랑 아빠랑 이렇게 데이트하는 거 정말 오랜만이지? 하하, 정말 같이 나오길 잘했다."

유쾌해진 아빠가 옆자리 새봄이를 바라보며 웃었다.

정말 새봄이와 이렇게 단둘이 데이트한 기억이 잘 생각나지 않는다.

더군다나 새봄이가 갑자기 두문불출하며 집에만 처박혀 있으려고 할 때부터는 둘이 진지하게 얘기할 기회도 없었으니 더더욱 그렇다. 산속으로 이사 와서도 새봄이 생활 태도는 별반 바뀌지 않았지만 그걸 굳이 참견하여 바꾸려고 노력하지 않았다. 스스로 변하거나 생각이 바뀌기를 기다렸는지 모른다. 아빠는 내심 자연 속에서 살며 스트레스도 좀 해소하면 차츰 나아질 것이라고 기대했다.

새봄이도 신기한 듯 아빠를 쳐다보며 빙긋 웃었다.

언제부터인지 새봄이는 말수도 현저히 줄었다. 어려서는 곧잘 아빠에게 매달려 어리광도 부리고, 뽀뽀해 달라며 팔을 잡아끌던 아이였다. 그런데 이제 접근도 하지 않았다. 어쩌다 옆에서 슬쩍 살갗이 닿기라도 하면 놀란 눈초리로 자리를 피하며 눈을 매섭게 쏘아보고는 제 방으로 사라졌다. 아빠는 예전처럼 살가운 새봄이가 너무 그리웠다. 사춘기라서 그러려니 이해하려 해도 왜 그리 유난스러운지 이해가 되지 않았다. 서준이가 죽고 나서 내성적으로 변하고, 사춘기도 일찍 온 듯했다. 아빠는 되도록 새봄이의 심기를 건드리지 않으려고 노력했다.

읍내를 벗어나 마을로 접어드는 도로에 도착했다. 우리가 사는 마을로 들어가기 위해서는 북쪽으로 길게 늘어진 하천길을 따라 족히 7~8킬로미터는 들어가야 했다. 가을이 깊어서인지 밤이 일찍 찾아왔다. 그렇지 않아도 높은 산들로 가려져 있어 해가 일찍 숨어버리므로 밤이 더 길게 느껴진다. 길옆 산에는 숲이 우거져 여름에도 차를 타고 들어오다 보면 갑자기 어느 순간부터 서늘한 기운이 돌 정도다. 더구나 앞이 잘 보이지도 않는 컴컴한 길을 가다 보면 등골이 오싹해지는 경험도 한다. 길모퉁이를 돌다 갑자기 커다란 나무가 검은 망토를 두르고 서서 차를 세우려고 손짓을 한다. 사람으로 착각하는 것이다. 그러면 급브레이크를 밟는다. 식은땀을 흘리고 정신 차려 보면 검붉은 나무다.

좁은 길이 너무 어두웠다. 가로등이 있지만 말 그대로 가뭄에 콩 나듯이 드문드문 서 있다. 어쩌다 가로등 하나가 고장 나서 방치되면 상당한 거리를 말 그대로 어둠 속 터널을 뚫고 가게 되는 셈이다.

"이사 올 때는 낮이라 그냥 산골이구나 생각했는데, 우리 집이 이렇게 깊은 산골짜기었어?"

새봄이도 긴장했나 보다. 헤드라이트에 비치는 어둡고 좁은 길을 응시하며 겁먹은 표정이 역력했다. 온통 숲밖에 보이는 것이 없어 등에 검은 무언가가 달라붙는다고 생각했는지 떨쳐버리려고 어깨를 흔들며 부르르 떨기까지 했다. 좌석 옆 안전 손잡이를 잡은 손에 더욱 힘이 들어갔다.

"무서운가 보구나! 하긴 나도 이 길을 밤에 처음 지나갈 때는 엄청 무서웠어."

새봄이를 쳐다보며 무서워 말라고 안심시켜주려 미소를 지었다.

"너도 아까 봤지? 산속에서 불이 반짝이는 거? 처음에 난 그걸 보고 깜짝 놀랐다니깐, 도깨비불인 줄 알고. 이런 산속에는 도깨비불이 분명 있을 거라고 상상했으니까. 멀리에서 하나둘도 아니고 수많은 불빛이 보여서 정말 식겁했지!"

새봄이도 그것을 보았다. 저 멀리 산속에서 불빛이 반짝이는 것을 보고 물어보려고 하다 순식간에 지나쳐 잊고 있었다.

"나중에 낮에 그곳을 가봤더니, 농사짓는 사람들이 밭에 짐승이 들어오는 것을 막으려고 전구를 설치해둔 거야."

그러니 새봄이도 두려워할 거 없다고 위로하며 하는 말이다.

아빠는 두려워할 거 없다고 짐짓 대범한 척 어깨를 들썩이며 새봄이를 쳐다보지만 자기도 모르게 액셀레이터를 밟고 있었다. 이놈의 어둠 속을 빨리 벗어나고 싶었다.

그때였다. 갑자기 시커먼 물체가 길옆 숲에서 불쑥 튀어나왔다.

사람이 그곳에서 튀어나올 리는 없었다. 초저녁이라면 몰라도 밤도 깊었으니 사람이 길옆을 지나다닐 리도 없었다. 경적을 울리며 급하게 브레이크를 밟았다. 그러나 이 물체는 꿈쩍하지 않고 서 있었다. 피하 는 기색이 없었다. 무슨 짐승 같았다. 조심한다고 피하기에는 이미 너 무 늦었다. 급브레이크를 밟으며 부딪치지 않으려고 핸들을 꺾었으나 그 물체를 들이받았다. 다행히 정면으로 충돌하지는 않았다. 옆으로 스 친 것 같았다. 새봄이도 앞 유리에 머리를 부딪치며 심하게 요동쳤다.

"아빠, 뭐야? 뭐가 부딪쳤어?"

새봄이는 이마가 아픈 것도 잊고 아빠를 쳐다보며 소리쳤다.

두 사람은 동시에 차에서 내려 쓰러진 물체를 향해 다가갔다. 사람이 다가가자 버르적거리며 도망가려고 몸을 일으켜 세우려 했으나 다시 쓰 러졌다.

"이게 뭐지?"

아빠는 당황스러우면서도 다행히 사람이 아니라는 점에 안도하였 다. 제법 몸집이 커 보였다.

"아빠, 혹시 노루 아냐? 내가 TV에서 본 노루하고 비슷하게 생겼는 데…."

"글쎄? 노루 같기도 하고 고라니 같기도 하고…. 잘 모르겠다."

"그나저나 이거 어떻게 해? 아빠, 이거 신고 가서 치료해줘야지?"

새봄이는 징그러워하며 쉽게 다가가지 못하면서도 안타까운 표정이 뚝뚝, 묻어났다.

피가 나지 않는 것으로 보아 심하게 부딪치지는 않은 것 같은데 어찌 됐든 교통사고였다. 뒷다리 쪽을 부딪친 것 같았다. 큰 눈망울이 멀뚱멀뚱 새봄이를 쳐다보고 있었다. 고통을 참을 수 없는지 울음소리가 골짜기를 울렸다. 고통스러우면서도 음산한 울음소리가 잠자는 나무들을 깨웠다. 바람이 불어 나무들도 우우, 소리 질렀다.

아빠는 재수 옴 붙었다는 표정으로 잠시 고민하다가 새봄이를 채근했다. 그냥 빨리 이곳을 뜨자는 의사다. 그래도 새봄이는 발이 땅에 붙어서 떨어지지 않았다.

"어떻게 두고 그냥 가? 아빠가 친 거잖아?"

새봄이는 울상이 되어 울음보가 터지기 직전이었다.

"그럼 어떻게 해. 데리고 가봤자 죽을지도 몰라. 그리고 치료해주기도 어렵고. 누가 얘를 돌보겠니?"

둘은 잠시 팽팽한 신경전으로 노려봤다.

"이깟 짐승 한 마리 가지고 무얼 그래? 길 가다 보면 도로에 많이 죽어있는 거 너도 봤잖아?"

아빠는 새봄이 눈길을 애써 외면하며 어쩔 수 없다는 듯이 노룬지 고라닌지 모를 짐승을 길옆 풀숲에 밀어 넣었다. 그렇게 두고 얼른 여기서 빠져나가자는 무언의 행위였다. 혹시나 들고 나가는 차가 없는지 살펴보면서 새봄이에게 얼른 차에 타라고 소매를 잡아끌었다. 새봄이는 상구 손에 잡아끌리면서도 못내 안타까운 마음으로 떠나려 하지 않았다.

"너 정말 이럴래? 어쩔 수 없어. 이거 가져다 치료해 준다고 해도 산다는 보장도 없어."

아빠가 짐짓 윽박지르듯이 새봄이를 노려봤다.

새봄이는 아빠의 기세에 눌려 돌아서려 했다. 아빠 손에 끌려가면서도 쓰러진 짐승을 돌아봤다.

슬펐다. 아빠가 갑자기 무서워졌다. 믿고 따랐던 아빠 마음이 이렇게 모질고 매몰찬지는 정말 몰랐다.

차에 올라 그 자리를 4, 50미터쯤 벗어났을 때였다. 갑자기 새봄이가 울면서 차를 세우라고 소리쳤다.

"아빠, 정말 실망이야! 아빠가 저렇게 치어놓고 비겁하게 도망치면 어떡해. 빨리 세우란 말야! 어른들은 다 그렇게 비겁해!"

울음 섞인 비명으로 차를 세우라는 새봄이 목소리는 수 갈래로 찢어졌다.

아빠는 갑작스러운 새봄이 울음과 외마디 비명 같은 '비겁'하다는 말에 가슴이 철렁 내려앉아 낙담하는 느낌이었다. 차를 세우고 운전대에 고개를 푹 숙여 한참 숨을 고르고 있었다. 아빠는 새봄이에게 비겁하다는 소리를 처음 들었다. 충격이었다. 마음을 진정하고 새봄이를 돌아보았다.

"정말 저걸 데려다 치료해 주자고?"

새봄이는 자신도 모르게 슬픔이 복받쳐 아빠에게 소리 지른 것을 순간 후회했다. 하지만 아까 그 짐승의 눈망울을 보고 그냥 떠날 수는 없었다. 새봄이에게 살려 달라고 갈망하는 눈초리였다. 너무 간절해 보였다. 굵은 눈물까지 흘렸었다. 고통에 이지러진 울음소리는 지금도 들렸다. 새봄이는 대답 대신 눈물을 훔치며 고개를 끄덕였다.

"좋아, 정 그러면 할 수 없지. 대신 네가 정말로 잘 치료해야 한다. 돈이 얼마나 들지는 모르지만, 오늘은 밤이 너무 늦었으니 내일 동물병원에 데려가 보자."

아빠는 체념한 듯 차를 돌렸다. 새봄이가 외친 비겁하단 소리만이 화살처럼 날아와 가슴에 박혔다. 서글펐다.

짐승을 집에 데려와 우선 현관 한구석에 입지 않는 옷을 깔고 뉘었다. 여전히 고통스러운 울음소리가 계속되었다. 상구는 혹시 치과 진료를 받을 때 먹다 남은 진통제를 먹이면 통증이 덜하지 않을까 싶어 물에 타서 억지로 입을 벌려 먹였다. 다행히 자정쯤 지나고서부터는 진통제 약효가 듣는지 고통에 겨운 소리도 잦아들었다. 새봄이는 그제야 안심하고 제 방에 들어갔다.

이튿날 읍내에 있는 축산병원에 데리고 갔다. 개나 애완동물을 치료하는 동물병원은 없었다. 수의사에게 보여 주었다. 머리에 백발이 성성한 노인이었다. 그 수의사는 평생 의사 노릇 하며 소, 돼지만 다뤄봤지, 이런 짐승 데리고 오는 사람은 처음 봤다며 껄껄 웃었다. 다리를 이리저리 만지며 살펴보더니 뒷다리 한쪽이 부러졌다고 했다. 정강이뼈가 부러진 이외에는 큰 외상은 없다며 그나마 다행이라고 아빠에게 말했다. 새봄이도 함께였다. 새봄이는 내내 근심 어린 표정으로 쫓아다니며 의사 지시대로 짐승의 몸을 붙잡아 주거나 털을 고르듯이 쓰다듬었다. 아빠가 그렇게 만지면 손에서 노린내가 난다며 눈짓으로 제지해도 그칠 기미가 없었다.

의사 말로는 이 짐승은 노루가 아니라 암놈 고라니라고 했다. 부러진 다리에 부목을 대고 붕대로 묶었다. 여기서는 시설이 변변치 못해서 특별히 해줄 건 없고 진통제 주사를 놓았다고 했다. 뼈는 잘 맞췄으니 큰 걱정은 안 해도 된다고 안심시켰다. 그리고 약 기운이 떨어지면 또 진통제를 먹이라고 했다. 당분간은 고통이 심할 거라고도 했다. 수의사는 '이놈 한 네다섯 살 정도는 된 거 같은데…'라며 혼잣말처럼 중얼거렸다. 잘 먹이고 보살피면 두세 달 정도 지나면 뼈가 붙을 거라면서 새봄이에게 약봉지를 주었다. 수의사는 새봄이가 내내 걱정하며 서성거리는 모양을 보고 기특하다고 생각했나 보다. 따뜻한 눈빛으로 새봄이를 바라봤다. 마치 새봄이에게 부탁이라도 하듯이 약봉지 쥔 손을 꼭 그러쥐며 말했다.

"잘 보살펴서 낫거들랑 산에 풀어줘요, 아가씨!"

제 방에서 여간해서는 나오지도 않던 새봄이었다.

그런데 고라니가 집에 온 이후로는 제 새끼라도 돌보듯이 열심이었다. 거실 한편에 고라니 병실을 마련했다. 아빠는 고라니가 냄새도 나니 밖에다 두자고 했다. 하지만 새봄이는 막무가내였다. 벌써 찬 바람도 불고 추울 텐데 안 된다고 고집이 이만저만이 아니었다. 자기가 입던 두툼한 점퍼를 꺼내다 깔았다. 그러는 양을 보고 아빠는 놀라는 눈치였다. 여태껏 아끼던 옷을 남을 배려하여 내어주는 모습은 처음 보았기 때문이다. 그것도 고라니에게. 어쩔 수 없었다. 새봄이가 무엇이든 열심히 집중하는 모습을 보는 것이 위안이라면 위안이었다.

고라니는 몸을 뒤척이다 통증을 참을 수 없는지 괴상한 신음을 뱉어냈다. 개가 신음하는 것은 보았어도 고라니가 신음하는 소리는 처음이라 괴상스럽기 짝이 없었다. 그 기괴함은 마치 저승에 끌려가는 자가 끌려가지 않으려고 발악하며 내지르는 소리 같았다. 가뜩이나 가을이 깊어 마음이 우울한 판국에 고라니 신음이 아빠와 새봄이 마음을 깊은 호수 속에 가라앉혔다. 고통스러운 소리는 쉽게 잦아들지 않았다.

고라니는 아무것도 먹지 않았다. 마치 모르는 사람이 자기에게 독을 탄 음식을 가져다준다고 의심하듯이 도무지 입에 대려고 하지 않았다. 새봄이는 아빠더러 죽을 끓이라고 하거나 하다못해 가게에 가서 우유

54

라도 좀 사 오라고 칭얼댔다. '뭐라도 먹어야 할 텐데, 큰일이네'라며 걱정이 이만저만이 아니었다. 집안을 서성이며 어찌할 줄 몰랐다. 덩달아 아빠도 서성거렸다. 죽도 우유도 소용이 없었다. 그렇게 며칠이 지나갔다. 고통에 울부짖는 소리도 잦아들었다. 그렇게 굶었으니 통통하던 몸이 확연히 눈에 띌 정도로 말랐다. 진통제를 탄 물에만 의지하고 며칠을 버텼다. 음식은 마다하나 물까지 거부하지는 않았다.

고라니가 상구네 집에 와 있다는 소문은 금방 퍼졌다.

성호는 그걸 왜 집안에 들이냐며 혀를 끌끌 찼다. '고라니는 노린내가 심해서 잡아먹지도 않는데, 차라리 노루나 걸렸으면 좋았을걸…'하고 말하며 아쉽다는 표정이 역력했다. 동식은 새봄이가 정성을 다하고 있는 줄을 알면서도 야생에 살던 놈은 다치면 쉽게 살 수 없다며 헛수고한다는 투로 말했다.

새봄이는 도와주지는 못할망정 비꼬거나 악담을 하는 아저씨들이 미웠다.

"고라니가 놀라니깐 나가줘요! 누가 아저씨들더러 도와 달라고나 했느냐고요!"

새봄이가 갑자기 팩, 토라지며 소리 질렀다.

이웃 사람들은 갑자기 화를 내는 새봄이 서슬에 놀라 주춤주춤 물러섰다. 농담처럼 말했다가 새봄이에게 된서리 맞은 늦가을 풀처럼 된통 혼났다. 머리를 긁적이며 문을 열고 주춤주춤 빠져나갔다.

그 사이 어른들이 집안에서 두런두런하는 동안 밖에서 동태를 살피며 우물쭈물 들어갈까 말까 망설이던 대웅이 어른들이 새봄이에게 쫓기다시피 나오는 것을 보고 용기 내 들어섰다. 대웅은 그때까지도 무슨 말을 할 듯 말 듯 입을 삐죽거리면서도 말을 하지 못했다. 새봄이와 눈을 마주쳤다. 새봄이는 네가 어쩐 일이냐는 듯 조금은 놀란 표정이었다.

이윽고 용기를 냈는지 대웅이 어렵게 입을 열었다.

"누나, 고라니는 원래 풀을 먹는 짐승이잖아?"

누나라는 말에 새봄이는 금방 경계했던 마음이 누그러졌다. 무슨 묘안이라도 내올 것 같아 대웅이 입을 바라봤다. 대웅이를 보는 새봄이 눈이 반짝였다.

"그럼 뭘 먹이니? 지금은 겨울이 다가오고 있어서 풀도 없을 텐데….."

"가만있어 봐. 내가 얼른 나갔다 올 테니."

그러고는 대웅이 부리나케 집을 나갔다. 두어 시간이 지났을까, 대웅이 마대에 한가득 무언가를 채워 어깨에 메고 헐레벌떡 돌아왔다.

"이거 한번 먹여 봐, 누나. 우리 밭에서 거둬왔어."

대웅이 밭에 가서 배추를 거둬온 것이다. 가을배추를 수확할 때 속고갱이가 들어차지 않은 배추는 밭에 버려둔다. 도매업자들이 덜 여문 배추는 가져가 봐야 팔리지도 않을 테니 수확도 하지 않는다. 그걸 주위 사람들은 종종 거둬다 요긴하게 김치나 시래기를 만들어 먹었다. 대웅이네도 배추 농사를 크게 짓는데, 자기네 밭에 버려져 있는 배추가 생각난 것이다.

"허, 내가 왜 그 생각을 진작 못 했지? 대웅아, 고맙구나."

아빠는 반장댁에 배추 농사를 도와주러 갔을 때 보았다. 대웅이는 그 집 아들이었다. 올해 읍내 고등학교에 입학한 친구인데, 고등학생답지 않게 덩치가 우람했다. 하지만 많이 수줍어하고 수더분한 성격이 덩치와는 어울리지 않는다고 생각했다. 그 집 일을 다니면서 반장과 조금 친해졌다. 가끔 채소 등속을 먹어보라며 대웅이 편으로 보내오기도 했다. 그래서 새봄이와 대웅이는 서로 아는 얼굴이었다. 하지만 둘은 눈

인사만 할 뿐 그동안 서로 건네는 말이 없었다.

새봄이도 반가워 대웅이 메고 온 묵직한 자루를 얼른 받아 내렸다.

"정말 고마워."

그동안 데면데면 말 한마디 없이 지내던 새봄이가 정말 고마웠나 보다. 새봄이는 금방 표정이 활짝 밝아졌다. 얼마나 마음고생이 심했는지 알 수 있었다.

대웅이도 반가웠다. 새봄이네 집을 이따금 드나들어도 새봄이 새침데기처럼 말도 건네지 않으니 쭈뼛쭈뼛하다가 돌아가곤 했다. 대웅이는 첫눈에 서울에서 온 새봄이 마음에 들었다. 예쁘기만 한 것이 아니라 어딘지 모르게 성숙해 보였다. 더군다나 매사 조용하고 말 한마디 없으니 신비롭기까지 했다. 말을 걸고 싶었다. 하지만 용기가 나지 않았다. 산골에서만 살아온 자신의 행색이 초라해 보일까 무척 조심스러웠다. 자신을 무시할 수도 있다고 생각했다. 어쩌다 산에 들어갔다 오다 새봄이 집을 지나쳐 갈 땐 새봄이 있는지 기웃거리곤 했다. 일부러 그렇게 방향을 잡았다. 행여 새봄이를 마주치지나 않을까 해서 전에는 가보지도 않던 산에 들어갔다 나오는 척했다.

그러던 차에 새봄이 집에 다친 고라니를 들여다 놨다고 소문이 났다. 마을 어른들은 그걸 치료한다고 괜한 애를 쓴다며 혀를 찼다. 대웅이도 궁금했다. 고라니가 밥을 받아먹지 않는다는 말을 들었다. 그래서 새봄이 안타까워서 애를 태운다는 말도 들었다. 새봄이 집에 와보니 마을 사람들이 웅성거렸다. 도움도 주지 못하면서 새봄이 심기만 건드리고 있었다. 그때 대웅이는 고라니는 풀을 먹는 짐승이라는 생각이 퍼뜩 들었다. 그 길로 나가 배춧잎을 거둬온 것이다.

"어쨌거나 새봄아! 이 배춧잎 어서 고라니에게 줘 봐."

아빠가 자루에 담겼던 배춧잎을 한 움큼 쥐고 새봄이에게 건넸다.

새봄이는 말 끝나기 무섭게 아빠가 건네주는 배추를 받아들고 들어갔다. 아빠와 대웅이도 궁금해서 따라 들어왔다. 새봄이 배춧잎을 고라니에게 디밀자 냄새 맡듯이 코를 내밀었다. 처음에는 앞에 서 있는 사람들을 둘러보기만 하고 멈칫멈칫했다. 눈치를 살피다 이윽고 안심했던지 입을 갖다 댔다. 퍼질러 앉은 채로 입을 오물거리며 배춧잎을 먹기 시작했다. 새봄이가 뒤를 돌아보며 예상이 맞았다는 듯이 빙긋이 웃었다. 그동안의 마음고생이 나뭇가지에 앉았던 새가 훌쩍 날아가듯 사라졌다.

"와, 와, 자네 고맙네! 정말 고마워!"

아빠는 고라니가 먹이를 먹는 모습에 감탄사를 연발했다.

새봄이가 걱정하는 만큼은 아니어도 아빠 역시 고라니가 먹이를 먹지 않아 여간 고심한 게 아니었다. 옆에 서 있는 대웅이 어깨를 감싸 안으며 진심으로 고마운 마음을 표했다.

대웅이는 어깨를 감싸 안은 손이 어색했는지, 아니면 새봄이가 좋아하는 모습이 자기도 좋았는지 어깨를 으쓱하며 엷은 미소를 지었다.

새봄이는 그동안 얼굴만 보며 덩치만 컸지, 숫기 없는 대웅이에 별 관심도 두지 않았다. 그런데 오늘 고라니 먹이를 해결해주는 것을 보고 고맙기도 하지만 전에 보이지 않았던 믿음직스러운 구석이 눈에 띄었다. 새봄이는 고라니가 배춧잎을 맛있게 먹는 모습을 보다 말고 옆에 서 있는 대웅이 얼굴을 올려다봤다. 대웅이가 쑥스러운지 머리를 긁적거리며 새봄이 눈길을 피했다. 새봄이는 그러는 모습이 무척 귀엽다고 생각했다. 더군다나 누나라고 하며 접근해오는 모습이 살가워 보이기까지 했다. 그동안 경계했던 마음이 눈 녹듯 사라졌다.

그 후 새봄이는 더 적극적으로 움직였다. 고라니가 풀을 먹어야 한다는 사실을 안 이후로 집 근처 숲속을 드나드는 것은 물론이거니와 아빠에게 종종 신선한 배추며 무청을 거둬다 달라고 졸랐다. 풀이 벌써 말라버렸기 때문에 숲에서 풀을 뜯어다 줄 수도 없었다. 물론 고라니는 마른 풀도 잘 먹는다. 그래도 새봄이는 신선한 배춧잎이나 무청이 더 영양이 풍부하다고 판단했는지 아빠에게 졸라댔다.

아빠는 그런 새봄이 부탁이 싫지만은 않았다. 더 먼 곳까지 나가서 고라니 먹이가 될만한 것들을 거둬왔다. 오히려 고라니를 돌보면서 말수도 많아지고, 아빠에게 이런저런 부탁도 하며 고라니를 매개로 대화도 하게 됐다. 잃었던 웃음도 조금씩 되찾아 얼마나 다행인지 몰랐다.

그날 이후로 대웅이가 더 자주 드나들기 시작했다. 고라니 먹이가 손에 들려있음은 물론이다. 둘은 고라니를 돌보며 한층 가까워졌다. 아빠도 싫지 않아 보였다. 이 산골에 친구도 없을뿐더러 매일 집에 틀어박혀 우울하게 있는 것보다 보기가 훨씬 좋았다. 대웅이가 고맙기까지 했다.

아빠는 기분이 좋아져 새봄이를 보며 농담을 던졌다.

"새봄이 너 그렇게 정성으로 돌보는 거 보면, 난 고라니가 네 동생 같아 보여, 하하"

아빠는 새봄이를 보며 싱긋 웃었다.

"헤헤, 아빠, 정말 고라니를 내 동생 삼을까? 보면 볼수록 정이 간다니깐. 얘 눈망울 좀 봐. 나도 처음에 얘 눈을 보고서 도저히 그냥 두고 갈 수 없었다니깐. 아마도 전생에 얘랑 무슨 인연이 있었나 보지? 그래서 그날 아빠 따라서 장례식장에 간 거고, 그리고 얘를 만난 거고⋯."

새봄이는 재잘거리다가 목에 무엇이 걸린 사람처럼 불편해하며 말을 끊었다. 이내 시무룩해졌다. 고라니를 빤히 쳐다보며 목덜미부터 등까지 연신 쓰다듬었다. 동생이라는 말에 죽은 서준이 생각이 났나 보다. 고라니를 바라보는 눈길이 서글퍼 보였다. 동생이 죽은 지도 많은 세월이 지났지만, 동생에 대한 기억은 지워버릴 수가 없었다.

상구는 그러는 양을 보고 새봄이 엄마 모습을 보는 착각을 일으켰다. 잠깐 혜숙이 얼굴이 스쳐 갔다. 새봄이 어렸을 때나 죽은 새봄이 동생을 쳐다보는 모습이 지금 새봄이가 고라니를 쳐다보는 모습과 너무나 닮았다고 느꼈다.

"근데 요새 통 엄마한테서 연락도 없더라. 아빠, 무슨 일 있어?"

상구는 새봄이 말에 자기 머릿속 생각을 들킨 사람처럼 당황했다.

정말 그랬다. 여기 이사 오고 나서 얼마간은 연락도 왔었다. 지낼만하냐며 걱정하는 문자도 오고, 새봄이 상태에 대해서도 물어보고, 잘 데리고 있으라는 부탁과 함께 혹시 다시 서울 온다고 하면 보내라고까지 했었다. 그런데 6, 7개월인가 지나고서부터는 소식이 뜸해지기 시작했다. 그러다가 최근에는 아예 소식이 오지 않았다. 전화해도 바쁘다며 끊으라고, 자기가 다시 전화하겠다고 하고는 전화가 오지 않았다. 상구는 불안했다.

"글쎄다? 네 엄마가 요즘 무척 바쁜가 보지."

얼른 얼버무리고 말았다.

벌써 겨울이 다가왔다. 이곳은 높은 지대라서 겨울이 다른 곳보다 빨리 온다. 11월이면 벌써 찬바람이 돌기 시작해서 11월 중순이면 때때로 첫눈이 온다.

고라니도 가끔 일어나 서보려고 애를 쓴다. 새봄이가 지극정성으로 보살펴서인지 차도가 빨라졌다. 12월도 거의 끝나갈 무렵, 고라니가 혼자서 거실 바닥을 기우뚱기우뚱 걸어 다니는 모습을 아침에 일어난 새봄이가 발견했다. 아빠는 그날따라 늦잠을 잤다.

"아빠, 아빠, 빨리 일어나봐. 고라니가 걸어 다녀!"

새봄이 호들갑에 아빠도 벌떡 일어나 거실로 나왔다. 고라니가 천천히 걸어 다니더니 여기저기 검정콩 같은 똥까지 싸 놓았다. 고라니가 싼 똥은 모두 아빠 차지였다. 그토록 고라니에 애착을 부리던 새봄이도 똥만은 질겁을 하며 아빠보고 치우라며 얼굴을 찡그렸다. 아빠는 고라니가 걸어 돌아다니는 것을 기뻐하기보다 똥을 싸서 어질러 놓은 게 먼저 눈에 들어왔다.

"야! 이게 뭐야! 똥을 이렇게 사방에 싸질러 놓으면 어떡해!"

아빠는 정말 화가 나서 소리 질렀다.

그 소리에 깜짝 놀란 고라니가 움찔했다. 그리고는 천천히 새봄이에게 다가가는 게 아닌가. 새봄이가 왜 그렇게 소리치냐는 투로 아빠를 노려봤다. 새봄이는 다가온 고라니를 안고 등덜미 털을 쓰다듬으며 안심시켰다. 새봄이와 고라니는 이제 깊은 유대관계가 형성되었다.

어느 정도 걷겠다 싶어서 고라니를 치료했던 수의사에게 연락했다. 부목을 떼어내도 되는지 물어보기 위해서이다. 두 달 넘게 지났지만, 혹시 모르니 아직은 좀 더 있어 보라고 했다. 그러고서 보름이나 더 있다가 부목을 떼어보았다.

통증은 느끼지 못하는 모양이었다. 다만 걷는 모습이 약간 뒤뚱거리면서 부자연스러웠다. 고라니는 부목이 없어지니 커다란 혹이 떨어진 것처럼 홀가분한가 보았다. 부러졌던 다리를 한동안 핥다가 새봄이를 향해 천천히 걸었다. 생기가 돌았다. 이전처럼 뛰지는 못해도 걷는 데는 지장이 없을 정도로 회복되었다.

새봄이는 하루에 한두 번씩 고라니를 데리고 걷는 연습을 시켰다. 수의사 선생님이 걷는 연습을 시켜야 빨리 숲으로 돌려보낼 수 있다는 말을 실천하는 것이다. 그러나 고라니를 숲으로 돌려보낸다는 생각은 없었다. 아직 겨울이 지나지도 않았고 또한 정이 많이 들어서 숲으로 돌려보내야 한다는 생각이 새봄이에게는 서지 않았다. 사실 새봄이는 제 방에 있을 때는 휴대전화를 붙들고 종일 있어도 심심하지 않았다. 그러나 고라니와 지내면서 제 방에 틀어박혀 있는 경우는 별로 없었다.

이제 제법 고라니가 깡충거리며 뛰기 시작했다. 오히려 새봄이가 뛰어다니는 고라니 뒤꽁무니를 쫓아다니기 시작했다. 이웃 사람들이 거의 다 치료된 고라니를 보고, '이제 숲으로 돌려보낼 때가 되지 않았나?'라며 얘기했지만 새봄이는 귓등으로 흘렸다. 심지어 현동은 고라니를 쳐다보며 '고라니는 겨울에 발정이 나요. 얘도 겨울에 교미해야 봄에 새끼를 날 텐데…. 겨울만 되면 뒷산 숲속에서 나는 괴기한 울음소리 들어보셨죠? 그게 바로 수컷 고라니가 발정 나서 소리 지르는 거라고요'라며 상구에게 말했다. 그러나 사실 새봄이에게 말하는 거나 마찬가지였다. 놓아주어야 한다는 뜻이다.

눈이 소복이 왔을 때였다. 눈이 오면 보통 20㎝ 이상 오는 것이 보통이다. 눈이 오면 녹지 않으니 산이며 밭은 온통 하얀 광목천을 두른 듯 눈밭이 봄까지 이어졌다. 눈만 오면 마을 사람들은 고립되는 것이 두려운지 모두 나와서 동구 밖까지 눈을 치웠다. 그래야 급한 일이 생겨도 나갈 수 있기 때문이다. 아빠도 역시 눈만 오면 불문율처럼 일어나 제일 먼저 시작하는 일이 눈을 치우러 나가는 일이다.

그날도 눈을 치우러 나갔다 왔다. 마을 사람들과 눈을 치우고 동구 밖에서 서성거리며 이런저런 잡담을 나누다 느긋하게 올라왔다.

"아빠, 큰일 났어!"

새봄이가 놀란 토끼 눈을 하고 아빠가 들어오기만을 기다렸나 보다. 휘둥그레진 새봄이를 바라보며 무슨 일이 있냐고 물었다.

"고라니가 없어졌어. 현관문이 열려 있었나 봐? 아빠가 문을 열어놓고 간 거지?"

원망 섞인 표정으로 아빠를 바라봤다.

"글쎄다. 분명히 닫고 나간 거 같은데…. 다시 찾아봐. 요새 걔가 빨빨거리고 잘 돌아다니잖아."

"없어, 내가 다 찾아봤다니까!"

새봄이는 울음보가 터지기 직전이었다.

"아빠가 일부러 그런 거 아냐? 마을 사람들이 계속 놓아주어야 한다고 해서 놓아준 거 아니냐고?"

일부러 문을 열어놓고 가지 않았느냐며 의심하는 말투다.

사실 아빠는 고라니가 건강해 보이기 시작하자 은근히 새봄이를 설득하긴 했다. 야생동물은 언젠가는 숲으로 보내야 한다고, 그렇게 너무 정붙이면 나중에 힘들어진다고 말했다. 그렇다고 아빠로서도 고라니를 이 추운 겨울에 놓아주어야 한다는 생각은 아니었다. 새봄이가 나중에 힘들어할까 걱정돼서 미리 예방주사 놓듯이 말해 왔다.

혹시나 해서 밖에 나가 마당을 가로질러 숲을 가보니 정말 거기에 발자국이 선명하게 찍혀 있었다. 고라니가 숲으로 도망간 것이다. 새봄이는 그 발자국을 우두커니 보더니 두 볼에 눈물이 흘렀다. 아빠는 가만히 다가가 새봄이를 꼬옥 안았다. 등을 토닥여주면서 위로했다.

"어차피 잘 됐는지도 몰라. 언젠가는 그 애를 보내줘야 할 때가 오잖니. 네가 힘들지 말라고 고라니가 몰래 갔나 보다."

둘은 눈이 하얗게 덮인 숲을 바라보았다. 새봄이는 고라니가 아무 말 없이 사라져 서운했다. 망부석이 된 듯 그 자리에서 꼼짝하지 않았다. 아빠는 먼저 집에 들어갔다. 새봄이가 마음을 추스르고 들어오길 배려하는 뜻에서다. 창문을 통해 비치는 새봄이 모습이 무척 외로워 보였다. 그렇게 30여 분, 아니 1시간여를 고라니 발자국을 바라보며 서성거렸다.

고라니가 사라지자 새봄이 병이 도졌다. 고라니가 사라진 것이 아빠 책임이라도 되는 양 아빠와 말도 안 하고 제 방에 틀어박혔다. 그리고 3일 밤이 지났을 것이다. 아침밥을 먹고 차를 끓이기 위해 찻물을 올려놓고 밖을 내다보고 있을 때였다. 상구는 깜짝 놀랐다. 마당에 고라니 한 마리가 서성거리고 있는 게 아닌가! 분명 새봄이가 애지중지하던 그 고라니였다.

"새봄아! 이리 나와봐. 고라니가 돌아왔어!"

상구는 믿기지 않았다. 제 발로 도망간 놈이 다시 돌아왔으니 믿을 수 없는 건 당연했다.

새봄이가 방문을 열어젖히고 뛰쳐나왔다.

"어디? 정말이야! 어디? 어디?"

"저기 봐. 분명 그 고라니야?"

새봄이는 현관문을 열고 뛰어나갔다. 고라니도 새봄이가 나오는 것을 보고 천천히 다가왔다.

"소담아! 너 맞지?"

소담이는 새봄이가 고라니에게 지어준 이름이다. 착하게 보이는 눈망울이 사슴을 닮았다고 하며 한참을 고민하다 붙여주었다. 새봄이 소담이를 안고 얼굴을 보며 눈을 맞췄다. 고라니도 새봄이가 보고 싶었는지 머리를 새봄이에게 비비대며 반가워했다. 멀뚱멀뚱 쳐다보는 눈망울은 여전했다.

"춥겠다. 새봄아, 빨리 데리고 들어와!"

사람들은 되돌아온 고라니가 영물이라고 했다. 새봄이가 그렇게 정성을 다해 치료하고 보살폈으니 되돌아온 것이 당연하다고도 했다. 어떤 사람은 새봄이가 고라니와 말하는 걸 보았다고도 했다. 신기한 일이라며 수군대기도 했다.

고라니가 다시 돌아온 후 막바지 겨울을 보냈다. 바람도 많이 따뜻해지기 시작했다. 이곳은 봄이 아랫마을보다 늦게 오니 여전히 춥지만 봄이 오고 있다는 것을 피부로 느꼈다.

신기하다며 새봄이 지극정성을 칭찬했던 사람들도 다시 걱정스러운 말을 건넸다. 이제 봄이 다가오니 고라니를 숲에 보내주어야지 계속 붙들고 있으면 안 된다는 것이다. 산짐승은 숲에 가서 살아야 행복하다고 했다. 아빠도 틈날 때마다 새봄이에게 말을 건넸다. '아저씨들 말이 맞을지 몰라. 네가 아무리 잘해준다 해도 고라니가 여기 사는 것은 정상적인 건 아냐. 소담이도 이제 숲에 돌아가서 다시 새끼 낳고 살아야 행복하지 않겠니? 우리 소담이를 보내주자. 네가 서운한 건 알지만 소담인 다시 숲으로 돌아가 이전처럼 살기를 원할 거야'라며 새봄이 눈치를 살폈다.

이웃 사람들도 그렇고 아빠도 진지했다. 우연한 일로 소담이를 만나 마음을 쏟으며 이 산골에서 지낼 수 있어서 좋았지만, 그래도 자기 고향 숲으로 보내는 것이 서로에게 좋겠다고 생각했다. 새봄이도 계속된 설득에 많이 누그러졌다. 처음에는 들으려고도 않던 고집이 봄이 다가올수록 봄눈 녹듯 스르르 사그라졌다.

소담이도 수시로 새봄이 품을 떠나 숲으로 나갔다가 돌아오기를 반복했다. 새봄이 어느 날 소담이에게 먹이를 주지 말자고 아빠에게 말했다. 아빠는 기특하다는 눈빛으로 새봄이를 아무 말 없이 안아주었다. 그 마음을 짐작하고도 남았다.

고라니는 산괴불주머니 노란 꽃이 바위틈에 줄줄이 피어나기 시작하는 어느 봄날 숲으로 들어가더니 더는 새봄이 곁으로 돌아오지 않았다.

새봄이는 다시 혼자가 되었다. 아니다. 고라니를 돌보며 더욱 친해진 대웅이라는 친구가 생겼다. 그래도 새봄이의 외로움을 달래주지는 못했다. 고라니가 돌아간 숲을 물끄러미 바라보며 넋 나간 사람처럼 서 있는 모습을 종종 발견하곤 했다.

거대한 상수리나무는 있을까?

"소담아! 어찌 된 일이야?"

새봄이는 고라니를 껴안고 눈물을 흘렸다. 감격에 겨워 진짜 보고 싶었던 고라니가 맞는지 연신 훑어보고는 다시 목을 끌어안았다. 작년 봄에 고라니와 헤어졌다. 이른 봄 산괴불주머니꽃이 피기 시작하는 날 고라니를 숲으로 보냈다. 그렇게 1년이 넘도록 소식이 없었다. 1년도 훨씬 넘게 지나 여름이 시작되는 어느 날 보고 싶었던 고라니를 만났다.

새봄이는 고라니가 아팠던 뒷다리를 살펴보며,

"아팠던 다리는 이제 다 나은 거야?"

고라니를 안은 손으로 뒷다리를 어루만졌다.

고라니는 새봄이 말을 다 알아들었다는 듯이 조그만 꼬리를 살랑살랑 흔들었다. 새봄이가 고라니 목을 껴안고 얼굴을 비비댔다. 그러자 고라니는 답례라도 하듯 새봄이 목덜미를 핥았다. 오랜만에 만난 자매처럼 기쁨에 겨워 몸을 흔들며 반가워했다.

"얼마나 보고 싶었다고? 너는 나 보고 싶지 않았어?"

새봄이는 정말 고라니가 보고 싶었다.

고라니를 숲으로 돌려보내자는 성화에 못 이기는 척 보내기는 했다. 그러나 새봄이 생각에 고라니의 골절됐던 다리가 아직 불완전한데, 지금 보내면 다른 어떤 동물에게 잡아먹히면 어쩌나 하는 마음이 컸었다. 야생에서는 약한 자는 흔히 다른 강한 동물에게 잡아먹히거나 아니면 먹이를 먹지 못해 굶어 죽는 경우가 허다함을 알고 있기 때문이다. 그런데 고라니가 자꾸만 집을 나갔다 돌아오는 횟수가 빈번해지면서 이제 놓아주어도 괜찮겠구나, 하고 마음을 놓았다. 그걸 고라니가 바란다고도 생각했다. 그리고 숲으로 보내주어도 그동안의 정리로 가끔은 새봄이를 보기 위해 집으로 찾아오겠지, 라는 희망도 없지 않아 있었다.

하지만 고라니는 그렇게 집을 나간 후 한 번도 소식이 없었다. 새봄이는 상심이 컸다. 고라니가 다시 돌아와 줄줄 알았는데 감감무소식이었다. 혹시 담비나 살쾡이에게 잡아먹히기라도 했나? 아니면 아픈 다리 때문에 제대로 먹이를 먹지 못해 굶어 죽지는 않았는지 등 두려운 상상이 머리를 떠나지 않았었다.

어느 날 윗집 사는 재현 아저씨가 아빠에게 하는 소리를 듣고 나서 부쩍 더 의심이 들었다. 그는 이 마을에 제일 먼저 내려와 정착한 사람이다. 아들이 아토피가 심해 치료도 할 겸 일찌감치 산골에 내려와 살 결심을 했다고 한다. '상구씨, 담비 봤어요? 여기 담비도 살아요'라며 꺼낸 그의 말에 의하면, 내려와서 살려고 집을 짓고 있는데 추운 겨울날 산 아래서 위로 쏜살같이 뛰어가는 놈을 보았다고 한다. 목덜미부터 등허리까지 황금색 털이고, 점점 꼬리 쪽으로 갈수록 검은색 털이 진해지는 이놈은 날렵하기가 족제비처럼 재빨랐다고 한다. 그는 담비를 처음 발견한 감동이라도 전해주려는 양 담비가 사라진 방향을 연신 가리키며 열을 올려 설명했다. 이제 호랑이나 표범이 우리나라에 살지 않으니 아마도 담비가 최상위 포식자라는 말까지 덧붙였다.

새봄이는 그 말을 듣는 순간 고라니를 떠올렸다. 고라니를 그렇게 일찍 보낸 것을 후회했다. 그런 놈이 여기에 산다면 아픈 다리로 숲에 돌아간 고라니가 위험하다고 생각했다. 재현이 전한 말이 아니더라도 숲에는 얼마나 많은 위험이 도사리고 있을지 짐작이 가고도 남았다.

한 달이 가고, 몇 달이 지나도 고라니로부터 소식이 없으니 분명 죽었을 수도 있겠다는 생각이 들었다. 그런 생각이 미치자 고라니를 만나고부터 조금씩 활달해졌던 새봄이는 다시 제 방에 들어가 두문불출하는 병이 도졌었다.

새봄이는 주변을 돌아보았다.

고라니와 사람이 부둥켜안고 눈물 흘리는 모습이 무척 의아했나 보다. 다람쥐가 길 가다 말고 입에 넣은 먹이를 우물우물하며 쳐다봤다. 너구리는 무슨 일인가 싶어 뒤돌아보며 귀를 쫑긋 세우고 한참 서 있더니 관심 없다는 듯 골짜기 아래로 느릿느릿 사라졌다.

상수리나무 위에는 부엉이가 굴속 둥지에서 나와 검은 눈동자를 대록대록 굴리며 내려다봤다. 누가 내 단잠을 깨우느냐는 표정이다. 장수풍뎅이와 사슴벌레는 상수리나무 진액을 빨아먹느라 정신이 없었다. 그 옆에 몸집이 작은 털두꺼비하늘소가 만찬에 끼어들려고 다가가나 덩치 큰 사슴벌레가 가위 모양의 커다란 집게로 자꾸만 밀어내 아래로 떨어뜨렸다. 한편 사슴벌레는 장수풍뎅이를 당해내지 못했다. 장수풍뎅이는 긴 뿔로 사슴벌레를 번쩍 들어 나무 아래로 내동댕이쳤다.

뻐꾸기는 관심 없다는 듯 높은 가래나무 우듬지에서 낭랑한 울음소리를 뽐냈다. 베짱이같이 여유작작 놀면서 노래 부르지만 기실 지금 뻐꾸기는 다른 새 둥지에 알을 낳아놓고 전전긍긍하는 것이다. 새봄이와 고라니가 있는 바로 근처에서 곤줄박이 부부는 쨱쨱거리며 난리다. 자기 집이 바로 옆에 있는지 혹시나 새봄이가 둥지에 까놓은 새끼를 건드릴까 경계하고 있었다. 층층나무 속에 산비둘기 부부가 앉아서 둘을 바라봤다. 구구구, 하는 소리가 새봄이와 고라니가 왜 울고 있는지 궁금해서 자기들끼리 이야기하고 있는 듯했다. 산비둘기 부부는 구구구, 덩달아서 구슬피 울었다.

"소담아, 네가 산제비나비를 나한테 보낸 거니?"

지금까지 벌어진 일이 새봄이는 도저히 믿어지지 않았다. 자기가 산제비나비를 따라온 것도 그렇고, 산제비나비를 따라오니 거기에 그리도 보고 싶었던 고라니가 나타난 것도 그랬다. 말이 통하는 사람을 대하듯 고라니에게 물었다. 그런데 신통하게도 고라니는 알아들었다는 듯이 고개를 끄덕였다. 그러면서 새봄이가 잘 보살펴 주어서 다리가 다 나았다는 듯이 새봄이 주위를 걸어 보였다. 그래도 새봄이 눈에는 아직 약간 부자연스러워 보였다. 그러나 고라니는 아무렇지도 않다는 듯 뛰어 보이기까지 하였다.

어느새 산제비나비 여러 마리가 날아와서 둘의 주위를 축복이라도 하듯 춤을 추었다. 산제비나비만이 아니었다. 부전나비도 있고, 뿔나비도 있었다. 산제비나비 한 마리가 새봄이 어깨에 살포시 앉았다.

"어어! 얘가 나를 무서워하지도 않네?"

새봄이는 상기된 표정으로 나비를 곁눈질하며 바라봤다. 혹여 나비가 날아갈까 염려하여 움직일 수도 없었다.

"얘들이 모두 네 친군가 보네? 그러니까 이렇게 도망가지도 않고…."

고라니는 밝은 표정으로 긍정도 부정도 아닌 야릇한 미소를 지었다.

새봄이는 침대에 누워 고라니를 생각했다.

고라니가 돌아가는 새봄이를 집 근처까지 데려다주었다. 거기까지 였다. 새봄이가 집 마당에 들어서자 헤어지는 걸 아쉬워하듯 잠시 서 있다가 돌아서 숲속으로 가버렸다. 다음에 다시 만나리라는 기약도 없었다. 뭔가 아쉬워 돌아보며 고라니를 부르려고 손을 들었으나 이미 고라니는 저 멀리 숲속으로 뛰어가고 있었다. 고라니가 뛰어가는 모습을 한참을 바라보다 집으로 들어왔다.

도무지 믿어지지 않았다. 오후에 있었던 일들이 모두 꿈을 꾸고 있는 것 같았다. 새봄이는 자신의 볼을 꼬집어 보았다. 혹시나 진짜로 꿈을 꾸고 있는 건 아닌지 확인해 보기 위해서다. 나비를 따라 숲에 들어간 것이며, 거기에 그토록 보고 싶었던 고라니가 있었다는 사실, 그리고 그 속에 상상하지 못할 정도로 큰 상수리나무가 있었다는 사실들이 놀랍기만 했다.

꿈을 꾸고 있는 것 같지는 않았다. 분명 꼬집힌 볼이 얼얼했다. '소담이와 다시 만날 약속하고 오는 건데…'라고 후회했다. 언제 다시 만날지 기약도 없이 그저 만나서 기쁜 나머지 허둥대며 울다가 헤어졌다. 소담이와 얘기할 수 있었으면 얼마나 좋았을까도 상상했다. 말이 통하지 않으니 얼마나 답답한지 몰랐다.

새봄이는 고개를 가로저었다. 바보 같은 생각을 하고 있다고 생각했다. 동화책이나 만화영화에서는 스스럼없이 사람과 동물이 서로 말하는 것을 별 의심 없이 보았다. 당연하다고 생각했다. 그런데 오늘 고라니와 다른 동물, 나비를 만나고 나서 그것이 당연한 것이 아님을 알았다. 그냥 말을 하면 통하는 줄 알고 사람한테 말하듯 했다. 그런데 신기하게도 소담이는 다 알아듣듯이 행동을 했다. 눈빛이나 몸짓, 행동 등

반응을 보고 알아듣는다고 짐작했다. 다시 만날 수 있을지 전혀 모르면서 '다음에 만나면 꼭 물어봐야지. 소담이와 말하고 싶다고. 그러려면 어떻게 해야 하는지? 꼭 물어봐야지'라고 새봄이 중얼거리며 밖을 내다봤다. 벌써 어둑어둑해졌다.

아빠가 현관문을 열고 들어왔다. 주택 건축일을 도와달라 이웃 부탁을 받아 나갔다 들어오는 길이다. 사실 이런 산골에서 일거리는 많지 않다. 동네 배추밭이나 브로콜리밭에 나가 농약 살포를 보조하거나 아니면 수확을 돕는 것이 전부였다. 그것도 아빠가 일머리가 없어서인지 자주 부르지도 않았다. 다행히 주위에 토지를 매입해 집을 지어 파는 우식이 '형씨, 우리 건축 현장에 와서 일하지 않을텨? 내 일당 챙겨줄 테니까 나와봐'라며 건들거리며 말했다. 아빠는 그 태도에 기분이 상하면서도 못 이기는 척 나갔다.

다른 미장이나 용접공은 말할 것도 없고, 하다못해 아무 기술 없이 먼저 들어와 일하는 아랫마을 충성이에 비해서도 일당이 형편없었다. 충성이는 이곳에서 대대로 살아온 사람이다. 이름은 따로 있지만, 우식에게 항상 저자세로 충성한다며 붙인 별명이다. 이를테면 충성파 일꾼인 셈이다. 또 땅을 많이 가지고 있는 원주민이니 우식이 잘 대우해 주는 탓도 있었다. 그는 배추 농사를 주로 짓는데, 농사일이 없을 때는 집 짓는 곳에 와서 일한 지가 꽤 되었다.

어쨌든 돈벌이가 딱히 없는 자신에게 그나마 건축업자 우식이 건네주는 돈은 적잖이 살림에 보탬이 되었다. 기분은 썩 내키지 않았지만 부를 때마다 열심히 나갔다. 아빠는 말끝마다 노느니 아르바이트한다고 했다. 누가 묻지도 않는데 스스로 자격지심이 들어서였다. 사실 회사 다닐 때는 부장 소리까지 듣고 나온 사람이 십장에게 핀잔을 들어가며 일을 하려니 그럴 만도 했다.

들어오자마자 딸이 잘 있는지 방문을 두드렸다. 언젠가 딸의 방문을 노크도 없이 열었다가 베개가 느닷없이 날아온 적이 있었다. 아빠면 그렇게 해도 되느냐며 욕을 퍼붓는 모습을 보고 '딸이 다 컸구나' 새삼 느꼈었다. 그 이후 새봄이를 대할 때마다 매사 조심했지만 어릴 적 새봄이가 그리웠다. 응석받이로 매일 아빠 어깨에 매달리고, 아빠 말이라면 죽는시늉까지도 하는 딸이었다. 애인 사이처럼 곰살맞기까지 했다. 이제 다 옛날얘기다.

문을 여니 새봄이는 불도 켜지 않은 방에 웅크리고 앉아 뭔가 골똘히 생각하고 있는 듯이 보였다. 당연히 휴대폰이나 들여다보고 있을 줄 알았는데 그렇지도 않았다.

"새봄아! 왜 그러고 있어? 오늘 일 끝나고 마트에 가서 삼겹살 사 왔으니 고기 구워 먹자."

삼겹살 구워 먹자는 소리에도 뜨뜻미지근하다. 원래 새봄이는 삼겹살을 좋아하는데도 말이다. 아빠는 새봄이가 너무 배고파서 그러나보다 생각하고 서둘러 상을 보고 삼겹살 굽는 냄새를 풍겼다. 오랜만에 삼겹살을 구워 먹는다.

삼겹살이 노릇노릇 다 구워져서야 밥상머리에 나와 앉았다.

"아빠, 사람이 짐승이나 곤충들하고 말할 수 있을까?"

아빠는 무슨 뚱딴지같은 소리냐는 듯 어이없어하는 표정을 지었다.

"아 왜? 『어린왕자』나 만화영화를 보면 그런 장면 많이 나오잖아? 뱀이나 꽃하고 말한다든지, 아니면 사자가 어린애하고 말하잖아?"

아빠는 갑자기 새봄이의 뜬금없는 소리에 긴장하는 듯했다. 얘가 허구한 날 방안에 틀어박혀 있더니 정신이 이상해진 건가 하는 의구심이 퍼뜩 든다는 눈치였다. 그런 생각을 하면서도 고개를 흔들며, '그럴 리 없어, 괜히 내가 쓸데없는 생각을…'라고 아빠는 속으로 중얼거렸다.

"그거야, 만화니까 그렇지. 작가가 의도적으로 말이 통하는 것처럼 설정했을 뿐이야. 실제로는 그런 일 없어. 야, 헛소리 말고 고기나 먹자."

아빠는 상추쌈에 고기 한 점을 싸서 먹으라고 디밀었다. 고기쌈을 입에 물고 새봄이는 고개를 갸우뚱했다.

"이상하다, 나도 그렇게 생각해. 하지만 고라니하고 말할 수 있으면 얼마나 좋을까?"

고라니라는 말에 새봄이가 고라니를 그리 보고 싶어 하더니 별의별 생각을 다 하는구나, 라고 안쓰러운 마음이 들었다.

"네가 고라니 때문에 그러는구나? 고라니는 이제 잊어. 숲으로 돌아간 지가 1년도 훨씬 넘었잖니? 혹시 잘못됐을지도 모르고….'

아빠는 말해 놓고 아차 싶었나 보다. 얼른 화제를 돌렸다. 새봄이가 상심하면 큰일인데 말실수를 했다고 생각했다.

"재현이 아저씨네 개가 새끼를 낳았단다. 그 집 진돗개가 옆집 재돌이와 흘레붙어서 새끼를 낳았대. 그만 고라니는 잊고, 그 집에서 새끼 한 마리를 분양해준다니 강아지를 키워보는 게 어때?"

상구는 새봄이가 고라니를 못 잊고 보고 싶어 할 때마다 고라니 대신 뭔가 다른 동물을 키워보면 어떨까 늘 생각했다. 다른 동물을 키우면서 정붙이면 고라니 생각을 차츰 잊지 않을까 생각해서였다. 마침 재현이 키우는 개가 새끼를 낳았는데, 한 마리 키워볼 생각 없느냐고 며칠 전에 넌지시 물어왔다. 식구가 너무 늘어나서 감당할 수 없다며, 꼭 한 마리 가져갔으면 하는 눈치였다. 그 말이 생각나 얼른 화제도 돌릴 겸

넌지시 새봄이의 의견을 물었다.

"나 아까 소담이 만나고 왔다니깐, 정말이야!"

새봄이는 아빠가 강아지 키우자는 말에는 관심 없다는 듯이 다시 고라니 얘기를 꺼냈다.

상구는 속으로 더럭 걱정이 일었다. 하지만 짐짓 태연한 척 물었다.

"정말! 고라니가 우리 집에 찾아왔니?"

새봄이는 그제야 아빠가 관심을 보인다고 생각했던지 눈동자를 빛내며 말을 이었다.

"아니, 그게 아니라 내가 숲에 들어가서 만났어. 어제부터 마당에 얼쩡거리던 산제비나비 있잖아? 그게 자꾸 나보고 따라오라고 하는 거 같아서 따라가 봤더니 글쎄, 거기 소담이가 있잖아!"

그러면서 새봄이는 조금은 상기된 듯한 어조로 그간에 있었던 일을 아빠에게 말했다.

새봄이 말을 듣고 있는 아빠는 그런 일이 있을 수 없다고 속으론 생각하면서도 겉으로는 부정하지 않았다. 그냥 듣고 있으면서 고개만 끄덕여 주었다. 혹시 얘가 오후 내내 잠들어 있으면서 꿈을 꾼 얘기를 하는 건 아닌가 의심했다. 이제 고라니 꿈까지 꾸고서 본 것처럼 얘기하다니. 아빠는 새봄이를 걱정스러운 듯 관찰하며 '몸이 허약해져서 그런 건가? 얘가 헛소리까지 하고…'라며 속으로 중얼거렸다. 다음 장에는 약재를 사다가 백숙을 끓여 몸을 보해주어야겠다고 마음먹었다.

상구가 예상했던 대로 아무 일도 일어나지 않았다.

고라니 얘긴 새봄이가 몸이 허해져서 그런 것이라 확신했다. 며칠 후 읍내 장에 가서 토종닭 실한 놈하고 황기와 인삼 몇 뿌리를 사 왔다. 숲에서 오미자 덩굴, 다래 덩굴, 노박덩굴, 음나무 등을 채취하고, 잔대와 더덕, 산도라지도 캐 첨가했다. 약물이 우러날 때까지 푹 삶았다. 진하게 우러난 물에 토종닭을 넣고 또 1시간여 끓였다.

새봄이는 그 백숙을 맛있게 먹어 치웠다. 근래 처음으로 그렇게 잘 먹는 것을 보았다. 과거와 다르게 좀 생기가 돌아왔다. 상구는 아마도 약 백숙 효험일 거라고 지레짐작했다. 조금은 안심이 되었다.

새봄이 겪었다는 얘기가 신기하긴 하지만 얼토당토않은 얘기라 치부한 상구가 어느 날 재현이 집을 찾았다. 재현은 술을 전혀 마시지 못한다. 술을 해독하는 효소가 몸에 없단다. 하여 상구는 재현과는 차를 주로 마신다. 술을 마시지 못하는 대신 그는 담배와 커피 애호가이다. 중독자 수준이다. 그날도 커피 한잔하자며 불렀다. 자주 있는 일이었다.

"개는 밥 잘 먹고 있어요?"

상구가 걱정스러운 표정으로 물었다.

이틀 전 밤이었다. 이슥한 시각에 헐레벌떡 상구 집을 재현이 찾아왔었다. 손전등 있으면 빌려 달라고 했다. 갑자기 손전등은 왜 필요하냐고 하니,

"우리 개 애순이가 집을 나갔어요."

그와는 이제 친해져 있음에도 여전히 존댓말이다. 재현이 존댓말을 하니 상구도 여전히 그에게 말을 올렸다.

애순이는 나이가 사람으로 치면 8, 90은 됐을 법한 늙은 개이다. 재현네 집 옆에 창고가 하나 있는데, 그곳에 거의 똑같이 늙은 개 두 마리를 따로 관리하고 있었다.

"아이고 참 내! 와이프가 개밥을 주려고 문을 열었는데, 애순이가 그 틈을 비집고 밖으로 뛰쳐나간 거예요. 애는 나이가 많아서 줄곧 가둬

길러서 길도 모르는데 큰일이에요."

손전등을 건네받는 재현의 손이 가볍게 떨리고 있었다. 혹시 산속에 들어갔나 가본다고 했다.

"이 밤중에 어떻게 산속을 들어가요?"

"그래도 한번 가보려고요. 그 애랑 서너 번 산에 올라가 본 적이 있거든요. 혹시 얘가 그 생각하고 그곳에 올라갔는지 확인해봐야죠."

그렇게 개를 잃어버린 지 이틀 후였다. 우리 마을 아랫녘 숲 가장자리에 농막을 짓고 사는 사람이 있는데, 그가 개를 발견했다고 연락이 와서 찾아가 보니 바로 애순이였다. 그는 가끔 주말에 와서 밭도 관리하고 잠을 자고 돌아가는데, 그날은 차에 오디오를 켜고 음악을 들으며 밭일을 하고 있었다고 한다. 그런데 어디서 낑낑대는 소리가 들려, 소리 나는 곳을 찾으니 헛간이었다. 그곳에 개 한 마리가 웅크리고 울고 있었다고 한다. 애순이는 삽살개 종류라 털이 복슬복슬해서 몸에 온통 도깨비바늘이 엉겨 붙어 있었다고 한다.

"얼마나 그 애를 찾아다녔는지 몰라요? 와이프는 자기가 잘못해서 애순이가 죽으면 어떻게 하느냐며 밥도 제대로 못 먹고 울고는 있지…. 이틀 동안 죽을 맛이었다니까요."

침을 삼키며 그동안 고생한 심정을 토로했다.

잠시 뜸을 들이듯 말이 끊어졌다. 긴장된 표정은 어디 가고 이제 편안한 얼굴이다. 이어서 개를 잃어버리고 다시 찾은 경과를 옛날 얘기하듯 풀어놓았다.

"대미산 쪽도 가보고, 마을 아래 신작로로 나갔나 해서 거기도 샅샅이 찾아보고, 우리 마을 저기 위쪽에 밭이 좀 있잖아요? 노루 발견한 데. 거기도 얘가 갔나 해서 가봤지. 여기저기 안 찾아본 데가 없어요.

그런데 아무 데도 없는 거예요.

근데 엊그제 산에 가본다고 했잖아요? 산꼭대기까지 거의 올라가면 거기에 커다란 바위가 우뚝 솟아 있는데, 거기도 애순이랑 산책하듯 가본 적이 있거든요. 그래서 거기 가면 혹시 있나 해서 올라가 봤죠. 분명 그 애 똥이 있는 거예요. 그래서 그날 밤 두 차례나 올라갔다니까요. 꼭 다시 와 있을 거 같은 예감이 들어서. 그런데 못 찾았어요. 산속에서 애가 헤매고 다닌다 생각하니 너무 걱정되더라고요. 다음 날 아침에도 산속을 여기저기 돌아다녔는데 전혀 안 보였어요. 지금 생각해보니 애가 산으로 올라갔다가 산등성이 따라 내려간 거예요. 산등성이를 따라 내려가서 발견한 그 집에 들어간 거죠. 길을 모르니 산속을 헤매다 산 아래로 계속 내려가다가 그나마 그 집에 들어가 숨어 있었으니 살아난 거지, 하마터면 애는 죽었을지 몰라요. 숲속이 얼마나 우거져 있는데….
사나운 짐승도 많고….”

상구는 재현이 애순이를 찾기 위해 산속을 헤매다녔다는 말에 갑자기 새봄이가 한 말이 생각났다.

“혹시, 저 숲속에 커다란 상수리나무가 있어요? 어른 팔로 몇 개는 둘러야 할 정도로 크다던데….”

갑작스러운 질문에 눈을 둥그렇게 뜨고, 왜 그런 질문을 하느냐는 투다.

“아니, 누가 그런 소리를 하길래….”

상구는 그 얘기가 새봄이가 한 말이라는 것을 말하지 않았다. 새봄이가 한 말을 자신도 믿지 않는데, 그 말을 또 재현에게 설명해야 하기 때문이다.

“글쎄요? 내가 돌아다녀 본 곳에는 그렇게 큰 상수리나무는 못 봤거든요. 상수리나무 고만고만하게 큰 거는 많아요. 하지만 그렇게까지 큰 거는….'"

'그럼 그렇지. 새봄이가 꿈을 꾼 걸 거야'라고 상구는 속으로 중얼거렸다.

"그런데 모르죠? 저기 숲속을 들어가면 계곡이 나오는데, 그 계곡 건너에는 혹시 있을지도….'"

재현이 커피 한 모금을 넘기면서 눈짓으로 멀리 숲을 가리켰다.

바람이 부는지 커다란 나무 우듬지가 설렁설렁 흔들렸다. 그 아래 숲속으로 풀과 관목이 울창하게 우거진 곳에 희미한 길이 나 있다. 조그만 오솔길처럼 보인다. 길의 흔적만 어렴풋이 짐작할 수 있는 그런 곳이다. 길로 보이지 않지만, 옛날에 화전민이 사용하던 길이 오랫동안 사용하지 않아 흔적만 남아 있다고 했다. 사실 주변을 살펴보면 70년대 이전에 사용하던 그릇이며 술병이 흙에 묻혀 발견되곤 했다.

"어쨌든 한참 더 깊숙한 곳으로 들어가면 계곡이 나오거든요, 그 계곡 너머에는 들어가 본 적이 없어요. 그 계곡 너머 바라보면 더 큰 아름드리나무들이 많이 보이더라고요. 혹시 거기에는 형씨가 말하는 상수리나무가 있을지도…. 그런데 거기는 낮에도 햇빛이 들어오지 않는지 너무 캄캄해서 무섭더라고요. 그래서 감히 들어갈 엄두가 나지 않아서 들어가 보진 않았어요."

새봄이가 거기까지 가보고 상수리나무를 얘기한다고 생각되지 않았다. 재현이 50줄의 어른인데도 무섭다고 할 정도면 새봄이가 감히 거기까지 들어갔다 왔을 리 없다고 확신이 들었다. 상구는 안심하면서 커피잔에 남은 한 모금을 마저 마셨다.

"애순이 잘 있는지 가볼까요?"

상구도 궁금해서 자리에서 일어나며 재현을 바라봤다.

"아, 그래요? 개에 대해서는 별로 관심이 없다고 생각했는데…. 하하하."

재현이 상구에게 강아지를 가져가라고 얘기해도 별 반응이 없어서 개에 대해서는 전혀 관심이 없다고 생각했나 보았다.

"아, 참, 강아지 한 마리 준다고 했죠? 강아지 젖 뗄 때 말해줘요. 한 마리 데려다 키우게…. 아마 우리 새봄이도 좋아할 거예요. 하하."

상구는 홀가분하다는 듯 웃으며 말했다.

"그렇게 말할 때는 가타부타 말이 없더니, 무슨 바람이 불었어요? 알았어요. 내 잘 키워서 젖 떼면 드릴게요."

재현이 반가운 마음으로 흔쾌히 말했다.

상구는 개를 별로 좋아하지 않았다. 개를 방안에까지 들여다 키우는 사람을 보면 이해할 수 없었다. 개털이 날리는 것은 그렇다손 치고, 노린내가 정말 싫었다. 구역질이 날 정도로 비위가 약했다. 하지만 새봄이를 생각해서 참아보기로 마음먹었다. '고라니도 몇 달 동안 집안에서 보살폈는데, 그깟 개를 못 키우겠어?'라며 속으로 생각했다.

"어, 개가 왜 저래요?"

상구는 애순이를 보고 놀란 표정을 지었다. 복슬복슬하던 털이 간데없고 이발한 것처럼 깨끗하게 깎여 있었다. 추운지 오들오들 떨었다. 털이 없는 생쥐 꼴이었다.

"아, 그거요? 털에 덕지덕지 붙어 있는 도깨비바늘 떼려고 아무리 애써도 잘 안 되더라고요. 그래서 이참에 싹…."

재현이 씨익 웃었다. 어쩔 수 없었다는 표정이다.

애순이가 언제 그 두려운 시간을 보냈냐는 듯 재현이 곁으로 다가와 꼬리를 마구 흔들며 재롱을 떨었다. 상구도 애순이를 쓰다듬어 주었다.

애순이를 바라보는 재현의 눈빛이 그 어느 때보다 부드럽고 더없이 살가워 보였다. 재현이는 재롱 떠는 애순이를 가만히 안아 올려 가슴에 품었다.

새봄이가 숲에 갔다 온 지도 꽤 시간이 흘렀다.

진지하게 이야기해도 아빠는 새봄이 말을 믿지 못하는 눈치다. 하지만 새봄이 말을 대놓고 부정하지도 않았다. 그 이야기는 새봄이와 상구만이 아는 비밀이었다.

상구는 주위 사람들에게 이런 말을 해봤자 새봄이만 이상한 아이 취급당할까 걱정되어 일언반구 꺼내지도 않았다. 재현이 숲속 사정을 속속들이 아는 것은 아니라도 어느 정도 알고 있기에 새봄이가 말한 것 중에 단 한 가지만을 물어보았을 뿐이다. 여지는 남아 있더라도 그렇게 큰 상수리나무가 요 근방에는 없다는 재현의 말에 조금은 안심하였다.

요사이 상구는 새봄이가 어떻게 지내는지 유심히 관찰했다. 꿈을 꾸었다고 생각하고 그냥 흘려넘기려 해도 뭔가 께름칙한 구석이 있기 때문이다. 그냥 자다가 꾼 꿈을 말한 것이라면 그렇게 실제로 본 듯이 묘사할 수 있을까? 나비를 따라갔다는 얘기도 그렇고, 커다란 상수리나무 아래에서 소담이를 만났다는 얘기도 너무 구체적이어서 경험하지 않고는 말할 수 없는 것이다. 상구 머릿속에는 불안감이 쉬 떠나지 않았다.

상구는 그동안 새봄이를 좀 소홀히 했나 하는 자책감이 들었다. 고라니를 돌보다 숲으로 보내고 한동안 외로워하며 말없이 지냈다 해도 예전만큼 심각하지 않아 대수롭지 않게 넘겼었다. 아예 마음을 놓은 것은 아니지만 일도 다니고, 자주는 아니어도 일이 없을 때 현동과 산에 다니며 산나물을 뜯고, 버섯을 따는 재미에 빠져 있을 때도 새봄이는 크게 불평을 하지는 않았다.

또 반장댁에 여름 배추 수확일을 도와주러 간 김에 대웅이가 눈에 띄길래,

"대웅아, 심심하면 우리 집에 가서 새봄이랑 말벗이나 해주고 그래라. 요즘 고라니 보내놓고 또 방구석에서 안 나오니 걱정이야."

상구는 그래도 제 또래 친구와 어울리면 괜찮아질 거라 짐작하며 말하는 것이다.

그 말 때문이라도 가끔 대웅이 찾아왔다. 둘은 마당에서 놀기도 하고, 방안에서 무슨 이야기를 주고받았는지는 몰라도 심각한 표정으로 나와서 새봄이가 대웅이를 배웅하는 모습을 보았다. 상구는 모르는 척했다. 또 어떤 때는 둘이 숲에 잠깐 들어갔다 나오는 광경도 목격했다.

대웅이를 보낸 새봄이는 여전히 집에서는 제 방에 들어가 휴대전화를 만지작거리거나 책을 읽는 모습이었다. 별다른 징후는 없었다. 다만 꽃을 찾아 날아다니는 나비를 유심히 바라본다거나, 숲을 물끄러미 바라보다가 단념한 듯이 멀리 산등성이를 보며 한숨을 쉬었다. 분명 꿈꾸고 그런 말 한 게 틀림없어, 라고 상구는 안심하며 가슴을 쓸어내렸다.

아빠는 새봄이 눈치를 살피며 평소와 다르게 주위를 자주 서성거렸다. 그러는 아빠를 보고 짜증을 낼 수는 없었다. 가뜩이나 엄마와 소식이 잘 안 돼 속끓이고 있는 것을 안다. 거기에다 대고 자꾸 소담이 본 얘기를 해봤자 믿기 어렵다는 표정과 새봄이가 아파서 망상을 보고 그러는 것은 아닌지를 걱정하고 있다는 느낌을 받았다. 갑자기 백숙을 끓여 먹인다든지, 맛있는 반찬을 먹이려고 애쓰는 모습을 보고 아빠가 지나친 염려를 하고 있구나라고 생각했다. 아빠를 안심시켜주고 싶었다.

새봄이는 엄마가 보고 싶었다. 서준이가 죽은 이후부터 엄마가 자기를 구박하기 시작했다고 말도 건네지 않으며 지내긴 했어도, 이렇게 떨어져 있으니 불현듯 서울에 혼자 있는 엄마가 걱정되기도 했다. 아빠가 외로워하며, 엄마를 많이 보고 싶어 한다는 말을 전해주고 싶었다. 그러나 새봄이와도 잘 연결이 되지 않았다. 문자를 보내면 바쁘다며 '내가 나중에 연락할게'라고 문자 한 줄 달랑 보내곤 다시 연락이 오지 않았다. 몇 번을 그랬다.

요즘 대웅이와 지내는 시간이 많아졌다.

대웅이는 새봄이보다 한 살 아래지만 몸집도 크고 차분한 성격이어서 동생 같지 않았다. 그러면서도 처음 만날 때부터 누나라고 부르며 곰살맞게 구는 것이 싫지 않았다. 더군다나 다친 고라니가 먹지 못해서 사경을 헤맬 때 해법을 알려주어 위기를 극복한 다음부터는 더 대웅이를 신뢰하는 마음이 생겼다. 아빠도 해결하지 못하고 쩔쩔매고 있을 때 아무렇지 않게 배춧잎을 가져다주어 고라니를 살렸기 때문이다.

대웅이가 집에 놀러 왔을 때 고라니 얘기뿐만이 아니라 이야기를 나누어보면 산골에서 태어나 자라온 아이여서 그런지 아는 식물 이름이 너무 많았다. 대웅이와 집 앞 숲에 잠깐 들어가서 이런저런 얘기를 하며 거닐고 있었는데, 걸음을 멈추면서 식물이나 나무, 야생화 이름을 거명하며 설명해주는 모습이 여간 놀랍지 않았다.

그런데 고라니와 얽혔던 경험을 말해줄 때는 새봄이 귀가 솔깃했다.

"누나, 난 고라니만 보면 우리 아버지 일이 생각나. 누나가 그 고라니 애지중지 보살펴서 도와주긴 했지만 난 고라니가 아주 싫거든."

대웅이 아버지는 지금도 그렇지만 할아버지 때부터 고랭지 배추 농사를 지으며 살아왔다고 한다. 대웅이 얘기로는 자기네 집이 언제부터 여기서 살아왔는지는 정확히 알 수 없지만, 할아버지 때는 화전을 일구며 살았다고 한다. 그런데 언젠가부터 화전을 일구고 사는 것이 불가능해지자 산에서 내려와 밭을 임대하여 배추 농사를 지어 재미를 보았다고 한다. 그럴 때마다 밭을 조금씩 사들인 것이 지금 그나마 부유한 농사꾼 소리 들으며 살게 된 연유라고 한다.

대웅이가 초등학교 다닐 때쯤이라고 했다. 지금은 배추밭 가에 전기 철조망까지 설치하여 짐승들 침입으로부터 보호하고 있지만, 그때는 짐승을 쫓는 방법이 허술했다. 밤만 되면 플래시와 양재기 같은 두드려 소리 낼 도구들을 챙겨 나가 밤잠을 설쳤다고 했다. 그렇게 짐승들에게 피해당하지 않기 위해 애썼지만, 그놈들은 어느 사이엔가는 배추밭에 침입해서 쑥대밭을 만들어놓고 사라지곤 했다고 한다. 그중에 멧돼지와 고라니가 제일 극성스러웠다고 했다. 한 번 그놈들이 밭을 쓸고 가면 그해 농사는 망친 거나 마찬가지라고 하니 얼마나 증오했을지 짐작이 가고도 남았다. 그래서 밭 주변에 올무를 놓아 고라니를 잡은 것도 여러 마리라고 했다. 대웅이는 아버지가 잡아 온 고라니를 마당에 던져놓고 악담을 퍼붓는 모습을 보며 자랐다고 한다. 대웅이는 고라니가 그냥 동물이 아니라 사람에게 피해만 주는 해로운 동물 정도로 인식하고 있었다. 그 말을 듣고 짐짓 대웅이 심정을 이해할 수도 있겠다 싶었지만 자신과는 다르다고 속으로 생각했다.

대웅이가 이해해주길 바라며 말을 건넸다.

"그래? 하지만 너도 봤다시피 우리 소담이는 사고를 당해서 다쳤었고, 그걸 놔두고 그냥 오는 것은 너무 비겁하다고 생각했거든. 고라니가 농작물에 그렇게 피해를 준다 해도 생명은 다 소중하니까 살리는 것은 당연하다고 생각해. 그냥 내팽개쳐 두었다면 분명 죽고 말았을 거야."

"나도 누나가 한 일이 잘못했다고 말하는 건 아냐. 다만 우리 아버지 고생하면서 배추를 키웠는데, 고라니 때문에 전전긍긍하며 마음고생하는 걸 보면 내 마음이 짠해서 그래. 당연히 죽어가는 동물을 보면 나라도 데려다 치료해줬을 거야. 그런 면에서 난 누나가 자랑스러워."

대웅이는 새봄이를 받들어보듯이 바라보며 엷은 미소를 지었다.

새봄이는 대웅이가 자기 마음을 이해해주는 것 같아 기뻤다. 긴장된 표정을 감추지 못하고 대웅이 손을 잡아끌어 자기 방으로 데리고 들어갔다. 혹시나 누가 보고 있는지 슬쩍 밖을 둘러보며 방으로 들어갔다. 새봄이는 방에서 대웅이와 마주 앉아 뭔 말을 할 듯이 입을 씰룩거렸다. 대웅이만은 내가 이 말을 해도 믿어주리라 생각했다. 다른 사람들은 그렇다손 치더라도 하물며 아빠까지도 자기 말을 전혀 믿지 않고 있다는 것을 느꼈기 때문이다. 그래서 비밀 얘기라도 나누는 사람들처럼 대웅이를 자기 방으로 이끌었다.

"나 며칠 전에 소담이 만나고 왔어. 너 산제비나비 알지?"

"당연히 알지. 그게 어쨌다는 거야?"

산제비나비와 소담이가 무슨 관계라도 되길래 그렇게 묻느냐는 말투다.

그러면서 새봄이는 자기가 경험했던 얘기를 하나도 빠지지 않고 대웅이에게 설명했다. 산제비나비가 자기를 인도해서 간 일이며, 커다란 상수리나무 고목이 있었다는 얘기며, 거기에서 소담이가 자기를 기다리더라는 얘기 등을 대웅이만은 믿을 거라고 기대했다. 그 어느 때보다 진지했다.

"너는 이곳이 고향이니까 그 큰 상수리나무 알고 있을 거 아냐?"

대웅이 상수리나무를 보았을 것이라는 확신하에 그것만 확인되면 자기 말이 진실이라는 것이 증명된다고 생각했다. 하지만 대웅이는 의아한 눈초리로 새봄이를 바라봤다.

"글쎄? 우리 동네에 상수리나무 많은 거는 알지만 누나가 말하는 것처럼 큰 상수리나무는 못 본 거 같은데…."

새봄이가 실망하는 듯한 낌새를 눈치채고 말을 이었다.

"난 여기가 내 고향이라 해도 숲속을 그렇게 다녀본 적이 없어서 잘몰라. 깊은 숲속까지는 무서워서 들어가 보지도 않았거든. 우리 아버지는 여기 오래 사셨으니 한 번 내가 물어볼게."

그렇게 말은 했어도 대웅이 역시 믿지 못하는 눈치였다. 하물며 산제비나비가 어떻게 누나를 인도해가냐며 새봄이 말하는 중에 핀잔을 주기까지 했다.

새봄이는 실망하는 표정을 감추지 못했다. 어른들은 몰라도 제 또래인 대웅이만큼은 자기 얘기를 믿을 것이라 생각했다. 그러나 그게 아니었다. 방 안의 분위기가 일순 어색해졌다.

대웅이는 어색한 분위기가 견딜 수 없었던지 일어나서 새봄이 책상으로 다가가서 둘러보는 척했다.

"누나, 책 많이 좋아하나 봐? 책들이 많네. 난 책을 읽기만 하면 금방졸음이 쏟아지는데."

새봄이는 서준이가 죽은 후 친구들과 어울리는 대신 책을 더 가까이했다. 더군다나 이곳 산골에 와서는 혼자이다 보니 책을 더 끼고 살았다. 특히 식물도감이나 자연에 관련된 책을 많이 사서 읽었다.

"응, 그래."

새봄이는 건성으로 대웅이 물음에 답했다. 좀 실망한 표정이었다.

새봄이 자신도 얼마 전 겪은 일이 어리둥절하기는 마찬가지였다. 하지만 분명히 자기가 겪은 일임에는 틀림이 없었다. 아빠도 믿지 못한다는 표정이어서 혼자 답답한 마음에 대웅이에게 털어놨지만 역시 답답증은 해소되지 않았다.

　"누나, 그런데 왜 이런 첩첩산중 산골에 들어 왔어? 난 서울에 언제나 가보나 하고 매일 꿈꾸며 사는데…."

　이해할 수 없다는 표정으로 대웅이 새봄이를 돌아보며 말했다.

　"난 이곳이 정말 답답해. 고등학교를 졸업하기만 하면 바로 여길 뜰 거야. 고등학교도 대처로 가고 싶었는데 아버지 때문에…."

　새봄이는 대웅이 물음에 대답하지는 않고 오히려 되물었다.

　"왜? 아버지가 왜?"

　대웅이는 금방 시무룩한 표정을 지었다.

　"내가 떠나면 아버지 혼자 고생하시잖아. 엄마가 나 중학교 1학년 때 돌아가셨거든. 우리 엄만 평생 고생만 하시다 좀 살만하니까 갑자기 암에 걸려서…."

　"아, 그랬구나! 미안, 대웅아."

　평소에 지켜봐도 말수가 적어서 성격이 차분한 줄만 알았지, 엄마가 없는 줄은 처음 알았다. 엄마가 없어서 어딘가 모르게 침울해 보였구나, 하고 생각이 드니 대웅이가 가엾어 보였다. 새봄이는 자기도 모르게 대웅이 어깨에 살며시 손을 얹었다. 이렇게 엄마랑 떨어져 있기만 해도 보고 싶은데, 대웅이는 엄마가 얼마나 보고 싶을까 생각하니 마음이 찡하고 아팠다.

　대웅이는 어둠 속 방처럼 침울하게 잔뜩 수그리고 있다가 고개를 들고 굳은 결심인 듯 말했다.

"그래도 난 고등학교 졸업하면 대처로 진학하든지, 그게 안 돼도 꼭 나갈 거야. 답답한 건 둘째치고 여기서는 나 같은 젊은 놈이 남아서 아무것도 할 게 없어. 취직이란 거는 꿈도 꿀 수 없고…."

새봄이는 '서울에 올라가도 취직이 어려운 건 마찬가지야'라고 말하려다 그만두었다. 대웅이 말이 맞는 건 사실이니까. 그런 말 해보았자 대웅이에게 하등 위로가 되지 않는 말이라고 생각했다.

요즘 뉴스를 보면 청년실업이 심각한 상황이라고 우려를 표하는 걸 심심찮게 보았다. 새봄이 나이에 아직은 피부로 느끼는 건 아니지만 일자리가 없어지는 것만큼은 기정사실로 알고 있다. 4차산업혁명이니, 인공지능이니 하는 말이 나돌면서 그것으로 인해 산업구조가 빠르게 전환되면 인간의 일자리가 없어진다고 하는 얘기를 아빠를 통해서 들었다. 언젠가 아빠가 TV 대담프로를 보고 있다가 새봄이가 궁금해하자 설명해줬었다. 그때는 그런가 보다 하고 대수롭지 않게 넘겼는데, 대웅이 얘기를 듣다 보니 그 얘기가 생각난 것이다.

"누나는 장래가 걱정되지 않아? 난 벌써 무엇을 하고 살아야 하나 걱정되는데…."

새봄이는 꿀 먹은 벙어리처럼 가만히 있었다. 생각해보니 대웅이 물음에 한 마디도 대답하지 못했다. 이곳에 왜 와있는지 자신도 모르겠으니 말이다. 서울이 싫어서도 아니지만, 뭔가로부터 무작정 벗어나고 싶었다는 편이 맞을지 모르겠다. 그러나 그것을 이 자리에서 말하고 싶지는 않았다.

새봄이는 침울한 방 분위기가 싫었다.

"대웅아, 너도 내가 한 말 믿지 못하나 보다. 좀 서운하다 얘!"

고라니 만나고 왔다는 얘기로 화제를 돌렸다. 사실 대웅이는 믿어줄

줄 알았는데 좀 실망했다. 대웅이가 그 얘기를 믿는다고 해도 별로 달라질 내용은 없을 텐데도 자기 혼자라는 생각에 더 우울해지기만 했다.

"그게 아니고, 나도 저 숲에 깊이 들어가 본 적이 없어서 모른다는 얘기야. 누나, 오해하지 마. 난 언제나 누나 편이야. 하하."

대웅이는 그렇게 얼버무렸지만, 여전히 의심스러운 눈치다.

둘은 어둠침침한 방에서 일어나 밖으로 나왔다. 심각한 표정이었다.

상구는 일을 마치고 들어와 보니 둘이 방 안에 있는 걸 알았다. 무슨 얘기들을 하나 궁금했지만, 아는 체를 하지 않았다. 이윽고 한참 만에 나오는 것을 보니 자기들 나름대로 심각한 얘기를 나눴던지 표정이 굳어있다. 건성으로 인사를 하고 대웅이 집을 나갔다. 둘은 밖에 나가서도 숲을 바라보며 무슨 얘기들을 나누며 한참을 서성거렸다. 새봄이 숲을 가리키며 뭔가를 설명하고 있었다. 대웅이 새봄이 말을 듣다가 알았다는 듯이 고개를 끄덕이고는 집 밖으로 사라졌다. 대웅이가 어둠 속으로 사라지고 나서도 새봄이는 무슨 생각을 골똘히 하는지 잠시 검은 숲을 응시하며 서 있다가 들어왔다.

나뭇가지 사이로 별이 반짝였다

소담이를 다시 보고 싶었다.

대웅이마저도 믿을 수 없다는 표정 짓는 것을 보고는 더욱더 소담이를 보고 싶다는 욕구가 강해졌다. 어른은 나이가 들수록 생각이 굳어져서 실제로 경험한 것이나 머릿속에 취득된 지식에 비춰 판단하는 경향이 강하다. 그런데 대웅이도 그렇게 생각할 줄은 몰랐다. 물론 강하게 있을 수 없는 일이라고 말한 것은 아니다. 하지만 대웅이 눈빛을 보면 의심하고 있음이 틀림없었다.

여전히 산제비나비는 꽃을 찾아 날아다녔다. 새봄이를 이끌어 숲으로 데리고 갔던 나비를 찾기 위해 유심히 관찰했다. 원추리꽃이나 참나리꽃 옆에서 우두커니 몇 시간을 기다리기도 했다. 아빠가 그 모습을 봤으면 또 걱정했을 것이다. 다행히 아빠는 요즘 다시 안심하고 건축일을 나가기 시작했다.

아무리 지켜봐도 나비는 이전과 같은 움직임을 보이지 않았다. 소담이가 이제는 자기를 보고 싶지 않은가? 라고 의심했다. 새봄이가 그리 보고 싶어 하니 잘 지내고 있다고 한 번쯤 자신을 보여 주러 올 법도 한데 아무 소식이 없어 야속한 생각까지 들었다.

소담이를 만나러 그 장소에 가고 싶어도 엄두가 나지 않았다. 처음 소담이를 만나러 갈 때는 나비만 쫓아가느라 주변 지형지물을 살펴볼 여유가 없었고, 집으로 돌아올 때도 소담이가 안내하여 뒤꽁무니만 따라서 돌아왔다.

오리나무며 가래나무, 소나무 군락을 보고, 층층나무, 느릅나무, 물푸레나무, 떡갈나무, 다릅나무를 보았다. 아, 계수나무도 보았다. 하지만 어느 지점에 이들 나무 군락이 있는지? 또 어느 곳에 바위가 있는지 어렴풋이 감실거릴 뿐 자세히 기억나지 않았다.

달빛이 창문을 타고 들어왔다.

집이 서향이라 햇볕은 오전 늦게서야 들어오고, 달빛도 밤이 이슥해서야 창문을 통해 들어와 새봄이 몸을 감싼다. 남쪽으로는 숲이 가려 할 수 없이 조망이 잘 나오는 서향으로 지었다고 했다. 새봄이 방에서 보이는 굽이치는 능선은 마치 옷을 벗은 대지의 여신이 길게 누워있듯이 아름다운 여체의 굴곡을 연상하게 하고도 남았다. 거기 산 너머로 가끔 노을 지는 광경을 보며 자기도 모르게 눈물지었다.

보름이 가까워서인지 지상까지 더듬고 내려온 둥그런 달이 숲을 덮칠 듯이 낮게 내려왔다. 달빛이 따사롭게 느껴졌다. 이윽고 달빛이 창문을 타고 넘어 들어와 새봄이를 유혹했다. 달님을 따스한 품 안에 덥석 안았다. 그러나 달빛을 방안에서만 받아 안아 어루만지고 있을 수 없었다. 아빠가 깨지 않도록 살금살금 거실을 걸어 나와 밖으로 나왔다. 중천에 올라온 달이 나뭇가지 사이로 하얗게 빛났다. 달이 뒤에 있고 앞쪽에 나뭇가지가 있어 달님이 가려지니 커다란 가래나무는 마치 선한 달빛 여신을 가리기 위해 검은 악마가 수십 개의 팔을 벌리고 아우성치는 모습 같았다.

보름달이 떠오르면 나무는 대지에 눕는다. 달이 두둥실 높이 떠오를수록 한동안 시선은 달에 머문다. 그러다 그 아래 수많은 나무가 어깨를 걸고 있는 듯한 숲으로 시선이 내려오면 숲의 곡선은 마치 종일 풀을 뜯은 암소가 누워 되새김질하는 모습과 같이 평화롭고 한가롭기까지 하다.

한편 달빛이 하얗게 내리비출수록 그 아래 숲은 더 검게 보인다. 흑백의 대비가 한층 더 선명해지는 순간이다. 하늘의 달을 무심히 보다가 지상의 숲에 시선이 멈췄다. 그 순간 검은 숲이 아가리를 떡 벌리고서 마치 새봄이를 잡아먹을 듯이 일제히 기세 좋게 달려오는 악마처럼 보였다. 눈을 부릅떴다. 자세히 들여다보았다. 다음 순간 악마는 사라지고 깊이를 알 수 없는 긴 동굴이 들어오라고 손짓하였다. 빨려들 것 같았다. 움찔했다. 새봄이는 순간 더럭 겁이 나서 뒤로 물러섰다. 마침 숲 속 어디 나무에서 쏙독새 소리가 들리지 않았다면 검은 숲의 유혹에 넘어갔을지 모르고, 아니면 겁이 나서 부리나케 집안으로 쫓기듯 들어왔을 것이다.

구슬펐다. 마치 자식 잃은 새가 제 새끼를 부르듯이, 아니면 짝 잃은 새가 연인을 찾듯이 울었다. 세르게이 트로파노프의 '몰도바'라는 바이올린 연주곡을 들은 적이 있었다. 아빠가 집시음악을 좋아해서 우연히 엿듣게 되었는데, 바이올린 선율이 단박에 새봄이 가슴 속을 후비듯 들어와 앉았다. 그때 그 슬픔처럼 쏙독새 울음소리가 폐부를 찢고 들어와 헤집듯이 고통스럽기까지 했다.

쏙독새 소리에 새봄이 눈에서 눈물이 볼을 타고 주르륵 흘러내렸다. 무슨 생각을 했는지 고개를 세차게 가로저으며 잊어버리려고 애쓰는 모습 같았다. 그래도 눈물이 흐르는 것은 막을 수 없었다. 단지 달빛이나 구슬픈 쏙독새 소리 때문에 그러는 것 같지는 않았다. 그렇게 한참 상념에 젖듯 달빛을 쳐다보다 살그머니 방으로 들어왔다. 방에 들어와 침대에 누워서도 오래도록 잠을 이루지 못했다.

며칠이 더 지났을까? 날씨가 점점 더워지고 있다.

아빠가 차려두고 간 점심을 먹고 밖에 나가 바깥 마루에 있는 안락의자에 앉았다. 새봄이는 요즘 의자에 앉아 숲을 한정 없이 쳐다보거나 책을 읽는 것이 일과였다. 요즘 숲에 특히 관심을 쏟았다. 데이비드 조지 해스컬의 『숲에서 우주를 보다』란 책을 읽었다. 미국 테네시주 남동부에 경사진 숲이 있는데, 그 숲 높은 사암 절벽에 저자는 둥지를 틀었다. 그리고 숲의 한 지점에 지름 1m의 둥근 원을 그렸다. 그 원은 불교의 '만다라'와 같다. 1㎡에 불과한 면적이지만 만다라는 하나의 우주다. 데이비드 조지 해스컬은 이 작은 숲의 한 공간에서 명멸하는 생명과 자연을 관찰한다. 그 관찰을 통해 숲속 사방 1m 공간에서 우주 질서를 본다는 내용이다. 무척 공감이 가는 내용이었다. 숲에 관해 새롭게 눈뜨게 해준 책이었다. 언젠가 자기도 조지 해스컬처럼 숲에 들어가서 한정된 공간에서 벌어지는 숲속의 움직임을 관찰해보고 싶다는 욕구가 강해졌다. 이해가 깊어질수록 숲에 한 발짝씩 더 발을 들여놓는다는 느낌이 들었다.

그때였다. 멀리에서 메아리처럼 정적을 깨는 새소리가 들렸다. 가만히 귀 기울이니 사람 말소리처럼 들렸다. 멀리에서 들리더니 어느샌가 새봄이 집 근처 나무 꼭대기에 앉아 울었다. 마치 '홀딱벗고~ 홀딱벗고~'라고 소리 지르는 것 같았다. '참 요상한 소리네?'라고 중얼거리며 괜한 부끄러움에 얼굴이 화끈거렸다. 검은등뻐꾸기 울음소리였다.

뻐꾸기 울음소리가 들리는 곳을 따라 가보니 숲 가장자리에 우뚝 서 있는 찰피나무에서 울고 있다. 찰피나무는 벌써 연한 황백색 꽃을 모두 떨어뜨리고 풍성한 나뭇잎만 우렁우렁 흔들고 있다. 지난가을 열매가 바람에 날려와 마당 여기저기 떨어져 있는 걸 발견했는데, 잎 뒤에 작은 염주 크기만 한 열매가 붙어 있어 신기했다. 하필 뻐꾸기가 찰피나무 꼭대기에서 간드러진 목소리로 유혹하듯 울고 있으니 눈길이 거기로 갈 수밖에 없다. 새봄이가 소담이를 만나러 가던 날도 그 찰피나무 밑을 돌아서 들어갔다. 언뜻 소담이가 잘 있는지 궁금했다. 숲에서 만난 이후로 아무 소식이 없다.

"한번 기억을 되살려서 다시 들어가 볼까?"

새봄이는 책 읽던 것을 덮어놓고 숲속을 뚫어질 듯 응시했다.

그러다 무엇에 홀린 사람처럼 부스스 일어나더니 읽던 책을 의자에 그대로 놓고 집 안으로 들어갔다. 다시 밖으로 나온 모습이 흡사 일 바지 입고 밭에 일하러 가는 아주머니 옷차림을 하고 있었다. 긴바지에 팔에는 아빠가 쓰던 토시를 착용하고 운동화로 갈아 신었다. 그리고 한순간 망설임도 없이 숲으로 향했다. 찰피나무 밑을 돌아 수풀을 헤치며 들어갔다.

뻗은 줄기가 이리저리 그물 같은 쥐손이풀이 발목을 잡아끌었다. 깜짝 놀랐지만 이내 풀 덩굴에 걸렸다는 것을 알고 안심했다. 새봄이는 늘 뱀이 무서웠다. 이웃 아주머니들이 뱀을 보고 잡아 죽였다는 소리를 들을 때마다 자기 곁에 뱀이 나타나지 않기만을 기도했다. 사실 숲속에 들어가기 겁내 하는 것도 뱀이 제일 무서워서였다. 벌이나 쐐기벌레에 쏘이는 것은 참을 만했다. 물론 쏘인 순간은 주삿바늘로 찔린 것처럼 고통스러웠지만, 시간이 지나면 자연스레 통증이 가라앉는다. 벌에 두어 번 쏘인 적이 있었는데, 그때마다 아빠는 미안해서 몸 둘 바를 몰라 했다. 새봄이 쏘인 부위에 약을 발라주며 항상 조심하라고 신신당부했다.

새봄이는 혹시나 뱀이 나타날까 염려하여 발을 디딜 때마다 온 신경을 땅바닥에 집중했다. 나무에서 떨어져 검게 변한 길쭉한 나뭇가지 하나만 발견해도 섬뜩했다. 화들짝 놀라 뒤로 한 발짝 물러나 그 자리에 얼어붙어 오도 가도 하지 못했다. 이내 나뭇가지인 줄 알아채지만, 가슴을 쓸어내리고 한참을 그곳에 서 있어야 했다.

오리나무숲이 제일 먼저 나타났다. 오리나무는 서로 자라려고 가늘고 길게 뻗어 꼬챙이처럼 솟아 하늘을 찔렀다. 숲이 우거져 자작나무며 소나무, 가래나무, 물푸레나무도 예외 없었다. 햇볕이 밑바닥까지 잘 들어오지 않으니 최대한 햇볕을 많이 받기 위해 서로 경쟁하듯 위로만 자랐다. 그러나 신갈나무, 갈참나무, 떡갈나무, 굴참나무 등과 같이 참나무류는 다른 나무와 비교해서 더 웅장하고 넓게 팔을 벌려 하늘을 보았다. 다른 나무들을 따돌리고 더 먼저 자랐을 것이다.

그렇게 키 큰 나무들 밑에 병꽃나무며 고광나무, 딱총나무, 생강나무, 백당나무, 고추나무 등 관목이 드문드문 자리 잡았다. 두릅나무도 많이 보였다. 키 작은 국수나무며 화살나무, 철쭉, 참꽃나무는 더 아래에 옹기종기 모여있다.

그 나무들 아래 야생 풀꽃들이 자라고, 습하고 어두운 곳에는 양치식물들이 자리 잡았다. 관중, 고비 등 양치식물과 수리취, 큰까치수염, 천남성, 독활, 지칭개, 도깨비부채, 벌깨덩굴, 하늘말나리, 물레나물, 노루오줌, 박새, 뻐꾹채 등 풀꽃들을 이루 다 헤아릴 수 없다.

그런데 군데군데 키 큰 나무들이 죽어서 고목처럼 서 있는 놈이 꽤 많았다. 그런 놈들은 하나같이 다래나무, 노박덩굴이나 야생오미자 덩굴 또는 칡넝쿨이 나무를 타고 올라가 얼크러져 친친 감아버린 것들이다. 구렁이 같이 감아 올라간 다래 덩굴은 가래나무, 물푸레나무 가릴 것 없이 목을 옥죄고, 또한 잎이 우거져 나무의 밥이랄 수 있는 햇볕을 막으니 질식하여 죽을 수밖에 없다. 이러한 덩굴식물들이 기승을 부린 곳은 흡사 아마존 정글 속을 연상케 할 정도로 기괴한 풍경을 연출했다. 그런 곳은 새봄이가 뚫고 나가기도 어려웠다. 할 수 없이 덩굴식물들이 있는 곳을 피해 돌아갈 수밖에 없다.

숲속을 걸어가는 새봄이 눈에 인상 깊게 다가온 것은 층층나무였다. 층층나무는 그리 흔하지 않다. 그렇다고 귀한 것도 아니다. 심심찮게 이곳저곳에 홀로 고고한 자태를 뽐낸다. 대개 나무는 가지가 서로 어긋나기를 하여 질서 없어 보이는데, 층층나무 가지는 아래서부터 한곳에서 둥근 원을 그리며 수평으로 발생하고, 일정 높이에서 또 가지가 나와 자라서 규칙적으로 층을 이룬다. 마치 층층이 옥개석을 올려 쌓은 푸른 석탑을 연상케 한다. 더구나 농부의 발길이 바쁘게 돌아가는 초여름이면 하얀 떡가루를 뿌려놓은 듯이 핀 꽃들이 하얀 대리석 석탑 모양을 만든다. 새봄이는 꽃이 핀 층층나무 가지 위에 올라가 한숨 자고 싶다는 생각까지 했다. 층층이 핀 꽃이 하얗고 폭신한 솜털 구름을 연상케 하였기 때문이다.

새봄이는 언젠가부터 눈에 띄는 야생 풀꽃은 모두 앱으로 찾아보고, 숲에 관한 책들을 읽어서 이제는 웬만한 꽃이며 풀, 나무 이름을 막히지 않고 말할 수 있을 정도가 되었다. 하나씩 알아내는 기쁨으로 지식 흡수력이 남달랐다. 사실 또래 아이들은 식물이나 나무에 관해 관심이 거의 없다. 새봄이도 여기 산속에 오기 전까지는 다르지 않았다. 그러나 수시로, 그것도 계절마다 달리 눈에 띄는 것들에 궁금증이 생기지 않는다면 그것도 이상했다. 호기심 많을 나이의 새봄이에게 집중력이 생기는 것은 당연했다.

지금은 시골 출신 아빠보다 구별하는 식물들이 훨씬 많아졌다. '와! 우리 새봄이 이러다 식물 박사 되는 거 아냐?'라며 놀라기도 하고, 한편으로는 자연에 차츰 동화되어 도시의 기억을 잊어가는 모습에 아빠는 적이 안심하였다. 새봄이 얼굴이 환해지고 많이 편안해졌다. 아마 새봄이가 고라니를 만나고서부터 변하기 시작했다고 생각했다.

숲을 바라보면서 새봄이는 골똘히 생각했다. 나무는 나무들끼리, 풀은 풀들끼리 서로 경쟁하면서도 적당히 자기 자리를 지키며 살아가고 있었다. 서로 관계를 유지하면서 가능한 남의 자리를 침범하지 않았다. 덩굴식물들만 빼고서 말이다. 덩굴식물들도 사실 살기 위해서는 힘센 나무들을 의지할 수밖에 없다는 것을 이해하지만 새봄이는 그들로 인해 나무가 죽는 것을 보고 슬펐다. 덩굴로 친친 감긴 나무를 보고 있노라면 마치 자기 몸이 감기고, 목을 옥죄고 있다는 착각까지 들 정도였다.

숲을 보며 '자연은 내가 생각했던 것보다 훨씬 질서 있고, 나무와 풀, 짐승들은 서로 욕심 없이 만족하며 살 줄 아는구나!'라고 문득 깨달았다. 하지만 동네 사람도 그렇고, 두고 온 도시 생활에서 만난 사람들 모두 욕심이 너무 많다고 생각했다. 더 가지려고 남을 속였다. 남의 마음을 더 차지하려고 시기했다. 새봄이는 스스로 생각해도 조금 더 성숙해지고 있다고 느꼈다. 무엇보다 마음이 편안하고 느긋해졌다. 물이 스며들 듯 다가온 친구가 숲이었다.

다래나무와 노박덩굴로 뒤덮인 숲을 피해 위로 올라갔다. 아무리 생각해도 여기가 거기 같고, 저기가 여기 같이 비슷했다. 소나무숲도 보이고, 전에 보았던 커다란 너럭바위 옆을 지나온 것도 같았다. 하지만 확실하지 않았다. 한참을 더 걸었다. 눈앞에 하얀 억새 군락이 나타났다.

억새 군락을 지나자 깊은 계곡이 나타났다. 분명 전에 소담이를 만나러 갈 때는 이렇게 깊은 계곡은 보이지 않았었다. 가물어서인지 물은 많지 않았다. 쪽동백나무며 붉나무, 고로쇠나무가 울창하게 자라 햇볕을 가리고 있어 언뜻 계곡 속이 보이지 않았다. 어둑어둑했다. 가만히 들여다보니 물가에 연한 홍자색 꽃이 핀 물봉선화가 눈에 들어왔다. 물봉선화가 귀를 열어놓고 돌돌 흐르는 물소리를 듣고 있다. 물봉선화꽃은 어린 소녀가 붉은 입술을 벌려 유혹하듯 도발적이다. 물봉선을 뒤로하고 위로 조금 더 올라갔다. 처음 보는 것이다. 물가를 온통 뒤덮고 있다. 바늘잎 속새 군락이다. 짙은 녹색의 바늘잎이 작고 가는 대나무처럼 마디를 이루고 솟았다. 지옥에 죄지은 자를 앉히는 방석이 있다면 이와 같을 것이다.

새봄이는 고개를 가로저었다. 길을 잘못 들고 있다고 직감했다. 분명 작은 개울을 건넜다고 기억했다. 아마 더 올라가면 쉽게 건널 수 있는 개울이 나올 것이라고 예상했다. 위로 갈수록 계곡이 얕아질 것이기 때문이다. 새봄이는 계곡을 따라 계속해서 산 위로 올라갔다. 얼마나 더 올라갔는지 짐작이 가지 않았다. 건너갈 수 있는 곳이 쉽게 나타나지 않았다.

숲이 우거져서 그런 건지, 시간이 그렇게 흘러서 그런 건지 분간할 수 없었다. 점점 어두워지고 있다는 느낌이다. 새봄이는 비로소 불안해지기 시작했다. 까마귀 한 쌍이 높은 물박달나무 우듬지에 앉아 울다가 멀리 날아갔다. 숨을 고르고 앉아 나무 위를 올려다보았다. 청설모 한 마리가 가래나무 가지 위를 이리저리 뛰어다니다 굴참나무 가지 위로

폴짝 뛰어 옮겨갔다. 동그랗게 만 꼬리를 쫑긋거리며 아래를 내려다봤다. 새봄이 눈과 마주쳤다. 사람이 여기 왜 들어와 있지? 못 보던 사람인데? 이상하다는 듯이 고개를 갸웃거리는 것 같았다. 이내 다른 나뭇가지로 뛰었다. 새봄이는 청설모를 부르려다가 그만두었다.

상구는 일을 마치고 저녁을 먹고 들어왔다.

그런 경우가 거의 없었다. 우식이 어쩐 일로 저녁을 먹고 들어가자고 하여 인근 면 소재지에 나가 저녁을 먹고 들어오는 길이었다. 상구는 아빠가 저녁을 먹고 들어가니 먼저 밥을 먹으라 전하려고 새봄이에게 전화를 걸어도 받지 않았다. 별일 있겠어? 라고 대수롭지 않게 여겼다. 우식이 모처럼 제의하는 것이니 무시할 수 없어 찜찜한 마음을 가지고 따라갔다.

아침에 일을 시작하려는데,

"형씨도 이제 손이 익었으니 자재 재단하는 것 좀 해봐. 맨날 보조만 해서 되겠어? 마침 재단하던 친구가 사정이 있어서 그만둔다니…."

그래서 맡긴 일을 하기 시작했다. 감지덕지였다. 마다할 이유가 없었다. 그러나 자재 재단은 공사 전반을 파악하고 있어야 한다. 공사가 지연되지 않도록 자재를 재단하여 적재적소에 제때 공급해 줘야 하기 때문이다. 그래야 공사에 차질이 안 생긴다. 그러나 상구는 아직 익숙하지 못한 편이었다. 허둥대기 일쑤였다. 십장이 소리쳤다. 이름이 강수라고 하는데 허우대가 곰처럼 크고 목소리는 우렁우렁했다. 짜증을 내면서 '도대체 왜 저런 사람한테 재단 작업을 시켜?'라며 슬쩍 우식에게 불만을 던지기까지 했다. 강수의 지적은 계속됐다. 그럴 때마다 용접작업을 하는 하성이 다가와 일러주었다. 하성도 이웃에 사는 사람이다.

원래 용접공인데 일찍 현업에서 은퇴하고 내려와 이 일을 따라다닌 지 몇 년이 되었다. 집을 지을 때 철골조를 용접하는 일을 한다. 이런 식으로 다른 사람이 일일이 지적해주어야 알아차리고 재단을 하니 일이 더 딜 수밖에 없었다.

우식이 옆에서 지켜보다가 안 되겠던지 퉁명스럽게 핀잔을 줬다.

"아니 형씨, 여태껏 같이 일했으면서 그렇게도 파악을 못 해요? 일머리를 지켜보고 있다가 딱딱 맞춰서 잘라 가져다줘야 일이 순조롭게 될 거 아녀요? 안 그래요?"

그러면서 가래침을 카, 뱉었다.

순간 상구는 욱, 하고 피가 머리끝까지 솟구쳤다. 잡았던 재단기 손잡이를 놓으며 벌떡 일어나 자신도 모르게 우식을 쳐다봤다. 우식은 순간 움찔했다. 상구의 눈길을 피하며 헛기침을 했다. 심한 말을 했다고 생각했는지, 아니면 갑자기 상구가 핏발 선 눈빛으로 노려보는 눈초리에 겁을 냈던지 슬그머니 자리를 피했다. 그리고는 일하고 있는 충성이에게 다가가 괜한 말참견을 했다.

상구는 크게 숨을 들이켜고 멀리 산등성이를 바라봤다. 치밀어오르는 화를 가라앉혔다. 오후 내내 '내가 이 일을 계속해야 하나? 다른 일은 없을까?'라며 곰곰이 생각했다. 일하는 내내 기분이 잡쳐 일손이 제대로 잡히지 않았다.

강수가 또 상구에게 소리 질렀다. 그럴 때마다 우식이 흘깃, 상구를 훔쳐봤다. 상구가 불편해하고 있는 것을 보고 미안했던 모양이다. 그래서 그랬는지 저녁을 먹고 들어가자고 했을 것이다.

소주도 한 잔 곁들여 저녁을 먹다 보니 시간이 많이 늦었다. 상구는 급한 마음에 우식의 차에서 내리면서도 인사도 없이 서둘러 집으로 향했다.

"새봄아! 늦었다. 아저씨가 저녁 먹고 가자고 해서 어쩔 수 없이…."

상구는 미안한 마음에 새봄이가 들으라고 집안에 들어서기도 전에 설레발치며 말했다.

그러나 집안은 조용했고 불이 꺼져 있었다. 상구는 일순 이상하다는 예감이 스쳤다. '얘가 아빠가 늦게 들어와서 삐졌나?'라고 생각하면서 방문을 열었지만, 새봄이 보이지 않았다. '어디 갔지?' 중얼거리며 화장실 문을 두드렸다. 역시 여기도 없었다. 다시 새봄이 방으로 와서 살폈다. 휴대전화는 책상 위에 그대로 있었다. '산책하러 나갔나?' 생각하며 밖으로 나가보았다. 바깥 마루에 있는 의자에 새봄이 요즘 읽던 책이 놓여 있었다. 불안함이 엄습해왔다. 여태껏 이런 적이 한 번도 없었다. 상구와 함께가 아니면 어디도 쉽게 나가지 못하는 소심함을 아직 벗어나지 못하고 있었다. 요즘 와서 좀 나아져서 상구가 일을 나가도 찾지 않았지, 전에는 상구가 눈에 보이지 않으면 휴대전화가 꺼지지 않았다. 그런데 이상한 것은 상구가 나가 눈에 보이지 않을 때 찾기만 하지 막상 집에 같이 있어도 대화가 별로 없었다.

상구는 차를 몰아 동구 밖 신작로로 나가 보았다. 혹시나 아빠가 오지 않으니 집에 혼자 있기 무서워 마중 나갔을지 모른다고 생각해서다. 헤드라이트를 켜고 찬찬히 살펴보았다. 길에 누가 걸어가고 있는지 보기 위해서다. 벌써 밤도 이슥한지라 이 산골에서 밤늦게 돌아다닐 사람은 흔치 않았다. 마을 진입로 초입까지 가보았으나 없었다. 하긴 새봄이가 마중 나왔다면 저녁 먹고 들어오는 길에 만났을 것이다. 그래도 마음이 불안하여 나섰다. 아무리 생각해도 어디 갔을지 감이 잡히지 않았다.

들어오는 길에 혹시 대웅이와 같이 있는지 반장댁에 들렀다. 반장 집은 마을 진입 신작로 길가에 있었다. 대웅이가 집에 있었다. 저녁을 먹으려는지 숟가락을 들고 대웅이 뒤에 반장이 서서 무슨 일 때문에 그러느냐고 궁금해하는 눈치다.

"혹시 우리 새봄이 하고 같이 있었니? 일하고 들어와 보니까 새봄이가 없어."

"아니요. 오늘은 학교 갔다 와서 숙제하느라고 누나한테 가지 않았는데요. 누나가 안 보여요?"

"그래, 여기저기 찾아봐도 찾을 수가 없어. 알았다. 들어가 저녁 먹어."

상구는 대웅이와도 전혀 접촉이 없었다는 말에 더 초조해지기 시작했다. 차를 몰고 집으로 돌아가면서 혹시 그럴 일은 없을 거라고 확신하면서도 반신반의하면서 윗집 재현에게 전화를 걸었다.

"재현씨, 밤늦게 죄송합니다. 다름 아니라 혹시 우리 새봄이 못 봤어요?"

전화기 너머에서는 뜬금없는 소리를 들었다고 생각했는지, 잠시 말이 끊겼다. 새봄이가 없어졌다는 것도 그렇고, 새봄이 행방을 자기에게 묻는 것도 이상했기 때문이다. 새봄이는 여기 이사 와서 대웅이 이외에 주변 누구와도 교류한 적이 없다. 상구 집에 놀러 가도 늘 새봄이는 자기 방에 박혀 있는 경우가 많아서 집안에 딸이 있는지도 잘 모르는 경우가 많았다.

"아니, 새봄이가 우리 집에 있을 리 없잖아요? 새봄이가 없어졌어요?"

괜히 물어봤다 싶었다. 역시 새봄이가 거기에 가 있을 리는 만무다.

"예, 일하고 들어와 보니 없어서요. 어디 있겠죠."

무안하여 전화를 얼른 끊었다.

집으로 들어오는 입구에서 마침 상구 집에서 나오고 있는 현동을 만났다. 오래간만이었다. 현동은 아내와 아이들은 서울에 두고 이곳에 내려오면 며칠이고 묵었다 올라가곤 했다. 이곳에 머무를 때는 수시로 산을 탔다. 약초를 채취해서 뒤꼍 벽에 갈무리해놓은 망사리가 주렁주렁 매달렸다.

"아니 형님, 이제 들어오슈?"

"아니, 그런 게 아니라⋯."

상구는 말을 해야 할지 망설였다. 조금 전 재현과 마찬가지로 현동이 새봄이 행방을 알 리 없었기 때문이다.

"어, 언제 내려왔어? 아침에는 못 본 거 같은데⋯."

"예, 오후 서너 시경 도착했어요. 근데 왜 안색이 그래요. 뭐에 놀란 사람처럼⋯."

"응, 다름이 아니고 새봄이가 안 보여서⋯."

"그래요? 하긴 집에 인기척이 없더라고요. 형님이 집에 있나 가봐도 아무도 없고⋯."

현동은 이곳에 내려오면 별일이 없는 한 상구 집부터 들렀다.

현동은 집에 들러봐도 아무런 인기척이 없어 도로 나왔다고 했다.

"빨리 올라가 보셔요. 그동안 돌아와 있을지 모르잖아요. 저도 집에 들렀다 다시 와 볼게요."

걱정스럽다는 듯이 표정이 굳어졌다. 현동도 새봄이에 관한 저간의 사정을 잘 알고 있기 때문이다.

상구는 집으로 들어서면서 퍼뜩 생각이 미처 서울에 있는 혜숙에게 전화를 걸었다. 혹시나 혜숙에게 올라가지는 않았나 생각이 들어서이다. 가끔 엄마 얘기를 하면서 '엄마가 요즘 너무 바쁜가 보네. 연락도 잘 안 해주고…. 아빠는 엄마 보고 싶지 않아?'라고 투정처럼 말하곤 했다. 그래서 혹시 말도 하지 않고 애가 혼자 서울에 올라간 건가? 하지만 혜숙은 전화를 받지 않았다. 짜증이 확, 밀려 올라왔다. '이 여자가 도대체 뭐 하고 있는 거야? 정말!' 괜히 멀리 있는 사람에게 화풀이다. 혹여 그사이 새봄이 집에 들어와 있지 않나 부리나케 뛰어 들어왔다. 역시 없었다.

좀 있으니 재현이 불안한 기색으로 찾아왔다.

"새봄이가 어디 갔어요? 새봄이는 여간해서는 밖에 나가지도 않잖아요? 방안에 처박혀 있는 게 그 애 일인데…."

그 말에 상구는 순간 욱, 하는 감정이 치밀어 올라왔다. 새봄이가 하는 행동을 조금은 비꼬듯 말하는 것이 못마땅했다. 그러나 꾹 눌러 담았다.

"혹시 낮에 무슨 낌새라도 본 거 있어요? 현동이가 그러는데 오후 서너 시쯤 우리 집에 와봤다는데 그때도 없더래요."

"현동이 내려왔어요? 난 어제가 장인 기일이라 대구에 갔다가 오늘 와서…. 나도 저녁이 다 돼서 도착했는데요 뭘. 그나저나 밤이 이렇게 깊었는데도 새봄이가 없으니…. 어디 짐작 가는 데는 없어요?"

오히려 재현이 상구에게 궁금한 듯 물었다.

그때 마침 현동도 들어섰다.

"딱히 짐작 가는 데는…. 없어요."

상구는 이리저리 생각해 봤지만 도무지 알 수 없었다. 새봄이 평소 행동 범위는 극히 제한돼 있던 터라 떠오를 리 없었다.

재현은 혹시 이웃 사람들이 낮에 새봄이를 본 사람은 없는지 전화로 일일이 확인했다. 누구 하나 본 사람은 없다고 했다. 그도 그럴 것이 일부러 돌아다니지 않으면 누가 어디에서 무얼 하는지 모른다. 띄엄띄엄 집이 떨어져 있고 또한 숲이 가려져 있어서 이웃집에서 사람이 활동해도 잘 보이지 않는다.

"아무도 모른다네요. 걱정이네. 119에 신고해야 하는 거 아니에요? 어디 간지도 모르고…."

재현이 전화기를 내려놓으며 상구를 돌아보고 말했다.

상구는 그때 새봄이가 얼마 전에 했던 이야기가 퍼뜩, 떠올랐다. 그러면 혹시? 상구는 그제야 새봄이가 했던 말의 자초지종을 털어놨다. 상구조차도 얼토당토않은 말이라 생각하여 아무에게도 전하지 않던 이야기이다.

"에이, 그런 황당한 얘기가 어딨어요? 나비가 어떻게 사람을 끌고 가요?"

재현은 여전히 비꼬는 말투다.

재현과 달리 현동은 귀를 쫑긋 세우고 상구 말을 주의 깊게 들었다.

"지금 상황에서 119에 전화하는 것은 좀 이른 것 같고요. 제 생각에는…."

잠시 생각하는 듯하며 말을 끊었다. 이윽고 현동이 결심한 듯,

"형님들, 사실이든 아니든 그게 중요한 게 아니잖아요? 새봄이는 그렇게 믿고 숲에 들어갔다 왔을 수도 있는 거고…. 안 그래요? 정말 새봄이가 그때 일로 다시 고라니를 만나고 싶어서 숲으로 들어갔을지도 모르잖아요. 형님들도 알다시피 걔가 얼마나 고라니를 애지중지 보살폈는지…. 제 생각에는 새봄이가 숲에 들어간 게 분명해요."

현동이 새봄이를 잘 이해하고 있다는 듯이 말했다.

목소리에 안타까움이 배어 있다. 아마도 새봄이 고라니가 보고 싶어서 꾸며낸 얘기일 수도 있겠지만 숲에 들어갔을지도 모른다는 예감이 들었다.

"아무리 여름이라 해도 이 밤중에 위험할 텐데…."

현동은 새봄이가 산에 들어갔다고 확신하고 말했다.

"숲에 들어갔다가 길을 잃고 나오지 못하는 것일 수도 있어요. 나도 밤중에 숲속에서 낙오돼본 적이 있어서 잘 알아요. 캄캄한 밤이 되면 얼마나 무서운지…. 약초꾼들은 산에 들어갈 때 비상시를 대비해 비닐 한 장씩은 꼭 가지고 다녀요. 비나 이슬 피하려고, 근데 새봄이는 맨몸으로 들어갔을 테고…. 큰일이네!"

현동은 상구의 기색을 살피며 계속해서 말을 이었다.

"이러고 있을 거유? 나서 보기래도 해야잖아요? 찾든 못 찾든 일단 숲에 들어가서 찾아보자고요. 그리고 나서 119에 전화하든 말든 해도 늦지 않아요."

숲에 들어가 보자는 현동의 말에 재현이 난색이다.

"아이고, 나도 밤중에 우리 애순이 찾으러 산속을 헤매고 다녀본 적이 있는데, 얼마나 무서웠다고…. 혼자 숲속을 돌아다니는데 무서우니까 막, 헛것이 보이더라고. 소나무가 사람으로 보이기도 하고, 뭔가 바스락거리기만 해도 간이 콩알만 해지더라니까."

재현이 무슨 말을 하건 상구는 현동의 말이 옳다고 생각했다. 벌떡 일어나서 손전등을 챙기고 점퍼를 입었다. 현동도 벌떡 일어났다. 집에 가서 준비하고 나온다고 내려갔다.

상구는 현동이 믿고 나서준 것에 감동했다. 평소 허풍기가 있고, 매사에 세심한 면이 부족해 미덥지 못한 점이 다소 있었어도 남 일에 자기 일처럼 나서주는 동생이 고마웠다. 그리고 약초를 캐러 현동을 따라 몇 번 산을 타 본 바에 의하면 그래도 현동이 산에 대해서는 전문가였다. 현동이 나서주니 마음이 좀 안심되었다.

재현도 주변 숲속에 대해서는 어느 정도는 아는 사람이었다. 상구는 같이 가자고 눈빛으로 애원했다. 두 사람이 서두르는 통에 재현은 이러지도 저러지도 못하다가 상구의 불안해하는 눈빛을 보고 따라가지 않을 수 없었다. 엉거주춤 일어섰지만 소가 주인을 떠나 팔려나갈 때 억지로 끌려가는 것처럼 문지방을 넘지 못하고 버티고 서 있다.

"형님, 뭐해요? 똥 싼 강아지처럼 엉거주춤 서서."

재현이 뭉그적거리는 것을 보고 어느새 준비하고 올라온 현동이 소리쳤다.

현동이 재촉하는 소리에 재현이 그제야 움직였다. 현동이 앞장을 섰다. 성격상으로도 막힘없이 털털하고 아마 셋 중에는 숲속 지리에 대해 제일 잘 알고 있어 당연시 여겼다. 상구와 재현이 바짝 뒤를 따라붙었다. 찰피나무 잎이 바람에 찰랑거렸다. 셋은 찰피나무 밑을 돌아서 숲으로 들어갔다.

새봄이는 길을 잃었다고 직감했다. 얼마나 깊이 들어왔는지 감이 잡히지 않았다. 계곡을 건너려고 얕은 곳을 찾아 계속 올라오다 보니 어디가 어딘지 분간이 가지 않았다. 커다란 상수리나무를 찾기는커녕 저 멀리 일본잎갈나무 군락이 보였다, 현동 아저씨가 말한 일본잎갈나무 군락일지 모른다고 생각했다. 아저씨도 숲에 들어와서 길을 잃었다고 했다. 무서움이 등골을 타고 올라 머리를 싸늘하게 식혔다.

산속을 헤매는 사이 해는 일찌감치 서산으로 넘어갔다. 벌써 주위는 캄캄해졌다. 숲속에 서 있는 나무들이 모두 시커먼 거인처럼 변했다. 가지를 벌리고 있는 모습이 마치 팔을 휘두르며 새봄이를 습격하러 다가오는 것처럼 보였다. 여차하면 나무가 움직여 새봄이를 쫓아올 태세다.

새봄이는 움찔하며 도망가려다 말고 눈을 감았다. 심호흡을 크게 하고 마음을 가라앉히려 애썼다. '내가 너무 무서워서 그렇게 보이는 걸 거야. 나무가 절대 움직일 리가 없어. 바람이 불어서 나무가 흔들리는 걸 거야'라고 주문을 외듯이 계속 중얼거렸다. 다시 눈을 뜨니 조금은 마음이 편안해졌다. 검은 망토를 두른 것 같은 나무는 여전히 바람에 흔들렸다. 뚫어지도록 나무를 쳐다보고 있으니 나무 윤곽이 뚜렷하게 드러났다. 나무 윤곽이 보이니 무서움이 사그라들었다. 공포심은 대상의 존재를 모를 때 생긴다는 것을 알았다.

어떻게 할지 생각했다. 현동 아저씨 말처럼 계곡을 타고 아래로 계속 내려가다 보면 인가나 사람을 만날 수 있다는 말이 생각났다. 하지만 이 밤중에 어디가 어딘지도 모르니 내려갈 엄두가 나지 않았다. 현동 아저씨처럼 길을 잃어 엉뚱한 방향으로 흘러가서 고생할 게 뻔했다. 아빠가 걱정할 것을 생각하니 갑자기 후회스러웠다. 지금쯤 자기가 없어진 것을 알고 온 동네를 찾아다니고 있으리라 짐작하고도 남았다.

그때 얼핏 머리를 스치는 게 있었다. 분명 아빠가 찾아올 것이라는 확신이 들었다. 어두워서 방향을 찾기도 어려웠다. 방향을 찾지 못하고 헤매느니 아빠가 찾아올 때까지 기다리는 편이 좋을 거라는 판단이 섰다. 그리고 설사 아빠가 못 찾을지라도 어딘가에서 밤을 보내고 내일 낮에 움직이는 게 나을지 모른다는 생각에 도달했다.

새봄이는 그런 판단이 서자 주위를 먼저 살펴보기 시작했다. 혹시 은

폐할 곳이 있는지 알아보기 위해서다. 좀 더 걸어 올라갔다. 눈앞에 어 슴푸레 선바위처럼 솟은 바위가 나타났다. 다가가 보았다. 바위 옆으로 소나무가 가지를 척척, 늘어뜨리고 있었는데 수피가 쩍쩍 갈라져 깊게 파였다. 바위 옆을 타고 올라가 자란 소나무는 몇백 년을 묵었는지 모르지만, 바위틈을 뚫고 자라서 그런지 키는 크지 않았다. 하지만 꼬불꼬불 가지가 휘어진 거며, 기둥 줄기는 굵어질 대로 굵어져 구부러진 것을 보아 견뎌온 세월을 짐작하고도 남았다.

바위를 돌아들어 밑에 가보니 조그만 공간이 보였다. 바위가 처마처럼 비스듬히 기울어 있어 비가 오더라도 피할 수 있을 것 같았다. 이만하면 하룻밤 지내기 괜찮아 보였다. 안온하기까지 했다. 잘 됐다 싶었다. 조심조심 들어가 자리를 잡을 수 있을지 살폈다. 드나드는 자리가 풀도 자라지 않고 반질반질했다. 혹시 어떤 짐승의 집인가? 라는 생각이 들었다. 그러나 새봄이는 그럴 계제를 따질 형편이 아니었다. 숲을 헤매느라 지칠 대로 지쳐 있었다.

쪼그리고 앉아 하늘을 바라보았다. 나뭇가지 사이로 별이 반짝였다. 마치 아침 이슬방울이 나뭇잎 끝에 달려 영롱하게 반짝이는 것처럼 별이 나뭇가지에 주렁주렁 매달려 있었다. 이른 아침 마당을 서성이다 풀잎이나 나뭇잎에 맺힌 이슬방울이 햇빛에 반사되는 모습을 본 적이 있다. 이처럼 아름다운 보석이 있었는가 싶을 정도로 영롱하게 빛이 번졌다. 그 이슬방울들이 나뭇가지 사이 하늘에 무수히 맺혔다. 새봄이는 이렇게 많은 별을 보지 못했다. 이곳 산골에 와서도 제대로 하늘을 바라본 적이 없다. 무섭다고 밤에는 밖에 잘 나오지 않은 탓도 있지만, 우선 하늘에 관심이 없었다. 그동안 왜 이 아름다운 별을 보지 않았을까? 새봄이는 지난날 헛되이 보낸 밤을 후회하였다.

하늘을 바라보다 갑자기 서러워졌다.

"엄마는 왜 우리랑 같이 살지 않지? 저 별들도 오종종히 모두 모여 사는데…. 정말 엄마가 보고 싶다."

새봄이는 눈물을 글썽이며 중얼거렸다.

마음속에 그리던 엄마 얼굴이 나뭇가지 너머 하늘에 나타났다 사라졌다. 저기 서쪽 하늘 끝까지 가면 거기 엄마가 있을 거라고, 미리내가 손짓으로 가리켰다. 서쪽 하늘을 향해 길처럼 길게 뻗은 미리내를 따라가던 눈이 반짝 빛났다. 별똥별이 서산 너머로 사선을 긋듯 떨어지며 순식간에 숨어버렸다. 아쉬웠다. 떨어지는 별똥별에 소원을 빌면 이루어진다는 말이 새삼 생각났다. 또 떨어질까 기다려봤지만 떨어지지 않았다. 불길했다. 밤하늘이 숨이 막혀서 그럴까? 왜 별똥별이 떨어지지 않지? 밤하늘을 바라보는 새봄이 눈에 별빛 같은 눈물이 맺혔다.

몸이 으스스 떨렸다. 엄마 생각도 잠시, 여름이라지만 해발이 높은 산은 밤이 되면 추워진다. 몸을 웅크리고 주변을 바라봤다. 잎이 박쥐날개처럼 넓다. 잎 아래에 아주 작은 트럼펫 모양의 꽃이 주렁주렁 매달렸다. 박쥐나무였다. 그 위로 때죽나무꽃이 피었다. 조그맣고 하얀 종 모양의 꽃이 가지 아래에 열을 지어 매달린 것이 신기했다. 향긋함이 코를 자극했다. 이런 작은 나무들이 바위 주변을 감싸고 있어서 밖에서는 보이지 않는 둥지 같았다. 조금은 안심이 되어 긴장이 풀렸다. 눈꺼풀이 무거워지고 있었다. 피곤이 몰려와 잠이 들려는 순간이었다.

그런데 그때 부스럭 소리가 나며 누군가 다가오는 기척이 느껴졌다. 새봄이는 깜짝 놀랐다. 눈을 동그랗게 뜨고 밖을 살폈다. 상대방도 소스라치게 놀라며 멈칫했다가 건너편 풀숲으로 도망갔다. 어두워서 잘 보이지는 않았지만, 고라니가 온 것 같았다. 정말 모습이 비슷하여 고라니가 왔다고 생각했다.

"소담아! 소담아!"

새봄이는 정말 소담이가 온 줄 알고 낮은 소리로 불렀다. 그러나 한참을 기다려도 아무런 기척이 없었다. '내가 잘못 봤나?'하고 실망하고 있을 즈음 또다시 예의 그가 살금살금 다가왔다. 새봄이는 죽은 듯이 기다렸다. 고라니가 반대편 입구로 들어와 새봄이를 바라봤다.

"소담아! 나야 나!"

새봄이는 반가워 어쩔 줄 몰라 다가가 안으려고 했으나 상대방은 또 뛰쳐나갔다. 다시 생각해보니 소담이와는 생김새가 좀 달랐다. 머리에는 아주 작은 뿔이 나 있고, 털은 붉은빛 도는 갈색에, 꼬리가 털실 뭉치처럼 하얗게 부풀어 있었다. 소담이가 아니었다. 새봄이가 앉아 있는 자리는 노루의 보금자리였다. 고라니와 흡사하니 착각할 만했다. 하마터면 새봄이는 실망하여 울 뻔했다. 진정하고 있으니 또 살금살금 들어와 맞은편에 앉았다. 이번에는 새봄이가 미안했다. 이 자리는 새봄이 자리가 아니라 노루의 집이니 말이다. 새봄이가 불청객인 셈이다. 그래도 어쩌겠는가! 나가라고 해도 지금은 나갈 수가 없다.

"미안해, 내가 네 집에 허락도 없이 들어와서….."

새봄이는 자기 무릎을 감싸 안은 자세로 웅크리고 앉아 노루를 바라보았다.

"너는 정말 착하게 생겼다. 난 처음 너를 보고 내가 아는 고라닌 줄 알았어. 너무 비슷해."

노루는 무슨 말을 하는 건지 알 수 없다는 듯 고개를 들어 새봄이를 바라보고는 다시 고개를 내려 품속에 숨겼다. 졸린 건지 귀찮은 건지 모르게 아무 기척이 없다.

"내가 너희들하고 말이 통하면 얼마나 좋겠니? 그러면 너에게 소담이가 어디에 있는지 물어볼 수도 있고…. 가끔 너희들 보러와서 재밌게 놀 수도 있을 텐데…. 난 이곳이 너무 지루하고 따분하거든."

노루는 여전히 경계심을 풀지 않고 자다가 깨곤 했다. 새봄이 혼자 계속 중얼거렸다. 무서움을 잊어버리려 그러는지도 몰랐다. 마침 순하디순한 모습을 한 노루가 옆에 있어 여간 다행한 것이 아니었다.

그때였다. 멀리서 고함 같은 게 들렸다. 누굴 부르는 소리였다. 바람 소리겠지 생각했다. 아니었다. 손전등 불빛이 가까워지며 언뜻언뜻 비쳤다가는 사라졌다. 좀 있으니 더 가까운 곳에서 들렸다. 아빠 목소리였다.

"아빠다!"

새봄이가 너무 기쁜 나머지 괴성을 질렀다. 노루는 자다 말고 깜짝 놀라 일어났다. 웅성거리는 사람 소리가 들리자 노루는 후다닥, 밖으로 뛰쳐나갔다.

"야, 괜찮아! 내가 나갈게!"

새봄이 소리쳤으나 소용없었다. 벌써 검은 풀숲으로 사라져 버렸다. 새봄이도 얼른 뛰쳐나와 소리 질렀다.

"아빠, 나 여있어! 여기야!"

"어, 저깄다, 와!"

나무들 사이로 사람들이 언뜻언뜻 재빨리 움직이는 모습이 보였다. 아빠가 제일 먼저 달려와 새봄이를 얼싸안았다. 아무 말도 할 수 없었다. 안도감에 눈물만 흘렸다.

"형님, 내가 뭐랬슈? 새봄이가 숲으로 들어왔다면 분명 계곡이 깊어서 건너가지 못하고 위로 올라갔을지 모른다고…."

현동이 자기 말이 맞았다고 자랑스러운 듯이 말했다.

하늘다람쥐를 따라 숲속으로

"상구씨, 얘기 들었어?"

재현이 긴장된 표정으로 상구에게 물었다.

"무슨 얘기요?"

"못 들었구나! 우리 동네에 풍력발전이 들어온다는 소문이 있어."

"네? 그게 무슨 날벼락 같은 소리래요? 정말 들어온대요?"

상구는 금시초문인 듯, 무슨 뚱딴지같은 소리냐고 반문했다.

"그런데 왜 동네에선 아무 말이 없대요? 그런 큰일이 동네에 생긴다
고 하면 벌써 마을 사람들에게 소상히 다 알렸어야지."

"내 말도 그 말이야. 몇몇 사람들만 쉬쉬하면서 알음알음 공유하고
다른 사람들에게는 알리지도 않았더라고. 그 사람들은 벌써 업자들 설
명 듣고 밥도 얻어먹고 온 모양이야."

재현은 화가 나서 얼굴이 상기되어 붉어졌다. 저간의 사정을 어디서
들었는지 비교적 자세히 알고 있었다. 원주민들은 이주민들을 불신하
는 편이다. 마을 일에도 대체로 협조적이지 않고, 더군다나 이사 와서
살다가 소리소문없이 훌쩍 떠나는 경우가 많으니 여간해서는 신뢰를

두지 않는다. 그러나 재현은 다른 이주민들과 달리 원주민들과도 넓게 친분을 쌓아왔다. 그런지라 마을 돌아가는 사정을 비교적 잘 전해주는 소식통인 셈이다.

재현이 들은 내용을 중언부언 설명했다. 그것을 요약하면 이렇다. 마을 뒤 제일 높은 대미산 너머에 능선이 여러 갈래로 뻗어나가 있는데, 곳곳에 솟은 높은 봉우리만을 골라 그곳에 풍력발전기 20여 기 이상 설치하겠다는 계획이고, 벌써 설치지점을 지도에 표시까지 한 조감도를 펼쳐놓고 설명했다 한다. 이 정도라면 상당히 진척된 상황이다. 대미산 너머는 현동이 전한 경험을 들먹거리지 않더라도 드물게 광활한 삼림이 펼쳐져 있고, 자연환경이 그나마 잘 보존된 곳이었다.

"상구씨, 전에 회사 다닐 때 환경회사에서 일했다고 안 했어? 그럼 잘 알겠네! 한 기당 발전용량이 3MW라던데, 3MW면 얼마나 큰 거야?"

"환경회사라도 풍력발전하고는 아무 관계가 없어요. 오염된 토양을 복원하는 회사였는데요 뭐!"

"그래도 환경회사니깐 어느 정도 알 거 아네요?"

재현은 좀 실망했다는 표정이다. 과거 환경회사에 다녔다고 하기에 뭔가 잘 알겠거니 하고 물으러 온 게 분명했다. 나름대로 자료도 찾아보고 했는지 프린트물을 손에 들고서 뒤적거렸다.

"우리 동네에 들어오려는 풍력발전 용량이 한 기당 3MW급이래요. 이 정도면 정말 규모가 큰 건데…."

라며 말하다 말고 불현듯 생각난 듯이 화제를 돌려 새봄이 안부를 물었다.

"참, 새봄이는 어때요? 그때 빨리 찾았기 망정이지…."

"모르겠어요. 그때 너무 혼났던지 며칠 잠에 빠져서 밖에 통 나오질 않으니…. 나도 모르겠어요. 그냥 내버려 두고 있어요. 시간 지나면 또 괜찮아지겠죠!"

상구 역시 처음 겪은 일이고, 새봄이도 숲에 들어가서 길을 잃기는 처음이라 많이 놀랐다. 그러니 앞으로는 숲에 들어갈 엄두를 내지 못할 것이다. 그런 점에서 차라리 잘 됐는지 모른다고 생각했다.

"그건 그렇고 내가 풍력발전 현황에 대해서 찾아보니까, 전국에 이것 때문에 난리가 아녜요. 여기 평창만이 아니라 영월, 정선, 태백 등 강원도는 말할 것도 없고 경북지방 여기저기서도 반대하느라고 야단이더라고요. 풍력발전이 들어오면 발전기 앉히려고 저기 크고 작은 산봉우리를 다 까뭉개는 것은 물론이고, 산등성이를 전부 파헤쳐서 접근도로까지 만들어야 하잖아요? 그렇게 하면 환경파괴는 불을 보듯 뻔해요. 아니! 친환경 에너지 생산한다면서 있는 환경 죄다 파괴하면 이게 제대로 된 정책이에요?"

재현은 이해할 수 없다며 화가 나서 말했다.

이어지는 설명에 의하면 풍력발전 한 기당 시설용량이 대관령은 660KW이고, 미탄면 청옥산에 있는 것이 2MW인데, 우리 동네에 설치하려는 것이 3MW면 우리나라에서 제일 큰 시설용량이라고 했다. '그렇게 큰 시설을 설치하려면 아마도 지름 100여 미터 면적은 절토해서 평지로 만들어야 할 텐데…'라고 나름대로 추측하며 혼잣말처럼 중얼거렸다. 아마도 재현은 자료를 조사해도 이런 내용을 잘 모르니 감이 잡히지 않아 상구에게 물어보려 한 것 같다.

"여기 대미산 자락 너머 숲이 환경 보호등급 1급지라는데 정부에서 허가를 내줄까요?"

재현이 의문이라며 말했다.

"정말 그래요? 1급지면 허가 내줄 리가 없는데요?"

"정확한 건 아니지만 들은 바로는 그렇대요. 그런데 벌써 'OO풍력'이라고 법인이 설립됐더라고요. 산자부에서 허가가 났다고 하던데….."

그러면서 법인 등기부등본을 내밀었다. 자본금이 500만 원에 불과한 것으로 보아 급조된 회사가 분명했다.

"벌써요? 정말 우리 모르는 사이에 많이 진척됐네. 그건 아마 법인 설립만 된 거고, 개발허가는 아닐 거예요. 그게 국유림이니 산림청하고 먼저 협의해야 하고, 또 최종적으로 해당 지자체의 개발허가가 있어야 개발할 수 있는 것으로 알고 있는데요. 그나저나 마을에서는 가만히 보고만 있는데요? 그거 들어오면 환경파괴도 그렇고, 건강침해 문제도 심각하다던데….. 나도 언젠가 TV 뉴스에서 풍력발전 개발 문제점을 보도하는 거 본 거 같아요."

상구는 알게 모르게 들은 풍월까지 모두 동원했다. 그래도 환경회사에 다녔다는 티를 내며 전문가인 척 어깨를 으쓱했다.

"그래서 말인데요. 상구 씨도 같이 가시죠. 많은 도움이 될 거 같은데…... 우리 동네 몇몇 사람이 모여서 미탄면 청옥산과 봉평면 태기산 풍력단지에 가보려고 해요. 우선은 현장에 가봐야 얼마나 심각한지 알거 아니에요. 거기 사람들 말도 좀 들어보고….."

며칠 후 차 두 대에 나눠타고 평창군 미탄면 청옥산에 소재하는 풍력발전소에 갔다. 발전소 아랫마을에 도착해서 돌아가는 프로펠러 소리를 들었다. 멀리 2~3㎞는 더 떨어진 곳에서 바라보는데도 둔탁하게 프로펠러 도는 소리가 뚜렷이 들렸다. 목적지까지 가는 차 안에서는 우리 마을에 풍력발전은 절대 안 된다는 강경파와 가봐서 들리는 소음이나 건강 문제는 어떤지 마을 사람들 얘기 들어봐서 피해가 별로 없다고 그러면 어쩔 수 없는 거라는 온건파로 나뉘어 치고받았다. 그런데 멀리 떨어진 곳에서도 소음이 확연히 들리자 온건하게 말하던 사람들도 얼굴빛이 금세 달라졌다.

길바닥에서 일단의 사람들이 웅성웅성하며 서성거리자 마을에 사는 사람이 다가왔다. 풍력발전 문제로 왔다 하니 알겠다는 듯 이장 집을 가보라며 손으로 가리켰다. 그 마을 이장을 만나 찾아온 사정을 이야기하니 대뜸 '우리는 속았다'라는 말부터 꺼냈다. 이야기인즉 '친환경 에너지라 건강침해나 환경파괴 등 아무런 문제도 없고, 오히려 관광지가 되니 마을에도 이득이 된다. 그리고 마을 발전기금 명목으로 충분히 보상하겠다. 앞으로는 친환경 에너지 시대이고, 정부에서도 적극적으로 지원하고 있다. 그러니 걱정하지 말고 찬성해달라 등등 온갖 감언이설을 해서 그때는 아무것도 모르고 찬성했는데, 지나고 보니까 그게 아니더라'고 했다.

"지금 낮이니까 소음이 저 정도로 들리죠. 밤에는 더 크게 들려요. 저기 산 밑에 사는 정순네 할머니는 지금 노이로제 걸려서 심각해요. 병원에 치료받으러 가면 아무렇지 않다고 하는데도 밤에 잠 한숨 못 잔다고 난리가 아녀요."

이장은 마을에서 제일 위쪽에 자리한 허름한 집을 가리키며 분개해서 말했다. 그리고 한 마디 덧붙였다.

"만약에 풍력발전 한다고 하면 충분히 보상해주고 마을 사람 다 이전해달라고 하세요. 그런 조건 아니면 찬성하면 절대 안 돼요. 얼마나 피해가 막심한지 몰라요."

이장은 지금도 속은 것이 억울하다는 듯 단호하게 말했다.

이장 말을 듣고 풍력발전소가 있는 곳에 올라갔다. 깎아지른 절벽 위로 도로가 나 있다. 산 능선을 따라 접근도로가 굽이굽이 펼쳐있다.

"와! 이거 장난 아닌데요. 어떻게 이렇게 도로를 낼 수 있을까요?"

무서움에 상기된 얼굴로 현동이 말했다.

"그러게, 우리 동네도 풍력발전 개발하려면 이렇게 도로를 낼 거 아냐?"

재현이 말을 받았다. 역시 차창 밖 낭떠러지를 보고 겁먹은 표정이다.

"이러니 환경이 망가진다고 야단들이죠. 안 그래요?"

상구가 주위를 돌아보며 동의를 구하듯 말했다. 모두 고개를 끄덕였다.

청옥산 정상 육백마지기 들에 올랐다. 탑신 위에서 거대한 프로펠러가 돌고 있다. 탑신 안에서 나는 우웅~ 우웅~, 하는 기계음에 프로펠러 소리까지 합쳐져 들리는 소음은 사람들의 의심을 확신으로 돌려놓았다. 같이 간 사람들의 심장 소리가 덩달아 쿵쾅거리기 시작했다.

강경파 목소리를 주도했던 반장은 씩씩거리며,

"씨발, 우리 마을에 풍력발전은 절대 안 돼! 봐라, 저 소리 들리는 거! 너희들 그래도 찬성할 거냐?"

여태껏 온건한 목소리를 냈던 사람들은 반장의 우격다짐 같은 한마디에 이의를 달지 못했다.

태기산에 가볼 것 없다는 말에도 거기는 독일 제품으로 설치해서 소음이 적다며 이왕 나온 김에 가보자고 부추기는 사람이 있었다. 마을 청년회장이었다. 반장은 어떻게 그리 잘 아냐며, 아무래도 의심스럽다는 듯 청년회장을 바라봤다. 손사래를 치며 '절대 난 그 사람들 편이 아녀요. 그냥 이렇게 나오기도 어려운데 나왔으니 혹시 모르니까 가보자는 거예요'라고 말한다. 출발할 때와 다르게 기가 죽어있다. 예상과는 많이 달랐기 때문이다. 그리하여 태기산 풍력발전 단지도 갔다. 그러나 소음은 별다른 차이 없었다. 현장에 갔던 사람들은 이심전심으로 우리 마을에 풍력발전은 절대 안 된다고 다짐하며 각자 집으로 흩어졌다.

그날 저녁 먹는 자리에서 상구는 지나가는 말투로 새봄이에게 말했다.

"우리 마을에 풍력발전이 들어온다고 하더라."

상구는 남 얘기하듯 말했다.

상구는 오늘 현장을 다녀와 보니 마을 사람들이 찬성하지 않을 것이라는 확신이 서 별로 심각하게 생각하지 않았다. 마을 사람이 모두 반대하면 그놈들이 들어올 수 있겠어, 라는 안도감이 어느새 마음 한구석에 자리 잡았기 때문이다.

"아빠, 그거 신재생 에너지라고, 친환경 아녜요? 우리나라도 에너지 생산체계 방향을 그런 방향으로 전환해야 한다고 하던데. 나도 학교에서 배웠어요. 그래야 지구를 살릴 수 있다고…."

새봄이도 요즘 녹색에너지나 지속가능 에너지의 중요성을 학교에서 배우고, 뉴스에서도 종종 들었던 단어들이라 익숙했다.

"그거야 친환경 에너지니까 좋긴 하지. 정책 방향은 아빠도 그게 옳다고 본다. 그런데 우리 마을에 그게 들어오면 저기 마을 뒷산 숲이 파괴되고, 저주파 소음으로 건강에도 무척 좋지 않다더라."

그리고 작은 목소리로 한마디 덧붙였다.

"그러면 여기 집값도 똥값 될지 몰라. 누가 여기 이사 오겠니? 스쳐 지나가는 사람은 풍력발전기가 돌아가는 풍경을 보고 이국적이라며 좋아할지 몰라도 여기 사는 사람은 고통이야! 이사 오려는 사람이 없으면 집값 내려가는 건 당연하잖니."

말끝에 집값 내려간다는 소리를 늘어놓는 아빠가 좀 생경하게 보였다. 그래도 젊어서 민주주의를 부르짖으며 평등한 세상을 꿈꿔 왔다는 아빠가 그런 말을 서슴없이 하는 것을 보고 의아했다. 감옥까지는 아니더라도 대학생 때 시위에 나섰다가 경찰서 유치장에 갇혔던 경험을 술이 얼근해지면 심심찮게 새봄이에게 자랑스러운 듯이 말했던 아빠였다. 새봄이 미간이 순간 찡그려졌다. 못마땅하다는 표정이다. 그러나 그 생각보다도 아빠 말 중에 숲이 파괴된다는 소리에 새봄이는 깜짝 놀랐다.

"정말, 그건 생각 못 했네! 그러면 절대 안 되지. 숲이 파괴되면 소담이나 여기 사는 동물은 어떻게 해, 안돼!"

새봄이는 자기도 모르게 소리를 질렀다. 아빠는 새봄이의 외마디 같은 '안돼' 소리에 본인이 죄를 지은 사람처럼 움찔했다.

"아빠, 마을에서는 전부 반대한대요?"

"모르겠다. 오늘 몇몇 마을 분들하고 풍력발전소를 다녀왔는데, 반대하는 기류가 분명하더라. 그런데…."

아빠는 뭔가 모를 께름칙한 구석이 있는 것처럼 말을 얼버무렸다.

"그나저나 앞으로는 두 번 다시 숲에 들어가지 마라. 아저씨들이 무슨 죄냐? 그 밤중에 종아리 살이 찢겨가면서 너를 찾으러 간 거 생각하면…."

현동이 그날 앞서서 가다가 가시나무에 걸려 종아리에 상처가 났었다.

"…."

새봄이는 미안한 마음에 아무 말도 하지 않았다. 하지만 다시 들어가지 않겠다고 약속하지도 않았다.

"누나, 아무 일 없어? 다친 데는 없고?"

대웅이가 찾아왔다. 새봄이가 마당에 서서 숲을 바라보며 서성거리고 있었다. 대웅이 마당 안으로 들어서며 새봄이를 발견하고는 다가와서 물었다. 새봄이가 숲에 들어갔다가 실종됐던 얘기를 묻는 것이다.

"응…."

새봄이는 부정도 긍정도 없이 고개만 끄덕였다. 괜찮다는 표시다.

"그때 누나 아빠가 우리 집에 들렀었어. 누나가 없어졌다고. 나도 얼마나 걱정했다고…."

걱정했다는 말이 새봄이는 싫지 않았다. 엷은 웃음을 보였다.

대웅이는 학교 시험 기간이라 찾아오지 못했다고 변명 아닌 변명을 했다. 시험 기간이라도 딱히 공부를 더 열심히 하는 건 아니지만 마음의 여유가 생기지 않더라며 미안해했다.

"고라니가 보고 싶어서 무작정 들어갔다가 혼났어. 숲에 함부로 들어갈 게 아니더라고. 현동 아저씬 나 때문에 다치기까지 하고…."

새봄이는 주눅이 들어 어깨를 한껏 움츠렸다.

대웅이는 그 일을 추궁하려고 꺼낸 말이 아닌데 미안해졌다. 그러면서 괜한 말을 했다.

"나도 소담이가 보고 싶다. 누나가 얼마나 애지중지했는데. 하지만 야생동물은 자기 사는 곳으로 돌아가면 금방 잊어버려. 아마 소담이도 그럴 거야."

여전히 대웅이는 새봄이가 한 말을 믿지 않는 눈치다.

"그럴지도 모르지…."

새봄이는 더 이상 고라니 얘기를 꺼내고 싶지 않았다. 고라니를 만나러 들어갔다가 고생한 것도 고생한 것이지만 본인도 확신이 들지 않았기 때문이다. 분명 기억을 되살려 들어가면 그 커다란 상수리나무를 찾을 수 있으리라 확신했으나, 길을 헤매고 다니기만 했으니 숲이 두렵기만 했다.

"근데 누나, 얘기 들었어? 우리 동네에 풍력발전이 들어온다는 말?"

"응, 엊그제 아빠한테 들었어."

"어떻게 생각해? 우리 아빤 턱없는 소리라고 말도 꺼내지 못하게 하는데."

"그러니? 네네 아빠가 나서서 반대하면 어려운 거 아냐?"

새봄이는 대웅이 아빠가 반대한다는 소리에 반색을 했다. 사실 대웅이 아빠는 이 마을 반장이기도 하고, 할아버지 때부터 살아온 말하자면 원주민 중에서도 터줏대감 측에 들어서 사람들이 쉽게 무시하지 못하는 집안이었다.

"풍력발전 들어오면 환경이 많이 파괴된다고 하더라. 우리 아빠가 그러는데 산을 많이 까뭉개야 한다나 봐. 산에다 도로도 내야 하고…."

그러면서 고라니가 걱정된다고 말하려다가 이내 그만두었다.

"맞아, 우리 아빤 풍력발전이 들어오면 건강에도 안 좋고, 또 뭐라더라? 맞아. 땅값이 떨어진다고 밥상머리에서 그런 말을 하는 거야. 난 도통 그게 무슨 말인지 알아듣지 못하겠거든. 누나, 그 말이 맞아? 여기가 개발되면 땅값이 오르는 거 아냐?"

"네네 아빠도 그런 말을 했니? 우리 아빠도 똑같은 말을 하더니…."

새봄이는 어른들이 하는 생각은 똑같구나, 생각하며 내심 서운했다. 오로지 돈, 이익 문제에 집중되어 있다. 새봄이는 은근히 숲이 파괴되면 어쩌나 걱정하고 있었지만, 어른들은 그렇지 않았다. 만약 재산피해만 없다면 환경파괴는 뒷전일지 모른다고 생각했다.

"아하, 누나 아빠도 그런 얘기를 했으면 맞는 말인가 보네."

말끝에 대뜸 대웅이가 자기 아빠와 동급으로 취급하는 것을 보고 무안해졌다. 새봄이는 그러나 부정할 수 없었다.

"우리 아빠 배추농사 지으면서 얼마나 걱정을 많이 한다구. 일 년에 두 번 농사를 짓는데, 지을 때마다 배춧값 걱정에 날 새는 줄 몰라. 우리 아빠 잘못은 하나도 없는데, 어떤 때는 값이 천정부지로 올랐다가 또 어떤 때는 배추 수확을 포기할 정도로 폭락하기도 하거든. 그럴 때마다 돈 걱정하는 아빠를 옆에서 지켜보면 그럴 만도 해. 요새 세상에 돈이 없으면 아무런 행세도 하지 못하잖아?"

대웅이가 새봄이에게 묻는 말처럼 말했으나 대답을 들으려고 묻는 것은 아니었다. 본인이 결론을 내려놓고 묻는 말이었다.

"그러니 땅값 떨어지면 그걸 누가 찬성하겠어. 안 그래, 누나?"

"응, 그렇긴 해. 하지만…."

새봄이는 그렇다 하더라도 무언가 동의할 수 없는 언짢은 문제가 있어 이의를 제기하려다가 그만두었다. 다시 생각해보면 그런 문제로라도 반대가 많아져 숲이 파괴되는 일만은 없었으면 했기 때문이다.

"하긴 나도 우리 동네 숲이 파헤쳐지고 하는 거 좋아하지 않아. 누나 집도 마찬가지지만 도시 사람들이 와서 집을 숲에다 짓고 사니깐 점점 숲이 없어지고 있잖아."

새봄이는 대웅이가 숲이 파괴되는 걸 좋아하지 않는다는 말에 안심하면서도 자기 책임은 아니지만, 어쨌든 대웅이 지적에 뜨끔했다.

대웅이가 대화 끝에 그제야 생각난 듯이 말했다.

"누나, 나랑 놀러 갔다 오지 않을래? 일전에 내가 먼 친척 집에 갔다 온 적이 있는데, 그 집에 야생화정원을 멋지게 꾸며놨거든. 내가 그래서 누나 얘기를 했더니 구경하러 오라더라고."

대웅이 말인즉, 그 집은 대웅이 친척인데 오래전에 서울에서 귀촌해 우리 야생화를 위주로 넓은 정원을 꾸며놓고, 조그만 카페도 운영하면서 산다고 했다. 대웅이가 우리 동네에 꽃이나 식물에 대해서 관심이 많은 누나가 함께 산다고 했더니 데리고 오라고 했다는 것이다. 먼 곳이 아니었다. 같은 면내에 소재하는 자생식물원이었다.

"그래, 한번 같이 가보자."

새봄이는 잠시 망설였으나 흔쾌히 대답했다.

이제는 대웅이가 낯선 사람이 아니었다. 새봄이는 산골에 이사 와서 아빠를 제외하고는 처음으로 바깥나들이를 대웅이와 했다.

대웅이를 따라서 간 곳은 새봄이가 숲에서 봤던 식물들 뿐만이 아니라 처음 본 귀한 식물들도 많았다. 연신 놀라운 경탄의 소리를 내뱉는 것을 옆에서 지켜보는 대웅이도 기분이 좋았나 보다. 옆에서 싱글싱글 웃으며 우쭐거리기까지 했다. 주인 내외도 자기들이 애써 키운 식물들을 보고 좋아하는 모습을 보고는 대견해서 자주 놀러 오라고 권하기까지 했다.

정말 오랜만에 대웅이 덕에 기분 좋은 나들이를 했다고 생각했다. 대웅이가 믿음직하기까지 했다. 돌아오는 길에 고맙다는 인사로 슬그머니 대웅이 손을 잡았다. 대웅이는 흠칫 놀라 잡힌 손을 빼려고 했다. 부끄러워하는 모양이다. 하지만 이내 서로의 얼굴을 쳐다보며 웃음 지었다.

여름이 한가운데에 발을 들여놨다.

새봄이 집 근처 찰피나무며 야광나무, 숲속에 귀룽나무, 딱총나무가 꽃을 떨군 지 오래되었다. 푸른 잎들이 짙은 녹색으로 변하였다. 손이 조금만 닿아도 푸른 물이 뚝뚝, 떨어질 듯이 물이 올라 반질반질하다.

잘 먹은 부잣집 아이 피부같이 탱탱하다.

자작나무숲에 바람이 분다. 바람이 불면 나뭇잎이 팔랑거려 두런두 런 자작나무가 말을 하는 것같이 보인다. 그러다 바람이 더 거세지면 자작나무는 중심을 잡지 못하고 미친년 머리를 풀어 헤쳐 놓은 것처럼 가지가 흐트러져 이리저리 사정없이 흔들린다. 자작나무를 볼 때마다 새봄이는 깊이 상심한 여인을 상상했다. 그래서 이렇게 바람 부는 날이 면 머리 풀어 헤치고 흐느껴 운다. 꼭 자기 운명 같다고 생각했다.

바람이 불기 시작하면 비가 온다는 신호이기도 하다. 아니나 다를까. 여름비가 오기 시작했다. 숲이 온통 푸른 잎으로 뒤덮인 여름에 갑작스 러운 소낙비가 올 때는 멀리서부터 파도가 밀려오는 소리처럼 들린다. 그 소리에 쫓겨 어디론가 급히 달아나야 한다는 조급한 기분이 드는 것 은 그 때문이다. 반면 이슬비가 오는 날에는 나뭇잎도, 바람도, 비도 잠 을 잔다. 아니 숲이 숨죽여 울고 있는지 모른다. 비 오는 소리도 들리지 않아 사방이 정적 속에 묻힌다.

새봄이는 비 오는 숲을 동그마니 앉아 무심히 바라보고 있다. 바깥 마루에 세워 놓은 파라솔 아래 앉아 빗소리를 듣는다. 비 오는 날이면 집안에 앉아 있는 것보다 생생하게 들리는 빗소리가 좋아 종종 바깥 마 루에 나와 앉는다. 여름 한낮 숲속 나뭇잎에 떨어지는 빗소리는 멀리서 달려오는 군마의 말발굽 소리 같기도 하고, 여름에 새근새근 잠자던 아 이가 깨어 칭얼대는 소리 같기도 하고, 저 아래 산밭에서 마라소, 안소 가 밭갈이할 때 들려오는 거친 숨소리 같기도 하고, 먹을 것 찾아 숲속 헤매던 노루가 이슬바심하다 이슬방울 걷어차는 소리 같기도 하고, 어 찌 보면 북 치는 소년이 리듬에 맞춰 빨라졌다 느려졌다를 반복하며 두 드리는 북소리 같기도 하고, 무엇보다 지난번 숲속에서 소담이를 다시 만났을 때 심장이 뛰던 소리 같았다. 나뭇잎을 두드리던 사나운 비가 어느새 잦아들어 나지막하게 자작자작 들려온다. 뛰던 가슴이 차분하게 가라앉았다. 빗소리에 취해 이런저런 상상의 날개를 팔랑이는 나뭇잎에 얹어 본다. 온갖 생각이 바람에 실려 하늘로 가볍게 흩어졌다.

상구도 거실 창을 열어 놓고 밖을 내다보고 있다. 아침부터 비가 온다는 예보가 있어 아예 느긋하게 앉아 있는 참이었다. 비가 오면 일을 쉬기 때문이다. 새봄이가 무슨 생각을 하는지 궁금했지만, 모르는 척 지켜보기만 한다. 그저 빗소리를 들으며 소녀가 가질 수 있는 감성에 취해있을 것이다. 이럴 때는 참견하지 않고 그냥 내버려 두는 것이 가장 좋다.

잔잔한 빗소리에 상구는 갑자기 외로움을 느꼈다. 조만간 서울에 다녀와야겠다고 생각했다. 요즘 혜숙에게 전화해도 영, 반응이 신통치 않았다. 바빠서 전화를 받지 않는 것은 그렇다손 치더라도, 새봄이가 어떻게 지내는지 궁금하지도 않은지 전화 한번 없다. 심상치 않다고 생각은 하면서도 쉽사리 올라가지 못한다. 괜히 긁어 부스럼 낼까 조심스러웠다. 날 믿지 못하는 거냐고 대뜸 물었을 때 할 말이 없었다. 의심스럽지만 참고 참았다. 그러나 한번은 올라가 봐야 한다고 생각했다.

숲을 물끄러미 바라보고 있는데, 새봄이는 두 눈을 의심했다. 눈을 비비고 다시 쳐다보았다. 찰피나무 아래 풀숲에서 고개를 내밀고 이쪽을 바라보는 물체가 있었다. 눈이 마주쳤다. 분명 고라니였다. 다름 아닌 소담이가 틀림없었다. 새봄이는 자기도 모르게 거실에서 밖을 내다보고 있는 아빠 얼굴을 쳐다봤다. 아빠도 보았다는 듯이 고개를 끄덕였다.

새봄이는 잽싸게 일어나서 소담이에게 다가가려고 몸을 돌렸다. 너무나 반가웠다. '내가 찾아가지 못하니 소담이가 나를 만나러 왔구나!'

라고 생각하며, 기쁜 함성을 지를 뻔했다. 마당을 가로질러 중간쯤 갔을까? 하지만 소담이가 놀란 듯 펄쩍 뛰더니 돌아서 도망가기 시작했다. 그때 아빠도 현관문을 열어젖히고 뛰어나왔다. 문 여닫는 소리에 급한 발짝 소리, 그리고 남자가 허둥대는 모습에 놀라 고라니는 숲속으로 달아났다.

"소담아! 소담아…."

새봄이가 애타게 불러도 소용이 없었다. 어찌나 빠르게 사라지는지 눈 깜짝할 사이였다. 새봄이는 소담이가 사라진 숲속을 아쉬운 듯 한참을 바라봤다.

상구는 새봄이에게 다가가 어깨를 슬며시 감쌌다. 무안했다. 자기가 설쳐대는 바람에 고라니가 도망갔다고 생각해서다. 아니 일부러 그랬을지 모르겠다. 고라니가 자꾸 집 근처에 나타나다 보면 새봄이가 마음의 갈피를 못 잡고 또다시 숲으로 들어갈까 걱정되기도 했기 때문이다. 한편 고라니가 정말 집 근처까지 나타난 것으로 보아 새봄이가 생판 꾸며낸 얘기가 아니구나, 라는 생각이 얼핏 머리를 스쳤다.

그날도 새봄이는 바깥 마루에 나와 의자에 앉아 있었다.

뻐꾸기가 갈참나무 우듬지에 앉아 청승맞게 울고 있다가 다시 자작나무에 옮겨가서 울었다. 근처에 분명 딱새나 붉은머리오목눈이 둥지가 있을 것이다. 뻐꾸기는 남의 새집에 자기 알을 낳아 기르는 탁란이라는 습성이 있다. 그래서 저렇게 알을 낳아놓고 주변을 배회하며 울고 있다. 붉은머리오목눈이가 알을 부화하여 새끼를 키우다 이소할 때가 되면 자기 새끼를 불러내기 위해서다. 새봄이는 뻐꾸기 다큐멘터리를 보고 분개했었다. 탁란이라는 습성이 뻐꾸기의 생존 방법이라는 것을 인정한다 해도 너무 잔인하다는 생각을 지울 수 없었다.

뻐꾸기 소리에 그 생각이 나 심기 불편한 마음으로 앉아 있는데, 새
봄이가 앉아 있는 옆으로 다람쥐 한 마리가 재빨리 지나갔다. 새봄이네
집 안팎에는 다람쥐 두 쌍이 산다. 물박달나무 아래와 뒤란 석축 어딘
가에 구멍을 뚫고 한 쌍씩이 산다. 이리저리 다니며 먹이를 볼 주머니
에 가득 채워 집으로 돌아가는 모습을 자주 목격한다. 이제는 다람쥐들
도 새봄이가 익숙해져서 옆에 있어도 도망가지 않는다. 손을 내밀면 뭐
먹을 거라도 있는지 살피러 다가온다. 동물도 자기를 해치지 않을 것이
라는 확신이 들면 도망가지 않는다. 새봄이 집 근처에 사는 다람쥐도
그렇다. 새봄이가 부탁해서 아빠가 사 온 땅콩 부스러기를 바닥에 던져
놓았다. 다람쥐 한 쌍이 땅콩 한 알씩을 물더니 다시 재빨리 물박달나
무 밑 자기 집으로 돌아간다. 그 동작을 땅콩이 없어질 때까지 계속했
다. 다람쥐를 바라보며 새봄이 엷은 미소를 지었다.

"그렇게 서두르지 않아도 돼. 지금 이 집에 너희들하고 나밖에 없는
걸…."

아빠는 오늘 서울에 올라갔다. 작정하던 것을 미루다가 어제저녁 새
봄이에게 넌지시 말을 하였다. 새봄이가 혼자 집에 있을지 걱정이 돼서
말을 꺼내기가 망설여졌던 일이다. '아빠가 서울에 볼일이 있어서 다녀
와야 하는데, 새봄아, 너 혼자 집에 있을 수 있겠니?'라고 묻길래 '아빠,
걱정하지 마. 나 이제 혼자 있을 수 있으니까 다녀와'라고 대답했었다.
사실 새봄이는 아빠가 왜 서울에 갔다 오려는지 짐작하고 있었다. 그래
서 서울에 뭐하러 가려는지 묻지도 않았다. 아빠는 '서울에 가서 일 보
고 엄마도 만나보고 내려올게…'라고 묻지도 않은 말에 대답했다. 서울
에 일 보러 간다는 말은 빈말일 것이다. 기실 엄마를 만나러 가는 목적

일 것이었다.

점심에 아빠가 끓여 놓은 배추된장국에 밥을 말아 먹고 밖에 나왔다. 새봄이가 나오니 또 다람쥐가 들락날락한다. 머리를 쳐들어 새봄이를 바라봤다. 또 땅콩이 없는지 묻는 것 같다.

"없어! 있어도 오늘은 이제 그만이야. 한꺼번에 많이 먹으면 그것도 안 좋아…."

새봄이는 다람쥐에게 말을 하듯 중얼거렸다.

요즘 새봄이는 다람쥐뿐만이 아니라 나무든 풀이든 상대가 누구든 상관없었다. 알아듣든지 말든지도 관계없었다. 혼자 중얼거리듯이 말하는 게 언제부터 습관처럼 입에 붙어버렸다.

"이상하다? 저게 뭐지?"

다람쥐와 놀다 찰피나무에서 뭔가 오르락내리락하는 게 보였다. 나뭇잎이 흔들렸다. 마치 자기 좀 봐달라는 몸짓 같았다. 익막을 펴 이 가지에서 저 가지로 날아다니기도 했다. 그러다 다른 나무로 옮겨가지 않고 나무둥치를 따라 내려갔다 올라가기를 반복했다. 하늘다람쥐였다. 새봄이가 실제로 본 건 처음이었다.

"어, 저게 왜 저기서 저러고 있지?"

새봄이는 호기심에 찰피나무 곁으로 다가갔다. 새봄이가 움직여도 도망가지 않았다. 마당을 지나 거의 다 닿을 무렵 하늘다람쥐가 익막을 펴고 옆에 있는 가래나무로 훌쩍 날아갔다. 거기서 또 기다렸다.

"어, 나보고 따라오라는 건가?"

언뜻 지난번 산제비나비 행동이 떠올랐다. 나비도 그랬었다. 가래나무 밑으로 또 다가갔다. 그랬더니 또다시 더 멀리 있는 느릅나무로 날아갔다. '아, 하늘다람쥐가 나보고 따라오라는 거구나!' 라고 생각하고 새봄이는 또 느릅나무 밑으로 갔다.

하늘다람쥐는 새봄이가 다가오는 것을 보자 기다렸다는 듯이 또 다른 나무로 옮겨갔다. 오리나무숲, 소나무숲을 지나 층층나무에서 잠시 쉬었다. 새봄이가 지친 듯 힘들어했다. 층층나무 밑에서 쉬고 있는데 눈앞에 노란 꽃들이 무리 지어 피었다.

새봄이는 무심코 일어나서 다가갔다. 마타리꽃이다. 풀숲에서 키를 높이 키워 눈에 잘 띄었다. 온통 풀색으로만 가득한 곳에 노란색이 도드라졌다. 자기도 모르게 마타리꽃을 몇 송이 꺾어 들었다. 자세히 내려다보니 마타리꽃만 있는 게 아니다. 그 아래에 노루오줌이 어린애가 똥 싸놓고 칭얼대듯 삐죽삐죽 솟아 나와 막 울음보가 터질 것 같다, 또 주홍빛 동자꽃 서너 송이가 풀숲에서 보일락 말락 고개를 내밀었다. 새봄이를 기다렸다는 듯이 수줍게 웃었다. 앙증맞고 예쁜 동자꽃 자태에 홀려 그 자리를 떠날 줄 몰랐다.

동자꽃에 한눈팔고 있자 하늘다람쥐가 층층나무 가지 사이를 뛰어다니며 가자고 재촉한다. 그제야 정신을 차린 새봄이는 미안한 듯 꺾어들었던 마타리꽃을 하늘다람쥐에게 내밀었다. 하늘다람쥐는 멀뚱멀뚱 새봄이를 바라봤다. 필요도 없는 꽃을 왜 자기에게 내미는지 의아해하며 신경질 부리듯 찍찍거렸다. 서둘러 가자는 소리임에 틀림이 없다.

"알았어. 너무 재촉하지 마. 이번에는 가는 길 잘 살피면서 가려고 그래. 주위에 뭐가 있는지 알아둬야 다음에 들어와도 길 잃어버리지 않을 거 아냐?"

새봄이 또 하늘다람쥐를 보고 사람에게 말하듯 중얼거렸다.

정말 새봄이는 숲속 길을 걸으면서 자세히 기억해두지 않으면 길 찾기가 어렵다는 것을 알았다. 풀숲이나 나무 우거진 곳에 무슨 표시가 있는 것도 아니어서 발길로 흩어놨던 풀숲길이 시간이 흐르면 다시 일어나서 감쪽같이 사라진다. 지난번에도 무작정 들어왔다가 길을 잃어 혼난 적이 있지 않은가. 그래서 지나는 길에 무슨 나무가 있고, 바위의 위치며, 꽃나무가 있으면 무슨 꽃나무인지, 풀은 어떤 종류가 많이 자라는지 주변 지형지물을 꼼꼼히 머릿속에 저장해두었다. 하늘다람쥐가 앞서서 가는 길을 따라가다 보니 비로소 전에 산제비나비가 데리고 가던 길이 어렴풋이 떠올랐다. 이제는 새봄이도 마음에 여유가 생겨서 전에 보았던 커다란 너럭바위도 눈에 들어왔다.

얼마나 더 걸었을까?

앞에 새봄이 키보다 두세 배쯤은 커 보이는 나무에 꽃이 눈 내리듯 피었다. 가지가 넓게 퍼져 풍채가 풍성하고 넉넉하다. 누리장나무다. 하늘다람쥐가 푸른 잎들 사이로 들어가 숨었다. 가까이 다가가니 나무에서 옛날 할머니 집 시골에서 맡았던 곳간 냄새와도 비슷한 누릿하고도 역한 냄새가 났다. 새봄이는 비위가 약해 헛구역질을 했다. 누리장나무가 고약한 냄새로 새봄이를 반겼다.

누리장나무꽃은 흰색이다. 그러나 꽃잎 아래 꽃받침이 옅은 붉은 기가 돌아 언뜻 보면 붉은 꽃으로 보이기도 한다. 꽃부리는 다섯 개로 갈라져 별꽃처럼 생겼고 암술과 수술이 밖으로 길게 나온다. 꽃부리 아래 꽃받침은 마치 복주머니처럼 생겼다. 별꽃처럼 생긴 작고 하얀 꽃이 온통 나무를 뒤덮었다.

예쁘긴 한데 냄새가 고약해서 얼른 지나쳐 앞으로 나가려고 했다. 예쁘게 성장盛糚한 누리장나무를 지나자 바로 거기에 계곡이 있었다. 새봄이가 지난번 계곡을 건너려고 찾았으나 너무 깊어 건너지 못하던 계곡이었다. 그런데 이곳은 바위 사이로 좁게 물길이 나 있어 쉽게 건너갈 수 있는 곳이었다.

"아, 바로 여기가 내가 저번에 건너간 곳이구나!"

새봄이는 기뻐서 하늘다람쥐가 있는 곳을 돌아보았다. 누리장나무 속에 있으리라고 돌아보았던 하늘다람쥐가 어느새 어디론가 사라졌다. 누리장나무 가지 속에 숨어 있을 줄 알고 두리번거리며 가지를 들춰 보았지만 아무 곳에도 없었다. '하긴 나 같아도 이 냄새 나는 나무 속에서 오래 버티긴 힘들 거야'라고 중얼거리며 계곡 건너 숲을 바라보았다.

"어! 소담아!"

새봄이는 깜짝 놀랐다. 건너에 고라니가 앉아 새봄이 쪽을 바라보고 있지 않은가! 순식간에 계곡을 건너 고라니 있는 곳으로 갔다. 고라니도 반가워 몸을 흔들어댔다.

"며칠 전에 나, 너 봤어. 왜 그냥 도망쳤니?"

비 오는 날 새봄이 집 근처까지 와서 새봄이를 지켜보다가 아빠가 뛰쳐나오는 통에 깜짝 놀라 달아났던 일을 말하는 것이다. 대답 대신 고라니는 품에 안겨 새봄이 볼을 핥으며 다시 만난 해후를 만끽했다.

고라니가 앞서서 걸었다. 얼마나 걸어 들어갔을까? 꽤 걸었다고 느꼈다. 멀리 숲속에 거대한 상수리나무가 하늘을 찌를 듯 위엄있게 서 있다. 새봄이는 상수리나무가 예사롭지 않게 보였다. 상수리나무 아래로 걸어가던 고라니가 잠시 발길을 멈춰 새봄이를 바라봤다. 상수리나무의 위엄을 느껴보라는 의미 같았다. 새봄이가 느끼는 감정을 알겠다는 듯 고라니도 자랑스럽게 상수리나무를 바라봤다.

상수리나무는 참나무의 한 종류이다. 참나무는 굴참나무, 신갈나무, 떡갈나무, 갈참나무, 졸참나무와 상수리나무, 이렇게 6종류로 구분된다. 모두 나무에 도토리가 열린다. 물론 잎사귀 모양으로도 구분되지만 열매 모양으로 구분하기 쉽다. 굴참나무와 떡갈나무, 상수리나무 열매는 도토리 머리에 털벙거지 모자를 쓴 것처럼 되어있고, 나머지는 미끈한 떡둥구미를 뒤집어쓰고 있는 모양새로 구분된다. 도토리는 사람들이 발견만 하면 모두 주워간다. 그래서 사람들 때문에 다람쥐나 청설모, 멧돼지는 먹을 게 없다.

상수리나무는 이 숲에서 흔히 볼 수 있는 나무이다. 그러나 새봄이 앞에 서 있는 상수리나무는 다른 참나무들과는 달랐다. 어떤 범접할 수 없는 위엄이 느껴졌다. 새봄이를 압도하는 무언가가 있었다. 크기도 크기려니와 오래된 나무에서 풍기는 색다른 감흥이 느껴졌다. 산전수전 다 겪은 지혜로운 할아버지나 할머니를 보는 느낌이기도 하지만, 또 어떻게 보면 피부가 가무잡잡하고 거칠 뿐만 아니라 군데군데 옹이가 툭툭, 불거져 있는 데다, 덩치가 산처럼 커서 포악하기 그지없는 두억시니를 연상시키기도 했다. 두억시니는 머리카락이 번갯불에 맞은 것처럼 삐죽거리고, 눈은 시뻘겋게 충혈되어 돌아다니는 모질고 사나운 귀신이다. 다른 한편 겉모습과는 달리 안온한 느낌을 주어 다가가서 품에 안기고 싶다는 충동이 느껴졌다. 새봄이는 커다란 상수리나무가 어딘지 모르게 친근한 풍모를 풍겨 자애롭고 인자하다는 느낌을 지울 수 없다.

어른 아름 몇 개는 둘러야 닿을 것 같은 나무 둥치에는 푸른 이끼가 무성하다. 거북 등껍질 같이 갈라진 나뭇등걸에 파고든 이끼는 넘어온 세월이 얼마인지 가늠하기 어려울 만큼 고색이 빛났다. 곳곳에 불거진 나무 옹이도 지켜온 세월의 고통을 짐작하게 했다.

뿌리는 여러 갈래가 땅 밖으로 드러나 있다. 마치 우락부락한 거인 사내의 열 손가락이 땅속으로 파고들다가 묻힌 것처럼 괴기하기까지 했다. 특이한 것은 그중 두서너 개의 뿌리가 땅속에서 솟은 바위 위를 타고 넘어가 땅에 뿌리박아서 그 틈 사이로 조그만 굴 같은 것이 형성되었다. 사람 한둘은 충분히 드나들 수 있는 크기였다. 새봄이는 언뜻 저 속에 들어가면 비도 맞지 않고 밤에 이슬을 피하며 쉴 수 있는 공간이 있을지도 모르겠다고 생각했다.

상수리나무 키는 하늘에 구멍을 낼 기세이다. 그만큼 키가 크고 가지도 사방으로 뻗어 우람하니 그에 견주면 주변의 나무들은 볼품없어 보였다. 물론 주변 숲을 바라보면 대개는 가늘고 길게 벋은 나무들이다. 나무가 우거져 햇볕을 받아 서로 먼저 살기 위해 위로만 크다 보니 가늘고 길 수밖에 없다. 그러나 상수리나무는 다른 나무들보다 키가 월등히 크다. 그러니 상수리나무가 사방으로 가지를 뻗쳐 자랄 수 있었을 것이다.

상수리나무 가지가 덮어버린 세계는 상수리나무의 것이었다. 비도 피하게 해주고, 하늘도 가끔 조금씩만 열어주고, 부엉이, 올빼미 같은 밤의 전령사들에게 잠자리도 주고, 다람쥐, 청설모 등에게 열매를 내려주어 먹이고, 사슴벌레, 하늘소, 풍뎅이 무리에게 몸의 피를 내주어 살게 해준다. 뿐만이 아니다. 상수리나무 밑에는 멧돼지, 담비, 살쾡이도 왔다 가고, 노루, 고라니, 산토끼도 가끔 들려 쉬고 간다. 너구리, 오소리는 상수리나무 인근에 굴을 파고 들락날락하다가 귀를 쫑긋하니 새소리를 엿듣는다. 그러다가 자기 굴속으로 들어갔다. 동고비, 휘파람새, 솔새, 어치, 방울새, 곤줄박이, 직박구리 등이 날아와서 지저귀다 하늘다람쥐가 다가와 심술부리면 눈 흘기며 다른 나무로 날아간다.

이 거대한 상수리나무는 숲속의 하늘이요, 왕이요, 수호자 같았다. 하지만 상수리나무는 아무에게도 관여하지 않고 그대로 놓아둔다. 족제비가 와서 뿌리 사이 구멍으로 들락날락하며 간지럽혀도, 노루가 바위 아래에 들어 쉬었다 가도, 멧돼지가 와서 뿌리 옆을 코로 파헤쳐도, 담비가 와서 나무를 타고 올라와 올빼미 새끼가 있는 구멍을 위협해도, 쇠딱따구리가 벌레를 찾기 위해 부리로 자기 몸을 쪼아 구멍을 파도, 박새가 날아와 진을 빨고 있는 하늘소를 낚아채 달아나도 상수리나무는 미동도 하지 않는다. 다만 부는 바람에 고개만 살짝 돌릴 뿐이다.

새봄이는 소담이를 쓰다듬다가 상수리나무에 기대어 앉았다. 나뭇잎 사이로 언뜻언뜻 햇볕이 새어 들어왔다. 하늘이 파랗다. 뭉게구름이 움직임이 없다. 새봄이는 동물, 새, 곤충이 아무 일 없다는 듯이 평화롭게 오가는 모습을 지켜보았다. 소담이는 옆에서 뭔가 설명해주려는 듯 입을 오물거렸다. 새봄이는 눈치채지 못하고 상수리나무를 있는 힘껏 팔 벌려 안았다. 편안했다. 숲을 통과해 여기까지 오느라 긴장감을 놓지 못하다가 팽팽하던 줄을 놓아버린 듯 마음이 한순간에 풀어졌다. 오랜만에 새봄이는 상수리나무에 기대어 편안한 잠에 빠졌다.

어떻게 우리가 인간을 믿을 수 있습니까?

"어떻게 우리가 인간을 믿을 수 있습니까? 교활한 인간을 절대 믿어서는 안 됩니다."

살쾡이가 앞에 나서서 선동했다.

조그만 몸집이지만 당차게 소리쳤다. 눈에서는 살기까지 느껴졌다. 고라니를 노려보며 외쳤다. 그러나 어딘가를 보고 눈치를 살피며 힐끗거리는 것이 비루해 보이기도 했다.

"옳소-, 옳소-."

여기저기서 찬동한다는 목소리가 터져 나왔다. 웅성거리는 속에서 대부분은 뭔 말인지 몰라 두리번거리고 몇몇이 분위기를 몰아가듯 목소리를 키웠다. 멧돼지와 담비, 그리고 살쾡이, 오소리들이다.

마치 집단 회의하는 분위기이다. 아니 회의라기보다 무슨 성토장 같았다. 상수리나무를 중심으로 사방에 동물들, 곤충, 파충류까지 옹기종기 종류별로 모여 앉았다.

산제비나비, 부전나비, 뿔나비 같은 나비들, 재주나방, 밤나무산누에나방 등과 같은 나방류, 노린재, 무당벌레, 못뽑이집게벌레 등속 그리고 말벌, 장수말벌, 호리병벌, 뒤영벌, 쌍살벌 등 벌류, 박각시나방, 꽃등에와 장수하늘소, 털두꺼비하늘소, 매미, 사마귀, 풍뎅이, 거위벌레, 홍가슴풀색하늘소, 큰광대노린재, 남가뢰, 깡충거미, 호랑거미 등도 여기저기 꽃이며 풀숲, 나무껍질에 붙어 제각기 앉아 웅성거렸다. 그중 베짱이, 여치, 풀무치, 방아깨비, 섬서구메뚜기 등은 풀잎에 앉아 남 얘기 듣듯 심드렁하게 쳐다보고 있다.

북방산개구리나 무당개구리, 두꺼비, 도롱뇽과 같은 양서류들은 상수리나무 옆에서 솟아나는 옹달샘 근처를 떠나지 않았다. 그들은 피부가 마르는 것을 방지하려 가끔 물에 들어가 몸을 적시고 나와 무슨 얘기들을 하는지 귀 기울였다. 살모사나 유혈목이, 능구렁이 등과 같은 뱀 여러 마리는 풀숲에서 머리만 삐죽이 내밀고 무슨 소리를 하나 귀를 세웠다.

올빼미, 부엉이, 소쩍새는 상수리나무 구멍에서 얼굴만 내밀고 궁금한 듯 둥그런 눈동자를 굴리며 아래를 내려다보고 있고, 동고비며 때까치, 어치, 박새, 직박구리, 오목눈이, 곤줄박이, 멧비둘기, 쇠딱따구리, 휘파람새, 쏙독새, 방울새, 딱새, 물까치, 붉은뺨멧새 등 새는 이 나무 저 나무들 가지 위에 날아오는 대로 무질서하게 앉아 중구난방으로 지껄인다. 아무런 통제도 되지 않아 시끄럽기 그지없다.

반면 중앙에는 멧돼지며 담비, 살쾡이 등 힘깨나 쓰고 포악해 보이는 무리가 자기 집 안방이라도 되는 양 다리를 뻗대고 앉아 넓은 자리를 차지하고 있다. 그 주변으로 머리를 쭈뼛쭈뼛하며 노루, 고라니, 너구리, 산토끼, 족제비, 다람쥐, 꿩, 오소리, 두더지 등이 들어와 앉고, 다람쥐, 청설모, 하늘다람쥐는 새들이 앉은 가지보다 아래 나뭇가지에 앉아 내려다보고 있다.

숲의 모일만한 것들은 모두 모여 태연자약하게 지켜보고 있는 한편 상수리나무 아래 고라니 소담이 만은 잠들어 있는 새봄이를 흘낏흘낏 돌아보며 긴장된 표정으로 좌중을 둘러본다. 마치 위협을 받는 새봄이를 보호하려는 듯이 소담이가 방어 자세로 새봄이를 막아서고 있는 것이 분명하다. 분위기가 격앙되어 멧돼지를 비롯한 담비 등이 새봄이를 해치려고 덤벼들면 언제든지 맞서려는 의지가 결연해 보였다.

멧돼지 무리 중에 제일 덩치가 커 보이는 멧돼지가 구부정한 자세로 좌중을 노려봤다. 무리 중에 우두머리쯤 되어 보였다. 어찌 너희들이 감히 우리 말에 토 달 수 있겠느냐며 표정이 거만하기 이를 데 없다. 다른 동물이나 새, 곤충들은 눈치를 보며 감히 먼저 말을 꺼내지 못했다. 나무들도 가만히 침묵을 지켰다. 마침 바람도 불지 않았다.

"작년 겨울에 너희들도 두 눈으로 똑똑히 봤지? 그렇게 잔인하고 무자비하게 죽임을 당하는 거…."

우두머리 멧돼지가 가만히 듣고만 있기 힘들었는지 울분에 찬 목소리로 말을 꺼냈다.

"작년에 우리는 가족을 둘씩이나 잃었다. 저 아래 마을 사람도 아니고 읍내에 있는 사람이 툭, 하면 와서 총질해대는데, 우리는 그놈들이 오는 줄도 모르고 있다가 속수무책으로 당했다. 사냥개에 사지가 물어뜯기다 결국 사냥꾼 총에 맞아 죽었어. 피가 흘러 산 아래까지 적셨다. 우리는 아무 죄도 없는데 악마 같은 인간들이…."

멧돼지는 너무나 분하고 슬픔에 격한 나머지 말을 잇지 못했다. 다른 동물들도 그 말에 모두 숙연해졌다.

유해조수포획단이 뜨기만 하면, 이 숲속 전체 동물들은 전전긍긍 공포에 떨었다. 특히 멧돼지나 노루, 고라니뿐만 아니라 때로는 까치, 까마귀도 유해조수有害鳥獸라 하여 사람들한테 속수무책으로 당한다. 멧돼지나 고라니가 밭에 출몰하면 한 해 농사 다 망친다고 사람들은 사람들대로 전전긍긍하며 밭둑을 서성거렸다.

이곳 사람들은 고랭지 배추나 무, 더덕, 브로콜리, 고추 등속을 농사 짓는다. 특히 고랭지 배추를 봄과 가을에 걸쳐 이모작 한다. 일테면 고랭지 배추가 이곳 농사꾼들의 주요 소득 작목인 셈이다. 문제는 이 고랭지 배추가 멧돼지나 노루, 고라니, 산토끼 등의 주요 먹이도 된다. 배추가 탐스럽게 자라면 이 부드러운 먹이가 멧돼지를 비롯한 동물들에게 얼마나 큰 유혹이겠는가. 아마도 고양이 눈앞에 고기를 놓아둔 격이다. 따라서 사람들은 작물을 잘 키우기 위해 노력하는 것 외에도 잘 키운 작물을 동물에게 빼앗기지 않기 위해 온갖 조치를 다 한다.

배추나 기타 작물을 키우면 밭이란 밭의 둘레에 전기 울타리를 설치한다. 물론 작은 면적의 밭에는 그물망을 설치하기도 하지만 이곳의 밭은 대부분 규모가 크다 보니 그것으로는 감당이 안 된다. 그 울타리에 전기가 통하게 하여 동물들이 침투하다 걸리면 전기충격을 가한다. 동물들에게 위협적인 시설물이다. 그리고 울타리 곳곳에는 빨간 글씨로 '위험'이라는 경고 문구가 선명하다.

뿐만이 아니다. 이곳에는 까치도 있고, 또한 숲에 까마귀가 떼를 지어 산다. 이 까치나 까마귀는 왕성한 잡식성 새라서 과수농가는 과일이 익을 때쯤 비상이 걸린다. 이곳 사람들은 사과 농사를 많이 짓는다. 이곳은 해발고도가 높아 일교차가 커 사과 맛이 좋다고 소문이 났다. 그래서 사과 농가가 점차 느는 추세다. 까치도 사과에 덤비기는 하지만 소수이고, 특히 까마귀가 떼로 몰려든다. 밤에는 숲속에서 잠을 자고 낮에 과수원이나 밭으로 먹이를 찾아 날아든다. 까마귀가 날아들어 사과를 쪼아먹게 되면 그 사과는 아예 팔지 못한다.

그리하여 사과를 수확하기 전부터 사과밭에는 모형 독수리가 날아다닌다. 모형 독수리가 바람에 날리면 그를 보고 놀라 까마귀가 도망갈 것이라 고안한 모양이다. 그러나 까마귀가 얼마나 영악한 새인가! 그 독수리 모형은 오래 까마귀를 속이지 못한다. 다가가도 잡아먹으러 쫓아오지 못하는 인형 쪼가리로 인식하고부터는 거침이 없어진다. 그러면 사과밭 주인들은 비장의 무기를 동원한다. 가을에는 이 소리로 골짜기 안이 쩌렁쩌렁 울린다. 펑~ 펑~ 하며 폭음탄을 터뜨려 놀라게 해서 새를 쫓는다. 사실 과수원집과 까마귀 간에 매년 같은 시기에 되풀이되는 전쟁이라고 해도 과언이 아니다.

이렇게 만반의 대비 태세를 갖추고도 사람들은 번번이 동물의 피해를 호소한다. 누구네 집 밭에 멧돼지가 들어 배추를 못 쓰게 해놨다든지, 콩밭에 새가 날아들어 반은 파먹었다든지, 과수원에 까마귀가 날아들어 사과를 거지반 파먹어 올해 농사는 작파해야겠다고 울상을 짓곤 한다. 농가들은 농사해 먹기 힘들다며 군이나 면사무소에 민원을 넣고 불만을 토로한다. 그러면 꼭 등장하는 것이 바로 유해조수포획단이다. 사냥질을 취미로 하던 사람들이나 총을 소지한 사람들에게 허가를 내주어 인간의 이익을 해치는 소위 유해 조수를 합법적으로 사냥하게 하는 것이다.

오소리가 앞에 있는 고라니 눈치를 슬금슬금 보며 말했다.

"그 사냥꾼 패거리 놈들은 멧돼지 대장만 노리는 게 아니라니까! 사냥개들을 몰고 와서는 우리 오소리나 노루, 고라니, 산토끼 가릴 것 없이 물어뜯고, 총질해댄다니까. 그래도 옛날보다는 많이 나아지긴 했지만…."

"맞아, 옛날에는 인간들이 몽둥이 들고 산에 들어와서 우리를 마구잡이로 때려죽이고, 지나다니는 길목마다 올무를 놓아서 무서워 나다니지도 못했잖아. 올무에 걸리면 살을 파고드는 철삿줄 때문에 그 고통은 말도 못 하고, 긴 시간 극심한 공포에 떨며 빠져나오려고 몸부림치다 결국 죽는데…. 차라리 인간들 총에 맞아 죽는 게 낫지, 올무 그건 정말 생각하기도 끔찍하다니까! 그때보다 피해는 많이 줄긴 했지만, 아직도 심심찮게 올무가 보여. 그러니 모두 조심해야 해."

산토끼가 오소리 말에 맞장구를 쳤다.

사실 요즘은 사람들이 산에서 동식물을 허가 없이 죽이거나 채취하는 것을 법으로 금지하고 있다. 오소리가 그 말을 하는 것이다. 이제는 마을 사람이 옛날처럼 마구잡이로 동물을 죽이진 않지만, 유해조수포획단은 허가받고 동물을 죽이는 소위 살수병기殺獸兵器인 셈이다.

"자~ 자~~."

담비가 노란 목도리를 뽐내며 좌중을 두루 정리하려는 듯이 목소리를 가다듬었다.

"그러니까 인간들은 우리의 영원한 적이여, 적! 우리가 인간들에게 얼마나 죽임을 당하고, 우리 터전을 유린당하고 있느냐 말이여. 보라고. 옛날에는 우리 숲속이 얼마나 평화로웠는지 너희들도 다 알 것이여. 그런데 얼마 전부터 숲에 사람들이 들어와 집을 짓는다고 나무도 베어 없애고, 풀도 없어지고, 땅도 파 엎어서 온통 여기저기 흙구덩이 천지고, 자꾸만 숲을 파괴하고 들어오니까 우리가 살 터전이 점점 없어지고 있단 말이여. 그렇지 않습니까? 여러분-."

담비가 좌중의 모든 동물에게 동의를 구하듯 일장 연설을 했다. 그러자 동물, 곤충, 나무, 풀들이 이구동성으로 인간을 향하여 야유를 퍼붓

듯 소리 질렀다.

"정말 우리 터전이 점점 사라지고 있어. 풀도 나무도 다 없어지면 우리는 더 갈 곳이 없어. 숲은 우리 목숨이나 마찬가지거든. 인간은 정말 우리를 모두 죽이려고 작정한 모양이야. 우리가 다 죽어 없어지면 인간이 좋아하는 우리 노랫소리도 듣지 못할 텐데…."

듣고 있던 여치가 울분과 안타까움이 뒤섞인 감정으로 말했다.

"맞아, 너희들만 피해 보는 게 아냐! 우리는 바위나 나무뿌리 밑에 구멍을 찾아 숨어서 살아야 하는데, 어느 날 갑자기 땅을 마구 파헤치니 어떻게 살겠어. 도망갈 기회도 주지 않아. 으르렁대는 쇳덩이 괴물을 몰고 와서는 마구잡이로 파헤치고 파괴하니 원…."

풀숲에서 얼굴만 내밀고 있던 살모사가 자기와 관계된 얘기를 하고 있다고 생각했던지, 이번에는 꼭 말을 해야지 싶었나 보다. 앞으로 한 발짝 기어 나와서 말했다. 어느 동물이나 무서워서 평소에는 살모사 근처에도 가지 못하지만, 그 말에는 모두 고개를 끄덕였다.

"그래도 그 정도는 참을 수 있어. 우리는 밭둑 풀숲에서 사는 메뚜기인데, 허구한 날 농약을 뿌려대는 통에 언제 죽을지 모르는 위협을 느끼며 살고 있다고. 인간들은 아예 풀을 없앨 작정으로 제초제를 들고나와 밭고랑은 말할 것도 없고 밭둑까지 전부 농약을 뿌리니, 풀이 깡그리 죽는 것은 물론이고, 우리 목숨도 파리목숨이야. 하나도 나을 게 없어. 인간들은 눈 하나 깜짝 않고 학살을 저지른다니까. 우리 메뚜기가 밭둑 풀숲에 숨어 사는 줄이나 알까? 풀이 죽고 우리도 없어지면 자기네들도 나중에 죽게 된다는 거 알기나 하는지 원. 그 농약을 결국 자기 자신들이 먹게 된다는 사실을 모르고 그렇게 뿌려댄다고 글쎄!"

메뚜기가 분기에 차 더듬이를 이리저리 휘두르며 말을 이어갔다.

"그리고 더 웃긴 건, 농약 뿌리는 사람들 심리가 어떤지 알아? 그 사람들도 농약 그렇게 뿌려대는 거 해로운지는 다 알거든. 그래서 자기들 먹을 거에는 절대 안 뿌려. 남들이 먹는 건 아무래도 좋다 이거지. 어쨌든 농사꾼들은 농약으로 농사짓는다니까. 농약 없이는 농사가 되지 않는다고 생각해. 그러니 농약사용이 더 많이 늘어날 수밖에. 인간들은 정말 미련곰통이야. 한 치 앞도 내다보지 못하는…. 하긴 농약 뿌리는 사람들만 나무랄 일도 아니지. 도시 소비자들은 벌레 구멍 하나만 있어도 기겁을 하잖아. 그러니 농민들은 어쩔 수 없다며 농약을 뿌리고. 그리고 농약회사들은 농약을 쓰지 않고는 버티지 못하게 만들어놨잖아! 아예 농약 없이는 농사를 못 짓는다고 하소연이여."

메뚜기는 열변을 토하다 목이 아픈지 컥컥거리며 마른기침을 해댔다. 옆에 있는 다른 메뚜기가 옹달샘에 가서 풀잎에 물을 적셔 가져다주었다.

목을 축이고는 갈라진 목소리로 공포에 질려 말했다.

"우린 매일같이 공포 속에서 살아. 사람이 농약 통 들고 오는 것만 보면 가슴이 철렁 내려앉거든. 재빨리 그곳을 벗어나지 않으면 죽는 수밖에 없어. 난리도 그런 난리가 없다고."

주로 밭둑 근처에서 풀을 뜯어 먹고 사는 두꺼비메뚜기가 피를 토하듯 인간을 성토했다.

두꺼비메뚜기 얘기를 듣고 모두 숙연해졌다. 특히 여치, 베짱이, 방아깨비, 섬서구메뚜기는 눈물을 흘렸다. 남의 일 같지 않아서이다.

그 말을 들은 담비가 다시 나섰다. 이제 정리해도 될 것 같다는 생각이 들었나 보다.

"너희들 모두 지금 얘기 들어서 알겠지만…."

담비는 잠시 말을 끊고 상수리나무 밑에 있는 고라니와 새봄이를 바라봤다.

"저 소녀도 분명 인간이고 우리들의 적이야. 인간이 우리 숲속에 들어오게 할 수 없어. 저 소녀가 숲에 들어오는 것을 허락하는 순간부터 우리 스스로 재앙을 불러들이는 일이야. 저 소녀로 인해 또 다른 인간들이 숲으로 들어올 수 있어. 저 소녀는 시작에 불과해. 그러니 저 소녀를 여기에 드나들게 해서는 절대 안 된다고 생각해."

담비는 그러면서 마뜩잖은 표정을 짓고 있는 멧돼지 눈치를 살폈다. 누구도 선불리 이의를 달지 못하는 분위기였다.

멧돼지는 담비가 하는 말 가지고는 만족하지 못하겠다는 몸짓으로 툴툴거리며 말했다.

"저 계집아이 돌려보내거나 다시 들어오지 못하게 하는 것만으로 끝날 거 같지 않다구. 지난번에도 몇 번이나 우리 숲속에 들어와서 헤매고 다녔잖아. 그냥 돌려보내면 또 들어올 거라고. 그래서…."

말을 이어가려다가 과거가 떠올랐는지 괴로운 듯 머리를 흔들었다.

"너희들도 알다시피 우리 가족이 무참하게 죽었어. 저 계집아이를 돌려보내면 언제고 또 사람들을 몰고 올지 몰라."

멧돼지는 새봄이를 적개심 어린 눈으로 노려봤다. 살기 같은 것이 얼핏 스쳤다. 멧돼지 말에 담비와 삵, 그리고 오소리, 너구리 등이 고개를 끄덕였다.

분위기가 너무 살벌한 방향으로 흘러가고 있었다. 분위기가 이상하게 돌아간다는 낌새를 눈치챈 노루가 나섰다. 지난번 새봄이가 노루 둥지에 잘못 들어 같은 공간에서 마주쳤던 그 노루였다.

"담비나 멧돼지 대장 얘기도 다 일리가 있는데…. 그래도 저 소녀와 사귀었던 고라니 얘기도 한 번쯤 들어봐야 하지 않겠어? 내가 고라니 얘기를 들어서 대충은 아는데, 어쨌든 일방의 얘기만 듣고 결정하는 건 문제 소지가 있어."

"맞아, 듣고 보니까 노루 말이 맞는 거 같기도 해."

이번에도 오소리였다. 오소리는 어느 편이건 발언할 때마다 끼어들어 맞장구쳤다. 어느 편 말이 옳다는 것인지 알 수 없었다.

노루는 고라니를 바라보며 자기에게 했던 이야기를 털어놓으라는 듯이 눈빛으로 채근했다. 새봄이 옆에서 심각한 표정으로 잠자코 있던 고라니에게 모든 시선이 쏠렸다. 멧돼지는 여전히 살기 어린 눈빛으로 새봄이를 노려봤다.

고라니는 자기에게 전부 쏠리는 눈길에 부담을 느꼈다. 잠시 머뭇거리다가 결심한 듯 옆에 잠들어 있는 새봄이가 깨지 않게 살그머니 일어나 조금 떨어진 곳으로 이동했다. 멧돼지의 핏발선 눈빛에 잔뜩 주눅이 들다 못해 어깨가 움츠려지고 무슨 말을 먼저 꺼낼지 갈피를 못 잡고 있었다.

"…."

모두 고라니가 무슨 말을 할지 고대하며 주목하고 있었지만 고라니는 쉽게 말을 꺼내지 못했다. 장내가 잠시 조용했다.

노루가 안타까이 고라니를 보며 속삭이듯 말했다.

"내게 했던 말들 있잖아? 저 소녀 만난 날부터 겪었던 얘기, 네 느낌, 그리고 어떻게 했으면 좋겠는지 등등…. 부담 갖지 말고 있는 그대로 차분히 말해."

노루 말에 용기를 얻었는지 고라니는 차분하게 새봄이를 만난 날부터 이야기를 풀어갔다.

차에 들이받혀 다리를 다쳐 새봄이와 같이 지낸 얘기, 새봄이가 지극정성으로 자기를 돌봤다는 얘기, 새봄이가 아니었으면 자기는 이 숲으로 다시 돌아오지 못했을 거라는 얘기, 새봄이는 자기가 보니 분명 인간 사회에서 크게 상처받고 이 숲에 온 것 같다는 얘기 등등을 때로는 눈물까지 흘려가며, 또는 호소하듯 말했다.

고라니 눈물 바람에 나뭇가지에 앉아 있던 하늘다람쥐도 감격에 겨운 듯 훌쩍였다. 산제비나비는 검은 날개를 바닥에 늘어뜨리고 상복 입은 여인이 흐느끼듯 어깨를 들썩였다. 그뿐만이 아니었다. 바람에 그냥 살랑거렸는지? 아니면 고라니 말에 감격스러웠는지 모르지만 내내 옆에 서서 묵묵히 지켜보고만 있던 나무들 잎이 뒤울안의 댓잎이 바람에 울 듯 우우~ 하며 일제히 흔들렸다.

그런데 이런 분위기에 찬물을 끼얹듯 소리를 지르는 동물이 있었다. 미꾸라지처럼 미끈하니 몸이 잘 빠지고, 얼굴도 갸름하고, 목소리는 기생오라비같이 가늘고 높은 톤을 가진 산족제비였다.

"하지만 네가 다리 다치고 고생한 게 다 누구 때문이야? 저 소녀 아버지가 몰던 차에 사고당한 거 아냐? 결국엔 다 새봄이 쟤 때문에 생긴 일인데, 너는 화나지도 않아?"

하긴 그렇다는 듯이 또 오소리가 거들었다.

"맞아, 그때 네가 다치지 않았으면 숲에 다시 돌아와서도 그리 오랫동안 고생할 필요 없었을 거고, 먹이도 제대로 먹지 못해서 피골이 상접 하도록 죽다 살아났잖아?"

이 말에 그냥 있어서는 안 되겠던지 고라니가 단호한 말투로 반박했다.

"하지만 나는 그렇게 생각하지 않아! 언뜻 보면 그 말이 맞는 것 같지만 그 자리에 내가 간 것도, 그리고 새봄이나 새봄이 아버지를 그 자리에서 만난 것도, 또 내가 사고를 당한 것도 다 우연일 뿐이야."

고라니 말이 맞는 것 같기도 하고 아닌 것 같기도 한지 다들 고개를 갸웃갸웃했다. 하여튼 우연은 맞다. 모두 숨죽여 다음 말을 기다렸다.

"우연히 거기에서 맞닥뜨려 사고가 난거지, 그것은 새봄이나 새봄이 아버지 책임도 아니고 하물며 내 책임도 아냐. 굳이 책임을 따지자면 그곳에서 새봄이를 우연히 만나게 한 신의 책임이지. 어쨌든 난 그 사고 이후 하천가에 아무리 맛있는 풀이 있어도 얼씬도 하지 않게 됐어. 달라진 거라곤 그것뿐이야."

고라니는 '우연'이라는 말을 애써 강조하며 좌중을 둘러봤다. 여전히 멧돼지나 담비는 뚱한 표정이었다. 무슨 뚱딴지같은 소리를 하고 있냐고 당장이라도 화를 낼 듯이 입술을 달싹거렸다.

"내 말은 그게 우연의 산물이고, 우연히 발생한 사건으로 말미암아 새봄이를 만났고, 둘이 특별한 관계를 쌓게 된 거고, 그 관계가 발전해서 새봄이가 우리 숲에 들어오게 된 거고, 바로 이 자리에서 이렇게 우리가 논의하고 있는 것도 다 우연의 산물이지. 새봄이가 숲에 들어옴으로써 우리 숲이 어떻게 바뀔지 아무도 모르는 거야. 우연은 역사에 새로움을 가져다주는 필연인지도 몰라. 그게 바로 역사야!"

고라니는 험악한 동물들을 설득할 수 있을지 자신은 없었지만, 진심으로 새봄이를 지키려고 최선을 다했다.

"무슨 궤변을 늘어놓고 있어! 저 계집아이가 어떻게 우리 숲의 역사를 바꾼다고 그러는 거야!"

살쾡이가 말도 안 된다며 소리쳤다.

살쾡이는 담비의 위엄을 등에 업고 있었다. 담비와 사촌지간처럼 가까이 지냈다. 멧돼지가 없을 때는 담비가 대장 노릇을 하며 살쾡이를 수족 부리듯 했다.

"우리 멧돼지 대장 가족이 아무런 죄없이 인간들에게 죽임을 당하고 지금까지도 고통을 당하고 있지 않냐 말이다. 지금도 우리 멧돼지 형님은 인간들에게 끊임없이 위협받고 계시다. 그래서 우리는 그 근원을 싹 도려내야 하는 거야. 솔직히 저 계집애도 다른 인간들과 하등 다를 게 없잖아. 그러니 우리 형님이 당한 만큼 똑같이 고통을 당해봐야 한다는 거야, 눈에는 눈, 이에는 이, 몰라? 네가 어떻게 멧돼지 대장 심정을 알겠니?"

살쾡이가 고라니 턱밑에 다가가 비아냥댔다.

그러자 노루가 다시 나섰다. 원래 붉은빛 도는 노루 털이 곤두서 그런지 더 붉게 보였다. 노루는 살쾡이 태도에 화가 났다. 붉은 털을 한껏 곤두세우니 더 화난 것처럼 보였다.

노루는 고라니를 돌아보며 말했다.

"살쾡이 너는 그렇게 비아냥댈 필요까지는 없잖아! 사실 말 안 해서 그렇지. 여기 고라니네 식구들도 사냥꾼 손에 죽은 것으로 따지면야 멧돼지 식구 못지않게 피해를 많이 봤다고. 나는 원래 깊은 산속에 살아서 인간들 만날 일이 별로 없지만, 고라니는 수시로 산 밑 밭으로 내려가다 보니 피해를 많이 보고 있어. 고라니도 인간들을 멧돼지만큼이나 증오하고 있지. 그런데 이 애는 그렇게 차에 받혀 다치고 나서는 여간해서는 산 아래로 내려가지 않고 있다고 들었어. 무서워서이기도 하지만 새봄이를 생각해서 서로 부딪히지 않고 또 미워하면서 살고 싶지 않아서 그런다고 들었어."

노루는 고라니 얘기를 들어서 소상히 알고 있는 눈치였다. 이윽고 거만하게 앉아 있는 멧돼지를 바라보며 말하려다가 침을 한번 꿀꺽, 삼켰다. 벌써 붉으락푸르락 달아오르기 시작한 멧돼지 얼굴을 보았기 때문이다. 잠시 머뭇거리며 말을 하지 말까 망설였다. 두려웠다. 그러나 내 첫걸음이었다. 뒤로 물러날 순간은 지났다. 살쾡이가 거드름 피우는 것을 두고 볼 수 없어서 일어나 얘기하다 보니 멧돼지 얘기를 하지 않을 수 없었다. 숨을 깊게 들이마신 뒤 용기를 냈다.

"일테면 고라니들도 멧돼지들만큼이나 피해를 많이 본다는 얘기지. 그런데도 고라니는 멧돼지들처럼 고통스럽다고 떠벌리고 다니지 않아. 물론 용기가 없어서일지도 모르지만…."

이때 살쾡이가 삐죽거리며 말을 끊었다.

"고통스러우면 고통스럽다고 말하고, 당한 만큼 증오하고 복수하는 게 뭐가 나빠. 자기들이 용기가 없어서 죽어 지내는 걸 우리보고 어쩌라고…. 그리고 난 풀을 먹지 않아서 잘 모르지만, 풀 먹는 너희들 한번 말해봐. 산에 있는 풀보다 맛있는 먹이가 밭에 천지로 깔려있는데 어느 놈이 그 유혹을 뿌리칠 수 있겠어?"

노루는 인정할 건 인정하면서도 살쾡이 말에 어깃장을 놓았다.

"그렇긴 해. 그런데 생각해봐. 멧돼지들은 한번 인가 근처 밭으로 내려가면 기껏 농사지어놓은 작물을 쑥대밭 만들어놓고 올라오잖아. 그러니 인간들이 화나지 않겠어? 입장을 한번 바꿔놓고 생각해볼 필요가 있다고 생각해."

하긴 담비나 살쾡이도 가끔 인가에 내려가 인간이 키우는 닭을 잡아먹으러 내려가면서 인간들과 갈등을 빚는다. 하지만 한꺼번에 많이 죽이지 않고 한두 마리씩 잡아먹으면 표도 별로 나지 않고, 사람들도 그리 많이 놀라지 않는다는 것을 알고부터는 조심한다. 담비도 살쾡이도 노루 말이 일리가 있다고 생각했는지 아무 말도 하지 않고 멧돼지 눈치만 살피고 있다.

"그래서 멧돼지들도 적당히 자제하고 인간들이 놀라지 않을 정도로만 피해를 준다면 인간도 지금처럼 기를 쓰고 멧돼지를 잡기 위해 산으로 올라오지 않을 텐데 말이야."

"하하하"

노루 얘기를 듣다가 멧돼지가 크게 웃었다. 가소롭다는 표정이다.

"아니, 우리 멧돼지 사전에는 '적당히'라는 말이 없어. 어떻게 풀보다 맛있는 먹이가 산 아래 널려 있는데 자제할 수 있겠어. 우리는 목표가 정해지면 앞으로 죽~ 직진하는 것밖에 할 줄 모른다고. 이것저것 따질 계제가 없어. 그게 우리 멧돼지 성질이거든."

말을 끊고 노루를 다시 한번 쳐다보았다.

굳센 털과 우락부락한 몸집에서 고집이 얼마나 센지를 짐작하게 했다. 이번에는 목소리를 가다듬고 점잖게 타이르듯이 말했다. 노루를 설득해보겠다는 심산인 것 같았다.

"우리는 본능대로 먹고 싶을 때 먹을 뿐이야. 너희들도 먹고 싶으면 이것저것 따지지 않고 먹고 보잖아? 그게 우리 생존 법칙인 걸 어떡해! 그런데 그거 좀 먹었다고, 여기저기 좀 파헤쳐 놨기로서니 그렇게 생명을 헌신짝 취급하듯 해도 되느냔 말이야? 노루야, 너 반박할 자신 있으면 한번 대답해봐?"

멧돼지의 돌발적인 물음에 노루는 꿀 먹은 벙어리가 된 듯이 아무 말이 없다. 사실 그건 멧돼지 말에도 일리가 있다고 생각했다. 인간들이 자기들 농작물 좀 피해 봤다고 무지막지하게 보복하는 건 맞다. 사실 목숨 걸고 농작물을 먹는 셈이다.

멧돼지는 제 물음에 아무 대답을 못 하자 자기 말이 옳다고 동의한 것으로 알고 약간 상기된 표정이 되었다. 자못 자신만만함에 비릿한 웃음이 뒤섞여 거만한 속내를 숨길 수 없었다. 멧돼지는 잠시 주변을 훑어보더니 그동안 참았던 울분을 터뜨리듯이 목울대를 높여 소리쳤다. 마치 연설조의 목소리다. 괄괄한 목소리가 우렁우렁 숲을 울렸다.

"우리는 인간들을 똑똑히 봐 왔다. 이 지구상에서 가장 탐욕스러운 족속이 인간들이다. 인간들은 제어할 수 없는 폭주족과 같은 것이다. 필요하지도 않은데 무조건 쌓아두려고 한다. 무조건 많이 소유하려고 한다. 따지고 보면 지구상의 모든 파괴와 불합리, 전쟁이 여기에서 비롯된다. 아마 모르긴 몰라도 인간들의 이런 탐욕이 인간 자신들을 갉아먹고 결국 스스로 망하고 말 것이다."

멧돼지의 핏발 어린 언사에 대거리할 자가 없었다. 이럴 때는 숨죽이고 있는 게 상책이라는 걸 지나온 경험이 가르쳐 주었다. 불만이 있어도 말할 수 없었고, 올바르지 못하다고 말했다가 으슥한 숲속에서 멧돼지뿐만이 아니라 멧돼지 위세를 등에 업은 담비나 살쾡이에게 치도곤을 맞은 적이 한두 번이 아니었기 때문이다.

하지만 제법 설득력 있는 논리로 인간들의 탐욕스러움을 공격하니 그 점에 대해서는 수긍하고도 남음이 있었다. 사실 이 숲속의 모든 동물이나 나무, 풀, 곤충은 조금이라도 인간과 갈등을 겪지 않고 사는 것은 없다. 인간이 마을뿐만이 아니라 이 숲속에서까지 주인행세를 한다. 인간에게 언제 피해당할지 모르니 매일 걱정하며 산다. 약자라서 매양 일방적으로 당하니 갈등하고 증오했다.

"인간은 정말 지독한 놈들이여!"

장끼가 불쑥 나서서 핏대를 올렸다.

활짝 핀 관중의 이파리처럼 길고 멋지게 생긴 꼬리에 기름이 잘잘 흐르는 깃털을 가진 수꿩이 매일 점잖빼며 다니던 모습과는 다르게 열을 올렸다. 그러니 그렇지 않아도 붉은 뺨이 더 붉어져 보였다.

"멧돼지 대장 말이 천만번 지당하고말고. 내가 두 눈으로 똑똑히 봤다니까. 나는 원래 인가 근처 수풀에 숨어서 살잖아. 저 멀리 수리산 산등성이 너머 마을에 양계장도 있고, 염소목장, 소 키우는 축사도 있는 거 알지? 거기 근처에서 살다가 정말 못 볼 걸 봤다니까!"

자꾸 무슨 똑똑히 봤다느니, 못 볼 걸 봤다느니 하니까 다들 쥐 죽은 듯 장끼의 입만 쳐다봤다. 뭔가 심각한 얘기가 쏟아질 듯이 긴장감이 돌았다.

"어느 날인가, 양계장에 하얀 가운 입은 사람들이 들락날락하더니 갑자기 굴착기하고 큰 트럭들이 들이닥치는 거야. 그리고 조금 지켜보니까 살아 있는 닭들을 포대에 마구 구겨 넣어서는 트럭에 실어다 근처 구덩이 파놓은 곳에 사정없이 쏟아붓더라고. 살아 있는 생명을 말이야. 정말 아비규환도 그런 아비규환은 없었을 것이여. 내가 듣기로는 조류독감이라는 전염병이 돌았다고 하더라고. 난 그 광경을 보는 순간 구역질이 나서 며칠 동안 밥도 먹지 못했어. 정말 끔찍했다고. 마치 내가 당하는 것처럼 두려웠다니까."

옛날 생각이 또 났는지 꿩은 헛구역질까지 하였다.

"그뿐만이 아녀. 언젠가는 구제역이 발생했다고 젊은 친구가 운영하는 축사가 일시에 비워졌어. 나도 가끔 떨어진 낟알 훔쳐 먹으러 축사에 몰래 드나들곤 하던 곳인데, 그때도 마찬가지였어. 살아 있는 소를 마구잡이로 실어다가 구덩이에 묻어 죽였어. 어떤 놈은 살아보려고 구덩이를 기어오르려다 굴착기에 찍혀 죽기도 했지. 그 깊은 구덩이에서 기어 나오려고 울부짖으며 날뛰는데…. 그런 생지옥은 아마 다시는 없을 것이구만. 차마 눈 뜨고는 못 볼 장면이었다니까!"

장끼는 지금도 그 장면이 떠오르는지 몸을 떨었다.

"그런데 인간들은 그렇게 살아 있는 생명을 한꺼번에 몰살시키면서도 너무나 태연하더라고. 정말 야차같이 잔인했어. 난 정말 내가 할 수만 있었다면 그놈들 다 물어뜯어 죽이거나, 두 눈알을 쪼아서 평생 못 보게 했을지 몰라. 그때는 정말 독수리가 얼마나 부럽던지. 아마 독수리였으면 그렇게 했을지도 몰라. 더 기가 막힌 건 말야, 그런 일이 있은 지 얼마 못 가서 소 키우던 그 젊은이가 자살하고 말았어. 그 젊은이도 충격이 정말로 컸던 모양이야. 안 그러겠어? 그리 애지중지 키우던 소를 일순간에 산 채로 묻어버렸으니…."

장끼는 더 이상 말을 이을 수 없었다. 분기에 차 어쩔 줄 모르며 부르르 떨었다. 그리고 매일 마주쳤던 젊은이가 덧없이 죽었다는 사실에 말을 이을 수 없을 정도로 충격에 휩싸인 표정이었다. 듣고 있던 다른 동물들도 자기가 당한 일처럼 공포감에 몸을 떨었다.

이제 전염병 창궐은 연례 행사처럼 계속되었다. 해마다 겨울이면 조류독감이나 구제역이 발생하여 애먼 닭, 오리, 소들이 대규모로 살처분되었다. 살처분에 동원되는 사람들은 그런 비인도적인 대량 학살 행위에 트라우마까지 발생하여 여기저기서 정신적 고통을 호소하기 시작했다. 얼마나 잔인하고 괴로웠으면 가해자가 정신적 피해자가 되어 고통을 호소하고 나섰을까?

이에 오소리가 또 끼어들었다.

"나도 그 얘기 들어서 알고 있어. 사실 바른소리 좀 하자면, 그게 다 인간들 자신이 자초한 일 아냐? 원래 닭이니 소를 그렇게 집단으로 사육하면 전염병이 발생할 때 손을 쓸 수 없는데도 불구하고 공장에서 물

건 찍어내듯이 대량생산하고 있으니 말이야. 그런데도 자기들 책임은 전혀 생각하지 않고 무고한 생명을 눈 하나 깜짝하지 않고 몰살시키니, 이건 학살이야, 학살이고말고. 있을 수 없는 일을 인간들이 자행하는 거야."

오소리도 인간에게 비난의 화살을 퍼부으며 분개했다.

"그뿐만이 아냐. 농작물도 그래. 인간들이 단일 작물을 한곳에 몰아서 대량으로 재배하다 보니 작물이 병에 취약해지는 건 당연한 거고, 일단 병이 생기면 삽시간에 퍼져 손을 쓸 수가 없어. 그러니 농약이 대량으로 필요한 거고, 농약 없이는 농사를 짓지 못하게 됐지. 농약을 그렇게 마구 살포하니 땅도 죽고, 온갖 미생물, 곤충들도 모두 죽는 거야. 이게 다 대량생산에서 오는 폐해고 재앙이야.

그런데 더 무서운 건 아무리 인간들이 막으려 해도 막을 수 없는 경우야. 바이러스는 자기들이 살아남기 위해 계속 돌연변이를 일으키거든. 돌연변이가 발생하면 당장 그 바이러스를 제어할 면역 수단이 없어서 대량 발생하게 되어있어. 그러면 인간들이 구축한 방어막은 아주 쉽게 무너지지. 개발한 백신이 없으니 속수무책으로 당할 수밖에 없는 거야. 지금 조류독감이니 구제역, 그리고 아프리카돼지열병 같은 게 다 그런 거잖아. 그게 인간들에게도 그대로 전염된다고 생각해봐. 인간들 자신이 밀집해 살고 있으니 전염병이 대량 발생하는 것은 불 보듯 뻔하고, 이제는 그게 국지적으로 한정될 수도 없어. 사람들 이동이 너무 쉬워서 전 세계로 확산하는 것은 시간문제지. 아마도 인간이 멸종하는 사태는 그런 바이러스들로 인해 발생할 거라고 봐. 코로나바이러스는 그런 증거를 확실하게 보여 주고 있어."

오소리는 생각만 해도 끔찍하다는 듯 몸서리쳤다. 하지만 음험한 눈초리는 숨기지 않았다. 그 뜻은 인간이 그렇게라도 없어졌으면 하는 강한 욕망이 담겨있는 듯했다.

"어쨌든 멧돼지 대장 말대로 이건 인간들 탐욕 때문에 벌어지는 일이라고 생각해. 그런데 억울한 건 우리야. 인간들이 자행하는 짓거리로 인해 왜 우리가 고스란히 피해를 받아야 하냐고? 인간들은 구제 불능이야, 정말!"

오소리는 침을 튀겨가며 인간이 자행하고 있는 모순된 행태를 격렬하게 성토했다. 말하면서 자기가 얼마나 유식한지를 보여 주었다고 생각해서인지 얼굴 가득 미소를 머금고 스스로 만족해했다.

"인간들이 이렇게 뭇 생명을 경시하는 건 자기들이 세상에서, 아니 이 우주에서 가장 우월한 존재라고 생각하는 데서부터 싹튼 문제야. 인간들은 우리 동물, 나무들 심지어 저기 구르는 돌 속에도 영靈이 존재한다는 사실을 모르나 봐. 아니 인정하기 싫겠지. 자기들만이 영험한 존재라고 믿기 때문이야. 그러니까 그런 야만적인 행위를 서슴지 않지."

상수리나무 가지에 앉아 여태껏 가만히 듣고만 있던 청설모가 훌쩍 땅에 뛰어 내려와 오소리 옆으로 다가오면서 말했다. 청설모는 여간해서는 땅에 내려오지 않는 습성인데도 꼭 이 말은 하고 넘어가야겠다고 결심했다.

"우리 청설모들한테도 자기들에게 해롭다는 이유만으로 마구 총질해대잖아. 그래서 얼마나 많은 우리 가족들이 죽었다고. 기껏 잣나무에 있는 잣 알 몇 개 따먹는다고 그러잖아. 그까짓 거 좀 나눠 먹으면 안 되나? 자기들만이 독차지하고 한 톨도 나눠주려는 마음이 없어. 인간이 언제부터 그리 악독해졌는지 알 수가 없어. 옛날에는 이 정도는 아니었잖아. 우리가 먹을 거는 항상 남겨두고 그랬는데…. 그게 다 인간들이 돈의 노예가 되면서 점점 더 심해지고 있어. 자기들만 잘 살면 되고 다른 생명은 모두 열등한 존재라 죽어도 전혀 문제 될 게 없는 하찮은 존재라는 거지!"

청설모는 작은 입을 씰룩거리며 날카로운 뻐드렁니를 위협하듯이 드러냈다. 그리고 더러운 것을 본 것처럼 침을 칵, 뱉으며 증오의 감정을 숨기지 않았다.

멧돼지가 이들의 말을 듣고 음산하게 웃었다. 이제 자기 말이 먹힌다고 생각한 멧돼지는 쐐기를 박듯 힘주어 말했다.

"인간들이 그렇게 총을 가지고 우리에게 덤비면 우리 식구 다 동원해서라도 인간의 밭에 있는 작물들 그까짓 거 쑥대밭이 아니라 아예 밭조차 쓰지 못하게 파헤쳐 놓고 말 테니까! 우리도 그냥 앉아서 죽으라는 법은 없잖아! 그러니 저 계집애도 어떻게든 처리해야 한다구. 여기에 그냥 놔둘 수 없어. 다른 인간들하고 하등 다를 게 없다고. 본보기로 처단해서 인간들 간담을 서늘하게 해줄 필요가 있어. 안 그래?"

그러면서 새봄이를 잡아먹을 듯이 노려봤다. 눈이 충혈되어 붉은 핏발이 금방이라도 터질 듯 부풀어 올랐다.

"그럼 인간들이 더 길길이 날뛸 텐데…. 인간들이 무서운 무기를 들고 산에 들어오면 정말 우리는 대항할 수 있는 수단이 없다고. 멧돼지 대장 말마따나 인간들은 세상에서 제일 이기적이고 탐욕스러운 건 맞아. 하지만 이제 인간들을 누구도 건드릴 수 없어. 지구상에서 최강자야! 우리가 어떻게 힘써볼 수 있는 게 없어. 그게 문제지. 그것뿐인가! 우리 앞에는 인간들보다 더 지독하고 무서운 놈들이 있잖아. 인간들의 충견, 사냥개들 말이야! 개들은 닥치는 대로 물어뜯어서 죽인다고. 케르베로스라고, 지옥문 지키는 머리 세 개 달린 무서운 개 있잖아. 잔인함으로만 따지면 케르베로스는 명함도 못 내밀어. 이런 놈들에게 무슨 수로 대항을 해! 그렇게 하면 우리 피해만 늘어날 게 뻔해. 폭력은 폭력을 낳는다는 말이 있잖아. 다른 좋은 방도가 없을까?"

좀 전에 멧돼지 말에 맞장구를 치며 아첨하듯 말하던 본새와는 다르게 풀 죽은 목소리로 오소리가 말했다. 무슨 뾰족한 방도가 없음을 돌려서 말하는 것이다.

유식한 체 거드름 피우는 것은 오소리 습관인가 보다. 이리 붙었다가 저리 붙었다 하는 모습을 보고 멧돼지는 못마땅한 듯 혀를 끌끌 찼다. 불같이 화를 내려다가 간신히 참는 모습을 보고 오소리는 더럭 겁이 났다. 오소리는 땅이 소리 없이 꺼지듯이 조용히 제자리에 앉았다.

"어쨌든 나는 저 소녀를 내쫓는 거 반대야. 더군다나 멧돼지 얘기는 따를 수가 없어. 오소리 얘기처럼 폭력은 또 다른 폭력을 낳을 뿐이야. 폭력의 무한 반복이지. 그건 방법이 아니라고 생각해."

다람쥐가 꼬리를 살랑거리며 듣고만 있다가 아니다 싶었는지 대단한 용기를 냈다.

"난 저 소녀를 잘 알아. 우리 사촌이 소녀네 집 근처에서 사는데, 소녀와 같이 살아도 아무런 피해가 없대. 집 근처에서 아무리 돌아다녀도 해치기는커녕 땅콩 같은 먹이를 수시로 가져다줘서 오히려 고맙다고 하던걸. 지금은 저 소녀와 우리 사촌이 평화롭고 행복하게 살고 있어. 저 소녀는 천성이 착한지도 몰라. 다른 사람들하고 똑같이 생각해서는 안 된다고 봐."

"하하, 다람쥐야. 그 사촌이 이런 말은 하지 않던?"

다람쥐 말을 듣고 있던 곤줄박이가 자기도 생각난 듯이 대뜸 말을 꺼냈다. 좀 화난 듯한 표정이다. 이참에 꼭 말을 하고 넘어가야겠다는 의지가 엿보였다.

"난 너희들 다람쥐 때문에 매년 봄마다 곤욕스럽다고. 무슨 말이냐면 우리가 둥지에 알을 낳아 부화해서 새끼를 키우잖아? 그럴 때면 꼭 너희들 다람쥐가 우리 새끼를 공격한다고. 그때마다 우리는 말 그대로 혼비백산하지. 너희들이 우리 새끼 잡아먹으려고 둥지를 습격하려 할 때 얼마나 힘든지 알아? 온갖 비명을 질러대면서 너희들 공격하는 걸 막으려고 이리 날고 저리 날뛰면서 부리로 쪼아 대지만 역부족인 경우가 많았어."

곤줄박이는 다람쥐를 바라보며 너무 힘들게 살아왔다고 하소연했다.

"그런데, 저 소녀가 그 집에 오고부터는 정말 편해졌어. 너희들이 새끼를 공격할 때 우리가 새끼를 지키려고 짹짹거리며 울고 있으면 어디선가 꼭 나타나서는 다람쥐를 쫓아내 주는 바람에 얼마나 저 소녀가 고마운지 몰라. 그래서 이제 저 소녀가 있는 곳에는 따사로운 봄볕이 내리쬐는 것처럼 평화가 찾아왔어. 아마 저 소녀는 하늘에서 내려와 평화를 선물하는 천사일지 몰라!"

곤줄박이 말에 어떤 다람쥐가 앞으로 나섰다. 부끄러운지 머리를 숙이고 들지 못했다. 새봄이 집 근처에 사는 바로 그 다람쥐였다. 다람쥐는 '그건 너희 새끼를 잡아먹으려고 한 게 아니야. 너희 집 근처로 지나다닐 수밖에 없어서 지나다니는데 너희들이 지레 겁먹고 공격해서 어쩔 수 없이 나도 공격한 거야'라고 변명하려다 말고 속으로 삼켰다. 어쨌든 서로 싸운 것은 사실이니 차라리 화해하는 것이 좋겠다고 생각하며 곤줄박이에게 손을 내밀었다. 곤줄박이도 처음에는 망설이다가 내미는 손을 잡았다.

정말 새봄이는 봄이면 곤줄박이가 비명을 지르며 자기 새끼를 지키기 위해 필사적으로 싸우는 모습을 보았다. 다람쥐가 공격하는 모습을 더는 두고 볼 수 없었다. 그렇지 않으면 새끼가 위험해질 게 뻔했다. 그럴 때마다 막대기를 들고 다람쥐를 쫓아내 주었다. 다람쥐에게는 미안한 일이지만 새봄이 천성이 그런지라 개입할 수밖에 없었다.

"맞아. 그런 일이 많았어, 처음에는 저 소녀가 우리를 해치려고 하나 보다 해서 두려웠지만, 그런 일을 빼면 우리에겐 천사 같은 존재였어. 배고플 땐 먹이도 주고, 소녀 옆을 지나다닐 때마다 생글생글 웃어주고…."

새봄이네 집 다람쥐가 곤줄박이 말을 증명해 주었다.

"곤줄박이 너만 그런 줄 아니. 나도 저 소녀 도움을 많이 받았어. 겨울에는 여기가 눈이 많이 쌓여서 먹이 찾기가 힘들잖아. 그런데 작년 겨울인가? 소녀네 집 참나무에 플라스틱병으로 먹이통을 만들어서 걸어 놓았어. 소녀가 2~3일에 한 번은 꼭 거기에 우리가 먹을 곡식을 채워주더라고. 얼마나 고마웠는지 몰라. 우리 방울새 가족만이 아니라 동고비, 노랑턱멧새, 딱새, 박새, 어치, 직박구리, 오목눈이, 콩새 할 것 없이 모두 소녀가 가져다주는 잡곡으로 요긴하게 겨울을 났어. 아마 소녀가 그 먹이를 주지 않았으면 지난겨울에는 우리가 굶주려서 많이 곤란했을 거야. 너희들도 알다시피 작년 겨울에 눈이 좀 많이 왔니! 한번 내리기 시작하면 30㎝는 족히 왔잖아. 여기는 추워서 눈이 쌓이면 겨우내 녹지 않고 쌓여 있어. 그래서 우리는 겨울이 정말 견디기 힘들어. 저 소녀는 여기 숲에 사는 새들에게는 생명의 은인 같은 존재지."

방울새는 진심으로 고마워하며 새봄이에게 감미로운 노래를 선사했다. 목청이 아름다운 방울새는 자기 재주를 뽐내고 싶었는지도 모른다. 새봄이는 방울새가 노래 부르는 것을 아는지 모르는지 아무런 기척이 없었다.

노래를 마친 방울새는 앞에서 먼저 발언한 오소리며 장끼, 청설모를 바라보며 말을 이었다.

"인간이 우리에게 그렇게 잔인하고 몰인정한 거 하나도 부정하지 않아. 여기 누구 하나 인간에게 피해 보지 않고 사는 존재들 있어? 아무도 없어. 하지만 나는 저 소녀만은 믿고 싶어. 아마도 대미산 숲의 수호신이 있다면 우리를 위해서 저 소녀를 보냈다고 생각해. 멧돼지가 뭔 말을 하려는 건지 다 알아. 하지만 저 소녀를 해치겠다는 말이라면 안 된다고 생각해. 아까 오소리가 얘기했듯이 폭력으로는 인간을 절대 이길 수 없어. 저 소녀를 해치는 순간 우리 숲은 걷잡을 수 없는 소용돌이에 휘말려. 인간들이 당장 이 숲으로 쳐들어올 거야. 그건 좋은 방법이 될 수 없어."

담비는 분위기가 이상한 방향으로 꼬여간다고 느꼈지만, 다시 생각해보면 그도 일리 있는 말이라고 생각했다. 멧돼지 말대로 했다가 그 뒷감당을 해낼 자신이 없어서다. 그리고 아직은 우리 숲이 완전히 침탈당하거나 망가진 것도 아니었다. 잠자코 있었다.

앉아 있던 소담이가 다시 일어섰다. 이번에는 두려움이 많이 사라지고 당당한 모습이었다.

"난 새봄이와 몇 달 동안 같이 살면서 느낀 게 있어. 내가 다쳤을 때도 새봄이가 모른 척하고 지나갔다면 난 그 자리에서 죽었을지 몰라. 난 분명히 봤어. 울며불며 자기 아빠에게 고라니를 살려달라고 할 때, 나는 이제 살았구나, 생각했어. 새봄이는 가을부터 겨울 그리고 봄이 올 때까지 내 곁을 떠나지 않았어. 먹지 못할 땐 밥을 떠먹여 주고, 추워서 떨고 있을 땐 자기 옷 가져다 덮어주고, 사람들이 접근해서 내가 무서워할 땐 옆에 접근하지 못하도록 막아주고…. 얼마나 나를 아껴주고 돌봐주었는데. 아마 너희들 새끼한테도 그렇게 못할 거야. 나는 진심으로 새봄이에게 고마웠어. 정말 우리 숲의 요정보다도 더 마음씨가 착해."

하늘다람쥐, 올빼미, 소쩍새, 꾀꼬리도 고라니 말에 감동하여 찔끔거렸다. 쏙독새는 아예 대놓고 쏙국~ 쏙국~ 하며 눈물을 훔쳤다. 다들 감동에 겨워 우는 바람에 오소리도 찔끔거리고, 장끼도 눈물을 흘려 붉은 뺨이 적셔졌다.

"그런데…."

고라니는 말하려다 말고 슬픈 표정을 짓고는 망설였다.

"그런데 말야…. 새봄이하고 지내는 내내 이상하게 생각한 게 있어. 새봄이는 다른 사람하고는 여간해서는 말도 안 하고, 매일 수심에 가득 차서 한숨을 푹푹, 내쉬고, 어떤 때는 밤에 자면서 헛소리까지 하더라고. 새봄이는 친구도 없어. 내가 지켜본 바로는 아무도 연락하며 지내는 사람이 없었어. 외로워하는 것은 둘째치고, 마음속에 큰 걱정거리를 숨기고 사는 사람 같았어. 그래서 난 숲에 돌아온 날부터 새봄이를 생각했어. 새봄이를 우리 숲에 데려와서 마음에 병 같은 게 있다면 새봄이가 나를 돌봐줘서 고쳐준 것처럼 나도 새봄이 병을 고쳐주고 싶다고. 그게 뭔지는 모르지만…."

그러면서 저쪽에서 곤히 잠들어 있는 새봄이 얼굴을 지긋이 바라봤다.

"너희가 말하듯이 인간들이 그런 거 나도 잘 알아. 하지만 인간이라고 다 그렇게 악독하고 잔인한 것만은 아냐. 난 새봄이를 보고 다시 생각했어. 우리 아빠도 사람 총에 맞아 죽었잖아. 나도 얼마나 인간을 증오하고 있는지 너희들도 알 거야. 그렇지만 난 새봄이에게 우리 숲의 진리와 평화, 사랑, 이런 것들을 말해주고 싶어. 우리 숲에 사는 존재들은 어느 것 하나 중요하지 않은 것이 없잖아! 서로 의존하고 살 수밖에 없는 밀접한 관계. 이런 것들을 보고 느끼면 새봄이도 많이 성숙해질 거야. 그렇게 해서 새봄이에게 있다면 있을 수 있는 마음속 병을 조금이라도 낫게 해주고 싶었어. 여기 멧돼지 대장을 비롯해 살쾡이 그리고 다른 동물들이 불만이 있는 거 알지만 이해해주면 정말 고맙겠어. 그래서 그 말 하려고 이렇게 모여달라고 부탁한 거고."

고라니는 진심으로 이해해주길 바라며 멧돼지를 향해서 정중히 예의를 표했다. 그러나 여전히 멧돼지는 불만이 가득 찬 표정으로 고라니와 새봄이를 번갈아 바라보았다. 그러다가 헛기침하며 고개를 돌려 하늘을 쳐다봤다. 고라니를 계속해서 쳐다볼 수 없었나 보다.

그때 나이 많은 산비둘기가 나섰다. 날개를 두어 번 퍼덕이고 나서 윤기 없고 까칠한 깃털을 쓰다듬었다.

"이제 멧돼지 쪽이나 고라니 쪽 얘기를 다 들은 것 같구만. 멧돼지 얘기를 들으면 인간들이 우리에게 피해뿐만 아니라 목숨까지 해치니 우리도 그렇게 해야 한다는 거고, 고라니 쪽 얘기는 대체로 보면 인간들이 잔인하고 우리 목숨까지 앗아가는 피해를 준다는 것에 대해서는 동의하면서도 소녀의 경우에 달리 봐줄 수 없는가 하는 것으로 의견이 모이고 있네."

늙은 산비둘기는 짐짓 근엄한 표정을 지으며 쏟아져 나온 이야기의 갈래를 정리했다.

"물론 멧돼지 주장에도 일면 수긍할 점이 있긴 하네. 인간들이 폭력을 행사해서 목숨까지 앗아가니 우리 대응도 어쩔 수 없다고 주장하는 것, 일리가 있어. 우리도 다 경험한 바 있으니 그렇네. 하지만 인간도 자기들 입장을 주장할 수 있다고 보네. 일테면 자기들 땅에 농사 지어서 그 수확물 먹고 살아야 하는데, 멧돼지한테 피해를 보면 뭘 먹고 사느냐며 멧돼지에게 폭력을 행사할 수밖에 없다고 주장할 수 있지 않은가? 어떻게 보면 다람쥐 쳇바퀴 돌 듯 결론이 나지 않는 주장이 될 수도 있다는 거지."

멧돼지가 마음에 거슬리는지 나서려다 꾹 참는 모습이 역력했다. 산비둘기는 멧돼지 심기가 불편해지고 있음을 알고 잠시 움찔하다가 그래도 많이 산 자기가 나서서 산 경험의 지혜를 들려주어야겠다고 다짐했다.

"아까 오소리가 중요한 지적을 해주었네. 지금 인간은 지구상을 덮고 있는 것 중에 가장 강력한 존재지. 우리 지구에 생물 종이 탄생한 이래 이렇게 강력한 존재가 발생한 것은 최초라고 볼 수 있어. 공룡이 살았던 시대도 인간 시대와 비교하면 아무것도 아니라고 보네. 어떤 학자들이 현재 지구의 세기를 인류세라고 지칭하는 것도 다 이런 이유 때문이야. 이제 지구는 인간에 뒤덮여 포화상태에 다다랐다고 보는 것이 타당할지 모르네. 우리가 사는 지구상에는 인간과 인간이 기르는 가축이 97%를 차지하고 있어. 우리 같은 야생동물은 겨우 3%에 불과하지."

산비둘기는 공포와 걱정이 뒤섞인 알 수 없는 표정으로 깊은 한숨을 지었다. 동물들은 그 말을 듣고 자신들의 비참한 처지를 생각하는 듯 모두 시무룩해졌다.

산비둘기가 말을 이었다.

"그런데도 인간들은 멈출 줄 모르지. 계속 자연을 파괴하고, 콘크리트 건물로 누가 더 높이 하늘로 올라가나 경쟁하고, 서로 더 많이 가지려고 경쟁하면서 갈등을 겪다 자기들끼리 전쟁도 불사하는 게 인간들이네. 우리 지구에는 인간들의 폭주본능만이 전염병 창궐하듯 살아 있어. 사실 지구의 주인은 자연 그 자체이지 인간이 아냐. 하지만 인간은 주인을 내치고 들어앉아 파괴만 일삼고 있는 셈이지. 그걸 누구도 견제할 장치가 없네. 지구 역사상 이런 폭군은 처음이야. 정말 인간만 보면 절망적이야, 절망적!"

산비둘기가 머리를 절레절레 흔들었다. 진저리가 난다는 뜻이다. 그러면서도 걱정스러운 표정이 얼굴 한가득 묻어났다.

"문제는 그런 인간에 대항해서 폭력을 행사해야 하는가야? 오소리도 말했다시피 폭력은 폭력을 불러온다는 거는 변할 수 없는 진실이네. 인간이 그렇게 한다고 해서 우리도 똑같이 폭력을 행사하면 인간은 온갖 물리력을 동원해서 더 큰 폭력을 행사할 게 불을 보듯 뻔하네."

"……"

말하다 말고 잠시 생각하는 듯하다가 말을 이었다.

"오늘 주제에서 잠시 벗어나 내 생각을 얘기하자면, 나는 가끔 이런 생각을 해봤다네. 사실 이런 현상이 벌어지는 것은 자연 생태계가 무너졌기 때문에 벌어지는 현상이란 말이지. 생태계란 원래 미생물을 비롯한 모든 동식물이 서로 견제하고 밀접한 관계가 형성되면 저절로 균형이 이루어져 인간도 동물도, 식물도 모두 균형을 이루어 평화롭게 잘 살 수 있다는 원리가 아닌가. 실제로도 그렇고.

그런데 인간만은 예외란 말이지. 인간들만 그렇게 생각하고 있지 않다는 게 큰 문제야. 인간만이 더 잘 살고, 더 오래 살려는 욕망 때문에 인간이 더 많아지고, 그만큼 자연을 더 많이 착취해야만 됐지. 그 때문에 자연은 엉망이 되었고, 인간들만이 자기 살 자리 마련하고 자연을 배려하지 않은 결과 생태계가 무너졌단 말이야. 쉽게 말해서 인간들이 호랑이, 표범, 곰 등 상위 포식자들을 결과적으로 거의 멸종시키니, 멧돼지에겐 미안한 말이지만, 멧돼지가 너무 많이 늘어나서 저렇게 문제가 발생하는 것이라네. 달리 말하면 멧돼지가 인간의 영역에 들어가서 설치고 다니게 된 것도 인간들이 의도치 않게 멧돼지가 너무 많이 불어나 산에서는 먹이가 부족해져 인간들에게 피해를 주는 것이고, 또 인간은 다시 멧돼지를 공격하는 악순환이 여기에서 비롯됐다고 보네.”

모두 숨죽이며 산비둘기 얘기에 집중하고 있었다. 많은 동물이 고개를 끄덕였다.

그때 오소리가 물었다.

“그게 지금 현실인데, 그러면 우리는 어떻게 해야 하죠? 사실 우리는 인간과 비교하면 너무나 미약한 약자이고, 그렇다고 해서 가만히 앉아서 당하고 있을 수만은 없지 않습니까?”

“나도 그게 딜레마라네. 내 생각에는 아무리 불만이 많아도 멧돼지처럼 폭력을 써봐야 해결되는 것은 아무것도 없을 것이네. 내가 인간들 전쟁을 지켜본 바로는, 명분 없는 전쟁은 없다지만 어쨌든 전쟁은 오직 파괴와 살육만 가져올 뿐 전쟁에서 선善이라는 것은 눈곱만큼도 찾아볼 수 없었네. 전쟁과 파괴는 근원적으로 악의 편이지. 그것은 인간 세계에만 적용되는 진리가 아닐세. 우리 숲의 세계에도 똑같이 적용되는 진리일세.”

산비둘기는 머리를 긁적이며 오소리를 바라보고 말했다.

“그런데 말야. 인간에 따라서는 우리와 함께 사는 길을 찾으려는 노력이 엿보이는 사람도 있다네. 근본적으로 인간들이 이기적이고 탐욕스러운 점은 인정하네만 그래도 선한 의지를 갖고 노력하는 사람들도 많으니 그들을 좀 믿어보는 것도 좋지 않을까 생각하네. 지금은 인간들도 자연과 생태계가 보존되어야 자기들도 생존할 수 있다는 것을 깨닫고 노력하고 있지 않은가. 그러니 현재로서는 더 참고 기다려보는 것이 좋을 것 같네. 평화롭게 살면서 더 좋은 방도가 있는지 찾아보는 게….”

그러자 담비가 정색하며 반대하고 나섰다.

“산비둘기님 얘기 잘 들었습니다요. 그렇지만 기다려봐야 인간이 바뀔 리는 절대 없을 것 같은데, 아무리 평화가 좋다고 무작정 기다립니까? 그들은 전쟁광에 탐욕이 지나쳐 절대 변할 리 없을 겁니다. 그럼 산비둘기님이 인간을 찾아가서 너희들 그만 욕심부려라, 라고 설득하시던지요. 그러면 우리도 우리끼리 잘 살겠다고요. 안 그렇습니까?”

담비가 조롱하듯 비꼬며 좌중의 동물들을 선동하려고 했다.

그러나 산비둘기도 딱히 지금 상태에서 더 진전된 말은 할 수 없었다. 원칙적인 주장을 할 수밖에 없다는 것도 한계였다.

“맞네, 내가 인간을 설득할 수 없다는 지적도 맞네만 오늘 회의 주제로만 한정해서 말하자면, 저 소녀 아이를 한번 믿어보자는 제안을 해보고 싶네. 저 소녀가 이 숲을 드나든다고 당장 무슨 일이 일어나는 것도 아니고, 멧돼지 주장을 실행하면 당장 더 큰 재앙이 닥칠지도 모르는 일. 그러니 잘 살펴보면서 대처하는 것도 좋은 방도라고 생각하네. 고라니가 얘기했듯이 우리 숲의 역사도 이 소녀로 인해 좋은 방향이든 나쁜 방향이든 어떻게든 바뀔지 모르지 않는가. 좋은 방향이길 바라지만….”

그러자 여기저기서 웅성거리며 산비둘기 의견을 따라보자는 말이 터져 나왔다. 사실 딱히 대안도 없었다. 멧돼지 말대로 했다간 당장 숲에 피바람이 불 것은 명약관화했다.

산비둘기 얘기에 동요하는 분위기가 감지되자 담비는 멧돼지 눈치를 보며 소리쳤다.

"분명히 얘기하건대, 저 계집아이 때문에 우리 숲이 망가지고 난장판이 될 수도 있단 말이다. 두고 봐라. 오늘 너희들이 그렇게 결정하는 순간 돌이킬 수 없는 사태가 올 수도 있다는 것을 명심해라."

그래도 그 분위기를 되돌릴 수는 없었다. 그냥 공허한 협박으로 들릴 뿐이었다. 이미 고라니는 새봄이에게 다가가 손을 잡았다.

이제 어쩔 수 없다고 생각했는지 멧돼지가 슬그머니 일어나 자리를 떠났다. 담비와 살쾡이도 그 뒤를 따랐다. 멧돼지는 자리를 떠나다 말고 뒤를 돌아보았다. 새봄이를 잠시 살기 어린 눈으로 노려보다가 북쪽 숲속으로 사라졌다.

멧돼지 일행이 다 사라진 것을 지켜본 부엉이가 상수리나무 구멍에서 나와 소식을 전하듯 말했다.

"이제 모든 것을 듣고 지켜봤으니 무슨 일인지를 알았다. 이제 모두 각자 자리로 돌아가길 바란다."

부엉이는 자기 얘기를 하는 것인지, 아니면 누구 얘기를 전달한다는 얘기인지 모를 뉘앙스로 위엄있게 말했다.

그러자 모든 동물, 곤충이 사방으로 흩어졌다. 나무는 바람에 맡겨 흔들렸다. 다시 적막이 감돌았다. 그 자리에는 고라니와 새봄이만 남았다.

새봄이는 깊은 잠에서 깨어났다.

기지개를 켜며 오랜만에 편안히 잘 잤다는 표정을 지었다. 그런데 이상한 환청 같은 게 들렸었다. 꿈인지 생시인지 모를 정도로 안개 속 그림처럼 어렴풋이 머릿속에 남아 있는 게 있었다. 분명 동물들이 말하는 소리를 들은 것 같았다. 그런데 돌아보니 주위에는 아무것도 없었다. 등 뒤에는 상수리나무가 내게 기대어 잘 잤느냐? 라고 묻듯이 미소 지으며 여전히 근엄하게 서 있었다. 내가 얼마나 오래 잠들어 있었느냐고 고라니에게 물었다. 오래전부터 잘 통하고 있다는 듯이 자연스러운 말투였다.

"깨어났구나! 정말 피곤했나 보다. 너무 곤하게 자길래 자라고 그냥 뒀지."

"어, 이상하다!"

새봄이는 분명 이상하다는 느낌이 들었다. 새봄이가 고라니에게 말을 하니 고라니는 바로 알아듣고 대답하는 것이 아닌가.

"어, 어떻게 네가 내 말을 알아듣지? 어떻게 우리가 말이 통하지?"

새봄이는 어안이 벙벙하여 고라니, 아니 소담이를 쳐다봤다.

"이상할 거 하나도 없어. 이제 너는 이 숲속의 동물, 나무, 풀, 곤충들하고 다 말하고 통할 수 있을 거야. 네가 몰라서 그렇지. 여태껏 네가 내게도 그렇고, 나무, 풀 모두에게 진심으로 간절하게 말을 걸지 않았기 때문이야. 그러니 나도 나무도, 풀도 말을 할 필요가 없었지. 네가 말을 하듯이 우리도 모두 말을 할 수 있어. 진심으로 원하고 타인에 대해 공감하려고 노력하면 그의 마음이 보이고, 무슨 말을 하는지 알아들을 수 있어. 봐! 지금 너는 나와 말하고 알아듣고 있잖아. 진심을 가지고 이 숲속의 친구들에게 말을 걸어봐. 그러면 다 대답해 줄 거야."

소담이가 무슨 말을 하는 건지 잘 이해가 가지 않았다. 하지만 새봄이는 여태껏 소담이와 말을 할 수 있었으면 얼마나 좋을까 하고 진심으로 고대했었다. 그래서 말이 통하는 걸까? 라고 혼자 생각했다.

"그런데 이상해. 잠을 잔 거 같긴 한데 귀에서 웅웅, 거리는 소리가 계속 들렸거든. 누가 떠드는 소리 같기도 하고, 내게다 대고 누가 말하는 것 같기도 했어."

"응, 그건···."

소담이는 뭔가 알고 있는 눈치이면서도 새봄이에게 얘기해주지 않았다.

"네가 자면서 꿈을 꾸었나 보다. 앞으로 차차 경험하면 알게 될 거야."

알 듯 모를 듯한 말을 하고는 멀리 산 너머를 살폈다. 벌써 해가 서산으로 넘어가고 있었다. 점점 어두워졌다.

"새봄아, 이제 너 집으로 돌아가야 할 거 같다. 앞으로는 네가 이 숲에 들어오고 싶을 때 들어와도 돼. 그리고 다른 동물, 나무, 곤충들하고 얘기 나눠봐. 신기한 것도 많고, 배울 것도 많을 거야. 오늘은 내가 배웅해 주지만 다음부터는 네가 알아서 다녀도 돼."

예전과 마찬가지로 소담이는 새봄이를 집 근처까지 바래다 주고 숲으로 사라졌다.

새봄이는 아빠가 없는 집을 들어섰어도 하나도 무섭지 않았다. 아빠는 지금 엄마를 만나고 있을까? 궁금해하며 자신도 모르게 스르르 잠이 들었다. 오늘 하루는 정말 길었다고 생각하며, 다음에 숲에 가볼 생각에 벌써 가슴이 설렜다.

숲에는 우주의 생성과 소멸 원리가 작동한다

다음 날 저녁 밤이 이슥해서야 아빠가 집에 도착했다.

벌써 왔어야 하는 아빠가 늦자 처음으로 새봄이는 저녁밥을 짓고, 김치찌개도 끓여놓고 아빠를 기다리고 있었다. 아빠에게 전화하니 저녁 늦게나 도착한다고 연락이 와서다.

늦은 저녁상을 앞에 둔 아빠는 침울해 있었다. 평상시 같으면 새봄이가 처음 차려준 밥상을 보고 놀라서 빈말이라도 칭찬을 몇 번이고 했을 텐데 아무런 말 없이 숟가락질만 하였다. 무슨 일이 있는 것이 틀림없었다.

"아빠, 볼일 보러 간 건 잘 됐어?"

"응, 잘됐지 그럼…."

아빠는 새봄이 물음에 건성으로 대답했다. 뭔가 숨기고 있는 눈치였다.

"엄마는 만나고 왔어? 잘 계시지?"

새봄이의 이어지는 물음에 아빠는 아무런 대답 없이 밥만 입속에 집어넣었다. 가타부타 말이 없었다. 침울한 표정이 더 어두워졌다. 새봄이도 아빠 표정이 심상치 않음을 알고 더는 묻지 않았다.

둘은 저녁밥을 어디로 넣었는지도 모르게 밥상을 물리고 새봄이가 설거지를 하려 나서도 아빠는 놀라지 않았다. 얼빠진 사람처럼 창밖만 쳐다보고 있는 아빠가 불안해 보였다. 그래서 설거지라고는 해보지도 않던 새봄이가 슬그머니 일어나 설거지까지 했다. 아빠는 피곤하다며 먼저 자야겠다고 방으로 들어갔다.

새봄이는 여태껏 보지 못하던 아빠 태도에 적이 놀라웠다. 항상 새봄이에게는 곰살맞고 일부러라도 밝게 보이려는 아빠였는데, 분명 충격받은 일이 있었음에 틀림이 없었다. 새봄이는 밤에 잠을 이루지 못했다. 아빠에게 위로가 되어주지 못하는 자신이 미웠다. 아무 말 없이 아빠가 고민하는 모습을 새봄이는 지켜만 보고 있을 수밖에 없었다. 아직도 아빠의 고민을 들어줄 수 있는 어른이 되지 못한 것이 서러웠다. 눈물이 자신도 모르게 흘러내려 베갯잇을 적셨다. 벌써 어스름 새벽이 다가오기 시작했다.

자는 둥 마는 둥 하고 아침에 일어나보니 벌써 아빠가 아침상을 차리느라 부지런 떨었다. 어제저녁 침울했던 마음은 어디 사라졌는지, 아니면 그 마음을 속이려 일부러 부산을 떠는 건지 모를 과장된 몸짓이었다. '일어났니?' 하며 새봄이에게 밥상 차리는 것을 도와달라고 했다. 새봄이는 아빠 눈치를 살피면서 '별일 아니었나? 괜히 내가 넘겨짚어 걱정했나?' 속으로 생각하면서도 불안한 마음은 쉽게 떠나질 않았다.

아침상을 물리고 거실에 앉아 밖을 내다보고 있었다. 이제 여름도 서서히 끝 마름으로 가고 있었다. 나무들은 마지막 푸르름을 붙잡아 두려는지 더 짙푸르게 녹음을 뿜어냈다. 새봄이는 엊그제 숲속에 갔다 왔던 기억을 잊은 사람처럼 멍하니 숲을 바라보았다. 그 생각을 할 겨를이 없었다. 아빠에게 무슨 일이 있을까 내내 걱정하고 있었기 때문이다.

그때 아빠가 새봄이 곁으로 차를 끓여 잔을 받쳐 들고 다가왔다.

"뭘 그리 쳐다보고 있니?"

"아, 아무것도 아니에요."

하마터면 아빠에게 아빠가 없을 때 숲속에 갔다 왔던 일을 말할 뻔했다. 하지만 말해 봤자 아빠가 믿지 않을 거라는 것을 알기에 얼른 입을 닫았다.

"새봄아, 나 엊그제 네 엄마 만나고 왔어."

"알고 있었어요. 그 정도쯤 짐작하고 있었죠. 엄만 나 안 보고 싶대요?"

이곳에 이사 내려오고 나서 엄마는 여태껏 한 번도 새봄이를 보러 내려오지 않았다. 바쁘다는 핑계였지만 그것이 다는 아닐 것이라는 짐작쯤은 하고 있었다.

"…."

대답 대신 아빠는 다시 침울해지며 침묵했다. 몇 분의 시간을 그렇게 어색하게 흘려보냈다.

"너 앞으로 엄마 없이도 나하고 지낼 수 있겠어?"

뜬금없는 물음에 새봄이는 휘둥그레지며 무슨 말이냐는 듯 아빠를 뚫어지게 바라봤다. 그동안 등덜미를 붙들고 있던 불안함이 현실화하고 있다는 직감이 들었다. 그 직감은 어떻게 그리 잘 들어맞는지.

"그게 말이다. 너에게 할 말은 아니지만 그래도 네가 알아야 하기에 말하기로 했다. 네 엄마가 나더러 이혼해달라고 매달리더라. 다른 남자가 생겼다면서…."

아빠 말에 의하면, 엄마는 서로 헤어져 살면서 직장을 다니는 중에 직장 상사와 눈이 맞았다고 했다. 그러나 사실 회사에 나가면서부터 둘은 가까워진 것으로 아빠는 짐작했다. 엄마는 아빠를 지방으로 내려보내면서 실망을 느끼던 차에 자상하고 친절한 직장 상사를 만나 마음을 빼앗겼다고 했다. 그는 상처한 홀아비라고 했다. 오래도록 혼자 아이들을 키웠다고 했다. 엄마는 그의 집에 드나들면서 애처로움을 느껴 사랑이 싹텄다고 했다. 남자도 남자지만 아이들이 불쌍해서 도저히 헤어질 수 없다고 했단다. 자기는 서준이를 잃고 괴롭고 또 외로웠는데, 그 남자의 아이들을 보듬고서 많은 위안을 얻었다고 했다. 이제 그 남자와는 헤어질 수 없다고 못을 박았다고 했다. 아빠에게는 정말 미안하지만 서로 다른 삶의 방식을 선택한 터에 이제는 헤어져 각자 다른 삶을 사는 것이 서로에게 좋지 않겠느냐고 설득했다고 했다.

혜숙의 예상치 못한 말에 상구는 충격에 휩싸여 아무 말도 못 하고 서로 시간을 두고 좀 더 생각해보자는 말만 남기고 헤어졌다. 생각해보면 상구 자신도 혜숙에게 미안한 점이 많았다. 서준이가 죽은 이후 괴로워하던 혜숙을 감싸 제대로 보듬어주지 못했다. 더군다나 상구 혼자 생각으로 편한 삶을 찾아 도망치듯이 산골로 내려온 것이니 그동안 혜숙은 상구를 나름대로 얼마나 원망했을 것이며, 또 얼마나 외로웠을 것인가. 그러니 혜숙의 외도만을 탓하며 비난하는 것도 못 할 짓이다 싶었다.

혜숙과 헤어지고 나서 처음에는 분노가 치밀었다. 직장으로 그 자식을 찾아가 멱살을 잡고 난장판을 만들어 놓을까도 생각했지만, 그래봤자 엎질러진 물 아닌가. 그런다고 해서 혜숙의 마음을 되돌릴 수 없을 뿐만 아니라 오히려 상구 자신에 대한 실망을 더 키우는 행동이라고 생각했다. 참고 또 참았다.

그때 새봄이 얼굴만 자꾸 떠올랐다. 집에 혼자 있는 것도 마음에 걸렸지만 이제 엄마를 잃어버린다 생각하니 난감하기 그지없었다. 지금도 마음을 잡지 못하고 있는 터에 어떻게 새봄이를 이해시키며, 새봄이가 받을 충격으로 인해 앞으로 더 마음의 문을 걸어 잠그고 있게 되지 않을까 걱정이 되었다.

복잡한 마음을 어떻게 정리할까 혼란스러워 무작정 헤매고 다녔다. 집으로 내려오다가 도저히 새봄이 얼굴을 대할 자신이 없어 중간에 여주에서 빠져 흘러가는 남한강 강물을 물끄러미 바라봤다. 여주 신륵사는 혜숙과 연애할 때 몇 번 왔던 곳이기도 하다. 이슥한 저녁 신륵사 삼층석탑 옆 바위에 앉아 강물을 바라보며 혜숙과 처음으로 입맞춤을 한 장소였다. 혜숙이 더 생각났다. 하염없이 눈물을 흘렸다. 혜숙을 두고 산골로 내려온 것을 후회하기도 했다. 강가에서 밤이슬을 맞으며 밤새도록 고민해도 어떻게 해야 할지 결론이 나지 않았다.

밤새 아무리 고민해도 해결 방법이 생각나지 않았다. 혜숙과의 문제 해결은 그다음 문제라 미뤄두더라도 당장 엄마를 그리워하는 새봄이에게는 뭐라고 말해야 하나 난감했다. 그러다 솔직히 딸에게 말하고 스스로 견디도록 하는 것이 좋은 방법일 수도 있다는 생각에 이르렀다. 조금은 격했던 감정이 진정되었다. 일단 집으로 가서 새봄이에게 솔직히 얘기하자, 그리고 천천히 결정해도 늦지 않다고 생각하며 집으로 온 것이었다.

"그리고, 엄마가 너한테는 정말 미안하다고 울기만 하더라. 정말 잘 지냈으면 좋겠다고…. 나중에라도 널 꼭 만나서 얘기하고 싶다고…."

새봄이는 그 말이 전혀 귀에 들어오지 않았다. 눈물이 쏟아졌다. 밉기만 했다. 그동안 자기를 구박하던 것은 서준이가 죽은 괴로움에 그랬다고 이해하려 했다. 그럴수록 엄마가 더 그리웠다. 하지만 지금은 전혀 이해할 수 없었다. 그렇게 미안할 거면 왜 그런 일을 벌이고, 헤어지려 하는지 알 수 없었다.

"아빠, 다시 올라가서 엄마 만나봐요. 다시 합쳐서 살면 되잖아요?"

떼를 쓰듯 울며 아빠의 가슴을 마구 때렸다.

아빠는 아무 말 없었다. 지금은 그렇게 할 수 없다고 새봄이를 설득하지도 않았다. 넋이 나간 사람처럼 무력해 보이기만 했다. 다만 울고 있는 새봄이를 가만히 끌어안았다. 품속에서도 새봄은 한참 동안 울었다.

새봄이는 그날 이후 또 제 방에 틀어박혀 나오질 않았다.

'이제 날 지켜줄 사람은 아무도…' 새봄이가 그날 상구 품에서 한참을 울다가 떨어져 눈물을 훔치면서 혼잣말처럼 했던 말이다. 상구는 제 엄마가 자기를 떠난다고 생각하니 이제 아무도 믿고 살 사람이 없다고 크게 실망하나보다 생각했다. 그도 그럴 것이다. 엄마라는 사람이 두어 해 떨어져 사는 동안 자식 잊고 다른 남자에게 간다니 원망스러울 것이다. 그러나 마음을 가라앉히기를 기다리는 수밖에 없었다. 마음 아픈 것으로 따지면야 상구 자신만 할까 싶지만, 새봄이 때문에 내색할 수 없었다.

상구는 자꾸 무너져 내리는 마음을 견딜 수 없어서 전보다 일찍 일터로 나갔다. 일터에 나가서 땀 흘리다 보면 잠시나마 그 생각을 잊을 수 있었다. 말이 집 짓는 일 보조지, 자주 타박을 주는 십장 강수나 우식의 눈칫밥을 먹으며 일하는 것 역시 괴로운 일이었다. 그럴수록 알아서 더 미리미리 시멘트 포대를 날라다 놓는다거나, 공구를 배치해놓고, 그때그때 쓰일 자재들을 챙겨놓는 일을 해야 했다. 일터에서 일하는 사람들과 아내 얘기를 상의할 수는 없었지만 일에 몰두하면서 아내와의 일을 잊을 수는 있었다.

어느 날 윗집 재현이 저녁을 같이 먹자고 귀띔을 했다. 저녁은 혼자 있는 아내와 먹어야 한다며 여간해서는 저녁 시간을 따로 내지 않는 사람이었다. 그만큼 그는 아내를 끔찍이 생각했다. 상구나 현동이는 그런 그가 못마땅했지만 말이다. 그런 그가 저녁을 먹자며 차를 집 앞에 끌고 와 기다렸다.

"아니, 무슨 일 있어요? 요새 풀죽은 표정이 팍팍 드러나요."

술도 먹지 못하는 재현이 앞에 사이다 한 병을 시켜놓고, 불판에 삼겹살을 뒤적거리며 물었다.

상대방이 술을 먹지 못하니 상구도 술을 마시지 않으려 했다. 그러나 재현이 심상치 않은 안색을 살피며 물으니 갑자기 술이 생각났다. 소주 한 병을 시켜 술을 따라 앞에 놓고 재현을 바라봤다.

재현도 그러는 모양새를 보고 짐작했듯이 무슨 일이 있었던 것이 확실하다고 생각했다. 며칠 전 아무 말 없이 서울에 갔다 온 일이며, 그 이후 내내 침울한 표정을 감추지 못하는 것을 보고 무슨 일이 있나 싶어 저녁을 먹자고 한 것이다.

상구는 되도록 이런 얘기는 하지 않으려고 했다. 그게 무슨 자랑할 일이라고 이 사람 저 사람에게 얘기하겠는가. 그러나 재현과는 새봄이 사정 얘기나 집안 돌아가는 얘기 등 내밀한 사정들을 조금씩 털어놓으며 지내 온 터라 정색을 하고 물으니 털어놓지 않을 수 없었다. 사실 덩치 큰 대미산이 종일토록 침묵하며 해가 뜨든 말든, 땅거미가 지든 말든 상관없이 앉아 있는 것처럼 답답했었다. 아마도 눈치채고 물어봐 주길 기다렸는지 모른다. 혜숙을 만나고 온 얘기며 그간의 사정 얘기를 털어놓았다. 새봄이가 또 제 방에 틀어박혀 나오지 않는단 얘기도 덧붙였다.

"그동안 나도 짐작은 했지만, 형씨가 아내에 관한 얘기를 하지 않길래 물어보진 않았는데…."

상구 눈치를 살피며 말을 끊고는 무슨 말을 먼저 해야 할지 망설였다.

"형씨가 아내를 서울에 혼자 두고 와있는 것이 불안하긴 했어요. 요즘 졸혼이라 해서 서로 동의하에 따로 사는 것은 있지만, 옛말에 사기그릇하고 아내는 내돌리면 깨진다는 말이 있잖아요. 꼭 그 짝 난 거 아니에요?"

위로라고 하는 말인지, 아니면 조롱하는 얘긴지 모를 말을 했다. 재현도 자기 말이 전혀 도움이 안 된다는 것을 알고 주워 담듯 말을 바꿨다.

"아이고 참, 세상이 이렇게 돌아가서야…. 뭐라 위로해야 할지 모르겠네요. 자, 술이나 한잔 더 받아요."

그러고는 잔에 소주를 가득 부어 주었다. 안타깝다는 표정이다.

"그런데 엎질러진 물 아니에요? 지금 가서 같이 살자고 해도 소용없을 것이고, 벌써 마음이 그 새끼에게 가 있는데…."

쓴 소주 한잔을 한꺼번에 털어 넣으며 체념 어린 말을 한 건 상구였다.

"맞아요, 요새 알고 보면 여자들이 냉정해요. 마음 떠나면 자식도 필요 없고, 찬 바람이 쌩쌩 불어요. 떠난 마음 되돌리기가 그만큼 어렵다 그거죠. 그나저나 새봄이가 걱정되네요. 그동안 사람 보면 인사도 하고, 웃기도 하고, 조금 나아지는가 싶었는데…."

잠시 말을 끊었다가 지푸라기라도 잡는 심정으로 재현에게 물었다.

"그래서 어떻게 했으면 좋겠어요?"

재현이라고 무슨 뾰족한 수가 생각날 리 없었지만, 조금 위로받는 말이라도 나오길 바랐다.

"글쎄요? 내 생각 같아서는 그놈을 찾아가서 요절을 내버릴 텐데…. 형씨 성격으로는 영, 그럴 리 없어 보이고…. 하긴 그런다고 해서 해결될 일도 아니고…."

묘수가 있을 리 없었다.

"어쨌든 저쪽이 바람피워서 생긴 일 아니에요. 내가 알기로는 책임 있는 쪽은 이혼 청구해봤자 받아들여지지 않는 게 우리나라 법이라고 하던데…. 그러니, 혹시 알아요. 좀 기다리면서 시간을 끌다 보면 다른 일이 생길지? 급한 쪽은 새봄이 엄마 쪽일 테니 모르는 척하고 기다려봐요. 그러면 가타부타 연락이 올지 누가 알아요. 아니면 후회하고 형씨에게 돌아올 수도 있고…. 새봄이 생각해서라도 쉽게 결정하지 말아요."

상구는 재현이 '돌아올 수도 있고'라고 한 말에 꽂혀 눈이 번쩍 뜨였다. 취한 정신에도 그 말이 반가웠다. 무슨 희망이라도 본 것처럼 소리쳤다.

"아줌마! 여기 삼겹살 2인분 더 추가요."

술이나 더 마셔야 오늘은 잠을 잘 수 있을 것 같았다. 이해한다는 듯이 재현도 상구 술잔에 연거푸 술을 따랐다.

"근데, 소식 들었어요?"

"무슨…."

"아, 형씨한텐 연락이 안 갔나? 그 있잖아요? 대미산자락에 풍력발전한다는 거…. 그 문제 때문에 마을 회의를 한다고 하대요."

상구는 요사이 아내 문제 때문에 전혀 신경 쓸 겨를이 없었다. 상구 입장에 그 문제가 급한 게 아니었다. 아내 문제만 해결된다면 그까짓거 아무래도 괜찮다는 심정이었다. 그러나 마을 안팎에서는 풍력발전소 건설 문제가 초미의 관심사가 되어있었다.

"그때 형씨도 마을 회의에 같이 갑시다. 정말 어떻게 돼가는 판인지 모르겠어요. 벌써 어떤 놈들은 업자에게 돈을 먹었는지 발전소 건설을 찬성해야 한다고 은밀히 설득하고 다니는 놈이 있대요, 글쎄!"

재현은 분개하듯이 말했다.

상구는 그러거나 말거나 아까 재현이 말한 '돌아올 수도 있고'라는 말만 되풀이 생각났다. 그게 유일한 해결 방법이라도 되는 양 아내에게 연락하지 않고 기다리기로 했다. 은근히 설득도 해봐야겠다고도 생각했다.

"아, 형씨, 무슨 생각을 그렇게 골똘히 하는 거예요. 마을회의 같이 갈 거죠?"

"그럼요."

상구는 재현의 재촉에 건성으로 대답했다.

사실 상구는 아내가 마음이 돌아온다면 집을 팔고 당장이라도 다시 서울에 올라가고 싶었다. 그러니 풍력발전이 들어온다고 상구에게 무슨 큰일인가 싶었다. 가봐야 둘로 갈려 싸울 게 뻔해 마음만 불편할 것이라서 마을 회의에 솔직히 가고 싶지 않았다.

상구는 얼근하게 취하여 집으로 돌아왔다. 새봄이 집에 있었지만, 불이 꺼져 있었다. 살짝 방문을 열어 들여다봤다. 캄캄했다. 자는지 눈을 뜨고 있는지 알 수 없었다. 방문을 여는 기척에도 아무런 움직임이 없었다. 말하려다 말고 방문을 살짝 닫고 돌아섰다. 상구도 자기 방으로 돌아와 누웠다.

새봄이 다시 숲으로 들어간 건 그로부터 얼마간의 시간이 흐른 뒤였다.

새봄이가 엄마에게 전화해도 받지를 않았다. 문자를 했다. 긴 답장이 왔다. 요지인즉, 엄마도 그동안 너무 외로웠다, 새봄이를 두고 그렇게 돼서 정말 미안하게 됐다, 새봄이도 여자이니 나중에 크면 엄마를 이해할 수 있을 거다, 아빠 말 잘 듣고 잘 지내고, 나중에 정리되면 꼭 연락하겠다고 했다. 그리고 앞으로 무슨 필요한 게 있으면 연락해도 된다고, 엄마가 할 수 있는 건 다 해주겠다고 하며 끝맺었다.

새봄이는 너무 섭섭했다. 당장 올라가서 따지고도 싶었지만 마음뿐이었다. 그런 거 다 필요 없다고 썼다. 이제 엄마한테 전화할 일 없을 거라고 썼다. 아빠만 불쌍하다고 심통 부리듯 화난 표정의 이모티콘을 여러 개 날렸다. 더 답장이 오지 않았다.

새봄이는 아빠가 미웠다. 어째서 서울로 올라가서 엄마를 더 설득하지 않는지 이해되지 않았다. 며칠이라도 머물면서 울며불며 매달리면 돌아올지 모른다고 생각했다. 그러나 아빠는 고개를 흔들 뿐, 네가 어른들을 몰라서 그런다며, 소용없는 짓이라고 했다.

상구야말로 그렇게라도 해서 돌아온다면 새봄이를 생각해서라도 다시 받아줄 용의가 충분히 있었다. 하지만 그날 상구를 바라보며 말하는 눈빛이 이미 상구에게 실망했으며 더 바라는 게 없다는 점을 분명히 했다. 그 남자를 사랑한다고도 말했다. 단호했다. 그러니 새봄이에게는 미안한 일이지만 서울에 올라갈 수 없는 이유를 달리 설명할 길이 없었다.

아빠만큼이나 새봄이도 답답하여 어디론가 떠나고 싶은 심정이었다. 엄마도 아빠도 다 싫었다. 아빠는 아무 일도 없다는 듯이 일하러 나가는 모습을 보고 어이없기까지 했다. 새봄이는 찰피나무가 열매를 맺어 무성한 나뭇잎 속에 숨기고 있는 것을 하나 따서 손에 들었다. '단단하긴 하지만 이렇게 조그만 열매로 어떻게 염주를 만들지?'라고 뜬금없는 생각을 하며 숲으로 걸어 들어갔다.

지난번 소담이가 간절히 원하면 동물, 나무, 곤충과도 말을 할 수 있다고 얘기한 것이 언뜻 생각났다. 가슴속에 뭉툭한 도끼날 같은 쇳덩어리가 들어앉아 있는 것처럼 답답하여 누구라도 얘기할 상대가 있었으면 좋겠다고 생각했다. 대웅이가 찾아오면 그 애에게 답답한 심정을 털어놓으면 조금은 나아질 것 같은데, 요 며칠 통 보이질 않았다. 아빠하고도 말하지 않고 지낸 지 여러 날이었다. 무작정 숲으로 계속해서 들어갔다.

예전처럼 길을 헤매지는 않았다. 이제 숲을 처음 들어가는 것도 아니고 눈에 익은 나무숲이며 바위, 꽃 그리고 가끔 만나는 동물과 곤충도 여러 번 만나 인사 나눈 사이처럼 친숙하기까지 했다. 어느새 새봄이는 숲의 일원이 된 것처럼 자연스러워졌다.

얼마나 더 들어갔을까? 소나무 숲을 지나고 떡갈나무, 물박달나무, 다릅나무 등 작은 군락을 지났다. 국수나무에 발이 걸려 넘어질 뻔했다. 국수나무는 가느다란 가지가 축축 늘어져 덩굴처럼 보인다. 발에 걸린 국수나무 가지를 엎드려 치우다가 어둑하고 음습한 곳에 새봄이 시선이 쏠렸다. 그곳은 크고 작은 돌과 바위들로 뒤엉켜 덮여서 겉으로 보기에는 건조지대처럼 보인다. 계곡이지만 물이 흐르지 않는다. 물이 흐르지 않는 것이 아니라 쌓여 있는 돌, 바위 아래로 흐른다. 그래서 계곡으로 보이지 않지만, 확실히 물이 흐르는 계곡이다. 주위 지세를 살펴봐도 능선에서 경사가 내려와 골이 형성되어 지대가 낮다. 비가 오면 땅 밑으로 스며든 물은 물길을 따라 아래로 흘러 마치 용천수가 솟는 것처럼 숲이 끝나는 어귀 어느 곳 도랑에서 용솟음친다.

겉으로 물이 흐르지 않을 뿐 바위, 돌들 밑으로 물이 흐르기 때문에 습기가 가득 들어차 있다. 이렇듯 습기가 많아서 계곡 근처는 나무, 이끼, 풀들이 잘 자란다. 새봄이는 어둑한 계곡 한구석에 들어가 바위에 걸터앉아 찬찬히 주위를 살폈다. 어둡긴 하지만 아무것에도 방해받지 않아 안온한 느낌마저 들 정도였다. 조금은 서늘했으나 추울 정도는 아니었다.

고로쇠나무가 여러 그루 보였다. 아빠가 알았으면 여기로 수액을 받으러 왔을지도 모른다고 생각했다. 이사 온 다음 해부터 아빠는 이웃에게 수액 채취법을 배워 고로쇠 수액을 채취하는 재미를 붙였다. 수액을 채취해 물로 마시고, 밥물로도 사용하였다. 산골에 들어왔으니 이런 호사도 누린다며 은근히 새봄이가 자기 공을 알아주었으면 하는 눈치를 주곤 했다.

버드나무들도 많았다. 뿐만이 아니다. 가래나무를 비롯해 느릅나무, 개회나무, 백당나무, 신나무, 함박꽃나무, 쪽동백나무, 물참대 등이 여기저기 눈에 띄었다. 그 아래 바위나 오래된 나무등치에는 이끼류가 덮고 있어 마치 오래된 왕국이나 역사의 그늘 속으로 들어왔다고 착각이 들 정도였다. 이곳은 사람 손이 덜 타 자연 그대로 보존되었다. 조지 해스컬이라는 사람이 숲속에 '만다라'로 정한 곳처럼 이곳이 새봄이 '만다라'가 되면 제격일 것이라고 언뜻 생각이 들었다.

새봄이 집 옆에 봄이면 하얀 꽃이 달밤에 거대한 횃불처럼 타오르듯 피는 야광나무가 있다. 거의 보름간을 야광나무꽃이 봄밤을 하얗게 밝혀주다가 지고, 가을에는 작은 루비 보석처럼 생긴 빨간 열매가 나무 전체를 뒤덮는다. 마치 빨간 꽃이 핀 듯 봄과는 다른 감흥이 새봄이를 즐겁게 했다. 그 열매를 늦가을부터 겨울까지 물까치 떼가 수시로 달려들어 따먹는 모습에 혼을 빼앗긴 적이 한두 번이 아니었다. 그런데 그 야광나무 몇 그루가 이곳에도 자라고 있었다. 내년에 숲속의 봄밤을 구경하러 야광나무꽃이 필 때 다시 와야지 생각했다.

가래나무나 느릅나무같이 키 큰 나무가 있는 반면에 백당나무나 병
꽃나무, 고광나무 등은 키가 작다. 이들은 키가 크면 큰 대로, 작으면
작은 대로 햇볕을 바라보려 저마다 키에 맞게 자리를 차지하고 있다.
각기 가지를 뻗어 옹기종기 발돋움하고 있다. 그렇게 우후죽순 나무들
이 저마다의 공간을 비집고 차지하다 보니 햇볕이 잘 들어오지 않는다.
그래서 그 아래는 어둡고 음습하다.

처음에는 나무둥치를 파릇파릇 덮고 있는 이끼 옷이 탐스러워 만져
보려고 들어왔다. 나무에 붙은 이끼가 땅 위에 드러난 뿌리부터 시작
하여 둥치를 타고 올라갔다. 나무가 융털 같은 푸른 이끼 옷을 입고 있
다. 이 기세라면 나중에 이끼는 나무 전체를 뒤덮어 나무를 죽일지도
모른다는 느낌이 들었다. 그래도 어쩔 수 없지만 새봄이는 갑자기 나무
가 불쌍하다고 생각해서 이끼를 떼어놓기 시작했다. 이끼가 나무에 붙
어 영양분을 빼앗아 먹는다고 생각했다. 그러나 이끼는 나무에서 영양
분을 빼앗아 먹지 않는다. 뿌리는 있으나 헛뿌리이고 물을 온몸으로 흡
수하며 광합성을 하는 원시식물이다. 나무둥치 중간에 붙은 이끼를 떼
어내다가 더 야박하고 이상한 놈을 발견하고 깜짝 놀랐다. 옆에 쓰러진
굵은 나무를 구름송편버섯^{운지버섯}이 가득 덮고 있었기 때문이다.

웬만한 어른 허벅지 굵기보다 훨씬 굵은 버드나무가 쓰러져 있었다.
비바람에 쓰러졌는지, 아니면 병들어 쓰러졌는지 모르지만 이미 상당
히 썩은 것으로 보아서 오래전에 죽은 나무임에 틀림이 없다. 구름송편
버섯은 죽은 나무에 붙어 목질부에서 영양분을 흡수한다. 이 버섯은 하
얀 구름이 산자락을 감싸고 산 정상으로 스멀스멀 기어 올라가듯 버드
나무 죽은 둥치를 층층이 감싸 타고 올라갔다. 죽은 나무에 핀 죽은 자

를 위한 조화弔花 같았다. 그도 그럴 것이 이곳은 햇볕 한 줌 겨우 들어오는 동굴 속처럼 음침한 데다, 바위에 붙어 자라는 이끼에 머금은 물이 물방울 떨어지듯 똑똑, 떨어지면서 내는 소리가 음산함을 더했다. 그러니 마치 이곳이 죽음의 공간 같은 느낌이 드는 것도 당연했다.

숲속 어디나 환경은 비슷하겠지만 이곳은 특히나 한 지역 안에 원시식물부터 각종 고등식물까지 유기적 관계를 유지하며 살아간다. 느릅나무 같은 키 큰 나무에서부터 국수나무 같은 키 작은 나무에 이르기까지 다종다양한 나무가 자라고 있다. 거기에 물봉선화나 속새와 같이 습한 곳을 좋아하는 식물들, 고사리나 관중, 고비 같은 양치식물, 그리고 바위와 나무둥치, 땅 위 어디 할 것 없이 퍼져있는 이끼류, 또한 조류와 균류의 공생체인 지의류, 온갖 버섯 종류인 균류가 있다. 이들은 서로 견제하거나 침투하여 공생하기도 하고, 기생하거나 부생腐生하여 서로 밀접한 관계를 유지한다.

새봄이는 바위에 걸터앉은 채로 어둑한 공간을 돌아보며 생각했다.

이 작은 숲속 공간에는 새봄이도 앉아 있고, 옆에 크고 작은 나무, 땅위에서 자라는 온갖 풀, 그 속에 동물과 곤충이 산다. 그리고 이끼류, 지의류, 균류들이 산다. 눈에 잘 보이지 않는 미생물도 무수히 많다. 그런데 이들은 누구 할 것 없이 서로 밀접한 관계를 유지하며 산다. 그 관계는 살아서도 영향을 주고받으며 유지되지만 어떻게 보면 죽음을 통해서 더 긴밀하게 생명이 유지되는 것을 볼 수 있다. 많은 부분 자기 삶이 타자의 죽음을 통해 형성, 유지된다는 사실이다.

나무가 쓰러져 죽으면 버섯은 그것을 분해하여 영양분을 얻고 자라 포자를 퍼뜨리며, 또 다른 동물이나 미생물의 먹이가 되고, 먹고 남은 유기체는 땅에서 썩어 무기물이 되고, 다시 나무가 흡수하는 영양소가 된다. 한편 나무껍질 속에는 애벌레가 목질부를 먹고 자란다. 하늘소, 사슴벌레, 풍뎅이 종류 등이 대표적이다. 그 외에도 소나무비단벌레나 홍날개 애벌레, 왕바구미 애벌레, 산맴돌이거저리 애벌레 그리고 온갖 나방류 애벌레도 껍질 속이나 아니면 나무 속으로 깊이 파고 들어가 겨울을 난다. 우리나라에 하늘소 종류만 해도 300종 정도가 알려져 있으니 나무 속에 사는 애벌레가 얼마나 많겠는가. 새봄이는 아빠가 난로에 태울 나무를 도끼로 쪼개는 장면을 종종 지켜봤는데, 죽은 나무 속에 애벌레가 그렇게 많다는 것을 처음 알았다. 이 애벌레가 산 나무를 죽이기도 하고, 죽은 나무를 분해하여 먹이로 섭취한 다음 성충이 되어 밖으로 나온다.

이렇듯 죽음을 매개고리로 영양분을 서로 주고받으며 삶을 유지하는 순환 사이클이 이 숲속에서 이루어지고 있다. 바로 우주의 생성과 소멸 원리가 이 작은 숲속에서 끊임없이 벌어지고 있다고 생각했다. 나무, 버섯, 애벌레, 이끼, 미생물 그리고 다시 무기물 원소를 흡수하고 자라는 나무로 이어지는 이러한 에너지 전이 사이클은 모두 삶과 죽음이 서로 밀접하게 연관돼 있다는 점이다. 어찌 보면 삶이 곧 죽음의 이면이 아닐까? 라는 생각을 새봄이는 골똘히 하고 있었다. 구름송편버섯 한쪽을 떼어 이리저리 살펴보았다. 나무가 죽으면 버섯은 그 죽음을 먹고 사는구나!

"어, 여기 있었네? 여기서 뭘 하고 있어?"

버섯 한 조각을 떼어 들고 곰곰이 생각하고 있는데 뒤에서 바스락거리며 기척이 들렸다. 새봄이는 깜짝 놀라 뒤돌아보았다. 소담이가 킁킁 냄새를 맡듯이 새봄이에게 다가와 기색을 살피며 말했다. 반가웠다.

"아, 그냥 뭘 좀 생각하느라고…."

새봄이는 그냥 얼버무렸다. 느낀 것을 길게 설명할 자신이 없었다.

"뭔가 심각하게 고민하고 있듯이 앉아 있길래, 한참을 기다리고 있었지. 무슨 안 좋은 일이라도 있어?"

새봄이는 엄마가 아빠하고 이혼하려 한다는 일이 충격이고 고민이어서 입 밖에 내려 했으나 이내 소담이에게 말하는 것은 부질없는 일이라 생각하고 딴청을 부렸다.

"그냥, 이 버섯 보고 있었어. 버섯이 썩은 나무에 붙어서 이렇게 번성하고 있잖아. 혹시 넌 죽음에 대해서 심각하게 고민해본 적이 있어?"

소담이는 새봄이가 갑자기 '죽음'이라는 단어를 꺼내자 섬뜩하기까지 했다. 어둑한 숲속에서 괴기하다고까지 여겨지는 푸른 이끼 가득한 이곳을 빨리 벗어나야겠다는 느낌이 퍼뜩 들었다.

"버섯을 보고 갑자기 죽음을 생각하다니…. 여기 분위기가 그래서 그런가?"

소담이는 공포에 질린 듯한 표정을 지으며 주위를 돌아봤다. 그리고 주둥이로 새봄이 등을 밀며 일어나라고 채근했다.

"어서 여기를 나가자. 죽음 같은 어려운 얘기는 나중에 지혜로우신 상수리나무 할머니에게 물어보기로 하자."

"어! 상수리나무 할머니?"

"그래, 그분은 이 숲속에서 제일 지혜롭고 존엄하셔. 그런 어려운 얘기는 그분밖에 모르실 거야?"

상수리나무가 오래된 고목이라는 것쯤은 새봄이도 보아서 알고 있다. 하지만 소담이가 말하는 뉘앙스에는 오래된 고목 이상의 무언가 범접할 수 없는 위엄이 서려 있음을 에둘러 표현하고 있었다.

"너도 봐서 눈치를 챘는지 모르겠지만, 그분은 이 숲속에 있는 모든 동물, 식물들이 존경하고 있어. 그리고 그분의 존재를 인정하고 믿는 자에게는 그분이 눈앞에 서 있는 것처럼 뚜렷하게 보이지만, 그분의 말을 믿지 않는 자에게는 그분이 보이지 않아."

"그게 무슨 소리야? 믿는 자에게만 보인다는 게…."

새봄이는 점점 믿을 수 없는 말을 하는 소담이가 낯설게 느껴졌다.

"그래서 아빠가 내 말을 못 믿었나? 커다란 상수리나무를 숲속에서 봤다고 얘기했는데도 아빠는 못 봤다고 하고…."

새봄이는 혼자 중얼거리듯 말했다.

"무슨 말이야?"

중얼거리는 새봄이를 바라보며 소담이 물었다.

"아냐, 아무것도…. 그럴 일이 있어."

새봄이가 언젠가 아빠에게 숲에 갔다 온 이야기를 할 때 하늘을 가릴 정도로 크고 오래된 상수리나무가 숲속에 있다고 말했다. 그러나 아빠는 못 믿겠다고 말한 적이 있었다. 새봄이가 길을 잃었을 때 숲에 들어가 봤어도 그렇게 큰 상수리나무는 보지 못했고, 현동이와 가끔 약초를 캐거나 버섯을 따러 숲에 들어가 새봄이가 말한 상수리나무가 있는지 찾아보았지만 그런 나무는 보지 못했다고 했다. 물론 어른 팔 한 아름도 안 되는 몇십 년 묵은 상수리나무는 흔하다. 그러나 새봄이가 말하는 상수리나무를 동네 사람들은 아무도 보지 못했다.

"그럼 무슨 고민이나 어려운 일이 있을 때마다 이 숲속 동물들은 그 상수리나무 할머니를 찾아가니?"

궁금한 건 못 참는 새봄이가 습한 계곡을 빠져나와 층층나무 아래에서 소담이를 바라보며 물었다.

층층나무는 잎이 무성하여 열매 맺을 준비를 하고 있다. 서리태콩같이 까맣게 익는데 아직은 퍼렇게 덜 익은 콩 같다. 이 푸른 열매가 붉게 변했다가 다 익으면 검은 열매가 된다. 무성한 잎은 수평으로 평퍼짐하게 퍼져 마치 양산을 쓴 듯 늦은 오후의 햇볕을 가려주었다.

소담이는 머리 위 층층나무 가지를 잠시 바라보다가 새봄이 물음에 대답했다.

"아니, 아까도 말했지만 믿지 않는 자들은 찾아올 리가 없지. 멧돼지나 담비 같은 힘센 애들은 여간해서는 찾아오지 않아. 그들이 상수리나무 할머니 존재를 믿는지 안 믿는지 알 수 없지만, 자기들이 이 숲속에서 제일 힘센 존재라고 생각하나 봐. 그러니 저렇게 안하무인처럼 행동하지."

그런 말을 하는 소담이 눈에서 어떤 두려움 같은 게 느껴졌다.

새봄이와 소담이는 층층나무 아래에서 잠시 햇볕을 피하고 상수리나무를 향해 앞서거니 뒤서거니 함께 걸었다. 범부채꽃도 지고, 하늘말나리꽃도 졌다. 씨를 맺기 위해 씨방이 한껏 부풀어 오르고 있었다.

휘적휘적 거닐며 앞서가는 새봄이 눈앞에 억새가 무리 지어 바람에 흔들렸다. 바람에 날리는 억새잎이 손을 내밀 듯 가냘프게 떨렸다. 자기도 모르게 다가갔다. 새봄이는 아직 덜 핀 억새꽃 한 개를 뽑아 소담이에게 주려고 발짝을 떼려는 순간 비명을 지르며 소스라치게 놀랐다. 뒤로 고꾸라질 듯 소담이 등 위로 넘어졌다. 소담이도 무슨 일인가 싶어 깜짝 놀랐다. 능구렁이 한 마리가 혀를 날름거리고 있었다. 새봄이 비명에 자신도 놀랐는지 도망가지 못하고 꼼짝하지 않았다. 소담이가 새봄이 앞을 얼른 가로막아 섰다.

"아니, 왜 거기 숨어서 새봄이를 그리 놀라게 하니?"

몹시 화난 말투다.

"누가 할 소리! 나도 새봄이 발에 밟히는 줄 알고 얼마나 놀랐다고…."

자기가 더 놀랐다는 듯 능구렁이는 침을 퉤, 뱉고는 새봄이를 힐끔 쳐다보았다.

"사람들은 왜 우리만 보면 기겁을 하고 놀라지? 그러니까 덩달아 우리도 놀라서 엉겁결에 인간들을 물고 그러는 거 아니야! 인간들은 우리만 보면 아무 원수 진 것도 없는데 무조건 죽이려고만 들어. 그래서 우리는 인간들이 더 무섭다고."

능구렁이는 새봄이가 들으라고 일부러 볼멘소리로 하는 것 같았다.

새봄이는 그 말을 듣는 순간 무안해졌다. 그러나 새봄이도 뱀이 제일 무서웠다. 숲을 돌아다니지 못하는 것 중 제일 큰 이유가 뱀이 무서워서였다. 그러고 보니 인간도 뱀도 서로를 두려워하고 있었다.

"하하, 맞아. 인간들은 뱀만 보면 기겁을 하고, 무슨 척진 원수를 본 것처럼 사정없이 때려죽이는 게 인간들이야. 아마도 인간들 뇌리에 뱀에 대한 무의식적인 적대감이 뿌리 깊게 자리 잡고 있나 봐. 솔직히 말해서 사람이 뱀을 건드리지만 않으면 절대 해코지하지 않는데도 말이야."

소담이는 안타까운 듯이 말했다.

"그게 다 서로를 알지 못해서 그런 거 같아. 뱀이 어디에 있는지 인간이 알고, 또 뱀도 사람이 어디쯤 떨어져 있는지 알면 서로가 조심할 텐데 말이야. 원래 공포라는 게 대상을 알지 못하는 데서 초래하는 거야. 무지할 때 온갖 상상을 통해 공포가 엄습해 오지. 공포의 근원을 알고 나면 그게 안개가 걷히듯 금방 사라져. 새봄이 너도 마찬가지 아냐?"

소담이는 근엄하게 아는 체를 했다.

"정말 네가 내 말을 대신해서 시원하게 해줬다. 하하하."

능구렁이는 꼬리를 흔들며 만족한 듯 호탕하게 웃었다. 그리고 새봄이에게 숲속을 조심해서 잘 여행하라고 말하고는 스르르 사라졌다.

그때 풀숲에서 알록달록한 등껍질을 자랑하는 조그만 곤충이 날아왔다. 큰광대노린재였다. 큰광대노린재는 일반 노린재와는 달리 화려한 활옷을 입은 무당처럼 울긋불긋한 등껍질 무늬가 눈이 부셨다. 몸 크기도 일반 노린재보다 훨씬 컸다. 큰광대노린재는 새봄이와 소담이 주위를 날며 무슨 할 말이 있는 것처럼 날개를 팔락거리면서 떠나지 않았다.

"안녕, 오랜만이다. 그동안 네가 없어서 심심했는데…."

소담이가 친한 사이처럼 아는 체를 했다. 새봄이에게도 인사를 하라고 소개했다.

소담이 말로는 큰광대노린재는 이 숲속의 광대요, 연극배우라고 했다. 숲속의 친구들을 즐겁게 해줄 뿐만 아니라 자질구레한 소식까지 전달하는 소식통 노릇까지 한다고 했다.

"난 항상 여기저기 돌아다니며 공연하고, 세상 엿듣고 다니느라 바빴지. 그런데 이 아이가 새봄이라는 애야?"

"그래, 지난번에 상수리나무 아래에서 숲속 회의할 때 보지 않았어?"

"난 그때 회의에 참석 못 했어. 아랫마을에 새로 이사 온 사람이 석축에 회양목을 많이 심어놨다는 말을 듣고 가만있을 수 있어야지. 내가 원래 회양목만 너무 좋아하잖아. 난 회양목이 없으면 살 수 없거든. 그래서 그때 회양목 찾아가서 거기서 한동안 지내다 왔어. 소식을 전해 들어서 내 이 친구 얘기는 익히 알고 있었지."

"그랬구나! 앞으로 이 친구 만나면 잘 좀 안내해줘. 너에게도 좋은 친구가 될 거야."

소담이는 진심에서 우러나오는 말로 큰광대노린재가 도와주었으면
했다. 자기가 없을 때 누구라도 새봄이와 친구가 돼서 숲을 좀 더 이해
하는 사람이 되었으면 좋겠다고 생각했다.

"그야 물론이지. 아주 착하고 예쁘게 생겼네! 난 예쁜 사람을 좋아하
거든, 하하하."

그런 말을 하고는 이전 태도와는 달리 정색하며 소담이를 쳐다봤다.

"그런데 말이야. 내가 얼마 전에 저 멀리 북쪽 산 중턱에 소풍 삼아
날아갔다 온 적이 있었는데, 거기서 우연히 엿들었어. 멧돼지하고 담비
그것들이 몰래 자기들끼리 쑥덕거리고 있더라고. 무슨 말을 하고 있나
나뭇잎 밑에 숨어서 엿들었거든."

멧돼지, 담비라는 말에 소담이는 아연 긴장하면서 귀를 쫑긋 세웠다.
그렇지 않아도 찜찜하던 차였다. 그때도 불만이 가득 찬 표정으로 할
수 없이 회의 장소를 떠난 것을 알고 있었기 때문이다. 그런데 요즘 이
상하게 조용했다.

큰광대노린재가 말을 이었다.

"걔들이 무슨 말을 하냐면…."

그러면서 다시 새봄이를 쳐다봤다. 새봄이에 관한 이야기임에 틀림
이 없었다. 새봄이도 긴장하여 침을 꿀꺽 삼켰다.

"걔들 말이 그래. 새봄이 계집애가 우리 숲을 활보하고 다니게 해서
는 절대 안 된다고, 그때는 우리가 논리에 밀려서 그냥 나왔지만, 그 계
집애가 숲에 들어오면 또 다른 인간들이 들어올 게 뻔하다고, 그러면서
언제고 숲에 또 들어오면 해치고 말겠다는 거야. 그러면서 담비에게 수
하들을 시켜서 잘 감시하라고 지시하더라. 새봄이 애가 숲에 들어오면

반드시 보고하라고. 분위기를 보니까 그냥 협박으로 하는 소리가 아닌 거 같았어. 주위에 누가 듣고 있나 조심하면서 눈들이 벌겋게 충혈돼서 둘레둘레 쳐다보는데, 살기가 느껴졌다니까! 난 식겁해서 얼른 그 자리를 빠져나왔어."

그러면서 큰광대노린재는 괜히 알려줬다고 후회하듯이 불안한 표정을 감추지 못했다.

"내가 알려줬다고 절대 말하지 마. 그게 알려지면 이 숲속에서 살지 못하는 것은 말할 것도 없고, 아마 잘못하면 경을 치게 될지도 몰라. 알았지?"

큰광대노린재는 신신당부하듯 말하고는 서둘러 날아가 버렸다.

소담이도 두려워하기는 마찬가지였다.

"새봄아, 여기서 이러고 있을 때가 아닌 것 같다. 오늘 너를 만난 김에 상수리나무 할머니한테 가서 좋은 말씀도 듣고 하려 했지만 안 되겠다. 얼른 집에 돌아가는 게 좋겠어. 나중에 사정 봐서 다시 만나자."

소담이가 사색이 돼서 새봄이를 떠밀었다.

그렇지 않아도 서산에 해가 넘어가려고 하는 중이었다. 불안하기는 새봄이도 마찬가지였다. 엄마 문제로 심란하던 차에 위안이 될까 싶어 숲에 들어왔는데 얼른 다시 집에 돌아가야겠다 싶었다. 소담이와 헤어졌다.

풍력발전 개발문제과 마을회의

재현이 차를 가지고 상구 집 앞에 내려왔다.

얼마 전 풍력발전 개발 문제 때문에 마을에서 회의가 열린다며 같이 꼭 참석하자고 신신당부했던 일이 있었다. 정작 상구는 아내 문제로 골머리를 앓고 있어서 관심을 둘 수 없었다. 인생 행로가 어떻게 바뀔지도 모르는 중대한 사건이 내 앞에 떨어져 있는데, 풍력발전이 들어온다고 그게 무슨 대수인가 싶었다. 그것보다 내 발등에 떨어진 불이나 얼른 끄고 싶었다. 하지만 뾰족한 방법은 없었다. 혜숙한테서 하소연하는 문자가 이따금 와도 묵묵부답, 아무런 대꾸를 하지 않고 있다. 화가 치밀기도 하지만, 지난번 재현이 별 뜻 없이 한 '기다리면 다시 돌아올지 모른다'는 말을 믿고 싶은 마음도 밑바닥에 깔려 있어서였다.

재현이 열어주는 차에 올라타니 용접공 하성이와 현동이 그리고 동식이 타고 있었다.

"우리만 가나 보죠?"

"아니에요. 다른 차 타고 많이들 갈 거예요. 성호 형님은 회사에 출근한다며 못 간다고 했고, 다른 아주머니들은 상수 형님 차 타고 간다네요."

성호는 요즘 회사에 취업이 되어 출근한다고 했다. 처음에는 사람이 필요하다 해서 일당으로 나갔는데, 김치공장 사장 눈에 들었다고 했다. 직업군인 출신이라 그런지 통솔력도 있고, 책임감이 강하다며 퇴역한 군인을 채용하게 돼서 만족한다는 소문까지 퍼졌다. 본인이 퍼뜨린 소문인지, 마을 사람들이 부러워서 하는 소리인지 모를 말이 자작나무 이파리 떨어져 떠돌아다니듯 흩어져 돌아다녔다.

상수 형님이라는 사람은 이 마을에서 제일 연장자 축에 속한다. 그는 서울에 살다가 노후를 아내와 함께 산속에서 살고 싶어 내려왔다고 했다. 마을 사람들은 그를 '바른 생활 사나이'라고 별명을 붙여 줬다. 어쩌다 박정희를 욕하면 불같이 화를 내는 등 그의 정치적 견해는 극히 보수적이지만 생활 측면에서는 원칙을 중시하며 솔선수범하는 고집불통이었다.

예컨대 마을 길 풀치기 작업이나, 비가 많이 와서 인근 밭에서 길바닥에 진흙이 쏟아져 내려왔을 때 흙을 치운다거나, 그리고 눈이 와서 길에 눈을 치워야 할 때 그는 누가 먼저랄 것 없이 항상 먼저 나와서 묵묵히 일했다. 마을 공동 일인데 누군가 나오지 않는다고 해서 남에게 불평하지도 않았다. 뿐만이 아니라 자신보다 연장자인 노인들에 대해 예의가 깍듯해 마을에서 각종 행사가 있으면 먼저 가서 차로 모시고 다닌다. 그분들은 거동이 불편하기 때문이다.

하지만 그는 한번 마음으로 정한 일은 누가 뭐라 해도 중간에 바꾸는 일이 없었다. 먼저 한 약속은 하늘이 두 쪽 나도 지켜야 한다고 했다. 그래서 사람들은 뒤에서 그를 융통성이 없느니, 고집불통 영감이라느니 말들 하지만 그가 항상 궂은일을 앞서서 하거나, 노인분들을 모시는 것을 보고 좋아하고 따른다. 특히 동네 아주머니들에게 인기가 많다.

어디 행차할 때는 꼭 상수의 차를 애용하곤 했다.

마을 중심에는 유서가 깊어 보이는 초등학교가 있다. 폐교된 지 꽤 오래되었다. 운동장이라 해봐야 여느 넓은 집 마당보다는 조금 더 커 보일 정도이다. 운동장 가를 따라 아름드리나무가 줄지어 있다. 그래서 그런지 더 넓어 보인다. 건물은 오래되어 퇴락한 티가 물씬 난다. 그리고 운동장에는 풀이 자라고 있다. 손길이 없어진 장소라는 것을 증명하고 있었다. 그나마 학교를 지키듯 주변에 서 있는 고목들로 인해 제법 운치를 더해주고 있을 뿐이었다. 그래도 마을 사람들은 이 학교를 외부 사람들에게 내주기 싫어 임대하여 쓰고 있었다. 다 내주어도 폐교는 마을 사람들이 마지막으로 간직하고 싶은 자존심이었는지 모른다. 마을에 큰 행사가 있을 때 이 폐교를 이용했다. 마을 회의가 여기서 열린 것도 당연하다.

교실로 쓰던 곳을 책상과 의자만 치우고 회의실로 이용하고 있었다. 사람들이 끼리끼리 모여앉아 웅성거렸다. 못 보던 얼굴들이 많이 눈에 띄었다. 강원도는 대부분 골이 깊어 산속에 넓은 분지 지형을 찾기가 쉽지 않다. 그러나 이곳은 시야도 넓게 트이고 농지도 넓어 살기 좋은 곳이라고 소문이 났다. 그리하여 요즘 도시에서 유입되는 사람들이 심심찮게 늘었다. 물론 상구도 그들 중 하나였다.

상구는 교실로 들어와 한구석에 자리를 잡고 앉았다. 그런데 반대편 구석에 우식도 와있었다. 우식은 마을 일에는 참석하지도 않고 전혀 관심도 없는 줄 알았는데, 이런 자리에 와 있다니 의외였다. 그는 건축업자이니 이곳에 들어와 집이나 지어 팔고 나가면 그만이어서 그런지 아무런 신경도 쓰지 않는 사람이었다. 그런 사람이 마을 회의 참석한답시고 들어와 있으니 상구는 속으로 실소를 금치 못했다. 상구는 그와 눈이 마주쳐 아는 척을 하고 옆에 앉은 현동에게 눈짓했다. 우식이 와있 다는 표시였다.

"어! 저 사람이 여기 왜 왔데요? 사실 우식 형님은 여기 주민도 아니 잖아요? 주민등록도 이전해놓지 않았는데….

현동이 작은 소리로 속삭였다.

"그렇게 따지면 너는 이 마을 주민이냐?"

현동도 주말에 와서 지내는 뜨내기 주민이었다. 그런 그가 이런 말을 하니 우스웠다. 회의에 참석한 많은 수가 그랬다. 아마도 3분의 1은 주 말에만 잠시 머무는 사람일 것이다.

새마을 지도자가 앞으로 나섰다. 젊은 사람이다. 고향을 떠나지 않고 제법 큰 농사를 짓는다고 소문이 났다. 재현이 차기 이장감이라고 귀띔 했다.

"에, 제가 왜 나섰느냐 하면, 이장님이 우리 마을 중대사에 대해서 찬 반이 나누어진 관계로 나서지 않기로 했답니다. 그래서 오늘 제가 사회 를 보기로 했습니다."

잠시 말을 멈추고 장내를 훑어보듯 두리번거렸다. 자못 자랑스러운 눈치다.

"마을 주민들도 아시다시피 대미산 너머에 풍력발전을 개발하겠다 고 나서는 바람에 마을 분위기가 뒤숭숭합니다. 먼저 이장님으로부터 그동안의 경과를 듣고 찬반 토론을 하는 것으로 하겠습니다."

이장이 주춤주춤 나서려고 했다. 그러자 노인회장이라는 분이 불쑥 나서서 발언을 시작했다. 노인회장도 10여 년 전에 귀촌하여 농사를 짓 던 귀농인이다.

"이장이 나서기 전에 우선 해명부터 해주시기 바랍니다. 내가 듣기로는 알음알음해서 몇몇 사람들만 풍력발전업체 사람들 만나서 음식, 술 대접받고 했다는 말이 돌던데, 그게 사실입니까? 누구누구가 그랬는지 알고 싶고요? 그리고 왜 일 처리를 그렇게 음성적으로 몰래 하듯이 진행하는 겁니까?"

노인회장 말에 사람들은 웅성거리기 시작했다. 벌써 상당 부분 진행된 거 아니냐는 불안 섞인 말을 옆 사람들과 수군거렸다. 이장은 예상 못 했던지, 불쾌한 표정을 지으며 해명 아닌 해명을 했다.

자신은 그 자리에 가지도 않았으며, 업체에서 마을 사람들을 모아 달라고 하길래 몇몇 사람들에게만 얘기해서 가볼 테면 가보라고 했을 뿐이다, 라고 했다. 그리고 누가 그 자리에 갔는지는 자신도 정확히 모르고, 또한 알아도 알려줄 수 없다고 단호하게 말했다. 그리고 짤막하게 그간의 경과를 말했다.

말인즉슨, 우리 마을에 사업제안서를 직접 들고 온 것이 아니라, 면⾯ 체육회장이나 번영회장 같은 지역에서 방귀깨나 뀐다는 사람들한테 접촉하여 사업이 성사될 수 있도록 도와달라고 먼저 제안이 들어왔다는 것이다. 제안을 듣고 그 사람들이 이장을 찾아와 얘기한 것이 시초라고 했다. 그래서 자신은 몇몇 사람들에게 의견을 말했고, 업체에서는 끊임없이 찾아와서 도와달라고 했지만 나서지 않았다고 했다. 그럼 마을 사람에게 직접 설득하겠다며 사람들을 좀 모아 달라고 해서 그렇게 했다는 것이다. 그러니까 대수롭지 않다고 생각했다는 것이다.

이장 얘기를 듣고 노인회장이 다시 나섰다.

"아니, 그런 중차대한 일을 마을 회의에 부치지도 않고 알음알음해서 아는 사람들끼리 업체를 만났다는 것도 놀랍지만, 이장의 문제의식이 더 큰 문제라고 봅니다. 다른 마을 다 찾아가서 물어보라고요. 이장이 마을 일에 중립을 지킨다며 뒷짐을 지고 물러나 있다는 게 말이 됩니까? 다른 마을 이장들은 앞서서 반대하고 야단이 아네요."

사실 지난번에도 미탄면에 풍력발전단지가 설치된 마을을 가봤지만 거기 이장도 적극적으로 반대하라고 종용했다. 우리 마을처럼 이장이 중립을 지킨다며 어정쩡한 태도를 보이는 것은 보지 못했다. 평창군만 해도 여러 곳에서 풍력발전 개발 문제로 갈등을 겪고 있다. 그런 지역 이장들은 하나같이 이장이 나서서 반대를 이끌고 있었다.

노인회장의 계속되는 이의제기에 이장 얼굴이 벌게지며 언성을 높였다.

"그래서 오늘 마을 회의도 하는 거 아닙니까? 노인회장님이 제기하듯 시시비비를 따지다 보면 한도 끝도 없으니 마을 사람들 의견을 먼저 들어봅시다."

이장 말이 끝나자마자 평소 이장을 둘러업고 위세깨나 떠는 사람들이 노인회장의 발언을 못마땅해하며 구시렁거리기 시작했다. 빨리 회의나 진행하라는 압력이었다.

새마을 지도자가 이장 눈짓에 따라 다시 앞으로 나섰다.

"자, 그럼 이장님 경과보고를 이 정도로 끝내고 마을 주민 여러분들의 의견을 듣도록 하겠습니다."

먼저 찬성한다는 사람이 발언을 시작했다. 몸이 퉁퉁하니 살이 찐 데다 머리까지 바싹 올려 자른 사람이라 다부져 보였다. 이름이 영종이라 했다. 그는 대도시에서 식품 관련 회사에 근무했다. 그때 이 마을 고랭지 배추 농가와 접촉하다가 아예 귀농해서 영농조합회사를 설립하여 농작물을 대기업에 납품하는 일을 하고 있었다. 이장과도 밀접한 사이였다.

"난 왜 반대하는지 이해할 수가 없어요. 풍력이고 태양광이고 이게 다 뭐예요. 친환경이고, 신재생 에너지 아닙니까? 인간에게 아무런 해를 주지 않고 에너지를 생산한다는데, 얼마나 좋습니까? 지금 신재생 에너지는 정부가 적극적으로 밀어준다고 안 합니까? 생각해봐요. 공해도 발생시키지 않고 에너지를 생산하면 환경도 지키고, 그 에너지 우리도 같이 쓰자고 하면 우린 공짜로 전기 쓰고, 얼마나 좋습니까?"

그는 '얼마나 좋습니까?'라는 말을 연발하며 유식을 뽐내듯이 자신만만했다. 당신들이 내 말을 반대할 명분이 없을 것이라고 득의만만했다.

"그리고 풍력발전이 들어오면 거기까지 도로가 휑하니, 뚫릴 것이고, 그 바람개비 풍경을 이용해서 관광단지도 만들면 일거양득 아니냔 말이에요. 우리 마을이 부자 마을로 탈바꿈된다 이 말이에요. 얼마나 좋습니까?"

그러자 더 듣고 있기 역겹다는 듯이 재현이 일어나서 반박했다.

"난 지난번에 이런 일이 있다고 해서 마을 분 몇 명과 함께 미탄면 청옥산하고 봉평면 태기산 풍력발전단지를 직접 답사하고 온 사람입니다."

직접 경험하고 왔다 하니 사람들은 재현의 얼굴을 바라보며 신뢰성 있는 말을 듣고 싶다는 표정이 역력했다. 재현의 입으로 사람 시선이 모두 쏠렸다.

"물론 풍력 에너지가 좋다는 것쯤은 여기 있는 분들 다 알고 있는 사실이죠. 여기 있는 사람들 바보가 아닙니다. 그렇게 사람을 무시하듯 얘기하면 안 된다고 생각합니다. 미탄면에 가서 거기 이장님한테 제일 먼저 들은 말이 뭔지 아십니까? '절대 속아서는 안 된다'는 말, 그 한마디 하더군요. 우리가 대낮에 거기에 도착했는데 프로펠러 돌아가는 소리가 자그마치 3~4㎞ 떨어져 있는 데서도 들렸어요."

좀 과장을 해서 말했다.

"거기 이장이 그럽디다. 저 소리가 밤에는 더 잘 들린다고. 그래서 어떤 할머니 이름을 대면서, 그 할머니가 저 소음 때문에 노이로제 걸렸다고, 밤에 잠도 못 잔다고. 본인들은 처음에 아무런 해가 없고, 마을 발전을 위해 많은 돈도 기부한다기에 찬성했는데, 지금은 너무 후회하고 있다고 그럽디다. 단도직입적으로 충고한다며, 한 사람당 10억을 준다면 설치하고 그 동네를 떠나라고 하데요. 말이 10억이지, 아예 반대하라는 소리 아닙니까? 거기 이장님 말을 듣고 우리가 직접 산꼭대기까지 가봤어요. 정말 소리가 대단했어요."

재현의 말이 끝나기가 무섭게 동요하는 빛이 역력했다.

"제가 자료를 좀 조사했는데요, 고주파 소음도 문제지만 저주파 소음이 더 큰 문제라고 합니다. 저주파 소음이 더 건강을 해친다고 합니다. 우리 마을은 분지 형태잖아요. 분지라서 저기 대미산 정상에서 프로펠러가 돌아가면 아마 모르긴 몰라도 우리 마을 전체가 영향을 받을 겁니다. 설치 예정 지점부터 가까운 데는 불과 500~600m밖에 떨어져 있지 않아요."

그 말을 듣고 예정지로부터 가장 가까이 사는 종성이라는 사람이 울부짖듯 말했다.

"난 여기 정착해서 농사지으며 살려고 이사 와서 이제 겨우 자리 잡기 시작했습니다. 정말 나는 이 마을에 적응해서 살려고 마을 일이라면 물불 안 가리고 협조하고, 할 만큼 다 했다고 생각합니다. 아까 재현 씨가 말한 것처럼 풍력발전 들어오면 난 살 수 없습니다. 난 그동안 일궈 논 내 노력, 재산 다 포기하고 다시 이 마을을 떠나야 할지도 모릅니다.

상대적으로 조금 멀리 떨어져 있다고 같은 동네 사람인데도 나 몰라라 하는 사람들이 정말 섭섭합니다. 그동안 살아온 정리가 이 정도밖에 안 됩니까? 풍력발전이 들어오면 건넛마을 사람들에게 얼마나 이득이 들어오길래 그럽니까? 절대 찬성해서는 안 됩니다."

풍력발전기는 대미산을 중심으로 20여 기 넘게 설치한다는 계획도를 보고 왔다는 사람들이 있었다. 그들은 주로 상대적으로 멀리 떨어진 대미산 반대편, 건넛마을에 사는 사람들이었다. 그들이 찬성한다는 풍문도 돌았다. 종성이 가장 피해를 볼 것이 분명했다. 그의 말에 사람들은 모두 숙연해졌다. 건넛마을 사람 몇몇이 고개를 돌려 모르는 척했다.

"정말, 사람들이 꽉 막혔네!"

신경질적으로 소리 질렀다. 제일 먼저 발언했던 영농조합법인 사람 그 영종이었다.

"풍력발전 개발은 국가적 사업이란 말이에요. 국가적 사업을 반대할 수 있어요? 우리가 아무리 반대해도 그들은 밀고 들어온단 말이에요. 더군다나 대기업이 뛰어들면 더 막기 힘들어요. 걔들은 돈으로 처발라서라도 하고 만다니깐 그러네."

핏대를 올리며 아무리 반대해봤자 헛수고라는 점을 강조했다.

이때 건넛마을에서 과수원을 하는 늙수그레한 아주머니 한 사람이 일어섰다.

"노인회장님이 업체 만나러 갔다 온 사람을 밝히라고 했는데, 내가 갔다 온 사람이요."

눈을 희번덕이며 거들먹거리듯이 말했다. 어쩔 거냐는 말투다.

"난 하나도 거리낄 것이 없다니까요. 내가 다 알아보니까 반대해도 소용없다고 하더구만요. 봐요. 우리 군내郡內 만해도 풍력발전단지가 몇 개요. 그거 한 군데도 못 막았어요. 그럴 바에는 차라리 보상이나 잘 받고 찬성하는 게 낫지 않을까 싶어서 알아보러 갔던 거요. 업자를 대표해서 나온 사람한테 물어보니까 충분히 보상해준다고 합디다. 이렇게 대책 없이 반대만 하다 그 보상금마저 못 받으면 어쩌려고….”

이번에는 울상을 지으며 호소하듯 했다. 안타깝다는 표정을 숨기지 않았다.

그 말을 듣고 보니 그도 그럴 것 같다며 수군거렸다. 그럴 바에는 보상금이나 잘 받는 게 상책 아니냐고 의견이 분분했다. 이런 말 할 때는 이렇게, 저런 말 할 때는 저렇게 쏠리며 좀처럼 결론이 나지 않았다.

그런데 그때 구석에서 낭랑한 목소리가 들렸다. 마치 변사가 대사를 읊조리듯이 규칙적으로 리듬을 타며 말했다. 이런 회의 자리에서는 어울리지 않는 이상한 말투였다. 나이 지긋한 노인이었다. 정 씨 할아버지라고 했다.

“에~ 우리 집안은 이곳에서~ 대대로 터 잡고 살아온 집안이여~. 저기 청태산과 대미산 정기를 이어받고~ 농사지으면서 여태껏 별 탈 없이 살아왔단 말이요. 대미산으로 말할 것 같으면~ 우리 마을 수호신인 셈이지~. 여기 처음 이사 온 사람들은 모를 것이여~. 이사 온 사람들뿐만이 아니지~. 요새 우리 마을 젊은이들도 끄떡하면 땅을 개발해야 마을 발전이 있다고 떠드는데~, 그러면 못써. 저기 대미산을 건드리면~ 우리 마을이 망한다는 전설이 있어~. 인근에서는 제일 영험한 산인데, 저걸 파헤쳐봐~ 대미산 신령이 노해서 우리 마을은 전부 망하고 만다네~. 에~ 그래설라무니 그 뭣이냐~.”

음조 어린 낭랑한 목소리가 다시 이어지려고 하는 찰나, 흥을 깨는 목소리가 들렸다.

"아이 아저씨두, 대미산에 무슨 신령이 있어유? 요새 그런 말 믿는 사람이 어딨어유? 쓸데없는 말 하지 말고 앉으셔유."

얼굴 갸름하고 몸도 작달막한 사람이 조롱 섞인 말을 했다. 마을 총무를 맡은 사람이다. 윽박지르듯 앉으라고 하니 정 씨 노인은 '허, 참~ 요즘 젊은 놈들하고는….' 라고 말하며 혀를 끌끌 찼다. 그리고 주저앉았다. 뒷방 늙은이 취급하며 말발이 전혀 먹히지 않았다.

노인 말을 듣고 상구가 일어섰다. 회의에 참석하기 전 재현이 부탁했다. 상구가 전에 환경 관련한 회사에 있었으니 환경파괴의 심각성을 언급해줬으면 좋겠다고 했다.

"대미산에 신령이 있을지 없을지는 아무도 모르죠. 그러나 제가 보기에 이것만은 확실한 거 같습니다. 한번 파괴된 환경은 다시는 되돌릴 수 없습니다. 제가 예전에 환경회사에 있었다고 이런 말씀을 드리는 것은 아닙니다. 제가 듣기로 여기에 설치하려는 발전 용량이 한 기당 3MW라고 들었습니다. 3MW면 정말 큰 용량입니다. 그런 시설용량을 설치하려면 발전기 주변을 모르긴 몰라도 지름 70~80미터 이상 까뭉개야 합니다. 대미산 정상 주변을 그렇게 평탄화 작업한다고 생각해보십시오. 대미산 신령이 정말 노하지 않겠습니까? 그렇게 까뭉개야 하는 산봉우리가 자그마치 30개 가까이나 된답니다. 이것뿐이면 말하지 않겠습니다. 미탄면에 가봐서도 아셨겠지만, 풍력발전단지까지 진입하는 도로를 깔아야 하지 않습니까? 2차선 도로를 어디로 내겠습니까? 산능선을 따라 전부 절토切土해야 할 거 아닙니까? 생각만 해도 끔찍합니다. 여기에 풍력발전단지가 들어서는 순간 우리 동네 자연은 쑥대밭이 될 게 분명합니다."

조금은 떨리면서도 우렁우렁한 상구의 연설조 목소리가 교실 내부

203

를 조용히 잠재웠다.

재현은 눈을 깜박이며 잘했다는 듯이 추켜세웠다.

"그렇게 허풍 떨지 마쇼. 당신이 환경에 대해서 얼마나 안다고? 우리는 환경을 생각할 만큼 한가한 사람들이 아니란 말요. 환경 지켜서 당신이 우리 마을 사람들 먹여 살릴 거요? 도로가 나면 땅값도 올라가고, 관광객 상대로 농산물도 팔고 해야지. 우리가 그깟 환경 지켜서 뭐 할거며 또 어떻게 먹고 살건데…. 모르면 잠자코 가만히나 있을 것이지."

영종은 상구의 발언에 노골적으로 반감을 표했다.

분위기가 점점 험악해져 갔다. 상구는 영종의 거친 말에 주눅 들어 대꾸하지 못했다. 그런데 엉뚱한 데서 지원군이 등장했다. 우식이 여태껏 잠자코 있다가 불쑥 일어섰다.

"형씨, 땅값이 올라간다고 하는데, 당신이 그거 책임질 수 있어? 지나가는 사람 붙잡고 다 물어봐? 난 여기에다 집 지어서 파는 사람이요. 그런데 풍력발전이 들어온다니까 고객이 딱, 끊겼어. 사람들이 먼저 어떻게 알았는지 풍력발전 들어오냐고 물어. 그렇다고 하면 말도 꺼내지 않고 그냥 가버린다고. 그런데 어떻게 땅값이 오른다고 선동질을 해! 선동질을!"

정말 화가 난 듯이 영종에게 눈을 부라리며 윽박질렀다.

머리는 벗어진 데다 몸집이 조폭처럼 크고 다부진 사람이 대들 듯 말하니 영종은 움찔했다. 우식은 요즘 죽을 맛이었다. 집은 지어 놨는데, 집을 보러 온 사람이 어디서 듣고 왔는지 풍력발전이 들어오는 게 사실이냐고 확인하듯이 물었다. 그런 소문이 있다고 마지못해 대답하면, 집을 건성으로 둘러보고 가버리곤 했다.

"저 사람 말이 백번 맞고말고. 풍력발전 들어오면 이 동네 부동산 가격은 똥값 된다니까."

맞장구를 치고 나온 사람은 이 동네에서 땅을 제일 많이 가지고 있다는 노인이었다. 이름이 길수라 했다. 젊어서 사업을 하여 돈을 많이 벌었다고 한다. 그는 일찍이 15~16년 전에 들어와 이미 이곳과 대관령에 땅을 많이 사 두어서 땅 부자라는 소리를 듣는다. 그런데 동네에는 인색하기 그지없어 인심을 잃었다. 평소 그의 말은 콩으로 메주를 쑨다 해도 귓등으로 듣는다. 나이 많은 노인임에도 말을 하면 가로막고 무시하기까지 한다. 길수 노인의 부동산 가격 똥값 된다는 소리에 냉소적인 웃음을 보였다. 저 노인네가 자기 땅값 떨어질까 그런다고 적지 않은 사람들이 곱지 않은 시선을 보냈다. 그러면서도 고개를 끄덕이는 사람이 제법 많았다.

"그러면 아무런 보상도 받지 못하고 그냥 풍력발전이 들어오면 당신들이 책임질 거여? 그렇게 반대만 하고 나서면 그놈들이 가만있을 것 같냐구? 그놈들도 보통내기가 아닌 거 같은데…."

과수원 아주머니는 이윽고 반대하는 사람들을 향해 삿대질하며 소리 질렀다.

초조함과 불안함이 뒤섞인 날카로운 목소리였다. 기왕에 공사를 막지 못할 거면 다만 얼마라도 보상을 더 받는 게 좋지 않겠느냐는 논리지만 다른 사람들에게 전혀 설득되지 않으니 화가 난 것이다.

토론장 안은 점점 언성이 높아지고 격앙되기 시작했다.

대체로 보면 업체를 만나고 온 사람들이 찬성 쪽이었다. 그들이 준 정보에 현혹된 탓이 있었다. 그리고 건넛마을 사람 중에 다소 긍정적인 사람이 여러 명 나왔다. 대미산 너머에 설치되면 멀리 떨어져 자신들은 영향을 덜 받으리라는 판단에서였다. 이장은 중립을 지킨다고 했지만 소위 이장 쪽 측근들이 찬성이 많았다. 특히 앞장서서 찬성 발언을 했던 영종은 이 마을에 토지를 소유하고 있지 않고, 토지만 임대하여 농사짓거나 아니면 배추 농가와 계약재배한 채소만을 식품회사와 거래한다. 그때문에 본인은 실상 아무런 피해도 없지만, 풍력발전 업체로부터 피해보상을 넉넉히 뜯어내 마을을 뜨려는 속셈 아니냐고 주변에서 수군거렸다.

한편 반대쪽 사람들은 이장의 의도를 의심하고 있었다. 말만 중립이라고 하는 것 아니냐, 라는 것이다. 사실 중립 입장을 견지하는 것도 불만이었다. 이장이라면 대책위원장도 맡아서 앞장서서 마을 일을 해결해나가야 하는데도 태도를 어정쩡하게 취한다는 것이다.

도시에서 이주해 온 사람 대부분은 반대였다. 그들은 대체로 은퇴하고 환경 좋은 곳에서 살기 위해 내려온 사람들이기 때문에 자연환경을 파괴할 게 뻔한 풍력발전 개발은 달가운 것이 아니었다. 발언하지 않은 원주민들 상당수도 반대하는 분위기였다. 마을에서 행세깨나 하는 몇몇이 찬성 발언을 하자 선뜻 나서서 반대하지 못했을 뿐이었다. 특이한 것은 반대하는 사람 중에 땅을 많이 소유하고 있거나, 집을 지어 파는 사람들이 한사코 반대하고 나섰다. 환경과 건강을 생각하는 사람이 있는 한편에 땅값 걱정을 하는 사람도 함께 반대한다는 점이다.

상구는 묘한 기분을 느끼며 건너편 구석에 앉아 있는 우식을 바라봤다. 일정 사안에 대하여 반대하는 방향은 같아도 생각의 출발점이 완전히 다르다. 같이 일을 하면서 살펴보면 우식은 철저히 이익에 충실한 사람이었다. 하지만 상구 자신이 이로 인해 집값이 하락하면 어쩌나 걱정한 것도 사실이다. 상구는 씁쓸한 감정을 숨길 수가 없었으나 그런 면에서 우식을 비하할 일도 아니었다. 여기 모인 대부분 사람이 그런 염려를 깔아 놓고 발언한다는 사실을 부정할 수 없다. 상구는 생각했다. 우식은 거칠긴 하지만 오히려 솔직하다는 편이 맞을지도 모른다고.

"자, 찬반 의견을 어느 정도 들었습니다. 더 하게 되면 안 될 것 같습니다. 서로 감정이 격해져서….."

새마을 지도자는 양측 감정이 격해지려 하자 서둘러 마무리하려고 했다. 이장을 쳐다보며 어떻게 했으면 좋겠는지 물었다.

그러자 반대하는 사람들이 이구동성으로 나섰다. 갑자기 교실 안이 소란해졌다. 지금 당장 투표해서 그 결과에 따라 대책을 세우자고 강하게 주장했다. 토론하면서 분위기를 살펴보니 찬성하는 쪽은 소수라고 판단하였다. 결정하지 않고 흐지부지 넘어가면 언제 또 기회가 올지 몰랐다. 이 마을회의조차도 어렵게 마련된 자리였기 때문이다. 이장의 태도를 의심하는 것도 한몫했다. 이참에 반대대책위원회를 결성하여 강력한 반대 의사를 각 요로에 보내자고 했다. 우리의 의지를 보여 주자고 주장했다.

이렇게 반대의견이 비등한 데도 이장은 우물쭈물하였다. 결정하지 않고 넘어가려는 의도가 보였다. 오늘은 주민들이 무슨 생각을 하고 있는지 알아보려 한 것이니 그냥 해산하고 천천히 진행하자고 했다. 사람들은 무슨 말이냐며 반발했다. 이렇게 모이기도 힘든데 당장 결정하자고 했다. 어떤 사람들은 이장이 무슨 꿍꿍이속이 있는 거 아니냐고 몰아붙였다. 그 말에 이장은 화가 났다. 말을 함부로 하지 말라며 눈알을 부라렸다.

그러자 어떤 사람이 새로운 제안을 했다. 이장이 나서지 않으면 반대하는 사람들이 모여 반대대책위원회를 조직하여 활동해도 이장은 상관하지 않겠느냐고 물었다. 잠시 생각하더니 그래도 괜찮다고 말하고는 회의장을 서둘러 빠져나갔다. 격앙된 분위기에 밀려 허락하고는 불편한 자리를 빨리 빠져나가고 싶었던 모양이다. 이장이 사라지자 반대하는 사람들은 허탈해했다. 시간도 늦었으니 다시 일정을 잡아 반대대책위원회를 꾸리자고 결의했다. 그리고 사람들이 뿔뿔이 흩어졌다.

새봄이가 숲에 들어갔다가 집에 돌아와서 조금 있으니 일 끝낸 아빠가 돌아왔다.

아빠가 들어오자마자 '오늘 저녁 마을 회의가 있단다. 중요한 회의라니 가봐야겠다. 오늘 저녁은 간단히 먹자'라고 하면서 있는 반찬을 차리길래, 새봄이는 그냥 라면을 끓여 먹겠다고 했다. 그래서 둘은 저녁밥을 먹는 둥 마는 둥 하고 상구는 마을 회의에 갔었다.

새봄이도 그 회의가 무슨 회의라는 것을 안다. 얼마 전 아빠가 재현 아저씨 얘기를 하면서 우리 마을 뒷산에 풍력발전이 들어온다고 걱정하던 모습을 떠올렸다. 그러나 새봄이에게는 크게 와닿지 않았다. 새봄이 집에서는 잘 보이지도 않는 산 너머에 설치한다니 감이 한참 떨어질 뿐만 아니라, 멀리서 바람개비 돌아가는데 무슨 큰 해가 있으려니 생각했다. 새봄이는 아빠와 강릉에 갈 때 멀리 대관령 산자락에서 돌던 바람개비를 보았다. 보면서 유럽 어디 풍경 사진에서나 보았던 이국적인 풍경이 생각나, '야, 멋있다! 아빠 언제 저기 놀러 가보자'라고 탄성을 질렀던 기억이 있다.

상구는 회의 끝나고 집에 돌아와서 새봄이가 무얼 하나 방문을 빼꼼히 열어 보았다. 요즘도 엄마 생각하면서 아빠에게 불만이 많은 것을 알기에 조심스러웠다. 책상에 앉아 있던 새봄이가 아빠를 무표정하게 바라봤다.

"마을 회의는 잘 됐어? 아빠?"

의외였다. 바깥일에 대해서는 여간해서는 물어보지도 않던 애가 관심을 보이다니,

"응, 잘 된 것도 있고, 뒤죽박죽인 것도 있고….."

사실 뭐 하나 제대로 결정된 게 없었다.

"너, 아빠랑 차 한잔하지 않을래?"

새봄이는 대답도 하지 않고 아빠를 따라서 거실로 나왔다. 오랜만에 부녀가 마주 앉아 마음을 열어놓는 분위기였다. 상구는 커피잔을 바라보다 새봄이 눈망울과 마주쳤다. 예전의 무표정이 아니었다. 뭔가 궁금해서 묻고 싶어 하는 그런 눈망울이었다.

"가보니 일부 사람들은 이미 마음속에 결정하고 온 사람들이 있더라. 벌써 저쪽 업체에서 밥 사주는 거 먹고 온 사람들은 설득당한 건지 아니면 모종의 뒷거래가 있었던 건지 잘 모르겠지만…. 어쨌든 말로는 세계 추세가 친환경 에너지 시대 아니냐, 그리고 우리 정부도 정책적으로 추진하는 건데 아무것도 모르는 시골 놈들이 무슨 수로 그걸 막을 수 있느냐고 하면서 막무가내로 주장하더라. 기를 쓰고 반대해도 모자랄 판에 이미 패배주의로 나오니 이걸 어떻게 해야 할지 원….."

상구는 자신에게인지 아니면 새봄이에게 말하는 건지 모를 말을 했다. 체념 섞인 말투였다.

"아빠, 그 사람들 말도 맞는 말 아녀요? 어디서 읽은 건데, 독일 같은 데는 오래전부터 화석에너지 줄이고 재생가능 에너지라고 해서 친환경 에너지로 계속 바꾸고 있다던데….."

"어? 넌 그런데 전혀 관심 없는 줄 알았는데, 그런 얘기를 다 하고….."

상구는 새봄이 의외다 싶어서 기뻤다.

"그건 맞는 말이야. 화석에너지가 지구 환경을 악화시키는 것은 분명히 맞아. 이산화탄소를 마구 배출해서 지금 지구 기온이 계속 상승하고 있는 거 너도 알 거다. 그런데 그 친환경 에너지를 생산한다고 또 다른 환경을 파괴하면 그건 악순환이지. 친환경이라는 선한 목표를 달성한다고 하면서 환경파괴라는 악한 수단을 쓰게 되면 아무리 선한 목적으로 한다고 하더라도 전체가 잘못된 결정이라고 할 수밖에 없다고 생각한다."

새봄이가 이해할 수 있는 말인지 모르지만, 상구 생각은 그랬다.

"그럼 우리 동네에 풍력발전이 들어오면 어떤 환경파괴가 와요?"

새봄이 궁금하여 바싹 다가서듯 물었다.

"내가 오늘 회의에서도 말했지만, 프로펠러 돌아가는 자리 있잖니? 그 자리에 그걸 세우기 위해서 엄청난 규모의 산이 파헤쳐지는 것은 물론이고, 우리 동네에 들어온다는 발전기 개수가 거의 30기까지 된다잖니. 그 자체 규모도 상상할 수 없는데, 거기까지 진입하는 2차선 도로를 사방으로 낸다고 생각해봐. 이건 보통 심각한 문제가 아니야. 여기 우리 마을 뒤쪽 산속은 환경 보호 등급 1급지라는데, 그러면 아름드리나무며, 보호 식물들이 전부 뿌리째 뽑혀서 파괴될 거 아니냐? 그렇게 되면 당연히 동물이나 곤충은 살 터전이 없어지는 거고…."

아빠 말에 새봄이는 번쩍 눈이 뜨였다. 뭔가 망치로 머리를 얻어맞은 것처럼 충격이었다. 상수리나무며 소담이, 그리고 하늘다람쥐, 산제비나비 등 온갖 것들이 머리를 스치고 지나갔다.

"그러면 절대 안 되죠. 절대로…."

새봄이는 자기도 모르게 소리 질렀다.

"그렇게 전부 파괴될 텐데 어른들은 왜 그렇게 기를 쓰고 하려고 하죠? 절대 안 돼, 아빠!"

하지만 새봄이는 소담이와 상수리나무, 하늘다람쥐가 죽거나 갈 곳이 없어질 거라는 얘기는 하지 않았다. 얘기해봐야 믿지 않을 게 뻔하다고 생각했다.

상구는 새봄이가 지나치게 흥분하는 것이 조금은 이상하다고 생각했지만 당연한 반응이라고 판단했다. 막상 자신은 환경파괴의 심각성을 들어 열심히 설명했지만, 마음속 깊은 곳에는 다른 걱정거리가 자리 잡고 있었다. 우식이 얘기한 대로 우리 마을에 풍력발전이 들어오면 사람들이 집을 사서 들어오는 것을 꺼릴 것이고, 그러면 집을 팔고 나가려 해도 쉽지 않을 것이라는 예측을 할 수밖에 없었다. 만약에 혜숙이 마음을 돌리는 상황이 오게 되면 집을 팔고 다시 서울로 돌아갈 수도 있겠다는 일말의 기대가 상구 마음속에 싹트고 있었기 때문이다.

"너, 엄마 보고 싶진 않니?"

상구는 뜬금없이 새봄이에게 물었다.

"새삼스럽게 여기서 엄마 얘기는 왜 해요!"

새봄이 반응이 냉담했다.

"요샌 문자 해도 답장도 안 와요. 난 엄마가 정말 밉단 말이에요!"

외마디 소리 같은 말을 툭, 내뱉고는 제 방으로 들어가 버렸다. 전에 없던 증오의 냄새가 풍겼다. 상구는 닫힌 방문을 한참 동안 쳐다보다 눈물을 흘렸다.

앞으로 새봄이를 데리고 어떻게 살아야 할지 막막했다. 새봄이는 지금 엄마를 보고 싶은 마음이 더 큼에도 반대로 행동하고 있다고 생각했다. 아이들은 서운할수록 반대로 심통 부리고 떼를 쓰지 않던가. 아마도 아빠를 생각해서 더 그럴지도 모른다고 생각했다. 자기 마음도 아프

211

지만, 아빠 마음은 더 찢어지고 있다고 생각했을 것이다. 평소 깊은 심성을 보면 충분히 짐작할 수 있다. 오히려 자기가 엄마를 향한 증오의 감정을 내비치면 조금이라도 아빠 마음이 가벼워지지 않을까 생각했을지 모른다.

혜숙이 하는 행동거지로 보면 괘씸하고 화가 나서 당장 이혼하고도 싶지만 새봄이를 생각하면 쉽게 결정할 문제는 아니라고 생각하였다. 하지만 혜숙은 잊을 만하면 문자를 보냈다. '당신이 서운해하는 거 알지만, 이제는 어쩔 수 없어요. 나도 참을 만큼 참았어요. 나도 내 인생 새롭게 살아보고 싶어요. 당신이 무슨 욕을 해도 다 받아들일 수 있어요. 당신 하자는 대로 다 해줬잖아요. 그래서 당신은 거기서 잘 사는 거고…. 그러니 이번에는 당신이 양보해서 나를 좀 살려줘요. 법원에 가는 거 당신도 원치 않잖아요. 제발 서로 잘 살 수 있는 방향으로 결정해줬으면 고맙겠어요. 요즘 그 사람이 결혼하자고 부쩍 요구해요. 나도 당신만 결정해주면 빨리 결혼하고 새 삶을 살고 싶어요. 이렇게 어정쩡하게 있는 거 원치 않아요. 참, 새봄이는 당신이 잘 설득해줘요. 나도 미안하고 해서 새봄이에게 답장도 못 했어요. 정말 미안해요'라며 이혼을 요구하는 내용이었다. 그러나 답장을 해주지 않으니 답답한가 보았다.

상구는 조만간 다시 올라가서 새봄이를 생각해서라도 마음을 돌려줄 수 없는지 설득해볼 결심을 했다. 기분이 더럽고 분노가 목구멍까지 치밀어올라 마음 같아서는 욕이라도 퍼붓고 당장 이혼하고 싶지만 새봄이를 생각하면 그럴 수 없었다. 새봄이를 생각해서 치욕은 삭이고 분노를 누르며 참아보자고 생각했다.

대웅이와 숲속으로

"누나? 누나는 지금 우리 마을에 들어온다는 풍력발전을 어떻게 생각해? 엊그제 마을회의 한다고 해서 가봤거든. 정말 알 수 없더라. 마을 사람들이 둘로 갈라져서 말싸움을 치열하게 하더라구."

대웅이가 새봄이를 찾아와서 대뜸 묻는 말이다.

대웅이 아버지는 마을 회의가 있다면서 저녁을 일찍 먹자고 했다. 저녁 먹는 자리에서 대웅이가 아버지에게 말했다. 새봄이와 나눴던 이야기도 있고 해서 자기도 마을 회의가 어떻게 진행되는지 궁금하니 가봐도 되느냐고 물었다. 그러나 대웅이 아버지는 '어린애가 어른들 회의하는데 뭐 구경할 게 있다고 온다고 그래. 그냥 집에서 공부나 하고 있어!' 라고 꾸짖듯 허락하지 않았다. 하지만 대웅은 도저히 궁금증을 참을 수 없었다. 어른들은 툭, 하면 공부나 하라 하고, 세상사 관심에 대해서는 관성처럼 차단하려 한다. 마을에 그런 중대한 일이 벌어진다는데도 어린애는 가만있으라고만 하니 더 반발심이 생겼다. 그래서 몰래 마을 회의장으로 숨어들었다. 막상 가보니 교실 안은 사람들로 꽉 차서 들어갈 수도 없었고, 안에 들어가지 못한 몇몇 사람들과 복도에서 서성거리며 회의 장면을 지켜봤다.

"…."

새봄이는 대웅이가 묻는 말에 무엇부터 대답해야 할지 망설여졌다. 새봄이 머릿속에는 온통 이런 일이 벌어지면 숲이 없어질 테고, 그러면 소담이는 어떻게 해야 하나, 라는 고민만 맴돌고 있었기 때문이다.

꿀 먹은 벙어리처럼 머뭇거리고 있자 대웅이가 먼저 말을 꺼냈다.

"학교에서는 녹색에너지니, 친환경 에너지니 하면서 앞으로는 풍력, 태양광 같은 깨끗한 에너지를 개발해야 한다고 배우잖아. 그런데 마을 사람들이 이구동성으로 반대하고 있으니, 뭐가 옳고 그른 건지 너무 헷갈려."

"맞아, 지구를 살리기 위해서는 그런 방향으로 가야 하는 건 맞아. 하지만 선한 목적을 달성하기 위해 악을 행한다면, 그게 옳은 일일까?"

새봄이는 아빠가 했던 이야기를 그대로 대웅이에게 옮겨 말했다. 그리고 풍력발전단지를 개발하게 되면 우리 마을 뒷산이 대규모로 파괴되고 환경이 망가지는 것은 불을 보듯 뻔하다는 사실도 말했다. 그러나 소담이나 숲의 동물들이 다 없어질지도 모른다는 얘기는 하지 않았다. 너무 끔찍해서 새봄이 입으로 말하기가 두려웠다.

"그 얘기는 회의장에서 아저씨가 말하는 것을 들어서 나도 알고 있어. 그런데 누나? 그거 알아? 반대하는 사람들이나 찬성하는 사람들 모두 자기 재산 어떻게 될까 봐 온통 거기에만 정신이 쏠려 있더라니깐. 찬성하는 사람 중에도 이왕에 막지 못할 거, 보상이라도 제대로 받아야 하는 거 아니냐며 눈을 부라리니까 다들 고개를 끄덕이던데. 누나처럼 숲이 망가지면 어떻게 하는가는 별 관심이 없는 거 같아."

대웅이는 쓸쓸한 표정을 지으며 새봄이를 바라봤다.

214

사실 새봄이는 아빠가 주택 가격이 하락할 걱정을 하는 모습을 지켜보며 어른들은 어쩔 수 없는 존재라고 체념했지만, 대웅이가 막상 그런 말을 하니 자기 생각을 들킨 사람처럼 부끄러웠다. 아빠가 그런 말을 할 때도 아무런 이의제기도 하지 않았기 때문이다. 아빠를 비롯해 어른들은 겉으로는 환경 문제를 내세우지만, 실상은 모두 자기 재산에 미칠 영향에만 관심이 집중되어 있다. 이해할 수 없었다.

　대웅이 말을 이었다.

　"지금 기후 위기가 심각하다고 하는데, 아무리 생각해도 무작정 반대만 하는 것도 아닌 것 같고, 그렇다고 누나 말처럼 개발한다고 환경을 망가뜨려도 안 될 것 같고, 정말 딜레마네!"

　대웅이는 혼잣말처럼 중얼거리듯 얼버무렸다. 새봄이 무슨 말이라도 해줬으면 하는 눈치다.

　새봄이는 무슨 말을 하려다 말고 고개를 수그리고 있다가 결심이 선 듯 말했다.

　"너 나랑 저 숲에 가보지 않을래? 너도 고라니 보고 싶지 않아?"

　새봄이는 대웅이가 상수리나무의 존재나 소담이를 만나고 온 과정을 믿지 못하고 있어서 망설였지만, 데리고 가서 꼭 보여 주고 싶었다. 대웅이만은 자기 심정을 조금은 이해하는 것 같았다. 그래서 상수리나무의 존재를 확인하면 새봄이 말을 믿게 될 것이고, 숲이 파괴되면 안 된다는 새봄이 주장을 더 잘 이해하리라 생각했다. 물론 상수리나무가 있는 곳에 간다고 해서 반드시 고라니를 만나리라는 보장은 없다. 그러나 상수리나무가 있다는 것은 보여줄 수는 있다는 판단에 고라니를 보러 가자고 슬쩍 말을 건넸다. 고라니는 대웅이에게도 친숙한 사이라서 보고 싶을 거라고 짐작했다.

"정말 상수리나무가 있어? 나도 항상 누나가 한 말이 궁금해서 아빠에게 물어봤는데, 우리 아빠도 보지 못했다는 거야. 우리 아빠는 여기 토박이 아냐? 그리고 어려서부터 산에도 많이 돌아다녀 보셨고⋯."

여전히 대웅이는 못 믿겠다는 투다.

"어쨌든 나도 고라니, 아니 소담이를 보고 싶어. 난 그 애를 보지 못한 지 오래됐잖아. 누나는 그 애를 보고 왔다니 숲에 들어가면 만날 수 있겠지?"

조금은 들뜬 목소리로 이미 새봄이 제안에 동의하듯 말했다.

새봄이는 고라니 만나러 가자는 얘기를 잘했다고 속으로 기뻐하며 대웅이를 잡아끌었다.

찰피나무 아래 풀숲은 어느새 사람 발길에 풀이 밟혀 길처럼 닦여 있었다. 둘은 그 길을 따라 숲으로 들어갔다.

숲에 들어오니 어떤 나무들은 아직도 짙푸른데, 어떤 나무들은 군데군데 일찍 가을을 타기 시작했다. 노란 잎을 달고 있는 것이 꽤 눈에 띄었다. 이곳에 와서 벌써 세 번째 맞는 가을이다. 첫해는 여름에 이사 왔는데, 곧바로 가을을 맞아 아무 감흥 없이 보냈고, 두 번째는 고라니를 만나 다친 소담이를 돌보느라 가을을 느낄 새가 없었다. 아니 자연의 변화에 별 관심이 없었다는 편이 맞을 것이다.

가래나무 숲에 들어왔다. 가래나무 여러 그루가 옹기종기 모여 하늘에 누가 먼저 닿을지 키재기를 하고 있다. 가래나무는 키가 30~40m 이상 자란다. 추자라고 하는 가래나무 열매가 벌써 꼬투리마다 대여섯 개씩 달려 있고, 며칠이 지나야 이걸 땅에 떨어뜨리지? 하며 무거워하는 듯했다. 추자는 호두처럼 생겼지만, 껍질이 훨씬 더 단단하다. 길쭉하고 커다란 가래나무 잎이 바람에 흔들리며 새봄이에게 손짓했다. 벌써 군데군데 담배건조장에 담뱃잎이 매달린 것처럼 잎이 누렇게 떠서 변해갔다. 가을이 벌써 성큼 발짝을 들여놨음을 알렸다.

그런데 새봄이가 길 가다 말고 무언가에 홀린 사람처럼 꼼짝도 하지 않고 서서 들여다보고 있다. 나이 많은 나무라 껍질이 골 깊게 갈라지고, 가지 부러진 곳마다 옹이가 불거져 검게 썩고 있는 가래나무 위를 오르락내리락하는 놈들이 있었다.

무얼 그리 골똘히 들여다보는지 신기해하며 대웅이가 다가와서 말했다.

"홍가슴풀색하늘소네! 이놈 정말 멋있지? 다른 하늘소들은 거의 다 거무스름하고 멋이 없는데 이놈은 정말 색깔이 화려해. 나도 가을이면 우리 집 뒤꼍 나무에서 발견하곤 했는데…."

새봄이는 어떻게 이런 놈을 대웅이가 알고 있는지 신기한 듯 바라봤다. 놀라는 표정이다.

새봄이 눈이 동그래져 바라보자 대웅이는 묻지도 않는 말을 하였다.

"누나! 그런 눈으로 보지 마. 나도 이놈들이 너무 멋지게 생겨서 궁금하길래 찾아봤다고. 그런데 이놈들 지금 무슨 짓을 하는 거야?"

겸연쩍은 듯 머리를 긁적이며 대웅이 한 걸음 뒤로 물러섰다.

이 하늘소의 생긴 모습은 이름 그대로이다. 머리 아래 가슴 부분은 진한 홍색이고 몸체를 덮은 등껍질은 온통 진한 풀색으로 위장한 하늘소이다. 아주 매력적인 색깔 대비를 이룬다. 흔히 보는 하늘소가 아니었다. 몸이 호리호리해서 날렵한 데다가 홍색과 풀색의 화려한 조화는 둘의 눈길을 끌기 충분했다.

하늘소들이 분주히 움직였다. 대웅이가 멋쩍어하며 가리킨 행동은 하늘소들의 교미 행위였다. 하늘소 여러 마리가 서로 꽁무니를 줄기차게 쫓아다녔다. 쫓아가는 놈은 기를 쓰고 쫓아가지만, 뒤꽁무니를 내주는 놈도 여간해서 허락하지 않았다. 그런데 이놈들은 생긴 모습이 암수가 거의 똑같다. 보통은 암수가 생긴 모습이 다른 경우가 많으나 이놈은 거의 구분되지 않으니 뒤에 쫓아가는 놈이 수컷이리라. 교미하려고 거의 따라붙어 수컷이 암컷 등 위로 올라타려고 하는 순간 뿌리치고 도망간다. 맘에 들지 않았나 보다. 그러면 서로 떨어져 그 높은 나무 꼭대기로 뻔질나게 올라갔다가 또 아래로 내려오기를 반복하며 다른 짝을 찾아 헤매고 다녔다. 여러 마리가 뒤섞여 서로 마음 맞는 짝을 고르는 것 같았다. 그러다 마음 맞는 수컷을 찾았는지 암컷은 가만히 수컷을 받아들인다. 수컷이 암컷 위를 올라탔다. 교미 행위는 상당히 긴 시간을 끌었다.

물끄러미 하늘소들의 행동을 바라보다가 새봄이가 대웅이를 바라보며 단풍잎 한 장을 볼에 얹은 것처럼 얼굴을 붉혔다. 자신도 모르게 하늘소의 교미 행위를 눈이 빠지게 지켜보고 있던 것을 대웅이에게 들켜서 괜히 부끄러웠다. 대웅이는 새봄이가 부끄러워하는 것을 눈치챘다.

"허, 참내! 이놈들은 여기가 지들 안방인가? 아무 데서나 지랄들 하게."

대웅이 역시 부끄러운 속내를 들키지 않으려 짐짓 아무렇지도 않다는 듯이 필요 이상으로 너스레를 떨었다. 그러나 새봄이 누나가 부끄러워하는 것을 감싸주려는 의도도 있었다.

새봄이는 그러는 대웅이 모습을 보고 깔깔대며 웃었다. 순진하기도 하고 귀여웠다.

"너도 부끄럽긴 한가 보구나? 그렇게 부끄러워하는 걸 보니 넌 여태한 번도 연애 못 해본 애 같다 얘. 하하."

새봄이가 오히려 웃으며 놀려 대니 대웅이는 손사래를 치며 부정했다.

"아냐, 나도 연애 해봤….."

대웅이는 짐짓 자기도 어른이라고 말하려 연애를 한 경험이 있다고 말하려다 얼른 주워 삼키듯 멈췄다. 잘못 말했다 싶었다. 새봄이 앞에서 연애를 해봤다고 말하면 안 되겠다 싶었나 보다.

"아니, 그게 아니고… 난 그냥, 좋아하는 애는 있었는데, 나 생긴 거 봐. 덩치만 크고 우락부락하니까 여자애들이….."

대웅이는 말을 끝맺지도 못하고 곤란한 자리를 피하려고 후다닥 앞서서 도망갔다. 그러다 부러져 떨어진 나뭇가지에 걸려 홀러덩 넘어졌다.

새봄이는 깜짝 놀라 대웅이가 다치지 않았는지 걱정되어 얼른 달려갔다. 조심조심 살펴보았다. 다행히 다치지는 않았다. 손을 내밀었다. 대웅이는 새봄이 내미는 손을 잡고 일어섰다. 일어나서 둘은 어두운 숲을 바라봤다.

오리나무숲을 지났다. 잣나무, 소나무 숲도 지났다. 숲을 지나며 대웅이는 우거진 숲이 무서운 듯 가끔 새봄이 곁에 바싹 붙어서 떨어질 줄 몰랐다. 두리번거리다 몇 번을 국수나무에 걸려 넘어질 뻔하기까지 했다. 커다란 너럭바위 옆을 지났다.

한참을 걸었다. 대웅이가 아직도 멀었느냐고 새봄이에게 물었다. 지친 기색이 역력하다. 아직 많이 가야 한다고 말했다. 더 힘을 내자며 새봄이가 대웅이 등을 떠밀었다. 싫지 않은 듯 대웅이는 새봄이가 접촉해 오는 것을 피하지 않았다. 앞서거니 뒤서거니 하며 바위를 넘어설 때는 대웅이가 앞서서 새봄이 손을 잡아끌었다. 넘어져 다칠까 염려해서이다. '대웅이가 제법이네. 그래도 남자라고 날 보호하려고….' 새봄이는 속으로 중얼거리며 대웅이 옆모습을 훔쳐봤다. 자기 모습이 우락부락하다고 겸연쩍은 듯이 말을 했지만, 새봄이에게는 그런 모습이 오히려 믿음직스럽게 느껴졌다. 오랜만에 가슴속에서 차오르는 따뜻함이 있었다. 서로 잡은 손이 따뜻해서 일지 모른다. 잠시 잡고 있던 손을 놓을 줄 몰랐다. 대웅이가 그제야 알아차린 듯 손을 놓고 딴청을 부렸다.

"누나, 우리 저기 가서 쉬었다 가자. 정말 너무 힘들다. 고라니 만나러 가는 길이 이렇게 험난한 줄 알았으면 따라나서지도 않았을 텐데…."

멀리 대웅이가 가리키는 곳에 커다란 층층나무가 있었다. 새봄이도 쉬었다 가곤 했던 곳이다.

층층나무 아래 바위에 나란히 걸터앉았다. 바람이 솔솔 불었다. 새봄이 이마에 송골송골 맺힌 땀방울이 눈가로 굴러 내렸다. 눈이 따가웠다. 대웅이가 그러는 새봄이를 보고는 얼굴에 슬며시 손을 갖다 댄다. 투박한 손가락으로 흘러내리는 땀방울을 닦아 내주었다. 이제는 대웅이 손길이 다가와도 놀라지 않았다. 두 사람의 눈길이 앞에 있는 마타리꽃에 닿았다. 여름내 피어있던 마타리꽃이 시들었지만, 그래도 드문드문 몇 송이가 남아 노란빛을 더한다.

둘은 노란 마타리꽃을 물끄러미 바라보다가 대웅이 궁금한 듯 고개를 돌렸다.

"누나, 지난번에도 궁금해서 물어봤는데, 아무도 없는 이런 산골에 왜 왔어? 사실 이곳은 나 같은 애들도 거의 없어. 다들 도시로 나가지 못해서 안달이 났잖아. 누나도 여기 살아봐서 알지만, 우리 또래는 누나와 나뿐이야. 얼마나 심심하고 할 일이 없는데…."

새봄이는 대웅이 물음에 대답은 하지 않고 멀리 숲속을 응시하기만

했다.

대웅이는 괜한 것을 물어 누나가 난처해 하나보다 하고 후회했다.

"누나, 대답 안 해도 돼. 난 그냥…."

얼른 다른 말로 돌리려 했다.

새봄이는 기억을 되살리는 것이 괴로웠다. 잠시 또 침묵이 흘렀다. 솔바람이 불어 층층나무 잎이 살랑살랑 흔들렸다. 등줄기에 흐르던 땀도 식어갔다.

"난 서울에서 있었던 일을 다시 기억하는 것이 싫었어. 그래서 너한테도 말하기 싫었던 거고."

새봄이는 미간을 찡그리며 억지로 말하듯 입을 열었다.

"네가 봐도 내가 이상하니? 친구들은 내가 말도 잘 하지 않고 어울리지 않으니 이상한가 봐."

대웅이가 생각해도 좀 유별나다고 생각하긴 했다. 아저씨들이 쑤군거리는 소리를 들었기 때문이다. '애가 이상해. 매일 방에만 틀어박혀 있고. 어른들 봐도 본체만체 인사도 없고, 어디 아파서 온 건 아닌 것 같은데…. 꼭, 무슨 정신적 충격을 받아서 혼이 나간 사람처럼 멍하니 있는 게…. 어떤 땐 애처로워 보이기까지 하다니깐'라며 혀를 끌끌 찼다. 하지만 대웅이는 새봄이 누나와 말을 나눠보고 친해질수록 아저씨들이 한 말은 전부 거짓부렁이라고 생각했다.

"아냐! 누나가 뭐가 이상해? 난 누나가 이쁘기만 한데… 하하."

대웅이는 머리를 긁적이며 마음속에 담아뒀던 말을 자기도 모르게 꺼냈다. 말을 하고도 부끄러웠는지 헛웃음을 웃는 게 때 묻지 않은 영락없는 산골 소년이었다.

웃고 있는 대웅이가 새봄이는 싫지 않았다. 마음이 푸근해졌다. 무슨 말을 해도 대웅이는 받아줄 것 같았다.

"너도 들어서 알고 있는지 모르겠는데, 내 동생이 바로 내 앞에서 교통사고를 당해 병원에서 치료받다 죽었어."

새봄이는 어렵게 말을 시작했다.

대웅이가 들었다는 듯이 머리를 끄덕였다.

새봄이는 동생 서준이의 죽음이 한동안 자기 책임인 양 괴로워했다. 더군다나 엄마까지 은근히 새봄이를 구박하며 윽박지르는 바람에 더 괴로웠다. 엄마도 새봄이가 아무 잘못이 없다는 것을 안다. 하지만 서준이를 잃은 괴로움을 자기에게 푼다고 생각했다. 그래서 새봄이는 엄마를 이해하려 노력했다. 차라리 그렇게라도 해서 엄마 마음이 조금이나마 위로받는다면 그까짓 마음의 상처쯤은 아무것도 아니라고 생각했다. 참고 참았다. 그럴수록 새봄이의 말수는 줄었다. 그리고 이전에 쾌활했던 성격은 어디론지 사라졌다. 더군다나 아빠는 직장에 나가 일에만 몰두했고, 엄마는 엄마대로 일을 찾아 밖으로만 돌았다. 그러니 새봄이가 외골수처럼 스스로를 가둬 사람을 무서워하고, 친구들과도 차츰 멀어져 간 것은 당연한지 몰랐다. 혼자가 될수록 서준이가 더 보고만 싶어졌다.

다만, 혼자 있는 시간이 많으니 책을 읽는 시간이 많아진 것은 그나마 다행이었다. 동생의 죽음으로 도대체 죽음이 무엇인지 고민이 많았다. 갑자기 눈앞에서 사라진 동생의 존재가 궁금했다. 어디로 간 것일까? 왜 아무것도 보이지 않고, 아무 말도 없는 거지? 어디 가서 무얼 할까? 고통받고 있는 건 아니겠지? 분명 좋은 곳에서 행복하게 살고 있을 거야. 어린 서준이가 죄를 지었을 리도 없고, 얼마나 착했는데…. 죽음에 관한 책들을 찾아 읽었다. 신이 무엇인지도 궁금했다. 신이 있었으면 아무런 죄 없는 어린아이가 고통 속에 죽어가도록 놓아두었을 리 없다고 생각했다. 신이 원망스러웠다. 아니 신이 없다고 믿었다.

엄마, 아빠도 무관심했으니 누가 가르쳐줄 사람도 없었다. 그냥 닥치는 대로 찾아 읽었다. 그러나 책을 읽고 파고들수록 더 알 수 없는 늪으로 빠져드는 게 슬픔이었다. 매일 보던 얼굴이 갑자기 사라졌으니 공백의 느낌은 견딜 수 없는 고통이었다. 어두컴컴한 방안에 혼자 우두커니 있다 보면 갑자기 방문이 확, 열리면서 누나, 라고 부르는 서준이의 환영에 시달리기까지 했다. 슬픔은 더 깊어졌다. 책은 아무런 도움이 되지 못했다. 책을 찾아서 읽으면 읽을수록 괴로움만 더해 갔다. 좀처럼 헤어 나오지 못했다. 그렇게 중학교 시절은 서준이에게 붙들려 어둠 속을 걷고 있는 시기였다.

그래도 세월은 흘렀다. 살아졌다. 견딜 수 없는 슬픔으로 가슴은 찢어졌을지언정 나무가 아무도 모르게 하늘로 벋어 자라듯 새봄이 마음도 고통과 함께 자라났다.

새봄이가 고등학교에 들어갔을 때였다.

새봄이는 학교가 낯설었다. 남녀 공학이었다. 중학교 때는 여중이라 여자들끼리만 다녔는데 고등학교는 남자애들과 한 교실에서 같이 공부하니 어색하고 쑥스러웠다. 더군다나 그나마 중학교 때 알고 지내던 친구 몇 명도 다른 학교에 배정받거나 다른 반에 있어 그들과도 소식이 끊겨 새봄이는 교실 한구석에 조용히 말도 없이 앉아 있는 외톨이가 되고 말았다.

급우들은 새봄이가 조용히 앉아 책만 보고 있으니 공부만 하는 범생이쯤으로 취급했던지 처음에는 관심도 두지 않았다. 다들 다른 아이들은 끼리끼리 어울려 장난치고, 배우나 가수들을 화제에 올려 서로 공감대를 찾느라 야단이었다.

새봄이도 좋아하는 가수가 있긴 하다. 중학교 때부터 아이유를 좋아했다. 골방에 박혀 아이유 노래를 줄곧 들었다. 아이유의 노래는 조용하면서도 차분한 곡조가 마음에 들었다. 아이유의 노래는 경박하지 않았다. 사실 새봄이를 위로해준 건 아이유의 노래뿐이었다. 그러나 새봄이 반 아이들은 아이유가 아니라 비스트나 트와이스걸, 블랙핑크 또는 유키스를 거론하거나 새봄이가 들어본 적 없는 그룹 이름도 많았다. 요즘에 친구들이 가장 많이 좋아하는 그룹은 BTS이다. 화제에서 빠지는 적이 없었다.

그러나 새봄이는 그들의 화젯거리에 끼어들 여지가 없었다. 우선 붙임성이 없어서 스스럼없이 그들에게 다가가 말을 붙일 용기가 없었다. 그도 그렇지만 중요한 것은 새봄이 관심사가 그들의 그것과는 너무나 동떨어져 있었다. 그들의 관심사와 말이 시답지 않게 느껴질 정도였다. 새봄이 자신이 생각해도 유행에 있어서는 또래 아이들과 비교해서 많이 뒤처지는 철 지난 옷 같았다. 오히려 새봄이는 그 철 지난 옷 같은 것이 익숙하고, 어두운 강물 속으로 침잠하는 마음을 위로받을 수 있었다. 어느새 혼자 생각하고, 자기만의 세계를 구축한 사람처럼 그들과 떨어져서 교실 한구석에 자리하고 있는 섬 같았다.

용숙이라는 이름을 가진 친구가 있었다.

용숙이는 키도 크고 예쁘장한데, 성격이 괄괄해서인지 행동거지가 조금은 거칠어서 예뻐도 예쁘게 보이지 않았다. 남성적 성격이 더 도드라져 보여서일 것이다. 하지만 용숙이는 또래 남자아이들에게 인기가 많았다. 여러 명의 남자아이가 늘 그 애 곁을 떠나지 않고 있는 것을 보아도 알 수 있었다. 그런데 그 애 곁에는 남자아이들만 붙어 있는 것이 아니었다. 여자아이들도 여럿 그 애 곁에 붙어 떨어질 줄 몰랐다. 마치 무슨 서클을 구성한 아이들처럼 그들만이 어울려 다녔다.

그런데 용숙이가 그렇게 인기가 좋은 건 아마도 그 애의 씀씀이가 한 몫했을 것 같다. 아이들과 어울려 수시로 매점에 몰려가 푼돈을 베푸는 것은 대개 용숙이였다. 더군다나 자기들이 좋아죽는 아이돌 그룹 공연이 있을 때는 용숙이가 물주 노릇을 했다. 공연 관람비가 부족한 아이에게는 모자란 부분을 자기가 보태서 데려가고 하니 그 애 곁에 아이들이 머무는 것은 어쩌면 당연할지 모른다. 용숙이는 그런 인기를 몰아 반장까지 선출되었다. 용숙이 주변 아이들이 이구동성으로 용숙이를 추천하니 다른 아이들은 반장 추천하는 자가 없었다. 담임선생님은 주변을 돌아보며 추천할 사람이 더 없는지 돌아보았으나 없었다. 1명만 두고 가부를 물어 반장으로 선출되었다. 이미 새봄이 반에서 용숙이는 넘볼 수 없는 존재가 되어 있었다.

새봄이는 그들에게 관심 대상도 아니었다. 새봄이도 그들이 관심 대상이 아니었다. 아마도 그들은 새봄이가 매일 교실 한구석에 혼자 앉아 공부하고 있다고 생각했는지도 모른다. 아니면 어떤 책만 들여다보고 있으니 그냥 흘낏거리기만 했다. 그렇게 매양 친구와 어울리지도 못하고 혼자서 있으니 '별난 계집애 다 있네! 제가 공부 잘하면 얼마나 잘한다고 맨날 저러고 있어'라고 눈 흘기며 못마땅해했다. 아니면 불쌍하다고 여겼을지도 모른다. 어쨌든 서로 관여할 계기도 없었고, 원인 모를 불신까지 싹트는 것도 어쩔 수 없었다.

어느 날 새봄이 옆줄 뒤에 앉은 상윤이라는 친구가 새봄이에게 다가왔다.

상윤이는 얼굴이 여자애처럼 갸름하고 남자치고는 어울리지 않을 뿐얀 피부를 가지고 있었다. 게다가 공부도 잘해서 여자애들이 누구나 좋아하는 스타일이었다. 겉으로는 관심 없는 척 상윤이 곁에 다가가지 않았으나 자기들끼리 상윤이가 아이돌 누구누구 닮은 것 같다며 수군 덕대는 소리를 자주 들었다. 그러나 아이들이 상윤이에게 접근하지 않는 이유를 새봄이는 나중에 알았다.

상윤이가 다가와서는 쩔쩔매고 있는 새봄이에게 불쑥 내밀었다. 물감이었다. 같이 쓰자며 싱긋 웃었다. 미술 시간인데, 새봄이가 깜박 잊고 물감을 빼놓고 온 것이다. 엄마는 매일 일 나가서는 늦게 들어오거나 드물게는 지방 출장을 핑계로 외박까지 하였다. 아빠는 실직 후 거의 1년을 구직활동하다가 포기하고 요즘은 땅을 보러 다닌다며 역시 지방으로 돌아다녔다. 새봄이를 챙겨준다는 것은 있을 수 없는 일이었다. 덩달아 새봄이도 싱숭생숭해서 혼을 빼앗긴 사람처럼 멍할 때가 많았다.

상윤이는 새봄이가 누구와도 어울리지 않고 외톨이처럼 지내는 것을 지켜봤다. 성격이 활달하지 못한 것은 그렇다손 치더라도 지나치게 조심스럽게 행동했고, 스스로 담을 쌓고 사는 사람처럼 사람이 곁에 다가오는 것을 못 견뎌 했다. 한번은 상윤이가 매일 앉아서 책을 읽고 있길래 다가가서 말을 걸려고 무슨 책을 읽고 있는지 물었다. 무슨 책인지 궁금해서 물은 게 아니라 그냥 말을 걸고 싶었을 뿐이다. 다른 애들과 달리 다소곳이 앉아서 책을 읽고 있는 모습이 무척 낯설기도 하거니와 오히려 그런 점으로 인하여 더 신비한 매력을 풍겼다. 주변의 애들은 애가 좀 이상하다며 안보는 자리에서 좀 덜떨어진 애 아니냐고 흉을 보거나, 아니면 혼자 잘난 척하느라 개폼을 잡고 있다고 손가락질까지

하였다. 하지만 상윤이는 항상 근심에 찬 눈망울이 가여웠고, 그 바람에 가을 코스모스처럼 청순하기도 한 새봄이가 궁금했다. 친하게 지내보고 싶었다.

그래서 쉽게 접근하기 어려워도 마음을 다잡아 먹고 다가갔으나 막상 새봄이는 상윤이가 어색했던지 읽던 책을 덮고는 몸을 돌려 고개를 숙였다. 상윤이는 당황했다. 부끄러워서 그러는 건지, 아니면 상윤이가 싫어서 그러는 건지 알 수 없었다. 그날은 말도 붙여보지 못했다. 상윤이는 그런 경험을 하다 보니 다른 애들이 수군덕거리는 이유를 알 것 같았다. 싫으면 그만이지, 하며 속으로 중얼거렸지만 아쉬웠다.

그리고 나서 한 달여는 지났을 것이다. 미술 시간에 새봄이가 가방을 뒤적거리며 당황하고 있었다. 책상에는 스케치북만 덩그러니 펴놓고 있었다. 왜 그러는지 넘겨 바라보다가 새봄이 물감을 빼놓고 온 것을 알았다. 아무 느낌 없이 자연스럽게 다가가 물감을 내밀었다. 새봄이 여전히 당황한 눈으로 상윤이를 쳐다봤다. 같이 쓰자는 눈빛으로 고개를 끄덕였다. 받을까 말까, 손을 내밀 듯 말 듯 망설이다가 상윤이가 다시 물감 든 손을 내밀자 그제야 받아들였다. 새봄이 고맙다며 고개를 끄덕이곤 살짝 웃었다. 그 후 새봄이와 상윤이는 매점에도 같이 가게 되고, 교실에서도 가끔 상윤이와 대화를 나누는 모습이 목격되었다. 상윤이와 마음을 트고 지내는지는 모르지만, 그로 인해 이전과는 확실히 표정이 밝아지고 새봄이 곁을 떠나지 않았던 음울한 분위기가 조금씩 걷혀가는 듯했다.

아이들이 다시 수군덕거리기 시작했다. 상윤이와 새봄이가 학교 밖 카페에 다정히 앉아서 이야기 나누는 모습을 보았다고 했다. 누구는 어디를 가는지 둘이 걸어가는 모습도 목격했다고 했다. 새봄이를 두고 자기들끼리 수군덕거리는 말을 들었는지 못 들었는지 새봄이는 아무 동요가 없었다. 그들의 말에 긍정도 부정도 하지 않았다. 상윤이도 신경은 쓰이지만 개의치 않는 눈치였다.

그렇게 소문이 한참 나돌 때쯤이었다.

용숙이가 새봄이에게 슬쩍 다가와 따라오라는 신호를 보냈다. 무슨 영문인지 싶어 어리둥절하며 뒤에 있을 줄 알았던 상윤이를 찾았으나 그는 자리에 없었다. 어안이 벙벙한 상태로 용숙이 뒤를 따라갔다. 이를 본 몇몇 아이들이 혀를 끌끌 차며 무슨 일이 벌어질지를 이미 아는 눈치였다. 하지만 새봄이는 용숙이가 갑자기 자기를 왜 불러내는지 알 수 없었다. 용숙이와는 아무런 관계가 없었기 때문이다. 관계는커녕 그들이 끼리끼리 어울리는 것을 속으로 못마땅해했을망정 아무런 관심도 없었다.

교실 옥상으로 올라갔다. 용숙이는 올라가자마자 담배 한 대를 피워 물고 새봄이 곁에서 비아냥거리며 다짜고짜 말했다.

"너, 상윤이한테서 떨어져. 둘이 그렇게 붙어 다니니까 좋디?"

용숙이의 눈초리가 날카로워지며 새봄이에게 바싹 붙어 노려봤다.

새봄이는 움찔했다. 사실 상윤이와 좀 어울린 것은 맞다. 친구들이 수군덕거리며 소문을 퍼뜨린 것도 부분적으로 사실이다. 공원에 함께 놀러 갈 때 걸어가는 모습을 목격한 모양이다. 카페에서 음료수를 마신 것도 맞다. 그러나 상윤이가 자기를 좋아하는지는 잘 모르겠다. 그냥 안쓰러운 나머지 잘 대해준다고 생각했다. 하지만 새봄이는 그런 상윤이가 싫지 않았다. 누구도 쉽게 다가와 말을 걸어준 사람이 없었기 때문이다. 상윤이를 알고부터 가슴 밑바닥에서 조금씩 움트는 미묘한 감정을 느끼고 있었다. 상윤이가 자기를 좋아한다고 믿고 싶었다. 다들 상윤이를 좋아하지 않던가. 새봄이도 마음을 열어 상윤이를 조금씩 좋아하고 있었다.

그렇지만 용숙이의 당돌한 말에 주눅이 들어 대꾸하지 못했다. 여차하면 용숙이가 머리끄덩이를 잡고 늘어질 기세였다. 손을 쳐들었기 때문이다.

"너, 귓구멍이 막혔냐? 애들이 너에게 말해주지 않던?"

영문을 몰랐다. 그게 무슨 소린지 이해가 가지 않았다. 아이들이 수군거리는 것을 알지만 새봄이에게 직접적으로 말해준 적이 한 번도 없었다.

"그게 무슨 소리야? 난 모르겠는데…."

정말 무슨 말인지 모르겠다는 투로 새봄이 말했다.

용숙이는 여전히 위압적인 자세로 새봄이를 툭, 밀치며 말했다.

"어쨌든 너, 상윤이한테서 떨어져. 앞으로 둘이 붙어 다니는 꼴을 보면 가만 안 놔둘 거야!"

용숙이한테 협박을 당하고 교실로 돌아왔다. 아이들은 돌아오는 새봄이를 살피듯이 힐끗힐끗 쳐다봤다. 어디 얼굴 긁힌 자국이라도 찾는 모양이었다. 돌아와 보니 상윤이가 자리에 앉아 공부하고 있었다. 아무것도 모르는 눈치였다.

며칠이 지났다. 아이들이 이전보다 더 새봄이 주위를 얼씬거리지 않았다. 접근하지 않는 것 정도면 괜찮은데, 어떤 애는 일부러 치근대며 괴롭혔다. 의도적으로 청소를 시킨다든지, 지나가다가 툭, 건드리기까지 했다. 앞으로 알아서 기라는 위협 조다. 용숙이는 아이들이 그러는 양을 즐기는 것인지 팔짱을 끼고 흘끔흘끔 돌아보며 야릇한 미소를 지었다.

이제야 아이들이 상윤이에게 접근하지 않는 사실을 알게 되었다. 용숙이가 상윤이를 좋아한다는 사실을 아이들이 소곤거리는 소리를 통해 알았다. '아, 그래서 모두 그랬구나! 하지만 용숙이가 좋아하는 건 좋아하는 거고 상윤이가 나를 좋아한다면 어쩔 수 없는 일 아닌가? 나도 상윤이가 조금씩 좋아지기 시작했는데…' 속으로 치밀어오르는 욕망은 어쩔 수 없었다. 상윤이로부터 처음으로 다가오는 따스함을 느꼈다. 남의 강제로 인해 쉽사리 끊을 수 없는 감정의 기복 상태가 계속되었다. 용숙이의 위세와 협박을 고려하면 감정을 정리하고 싶었지만 그게 쉽지 않았다.

상윤이에게 이 말을 전해볼까도 생각했다. 하지만 그럴 수 없었다. 상윤이가 실제로 자기를 좋아한다고 말한 적은 없었다. 그래도 상윤이가 눈치를 채고 자신의 감정선을 툭, 건드리기만 하면 팽팽했던 줄이 한순간에 끊어져 자신의 감정이 순식간에 그에게 쏠릴 것 같았다. 상윤이가 자기를 좋아한다고 말해주기만 하면 용숙의 위세쯤 맞서볼 수 있다고도 생각했다.

하지만 그날 이후로 상윤이는 잠잠했다. 일부러 모른 척하는 것인지, 아예 모르는 일인지 알 수 없었다. 새봄이 가슴만 타들어 갔다. 예전처럼 다가와서 말도 걸지 않았다. 아침에 등교하면 서로 눈인사라도 하며, 잘 지냈는지 물었던 상윤이가 이제는 애써 눈길을 피하는 것처럼 보였다. 그것만이 아니었다. 어떤 때는 용숙이와 다정히 이야기하는 모습도 눈에 띄었다. 그들 패거리와 어울려 그 시시껄렁한 잡담거리를 화제 삼아 깔깔거리기도 했다. 사실 그들만의 패거리도 아니다. 새봄이 교실 안에는 한 개의 패거리만 존재했기 때문이다. 이제 새봄이는 이전보다 더 철저히 그들 패거리로부터 유리되었다.

새봄이는 대웅이를 옆에 두고 숲을 바라보며 조곤조곤 말을 했다. 이야기가 끝나자마자 층층나무 아래 둘이 앉아 있는 바위가 꺼질 듯한 깊고 긴 한숨을 토해냈다.

이윽고 대웅이에게 고개를 돌려 말했다.

"넌 왕따라는 걸 당해본 적 있니?"

대웅이에게 왕따는 금시초문이란 듯 고개를 저었다.

"근데, 우리 반에 한 아이도 지금 왕따 같은 걸 당하고 있는 거 같아. 애는 좀 덜떨어진 애 같아. 성격도 너무 소극적이고, 몸도 왜소해서 괜히 애들이 다가가 집적거리기도 하고, 또 어떤 때는 일부러 매점에 데리고 가서 혼자 바가지 쓰게 만든 적도 있거든. 그런데 그렇게 따돌림 당하는 애는 뭔가 약해 보이는 애야. 꼭 그런 애를 표적으로 삼아서 괴롭히거든. 나도 그런 걸 보면 마음이 영 좋지 않아."

대웅이는 새봄이 눈치를 슬슬 살피면서 조심스럽게 말했다. 누나가 자기 말로 혹시나 상처받을까 걱정돼서였다.

대웅이 말에 새봄이는 가타부타 말이 없었다. 고개를 끄덕이지도 않았다. 잠시 침묵이 흘렀다.

"……."

대웅이는 자기 말에 누나가 기분이 상했다고 생각했다. 그래서 기분 전환하려고 생각했는지 벌떡 일어나 바위를 훌쩍 뛰어내렸다. 내려가서는 노란 마타리꽃 한 송이를 꺾어 들고 새봄이에게로 돌아왔다. 그리고 꽃을 불쑥 내밀었다.

빙긋이 웃으며 말했다.

"누나, 마타리꽃 꽃말이 뭔지 알아? 누나같이 예쁜 '미인'이래."

머뭇거리는 새봄이에게 꽃을 받으라고 재차 손을 내밀었다. 대웅이는 새봄이가 정말 예쁘다고 생각했다. 꽃말을 빗대서 마치 고백하는 말 같았다.

새봄이는 대웅이 내미는 꽃을 받아들며 해맑게 웃었다. 좀 전에 이야기했던 우울한 기억들이 마침 층층나무 이파리에 부는 바람에 날려 한꺼번에 흩어졌다.

대웅이가 지나치게 명랑한 목소리로 말했다.

"누나, 우리 여기 들어온 이유를 잠시 잊어먹은 것 같다. 소담이 만나러 왔잖아. 좀 있으면 어두워질지도 모르는데 소담이 만나러 빨리 가자."

"그렇네. 우리 얘기하다가 소담이 만나러 온 목적을 깜박 잊을 뻔했다 얘!"

새봄이는 밝은 표정으로 일어나 층층나무를 뒤로하고 앞서서 걸어나갔다.

앞서 걷는 새봄이를 바라보며 대웅이는 속으로 누나가 따돌림당했다는 사실 하나만으로 학교도 그만두고 이런 산골에 왔을까? 라고 의심했다. 누나의 근심 어린 얼굴에 드리운 그림자가 분명 더 있을 것이라고 짐작했다.

누리장나무를 지나쳤다. 냄새가 역했다. 얼른 그 자리를 피했다. 누리장나무를 지나 계곡에 다다라 건너편 숲을 바라봤다. 대웅이 놀라는 눈치다. 자신이 이곳에서 태어나고 자랐지만, 이편의 숲과는 비교가 되지 않을 정도로 울창하고, 깊고 검은 숲이었다.

"누나, 정말 저 숲으로 들어가면 소담이를 만날 수 있는 거야? 난 벌써 겁나는데. 길 잃어버릴까 겁난다고."

232

대웅이는 은근히 겁이 났다. 숲을 바라보니 낮인데도 캄캄한 어둠 속 같았다.

"에유, 사내놈이 겁이 많긴…. 빨리 따라와!"

새봄이는 대범한 척 어깨를 펴고 계곡 저편에서 대웅이를 불렀다.

새봄이 말을 대웅이마저 믿지 않아 무척 섭섭했는데, 이제 조금만 더 들어가면 소담이도, 그리고 그 상수리나무도 보여줄 수 있다고 생각하니 마음이 급해졌다. 그리고 소담이를 만나면 할 얘기가 많았다.

대웅이는 여전히 무서운지 쭈뼛거리며 새봄이 뒤를 따랐다. 한참을 걸어 들어가도 누나가 말하던 커다란 상수리나무가 보이지 않았다. 아무리 둘러봐도 없었다. 상수리나무만 보이지 않는 게 아니라 고라니도 보이지 않았다. 새봄이가 이끌어 당도한 곳에는 제법 넓은 광장 같은 것이 펼쳐져 있을 뿐 상수리나무가 영 눈에 띄질 않았다. 새봄이는 충격을 받을 정도로 당황했다. 분명 이곳에 상수리나무가 있어야 했다. 그러나 아무리 둘러봐도 있던 자리에 상수리나무가 보이지 않았다.

"거봐. 우리 아버지도 그러는데, 그런 나무는 없다고 했는걸. 누나가 헛것을 본 거 아냐?"

대웅이 실망했다는 표정으로 새봄이를 바라봤다.

대웅이보다 더 실망한 쪽은 새봄이었다. 여태껏 거짓말한 꼴이 되었다고 생각하니 얼굴이 화끈거려 대웅이를 바라볼 수가 없었다. 그러나 둘의 눈으로 확인한 바와 같이 상수리나무도, 소담이도 그 자리에 없었다. 허둥대며 새봄이가 주변을 돌아다녔다. 둘러보면 소담이가 우릴 보고 있을 거라는 생각이 들어서였다. 그러나 눈에 띄지 않았다.

대웅이가 허둥대는 새봄이에게 다가가 위로하듯이 손을 잡았다.

"누나, 이제 집에 가자. 난 누나가 한 말을 믿고 싶어. 아니 믿을 거야. 하지만 오늘은 늦었으니 이제 돌아가자. 다음에 다시 와보지 뭐. 아마 다른 장소일지도 모르잖아. 이렇게 숲이 우거진 데는 길을 잘 잃어버리거든. 여기가 거기 같고, 저기가 여기 같아서 우리 동네 사람들도 숲속에서는 길을 잘 잃어버려."

대웅이 손에 잡힌 자기 손을 내려다보았다. 새봄이 눈가에 이슬이 맺혔다. 이슬이 맺힌 눈가를 대웅이 투박한 손으로 훔쳐 내렸다. 그리고 가만히 새봄이를 안았다. 이번에는 새봄이도 스스럼없이 안겼다. 잠시 새봄이가 훌쩍거렸다. 대웅이 품속이 따뜻했다.

상수리나무 아래에서

그로부터 얼마 후 새봄이는 또다시 숲에 들어가 있었다.

우리 동네에서 모락모락 피어나는 심각하고 위험한 기운이 새봄이를 불안하게 했다. 이 사실을 소담이에게 전해야겠다는 조바심이 가슴속에서 요동쳤다. 이 음모를 빨리 알려야 한다는 생각만이 머릿속을 짓누르고 있었다. 지난번 멧돼지 무리가 자기 목숨을 위협한다는 이야기를 전해 듣고 겁이 나긴 했지만 그렇게 큰 위협으로 받아들이지 않았다. 아니 그보다 우리 숲에 더 중요한 일이 벌어질지 모른다는 사실이 새봄이에게 압박감으로 작용했는지 모르겠다.

그뿐만이 아니다. 며칠 전 대웅이와 숲에 들어가서 상수리나무를 보여 주고 자기 말이 사실이라는 것을 증명하고자 하였으나 상수리나무가 감쪽같이 사라졌다. 새봄이는 정말 이해할 수 없었다. 그동안 나무 아래서 소담이를 만나고, 보고, 겪었던 여러 광경이 모두 환상이었던가? 왜 소담이는 나타나지 않았을까? 모두 궁금증투성이였다.

대웅이는 짐짓 새봄이를 위로하느라 다음에 다시 찾아보자는 말을 하였으나 의구심만 더 키운 게 사실이었다. 대웅이 새봄이 집에서 헤어지면서 '누나, 푹 쉬고 나면 괜찮아질 거야. 누구나 착각할 수도 있지 뭐. 그까짓 상수리나무 보지 못하면 어때?'라고 말하는 것을 보아서도 알 수 있었다. 새봄이는 대웅이의 의심 섞인 말에 아무런 대꾸도 하지 못했다.

그렇게 실망에 낙담까지 하면서 자책하다가 불현듯 상수리나무를 보며 소담이가 지나가는 말처럼 했던 말이 떠올랐다. 저 상수리나무는 이 숲속에서 영험한 존재라 믿지 않는 자에게는 보이지 않을 수도 있다는 말이었다. 대웅이는 새봄이를 따라 들어왔지만 내내 의심하고 있었다. 혹시 대웅이가 믿지 않아서 나타나지 않은 건가? 그렇다면 왜 내 눈에도 보이지 않았지? 의구심은 끊이지 않았다. 그렇다면? 조바심이 났다. 빨리 다시 들어가서 확인해 보고 싶었다.

상구는 아침 일찍부터 우식의 주택건축 공사 현장에 나갔다. 우식은 마을 제일 위쪽 숲속 땅을 더 사서 집을 지어 팔겠다는 의도가 있었다. 풍광도 좋고, 환경이 깨끗해서 집을 지으면 짓는 족족 팔렸기 때문이다. 풍력발전 얘기가 돌기 전에 이미 땅을 사둔 참이었다. 그런데 풍력발전 얘기가 퍼지면서 계획에 차질이 생겼다. 빨리빨리 서둘러 공사를 끝내고 지은 집을 다 팔면 이곳을 떠야겠다는 심산이 앞섰다. 그래서 상구는 우식이 채근하는 바람에 하루도 쉴 수 없었다. 상구 역시 쉬고 있으면 아내 혜숙과의 문제에다 풍력발전 문제까지 끼어들어 온갖 잡념이 꼬리에 꼬리를 물어 머리가 아플 지경이어서 차라리 땀 흘리고 있는 편이 나았다.

새봄이는 아빠가 일 나가는 소리를 들으면서도 가만히 누워 천장만 바라보았다. 벌써 이곳 날씨는 일교차가 심해져 이른 아침에는 제법 쌀쌀해졌다. 점점 봄과 가을은 짧아지고 겨울은 일찍 오고 있다는 느낌이

들었다. 아빠는 새봄이에 대한 관심보다도 일에 더 열중하는 것 같았다. 서운하지만 할 수 없었다. 아빠도 요즘 엄마 문제로 무척 괴로워하는 것을 안다. 이불을 덮어쓰고 침대에 누워 있다 벌떡 일어섰다. 이러고 있을 때가 아니라는 생각이 퍼뜩 들었다. 빨리 소담이를 만나야겠다고 생각했다.

새봄이는 마음이 바빠 발걸음이 빨라졌다. 키 큰 가래나무에서 길쭉한 잎이 팽그르 돌며 새봄이 앞에 떨어졌다. 하마터면 머리 위에 떨어질 뻔한 걸 얼른 피했다. 가래나무 위를 쳐다봤다. 하늘이 파랗다. 그런데 높은 가지 위에 산비둘기 한 쌍이 앉아 있었다. 마치 새봄이가 올 걸 미리 알고 기다리고 있었던 것처럼 앉아 있다가 새봄이를 발견하고 기쁜 표정을 지었다.

산비둘기는 평시에는 여러 마리가 어울려 다니지만 번식기에는 항상 부부만이 함께 다닌다. 금실이 좋다는 소문도 한 쌍이 매일 같이 붙어 생활하는 모습을 보아서다. 그래서 번식도 많을 때는 1년에 네, 다섯 번은 한다. 마침 산비둘기 부부가 가래나무 가지에 앉아 사랑을 나누다 새봄이에게 들킨 것처럼 부끄러워했다.

"어이! 어딜 그렇게 바삐 걸어가나?"

산비둘기가 말하며 슬그머니 새봄이 곁으로 내려왔다.

산비둘기는 새봄이를 잘 안다. 새봄이는 산비둘기가 사뿐히 내려오는 모습을 보고 순간 움찔했다. 사람을 전혀 두려워하지 않고 다가오는 모습을 보고 오히려 새봄이가 긴장했다.

"나를 알아?"

새봄이가 낯선 사람을 보듯 물었다.

"우리 숲에서 너를 모르는 동물은 없을걸! 너는 잘 모르겠지만, 이 숲속에 소문이 파다하게 퍼져있지. 바위 틈새 장지뱀뿐만 아니라 나무 꼭대기 새들까지, 심지어 떨어진 낙엽 아래 숨어 있는 딱정벌레들까지 다 알고 있는걸. 하늘다람쥐는 나무 사이를 날아다니며 온갖 나무들에 네 자랑까지 하고 다녀. 계곡을 타고 불어 다니는 바람이 나뭇잎을 흔들어 나불대듯이 네 얘기를 하고 있어!"

"넌 말을 어쩌면 그리 멋들어지게 하니! 그런데 과장이 너무 심하다."

"헤헤, 그만큼 너를 잘 알고 있다는 뜻이야. 그나저나 무슨 일 있어? 아까부터 네가 숲에 들어오는 모습을 지켜봤는데, 허둥대는 모습이 예전 같지 않았어?"

산비둘기가 염려하는 눈빛으로 물었다.

"아니, 우리 숲에….."

새봄이는 말하려다 말고 입을 닫았다. 이곳에서 산비둘기와 그런 얘기를 하는 것이 갑자기 부질없다는 생각이 들었다. 소담이에게 알려서 대책을 세워야 한다고 생각해서다.

새봄이는 엉뚱한 말로 화제를 돌렸다.

"네네 부부는 그렇게 항상 사이가 좋아? 눈에 띄기만 하면 너희들은 사랑을 나누느라고 정신없더라고."

그 말을 들은 산비둘기는 부끄러워하는 대신 당당하게 말했다.

"우리는 자손을 번창하려면 그렇게 사랑을 해야 해. 우리 사랑이 얼마나 고귀하고 진지한지 넌 모를 거야? 인간들은 말로는 사랑한다면서 얼마나 서로 속이고, 배반하니? 그런 일들이 비일비재하지. 안 그래?"

그 말을 듣는 순간 엄마, 아빠가 이혼하려 한다는 사실을 말하려다가 말았다. 새봄이에겐 정말 감당할 수 없는 문제였다. 생각지도 못한 일이었다. 산비둘기는 새봄이 마음을 다 알고 있다는 듯이 안타까이 바라보았다.

"요즘 인간 세태가 많이 변했지?"

산비둘기는 새봄이에게 묻는 것처럼 말했다.

"뭐가 변했다는 거야?"

"사랑을 보는 눈 말이야. 요즘 사람들은 사랑이 주고받는 거라고들 많이 생각하지. 사랑도 거래야! 마음도 주고받고, 몸도 주고받고, 재산도 주고받고…. 뭐든 주고받아야 그게 사랑이라고 생각하거든. 그런데 그게 오래 가지 못해. 봐! 조건만 보고 결혼한 것들은 마음 변하면 금방 이혼하고 재산 다툼을 하잖아. 사랑도 다 돈으로만 보이는 거지. 거래야 거래!"

산비둘기는 인간들의 흔하디흔한 사랑을 비웃기라도 하듯이 웃으며 말했다.

"그런데 새봄이는 사랑을 해봤어?"

산비둘기가 뜬금없는 질문을 했다.

"글쎄? 그게 사랑인지는…. 나도 잘 모르겠어."

새봄이는 상윤이를 좋아했었던 것 같다. 짧은 시간이었지만 풋풋하게 다가오는 상윤이가 싫지 않았다. 학교 끝나고 분식집에서 떡볶이도 먹고, 영화를 보러 갔을 때는 온전히 둘만 있는 것처럼 안온한 느낌을 받았다. 그렇다고 서로 좋아한다는 말은 한마디도 건네지 않았다. 하지만 그냥 느낌으로도 상윤이의 마음이 자기를 따스하게 감싸고 있다는 것을 알았다. 언젠가 새봄이 자신이 먼저 상윤이를 좋아한다고 고백해야지, 하고 굳게 다짐하고 있었다.

그런데 어느 날부터 상윤이가 슬슬 피하면서 새봄이 눈치만 살폈다. 이전과는 달라진 상윤이 태도에 이상하다는 느낌이 들었다. 그러나 내색할 수 없었다. 새봄이 자신이 적극적인 성격이 되지도 못하지만, 왜 그러느냐고 말을 했다가 상윤이가 기분 나빠하면 긁어 부스럼 내는 꼴이 될까 염려했다. 혼자 끙끙 앓으며 지냈다. 몰래몰래 뒤에 있는 상윤이 기색을 살폈다. 별다른 낌새를 느끼지 못했다.

그렇게 가슴 끓이기를 거듭하다가 못 볼 광경을 목격했다. 용숙이가 상윤이 자리에 오더니 상윤이를 일으켜 세워서 데리고 나갔다. 상윤이도 아무런 주저함이나 어색함이 없었다. 용숙이가 상윤이를 따라가며 뒤를 돌아보았다. 보란 듯이 새봄이를 보고 싱긋 웃었다. 그리고는 앞서가는 상윤이 팔짱을 꼈다. 지켜보라는 뜻이다. 다른 아이들은 다 알고나 있다는 듯이 관심도 없었다. 그 이후로 둘은 교실에서나 밖에서나 친한 티를 숨기지 않았다. 같이 어울리지도 않던 용숙이 패거리들하고도 상윤이는 아주 가까워진 듯 보였다.

그런 짓거리들을 지켜봐야 하는 새봄이 가슴은 검게 멍이 들었다. 차라리 학교를 나가지 말아야지 하고 결석하기를 밥 먹듯이 했다. 공원에 가서 지내다가 학교 끝날 때쯤 집으로 돌아갔다. 아니면 학교 간다고 나왔다가 엄마, 아빠가 집에 없을 시간에 집으로 돌아와 집에 틀어박혀 지냈다.

학교로 다시 돌아가기까지는 많은 시간이 걸렸다. 새봄이가 결석을 밥 먹듯이 하자 담임선생님이 비로소 엄마에게 연락했다. 새봄이가 무슨 일이 있는지 학교에 잘 나오지 않는다고. 집에서는 무슨 일 때문에 그러느냐고 다그쳤지만, 새봄이는 상윤이 때문이라는 말을 하지 않았다. 입을 꼭 다물고 아무 말도 하지 않았다. 그래도 그렇게 앓고 났더니 조금은 견딜 만하여 학교에 다시 나가기 시작했다.

새봄이는 자기가 겪은 이야기를 담담하게 산비둘기에게 말했다.

산비둘기는 무슨 말을 먼저 해야 좋을지 망설였다. 잠시 생각하는 듯했다.

"안타깝구나! 너도 마음고생을 많이 했어. 그걸 혼자 견디어내느라 얼마나 어려웠겠어. 쯧쯧."

산비둘기가 위로하듯 말했지만, 새봄이 귀에 전혀 들어오지 않았다.

이윽고 산비둘기는 조금은 단호한 어투로 새봄이를 바라보며 말했다.

"지금은 상윤이나 용숙이가 밉고 고통스러울지 모르지만, 사랑으로 남은 상처는 내 경험상으로는 시간이 지나면 다 잊어지더구나. 상처가 아물더라고. 흐르는 시간이 마음 상처를 치유해주는 약이야 약! 그리고 그렇게 상처가 아물 때쯤이면 반드시 또 다른 사랑이 찾아오거든. 언젠가는 너에게도 새로운 사랑이 찾아올 거야. 내가 장담하지. 그때까지 마음을 단단하게 다잡고 있으면 돼. 세상은 항상 너의 것이라는 믿음을 잃어버리면 안 돼."

산비둘기는 새봄이가 알 듯 모를 듯한 말을 하고 다시 가래나무 가지 위로 날아갔다.

새봄이는 상윤이를 잊을 수가 없다. 그만큼 상처도 깊었다. 그런데 산비둘기 말에 뜬금없이 잠시 잠깐 대웅이 얼굴이 떠올랐다가 사라졌다.

때마침 소담이가 다가왔다.

"어, 마침 잘 왔네. 난 널 고라니에게 넘기고 가야겠어. 우리는 영원한 사랑꾼! 사랑의 결실을 보러 둥지로 가야 해. 우리에겐 가장 행복한 순간이지, 안녕."

산비둘기 부부는 앞서거니 뒤서거니 날아가면서도 구애를 멈추지 않았다. 숲속의 가장 금실 좋은 부부임을 자랑이라도 하듯이.

새봄이는 산비둘기를 흐뭇한 마음으로 보냈다. 손을 흔들며 빙그레 웃었다. 마음이 깨끗해지고 후련해지는 느낌을 받았다. 산비둘기가 자기 얘기를 눈을 포개듯이 진지하게 들어준 것만으로도 그동안 마음속을 짓눌렀던 무언가가 날아간 듯했다. 어쩌면 산비둘기가 몰래 싸 들고 날아갔는지도 모르겠다.

소담이는 새봄이가 산비둘기를 배웅하는 모습을 지켜보면서 둘이 무슨 얘기를 나눴을까? 궁금했다. 하지만 물어보지 않기로 했다. 저 산비둘기 부부는 숲의 사랑꾼이기도 하지만 남의 고민을 잘 들어주는 상담사이기도 해서 대충 짐작 가는 부분이 있었다.

"소담아, 잘 만났다. 난 네게 할 말이 있어서 들어왔거든. 그런데 대웅이라고 알지? 전번에 그 애하고 널 만나러 들어왔었는데, 이상하게 보이지 않더라고. 또 상수리나무도 전혀 보이지 않고. 어떻게 된 거지?"

소담이는 대답 대신에 빙긋이 웃고만 있었다. 마치 전후 사정을 알고 나 있는 듯이 고개를 끄덕이기만 했다. 그리고 호들갑 떨 듯이 다른 말을 했다.

"너 혼자 이렇게 막 돌아다니면 어떡해! 그러다 멧돼지나 담비 그 애들 만나면 어쩌려고?"

소담이는 진정 걱정스러운 눈빛으로 말했다.

"그들이 나한테 덤비면 피하면 되지 뭐. 그거보다 더 중요한 일이 있어."

새봄이는 대수롭지 않다는 듯이 말했다.

"아냐, 내가 다른 애들 얘기를 더 들어보니까 허투루 넘겨서는 안 되겠더라고. 잘못하다간 네 목숨까지 위험해. 멧돼지가 제 수족들을 숲에다 풀어서 네가 나타나기만 하면 즉각 알리라는 명령까지 한 상황이야!"

소담이는 겁에 질린 듯 불안해하며 주위를 살폈다. 당장이라도 멧돼지 끄나풀이 나타날까 걱정하는 눈치다.

"그나저나 무슨 중요한 일인데?"

그제야 새봄이가 만나자마자 설레발치며 말한 것이 생각나 물었다.

"무슨 얘기냐면….."

새봄이는 침을 꼴깍, 삼키며 정말 중요하다는 듯이 뜸을 들였다. 소담이는 새봄이 그러는 양을 보고 같이 침을 삼켰다. 정말 중요한 일인가 싶었다.

"그래? 그렇게 중요한 일 같으면 얼른 우리 상수리나무 할머니한테 가서 함께 얘기하자!"

"아, 맞아. 내가 왜 진작에 그 생각을 못 했지? 그런데 어디론가 사라진 건지, 아니면 몸을 숨긴 건지 모르겠지만 전에 정말 보지 못했어. 귀신이 곡할 노릇이라니까. 난 얼마나 대웅이한테 면목이 없었다고. 걔는 내가 거짓말쟁이라고 생각했을 거야."

새봄이가 고개를 갸우뚱하며 말했다.

"어쨌든 그분은 오래 사신 분이니 현명한 지혜를 주실지 몰라. 가보자?"

소담이가 근심 가득한 표정으로 말했다.

소담이가 앞서고 새봄이 그 뒤를 따랐다. 소담이 걸음걸이가 빨라졌다. 새봄이는 소담이 걸음을 따라잡을 수 없었다. 벌써 앞에 건너야 하는 계곡이 눈에 보였다. 지친 새봄이가 숨차 하며 헛손질하듯 소담이를 불렀다. 쉬어가자는 손짓이다. 소담이는 조금만 더 가면 되는데, 왜 여기서 쉬냐는 듯 눈짓으로 재촉한다. 그러면서 새봄이를 돌아보니 무릎에 두 손을 짚고 숨을 헐떡이고 있었다. 하는 수 없다고 생각한 소담이가 되돌아왔다. 둘은 누리장나무 아래 나란히 앉았다.

누리장나무는 새봄이가 하늘다람쥐를 따라 숲에 들어올 때 만났던 나무이다. 그 이후로 누리장나무는 상수리나무를 만나러 갈 때 지나쳐야 하는 표식 같은 존재가 되었다. 누리장나무를 지나야 무사히 계곡을 건널 수 있으니 말이다. 그렇지 않으면 지난번 새봄이가 무작정 숲에 들어와서 헤맸을 때처럼 엉뚱한 곳으로 빠지게 된다.

서늘한 바람이 불어왔다. 잠시 앉아서 숨을 고르니 그제야 누리장나무가 눈에 들어왔다. 얼마 전 만에도 누리장나무에 다섯 잎 표창 모양의 꽃이 하얗게 피었었는데, 오늘 보니 열매가 무수히 달렸다. 짙은 남색의 아주 작은 사파이어 보석 같은 열매를 잎처럼 갈라진 5개 붉은 꽃받침이 떠받치고 있는 형상이다. 꽃받침이라 하니 꽃을 받치는 것이라 착각할 법한데, 꽃을 받친 것은 아니고 열매를 받치고 있다. 이는 하얀 꽃잎이 지고 열매가 맺을 때 꽃잎 밑에 꽃받침이 벌어져 더 붉게 변하여 꽃처럼 보인다. 그러니 꽃받침 보고 또 꽃이 핀 줄 안다. 그런데 그게 여름 흰 꽃보다도 훨씬 더 화려하다. 한 송이 그대로 따서 가슴골에다는 브로치를 만들면 강렬하고 예쁜 장식품이 될 거 같다고 생각했다.

새봄이는 누리장나무 열매에 눈길을 빼앗겨 상수리나무 찾아가는 목적을 잊어버릴 뻔했다. 소담이가 말하지 않았으면 그랬을지도 모르겠다.

"새봄아, 이제 일어나자."

둘은 서둘러 상수리나무 앞에 당도했다.

상수리나무의 위엄은 대단했다. 사라졌던 상수리나무를 다시 대하니 신비롭기까지 했다. 주변 나무들은 가을을 맞으려는지 완연히 노란

색은 아니어도 노란색으로 변하기 시작했는데, 상수리나무는 짙푸른 잎을 여전히 자랑하고 있었다. 무성한 상수리나무 아래에 와서 서니 가지와 잎이 하늘을 가려 새봄이는 감히 쳐다볼 수도 없는 위압감이 느껴졌다. 상수리나무 가지와 잎은 마치 하늘 같다는 착각이 들었다.

소담이는 새봄이를 이끌고 상수리나무 옆을 돌아서 뒤로 갔다. 그리고 사람 한두 명이 겨우 드나들 만한 구멍이 난 곳을 가리켰다. 그곳으로 들어가자는 뜻이다. 그 구멍은 상수리나무 뿌리와 뿌리 사이로 난 작은 틈새였다. 소담이가 앞장서 먼저 들어갔다. 따라 들어가니 입구와는 다르게 사람 네다섯 명쯤은 앉을만한 넓은 공간이 나타났다. 그곳은 상수리나무 중앙이 텅 비어 생긴 아늑한 다락방 같았다. 새봄이가 어려서 할머니 집에 놀러 갔을 때 들어가 보았던 다락방 같은 어둑하면서도 안온함이 느껴지는 그런 곳이었다.

소담이는 새봄이에게 앉으라고 눈짓했다. 새봄이는 이런 공간이 나타날 줄은 꿈에도 상상하지 못하여 입이 다물어지지 않았다. 새봄이 기분을 알겠다는 듯 소담이가 입을 열었다.

"여기는 상수리나무 할머니를 만나고 싶을 때 찾아와서 할머니 지혜를 듣는 곳이야. 조금만 기다려, 그러면 할머니 뜻을 전달해줄 분이 내려올 거야."

점점 더 모를 소리만 계속했다.

"왜냐면 상수리나무 할머니 본체는 우리에게 직접 나타나지는 않으셔. 이 나무는 몸체일 뿐이지 그 자체가 정령精靈은 아니거든. 그래서 우리에게 지혜를 들려주기 위해서 그분이 대신 내려오셔."

정말 소담이 말대로 잠시 기다리니 소담이가 앉은 머리 위에서 약간의 빛이 스며들어왔다. 그 틈으로 내려오는 물체가 보였다. 새봄이 앞에 사뿐히 내려와 앉았다.

"어! 그분이 바로 부엉이?"

소담이는 놀라는 새봄이에게 눈짓을 했다. 맞다는 뜻이다.

"소담이가 친구를 데려왔구나. 나도 지난번에 지켜봤지만, 너를 한번
만나 보고 싶었다."

새봄이는 부엉이가 저를 봤다고 하는 말에 놀랐지만 입을 다물고 부
엉이가 하는 말을 들었다.

"소담이한테 네 얘기 들었다. 소담이를 잘 돌보아서 목숨을 살려주었
다니 고맙다는 말을 전해야겠구나."

그 말을 들으니 부끄러워졌다. 오히려 우리가 소담이를 다치게 한 것
인데 감사의 말을 받을 처지는 아니라는 생각이 들었다.

"아니에요. 오히려 나나 우리 아빠가 잘못해서 그런 일이 생긴 건데
요."

"어쨌든 우여곡절은 있었지만, 그로 인해서 너와 우리가 인연이 돼서
만나게 된 거 아니겠니? 앞으로 새봄이 너는 아무 염려 말고 우리 숲을
돌아보며 배울 것이 있으면 배우고, 또 우리 숲이 잘 보존될 수 있도록
많은 힘이 되어주었으면 좋겠구나."

부엉이가 많은 기대를 하는 것에 대해 새봄이는 새삼 부담감을 느끼
지 않을 수 없었다. 새봄이는 자신이 무슨 큰 능력이 있는 것도 아니고,
숲을 위해 무엇을 해야 할지도 전혀 모르고 있기 때문이다.

"사실 너희 마을 사람들이 집을 짓는다고 야금야금 우리 숲을 파헤치
며 들어오고 있어서 걱정하고 있는 참이다. 너희 사람들이 들어오기 아
주 오래전에는 여기에 화전민들이 침입해서 화전을 일군다고 불을 질
러 나무고 풀이고 모두 불태웠었지. 한동안 많이 황폐해졌었어. 그래도

지금처럼 무지막지하진 않았다. 그런데 어느 날인가 그 사람들이 전부 짐을 싸서 나가더구나. 그래서 숲이 차츰차츰 복구됐지. 한 4, 50년은 아주 평온하고 간섭없이 잘 살았어. 우리에게 천국이 있었다면 바로 그 시절이었어. 인간의 간섭이 없는 시절이 우리에겐 천국인 셈이었지."

부엉이는 과거를 회상하듯 얘기했다.

"우리 상수리나무 님은 그걸 죽 지켜보셨단다."

소담이가 자랑스럽게 말했다.

아빠 말에 의하면 이 숲 곳곳이 화전민 땅이었다고 했다. 지금은 볼 수 없는 술병이나 놋그릇을 가끔 주워오며 그런 말을 했었다. 숲속에 집터 비슷한 것이 있어 찾아보면 사람 산 흔적이 많이 보인다고 했다. 허물어진 돌담 같은 것이 보이면 그 안쪽은 영락없이 집터였고, 다른 곳과 비교해 평평한 곳에 수풀과 관목만 무성한데, 사람 떠난 곳에 봄이면 유독 고광나무꽃이 흐드러져 무상함마저 느꼈다고 말했다.

우리나라는 본디 온돌문화 때문에 땔감을 모두 산에서 공급받았다. 그러니 우리 산이 모두 민둥산이 될 수밖에 없었다. 붉은 산이 우리나라 상징처럼 된 것도 그 때문이다. 더군다나 3년간 전쟁의 참화로 산림이 철저히 불타고 황무지가 되었다. 1949년부터 식목일을 정하고 산림 녹화의 중요성이 제기됐으나 본격화된 것은 60년대부터이다. 나무 땔감 대신 연탄이 보급되면서 효과를 보기 시작했다. 송충이 잡기 운동이 벌어진 것도 이때부터이다. 그리고 1967년에 화전 금지법이 시행되면서 화전민 소개령이 내려진 것이다. 여기도 그때 이후 화전민이 산을 떠났다고 했다.

"아빠한테 그런 말을 들은 거 같아요. 그런데 요즘 주변에 집이 많이 들어서면서 숲이 많이 파괴돼서 나도 마음이 안 좋아요. 하긴 우리 집

247

도 숲을 파헤치고 지은 거라서 할 말은 없지만….”

새봄이 미안한 듯 고개를 푹 숙였다.

“그래, 그런 미안한 마음만 가져도 얼마나 좋으냐! 그런데 인간은 선민의식? 적절한 말인지 모르겠지만, 어쨌든 자기 우월주의에 빠져 인간만 편안하면 다른 모든 것은 파괴되든, 없어져 멸종되든 상관하지 않는 것 같다. 몰라서 그렇지, 숲이 파괴되고 나무, 풀이 모두 죽으면 거기에 깃들어 살던 동물이 살 곳이 없어서 먼저 떠나고, 곤충은 말할 것도 없고, 미생물도 모두 죽거나 어디론가 사라진단다.

자연계의 모든 생명은 서로 아주 밀접한 의존관계를 맺고 살아가지. 어느 한 종만 독립적으로 살 수 없어. 서로 먹고 살리고 하는 게 자연의 이치이고 사는 방법이다. 그래서 어쩌면 자연 세계는 가장 냉혹하고 잔인할지도 몰라. 그러나 그게 사는 방법이고 죽음의 또 다른 표현 방식이다. 삶이 곧 죽음이고 죽음이 또한 삶이란 뜻이야. 그래서 인간이 숲으로 들어와서 그 순환고리 중 하나라도 끊어놓는 순간 어쩌면 일순간에, 아니면 서서히 다른 동식물을 죽게 만들고, 결국에는 모든 숲을 죽이는 결과를 초래하지. 그렇게 숲이 없어지면 인간은 어떨까?”

부엉이가 묻는 방식으로 말했지만, 대답을 바란 것은 아니다. 그러나 새봄이는 부엉이 얘기를 듣다가 언뜻 생각난 듯 말을 받았다.

“맞아요, 나도 숲에 들어와서 버섯을 구경하다가 버섯이 죽은 나무를 먹고 사는 것을 보고 알았어요. 버섯 같은 균류뿐만이 아니라 지의류, 이끼, 조류, 그리고 나무들도 서로 밀접한 관계를 형성하고 사는 것을요, 그리고 보면 어느 것 하나 중요하지 않은 것이 없어요. 저마다 각각 제 역할을 해서 이 숲이 유지되거든요. 무엇이든 죽으면 분해해서 양분을 흡수하고, 그것은 다른 것의 먹이가 되고, 또 다른 것의 먹이가 되고. 그것이 또 죽으면 다시 분해돼서 없어지고….”

새봄이는 습한 계곡 속에서 관찰하며 깨달았던 얘기를 했다.

“오, 새봄이 너는 벌써 자연계의 본질에 조금씩 접근해 가고 있구나! 자연계 동식물뿐만이 아니라 모든 만물은 하나도 영원한 게 없단다. 하다못해 암석도 바람에 깎이고, 부서져 모래가 되고, 먼지가 되어 사라진다. 영원할 것 같은 하늘의 별도 생성됐다가는 생을 다하고 폭발하여 사라지잖니. 하물며 인간도 예외가 아냐. 모든 우주 만물은 나고 살다가 죽고, 변하지 않는 게 없다는 얘기야. 시작이 있으면 반드시 끝이 있지. 자연계의 모든 동식물은 어느 하나도 그것을 거스르며 살지 않아. 아예 꿈도 꾸지 않지. 그러나 인간은 그렇게 생각하지 않는 것 같구나.”

부엉이는 말을 멈추고 뭔가 골똘히 생각했다. 한참을 주저하는 듯하다가 말했다.

“인간은 끊임없이 오래 살려고 노력하지. 정말 인간은 인지능력이 뛰어나서 과학을 발달시켜 생명 한계를 늘려온 것은 사실이다. 거기에다가 얼마나 많은 재부財富와 정력을 쏟아붓니? 그러니 자기 노력으로 오래 살려고 노력하는 거야 나무랄 수 없지만, 오래 살고 싶어 하는 욕심이 지나쳐서 마치 영원히 살 수 있다고 착각하는 건 아닌지 모르겠다. 거기서 이 세상에 만연하는 비극이 발생하는 거야. 인간 원죄의 모든 근원인 욕심이 거기서부터 연유한다고 본다. 모든 욕심이 거기서부터 파생되니 근원적 욕심인 셈이지. 그 욕심의 다른 이름인 욕망으로부터 시기와 질투가 생기고, 욕심의 또 다른 발현인 이기심이 쌓이고 쌓여 불평등을 낳고, 불평등은 갈등을 일으키고, 갈등은 살인과 파괴와 전쟁을 발생시키지.”

새봄이는 누구한테서도 듣지 못하던 욕심이나 원죄 이야기를 들으며 의문이 생겼다. 이해할 듯하면서도 이해되지 않았다.

"오래 살려는 욕심이 그렇게 나쁜 건가요? 누구나 오래 살면 좋은 거 아니에요?"

새봄이가 갖는 의문에 부엉이는 빙그레 미소를 띠었다.

"물론 욕심이 다 나쁜 건 아니지. 적당한 욕심은 존재가 살아갈 희망과 발전을 가져온단다. 그러나 그것이 지나칠 때 항상 부작용이 따르게 마련이다. 인간은 지금 자기 능력에 대한 과신이 너무 지나쳐가고 있어. 그래서 인간 우월주의 환상을 만들어내고, 인간은 무엇이든 할 수 있다는 착각에 빠진 것 같다. 인간이 만든 신이 있지만 어쩌면 인간 자신이 종국에는 신이 되려는 게 아닌지 모르겠다. 지금 돌아가는 형국을 보면 그렇게 의심할 수밖에 없는 상황이 벌어지고 있지. 마침내 생명 문제까지 접근하고 있으니까. 이런 것들이 다 인간이 영원히 살고 싶어 하는 욕망 때문이야. 하지만 분명하게 알아야 할 것은 그렇게 순리를 거역하여 오래 살고, 우월한 종족을 만든들 그 혜택을 누릴 자는 권력 있는 자나 돈 많은 부호 소수에 불과할 것이다. 누구나 누리는 혜택이 되지 않을 거란 이야기다."

부엉이는 근엄한 표정으로 새봄이를 바라봤다. 어려운 이야기를 잘 이해할 수 있을지 걱정은 되지만 새봄이가 조금이라도 알아줬으면 하는 의도가 역력했다.

"저도 잘은 모르지만, 부엉이 님 얘기를 듣다 보니 인간이 모순덩어리이긴 해요. 듣고 보니 인간이 어떤 동물보다도 이기적이고 잔인한 동물이면서 가장 위대한 존재인 척 위선을 떨잖아요! 동물들과는 다른 특별한 존재인 양 수많은 지식과 환상을 만들어냈지만, 근본을 파고들면 다른 게 하나도 없는 것 같아요."

새봄이는 부엉이 얘기를 듣다 그 위엄에 눌렸는지 자연스럽게 부엉이에게 '님'자를 붙여 높이기 시작했다. 사실 새봄이도 인간의 욕심이 한도 끝도 없다고 느꼈다. 그것을 위장하고 있을 뿐이다.

"저도 이 산속에 들어와 살면서 살펴보니 서로 다른 종끼리 잡아먹고 먹히는 것을 흔하게 보았어요. 그것을 보면서 어떻게 저리 잔인할 수가 있지? 하고 그런 장면을 본 날은 며칠 잠을 못 이루고 무서운 꿈까지 꾸었어요. 정말 이해가 되지 않았거든요. 오늘 부엉이 님 말씀을 듣고 보니 그걸 이해할 수 있겠네요. 그게 서로 살고 죽는 이치요, 거역할 수 없는 순리 아닌가 생각이 들어요. 그런데 인간은 그렇지 않잖아요?"

"맞다. 인간끼리도 피부 색깔이 다르다고, 또는 종교, 민족, 이념이 다르다고 그런 시답잖은 이유를 들어 배제하고 심지어는 학살을 자행해 왔던 게 인간 역사 아니냐! 하물며 인간 아닌 다른 종은 말해 무엇하겠니? 인간은 자연계에서 독립해 있는 별개의 신적인 존재로 생각하나 보다. 그러니 인간이 아닌 다른 종은 멸滅해도 좋다고 쉽게 생각하지. 실제로 그렇게 해왔고, 지금도 그런 행동을 아주 쉽게 하고 있지. 모든 생명이 무엇보다 소중하다는 인식이 조금만 있더라도 그렇게 하진 않을 텐데, 참으로 안타깝다. 여기 숲속만 해도 마찬가지 아니니? 아주 옛날에는 이 숲에도 호랑이가 살아서 저렇게 멧돼지가 제 왕국인 것처럼 설치고 다니지 못했지. 지금은 어떠냐? 호랑이가 없어진 것은 인간들 때문이야. 원인이야 여러 가지가 있지만, 어쨌든 다 인간과 관련돼 있지. 그 호랑이가 없어지자 멧돼지가 왕 노릇 하고 있지 않니? 이제는 그 멧돼지를 인간들이 사냥하고 있지. 멧돼지가 없어지면 다음에는 누가 왕 노릇 할까?"

"…."

이야기가 길어지자 부엉이는 잠시 침묵을 지켰다가 이 말만은 하자고 결심했던지 이윽고,

"네가 한 말마따나 인간이 모순덩어리이고 제일 잔인하다고 생각한다. 자연계 동식물은 필요를 위해서, 다시 말하면 단지 살기 위해서 음식을 취하는 것이지만, 인간은 편안함과 쾌락을 위해서 파괴하고 죽여 이득을 취한다. 심지어 인간은 같은 종인 인간도 죽이고 멸종시킨다. 인간은 다른 종은 말할 것도 없고, 인간이 인간을 증오하고 서로를 죽인다. 인간이 같은 종인 인간을 죽이는 것은 우주 만물에서 인간밖에 없다고 본다."

새봄이는 부엉이 말에 소름이 돋아 한동안 말을 이을 수 없었다.

"부엉이 님, 그래도 요즘 과거의 잘못을 고치려는 사람들이 많아지고 있어요. 지금까지 부엉이 님이 말한 대로 인간의 오만함을 깨닫고 자연과 함께, 자연처럼 살아가자는 운동이 전 세계에서 벌어지잖아요. 생태운동이 그렇고요. '기후위기 비상행동' 같은 운동은 더 적극적으로 행동에 나서라고 촉구하고 있잖아요. 정말 우리 지구가 심각한 위험에 빠진 것 같아요. 학자들은 지구 온도가 산업화 시대 이전보다 1.5도를 넘어 2도까지 높아지면 10만 5000종의 생물 중 상당수가 멸종되고, 더 심각한 기근과 홍수로 식량난이 심각해져 7억 명의 난민이 발생하고, 폭염과 전염병이 발생한다잖아요. 우리 숲도 내가 이사 왔을 때보다 점점 더 더워지고 있다고 느껴져요. 저도 피부로 느끼고 있다니까요. 그런데도 가진 나라들은 눈 하나 깜짝 안 해요. 계속 더 가지겠다는 속셈이에요. 지구가 망하든 말든…. 이런 것들이 다 인간의 멈출 줄 모르는 욕심에서 비롯되는 거잖아요."

새봄이는 기후 위기 문제에 대한 뉴스를 꼼꼼히 챙겨 듣고 있었다.

매일같이 나오는 기후 위기에 관한 뉴스며 다큐멘터리를 보면 정말 심각하다고 느꼈다.

부엉이는 잘 말해 주었다는 듯이 미소를 지었다. 그리고 이어서 말했다.

"물론 좋은 징조이긴 하지만 그 정도로 해서 지구 환경을 옛날로 되돌릴 수 없다고 본다. 근본적이고 혁명적인 인식변화가 없는 한 더 나빠지는 것을 조금 지체시킬지는 몰라도 결국은 언젠가 지구가 심각한 지경에 직면할지 모른단다. 그런 기후 위기로 결국 제일 먼저 타격받고, 심각한 위기에 직면하는 계층이 누군지 아니?"

부엉이는 주위를 둘러보며 물었다. 그러나 대답을 듣기 위해 물은 것이 아니다. 바로 부엉이 스스로 대답을 이어 나갔다.

"해수면이 상승하고, 기근에 홍수, 전염병이 창궐하면 가난한 나라, 해수면이 낮은 모든 해안 지역, 그리고 가난한 사람들이 제일 먼저 타격을 받지. 이들은 그러한 상황에 제대로 대처할 수 없어. 그냥 속수무책으로 당할 수밖에 없지. 그런데도 강대국의 잘못된 지도자들은 나 몰라라 책임을 지지 않는 것은 물론 오히려 자기 정치적 입지를 강화하기 위해 과학자들의 연구 결과를 거짓말이라며 공격하고 있잖니? 앞으로 지구가 심각한 지경에 빠지는 것이 명확한데도 말이야. 이런 점들로 보아 어떻게 보면 기후 위기에 대응하는 문제는 공평과 정의를 실현해야 하는 문제와 맞닿아 있어. 사실 이산화탄소를 많이 배출하여 기후 위기를 초래한 책임을 따지자면 일찍이 산업화를 이룬 선진국이나, 가진 것보다 더 많은 소비를 하는 극히 일부 상류층이 훨씬 많이 책임져야 하지 않겠니? 그런데도 새봄이가 말한 것처럼 여전히 그들은 책임을 지지 않고 가난한 나라, 가난한 자들에게 더 희생을 강요하잖니? 인간의 욕심은 끝이 없는 것 같다."

새봄이는 부엉이 말을 듣고 고개를 끄덕이며 심각한 표정을 지었다. 하지만 당장 어떻게 해결할 수단이 있는지 도무지 생각이 나지 않았다. 가슴만 점점 더 답답해져 왔다.

"제가 느끼기에도 여기 이사 올 때보다 점점 더 더워지는 거 같고, 또 비가 왔다 하면 장마가 말할 수 없이 계속되고, 미세먼지도 여기까지 뿌옇잖아요. 그런 게 다 인간이 저질러 놓은 업보의 결과라고 생각해요."

새봄이는 정말 부끄러워서 더 이상 말을 할 수 없었다. 인간의 업보로 곤란을 당할 소담이와 상수리나무, 모든 동식물을 생각하니 미안하기 그지없었다.

"…."

잠시 침묵이 흘렀다.

새봄이가 고개를 숙인 채 아무 말도 하지 않고 땅바닥만 쳐다보았다. 부엉이는 새봄이가 무언가를 깊이 깨달았으면 하는 마음으로 이야기한 것이지만, 죄인처럼 고개를 숙이고 말을 하지 않으니 안쓰러웠다. 미소를 지으며 새봄이 어깨를 어루만졌다. 그제야 새봄이는 고개를 들어 부엉이를 바라봤다.

부엉이는 긴 이야기를 끝내야겠다는 표정을 지었다. 그러나 다음 말은 꼭 해야겠다는 듯이 단호하게 말했다.

"시간문제지 언젠가 이 지구가 멸망한다면 그것은 분명 인간이 저지른 행동 때문에 멸망할 것이다. 인간 자신에서 비롯된 만연하는 폭력과 파괴 때문이거나, 자기 자신을 파멸시키는지도 모르고 계속되는 욕심의 산물 때문에 스스로 멸망할 것이라고 나는 단언한다."

마지막 예언같이 비수처럼 꽂히는 말은 부엉이가 말하는 건지 상수리나무 할머니가 말하는 건지 분간이 되지 않았다. 공간 어디에선가 메아리처럼 울려오는 위엄있는 목소리였다. 그동안 새봄이 자신의 문제에만 매몰되어 세상에 만연하는 문제들에는 담을 쌓고 살아왔다고 생각하니 부끄러움이 더 커졌다.

듣고만 있던 소담이가 그 순간 끼어들었다.

"새봄아, 아까 네가 중요한 일이 있다고 하지 않았니? 부엉이 님 얘기만 듣다가 그 생각을 깜박 잊을 뻔했네. 얘기해봐."

"맞아! 깜박할 뻔했네! 정말 중요한 얘긴데."

새봄이는 부엉이를 쳐다보며 다시 침을 삼켰다.

"우리 아빠가 전해준 얘긴데요, 여기 숲속 산 능선 봉우리마다 풍력발전기를 설치하겠다는 움직임이 있대요."

새봄이는 그러면서 아빠에게 들었던 이야기를 빠뜨리지 않고 소상하게 설명했다. 말하는 중간중간 소담이는 물론이고 둥그런 부엉이 눈이 일그러졌다. 심각한 상황이 벌어지고 있음을 직감했다. 이 숲속에서 당장 벌어질 사건을 생각하면 먼 남의 얘기 같은 지구 환경이니 인간의 욕심 같은 문제를 걱정할 단계는 아니라는 생각이 들었다.

"정말 큰 일이구나! 그게 현실로 다가오게 되면 우리 터전이 완전히 파괴되고, 또 우리 숲속에 있는 무수히 많은 생명이 다 죽게 되잖아! 어쩌면 좋죠?"

소담이는 안절부절못하며 부엉이를 바라보았다. 부엉이로부터 무슨 말이라도 들었으면 하는 표정이었다.

그러나 부엉이는 이전 태도와는 다르게 아무 말이 없었다. 올 게 오고야 말아서 놀랍지 않다는 뜻인지, 아니면 너무 놀라서 어떻게 대처해야 할지 몰라서 당황했다는 뜻인지, 그것도 아니면 인간이 하는 일을 어떻게 막을 수 있겠느냐는 체념 섞인 표정인지 판단이 서지 않았다.

오히려 느긋했다. 둘은 의아한 표정으로 부엉이 입만 쳐다봤다.

부엉이는 잠시 침묵하다가 불안해하는 소담이와 미안하고 부끄러워하는 새봄이를 토닥이듯이 차분한 목소리로 말했다.

"앞으로 우리 숲속에 파란이 일지도 모르지만, 아직은 마을 사람들이 반대기류도 높다고 하고, 새봄이도 우리에게 자주 찾아와서 어떻게 진행되고 있는지 알려주면 차분하게 대응해보도록 하는 게 좋겠다. 새봄이 같은 친구가 우리 숲속에 있게 된 것도 어쩌면 좋은 기회가 될지도 몰라. 새봄이를 통해서 인간에 대해 조금은 더 이해할 수 있는 시간도 갖게 될 거고…. 자 시간이 많이 지났으니 오늘은 새봄이도 돌아가는 게 좋겠다."

그러면서 부엉이는 다시 작은 빛이 들어오는 틈으로 날아 올라갔다.

부엉이가 사라진 틈을 물끄러미 바라보았다. 오늘 새봄이는 마치 꿈을 꾼 거 같았다. 부엉이와 나눈 이야기였지만 정말 상수리나무 할머니를 만났다고 생각되었다. 소담이도 물끄러미 바라보다 새봄이에게 나가자며 눈짓을 했다.

둘은 상수리나무 구멍을 나와 걸었다.

"저 상수리나무 할머니는 너희들에겐 어떤 존재니?"

소담이가 뜬금없는 질문이라는 듯 새봄이를 쳐다봤다.

"왜냐면, 인간 세계에도 성인이 있고, 또 신이라고 믿고 있는 존재도 있어. 난 신이 진짜 있는지 없는지 모르지만, 어쨌든 사람들은 성인이나 신의 말씀을 믿고 따르지. 보니까 너희들도 상수리나무를 바라보는 마음이 인간과 비슷해서 말이야."

새봄이 말을 비로소 이해하겠다는 듯이 소담이가 받아서 말했다.

"난 인간이 믿는다는 그 성인이나 신에 대해서 알지는 못하지만, 우리 상수리나무 할머니는 오랜 경험으로 우리에게 지혜를 나누어주시는 분이야. 언제부터 거기에 있었는지는 우리 숲속 누구도 알지 못해. 그만큼 오래 거기 살아계셨어. 그래서 혜안이 있는 것인지 몰라. 우린 어려운 일이 있을 때마다 찾아서 뵙고 의지하지. 우리한테는 범접할 수 없는, 그러나 아주 친근한 존재서. 굳이 말하면 우리 숲속 유일한 지혜로운 자, 존엄한 존재라고나 할까. 누구나 존경하니까…. 그런데 요새 북쪽 숲에 사는 그 멧돼지 놈들이….”

소담이는 말하다 말고 멧돼지를 증오하듯 눈빛이 일그러졌다.

“새봄아! 정말 조심해. 그놈들이 널 노리고 있어. 이 숲이 사라지느냐 마느냐 하는 판국에 같이 힘을 합쳐도 모자랄 텐데, 그놈들은 증오심만 부추기면서 다른 동물들도 못살게 굴고 있어. 지금 그놈들 등쌀에 우리 숲은 공포에 휩싸여 있다니깐….”

새봄이는 소담이가 하는 말에 몸이 저절로 떨렸다.

막상 숲속에서 그 거대하고 무지막지한 멧돼지와 맞닥뜨리면 어떻게 할지 가늠이 되지 않았다. 막연한 공포에 휩싸여 둘은 계속 걷다가 누리장나무가 있는 계곡 근처에 다다랐다. 계곡 이편에 다다라서 누리장나무 있는 쪽으로 건너가려 할 때 갑자기 소담이가 소스라치게 놀랐다. 본능이 강한 소담이는 위험을 재빨리 감지했다. 그때까지도 새봄이는 눈치채지 못하고 있었다.

“새봄아! 빨리 도망가!”

소담이가 단말마의 비명 같은 소리를 질렀다.

그 소리에 건너편을 살펴보니 누리장나무 아래에 담비 두 마리가 웅크리고 앉아 이쪽을 노려보고 있는 게 아닌가. 길목을 미리 알고 지키고 있었던 게 분명했다. 깜짝 놀란 소담이는 먼저 돌아섰고, 새봄이는 어디로 도망가야 할지 판단이 서지 않았다. 집으로 도망가기 위해서는 앞에 있는 계곡을 건너 담비 있는 쪽으로 가야 하는데 그 골목을 막고 있으니 그럴 수 없는 노릇이었다. 그때 퍼뜩 든 생각이, 아까 상수리나무 아래 구멍이 떠올랐다. 소담이는 벌써 앞서 달아나며 새봄이 보고 빨리 오라고 소리쳤다.

한참 달리다 보니 뒤에는 담비만 있는 게 아니었다. 어느새 서로 알렸는지 모르지만, 멧돼지도 씩씩, 거리며 쫓아왔다. 낭패였다. 상수리나무가 있는 곳으로 달려가고는 있으나 이대로 가면 붙잡힐 것 같은 예감이 들었다. 둘 다 잡히느니 새봄이보다 훨씬 걸음이 빠른 소담이에게 먼저 도망가라고 소리 질렀다. 소담이는 소리 지르는 새봄이를 두고 갈 수는 없었다. 크억~ 크억~ 비명을 지르며 빨리 달리라고 재촉할 뿐이었다.

눈앞에 상수리나무가 보였다. 조금만 더 가면 될 거 같았다. 하지만 멧돼지나 담비 뜀박질은 무척 빨랐다. 거의 뒤꽁무니까지 따라오자 소담이는 방향을 틀어 다른 곳으로 달아났다. 목표물을 분산시키려는 목적이 있었나 보다. 새봄이를 쫓지 말고 자기를 쫓아 왔으면 하는 바람이었다. 그러나 소담이 의도대로 되지 않았다. 그들은 소담이는 제쳐두고 새봄이만 계속 쫓아갔다. 야속했다.

이제 막 붙잡히는 순간까지 다가왔다. 새봄이는 상수리나무 곁에까지 왔다. 조금만 더 힘을 내면 그 구멍까지 다다를 텐데…. 역부족이었다. 거의 잡힐 순간에 이르렀다. 순간 새봄이는 하늘다람쥐가 부러웠다. 하늘다람쥐 같았으면 재빨리 나무를 타고 올라가서 잡히지 않을 것이라는 생각을 했다. 간절했다. 이대로 죽게 되는구나! 라고 체념하며 눈을 감았다. 그 순간 새봄이는 상수리나무 둥치를 밟고 재빨리 나무 위로 올라가고 있었다. '어! 이게 무슨 일이지!' 하고 놀라며 가지 끝까지 올라갔다. 나무 둥치 중간 구멍 속에서 밖을 내다보고 있는 부엉이와 눈이 마주쳤다. 새봄이는 깜짝 놀랐다. 자기 몸이 하늘다람쥐로 변신하여 상수리나무 우듬지에 올라가 있는 것을 발견했다.

까마득한 아래를 내려다보니 씩씩거리며 쫓아오던 멧돼지가 하늘을 쳐다보며 분한 듯 뒷발로 땅을 굴렀다. 땅이 쿵쿵, 울렸다. 분을 참지 못하여 거품을 입에 물고 상수리나무 주위를 맴돌았다. 혹시나 다시 하늘다람쥐가 내려오면 즉시 공격할 태세다. 담비는 나무를 잘 타니 상수리나무 둥치를 타고 올라올 법도 한데 더 쫓아오지는 않았다. 아마도 상수리나무를 타고 오르는 것을 두려워하고 있다고 짐작됐다. 하늘다람쥐가 된 새봄이는 무서워서 오들오들 떨며 아래 동태만 살폈다. 절대로 내려갈 수 없었다.

멧돼지와 담비는 한참을 상수리나무 아래에서 서성거리다 북쪽 숲속으로 어슬렁어슬렁 사라졌다. 숲속에 다시 적막감이 감돌았다.

사라진 새봄이

마을 분위기는 흉흉하게 돌아갔다.

마을 임시회의를 개최한 소식이 풍력발전 추진 시행업체에 전해졌을 것이다. 그러니 당연히 풍력발전을 추진하는 업체에서 가만히 앉아 있지는 않을 것이었다. 더 적극적으로 마을 사람들을 들쑤시고 다닌다는 소문이다. 풍력발전소 개발을 반대하는 사람들은 마음이 급해졌다. 마을 회의에서 어정쩡하게 결정이 난대로 반대하는 사람들끼리 반대 대책위원회를 결성하기로 했다. 그리하여 '풍력발전단지 조성 반대 임시 대책위원회'를 결성하였다.

재현이 상구에게 반대 대책위원회가 결성됐으니 함께 하자고 종용했다. 상구는 아내 문제로 생각이 복잡하여 내키지 않았다. 내 코가 석 자라서 열심히 할 수도 없을 것 같았고, 사람들과의 갈등에 잘 나서는 성격이 아니라서 한사코 사양했다. 그냥 뒤에서 도와달라고 하면 열심히 돕겠다고 했다.

그러나 재현은 상구가 과거 환경회사에 다닌 경력이 도움이 된다며 계속 설득하러 찾아왔다. 환경 문제에 관한 한 당신보다 잘 아는 전문가가 없으니 꼭 도와달라며 성화가 빗발쳤다. 정 내키지 않으면 앞에 나서지 않아도 좋다, 다만 자리를 지키고 필요할 때 도와주기만 하면 된다고 끈질기게 설득했다. 그래도 내키지 않았다. 가타부타 확답도 주지 않고 시간이 흘렀다.

그런데 어느 날 우식이 공사 현장 뒤편으로 상구를 부르길래 따라갔다. 우식이 심각한 표정으로 상구를 바라보며 담배 한 개비를 권했다. 상구는 사양했다. 담배 끊은 지가 오래됐다는 것을 우식이 모르는 모양이었다. 담뱃갑을 쥔 손이 부끄러운지 어디로 향할지 모르다가 헛웃음을 웃었다.

"아, 참, 담배 끊으셨구나!"

우식은 여전히 상구에게 존대하고 있었다. 공사 현장 다른 일꾼들이나 충성이, 하성에게는 말을 하대하며 함부로 대했지만, 상구에게만은 그러지 않았다. 나이도 비슷한 연배에다 아무리 부려 먹는 사람이라도 함부로 할 수 없는 부담감이 작용했을지 모른다.

"형씨, 요새 임시대책위원회인가가 꾸려졌다면서요?"

우식은 마을 회의에 참석하여 반대하는 발언을 했다. 그러나 그는 집을 지어 팔고, 팔리면 마을을 떠날 사람이어서 마을 주민이 아니라고 치부했다. 그래서 이해관계가 있는 사람이라 해도 주민단체에 참가할 자격이 없다고 했다. 본인도 이해관계가 걸리지 않은 한 마을 일에 관여하려고도 하지 않았다.

"그래서 얘긴데, 형씨도 좀 참여해서 강력하게 반대를 해줬으면 좋겠어요. 저 위에 땅도 빨리 개발해야 하는데, 만약 풍력발전이 들어오면 난 난처해져요. 형씨도 여기서 일하면서 생활에 많이 보탬 되잖아요? 안 그래요?"

은근히 협박하는 투가 느껴졌다. 상구는 속으로 기분이 상했으나 내색할 수는 없었다. 우식도 풍력발전 문제로 신경이 상당히 날카로워져 있다는 것을 안다. 어쩌면 그에게는 이 문제가 사활이 걸린 문제일지 모른다. 작은 규모 땅이지만 그에게는 부담이 가는 투자였다. 무사히 개발해서 집 지어 팔고 나가면 그에게는 가장 최상의 시나리오인데, 생각지 못한 장애가 발생한 것이다. 이것이 중단되면 당신도 좋을 게 없다는 뜻이다. 재현이 설득하다 안 되니 우식의 옆구리를 찔렀나 의심이 들기도 했다. 사실 우식이 벌이는 공사 현장에 나가 일하는 것이 생활에 도움이 된다. 많은 돈은 아니어도 이곳 산속 생활이 그렇게 씀씀이가 크지 않아서 그것만으로도 생활을 풍족하게 할 수 있으니 말이다.

우식의 은근하고도 강압적인 말투가 상구의 기분을 상하게 했다. 생각 같아서는 자리를 박차고 그곳을 벗어나고 싶은 마음 굴뚝 같았다. 그러나 재현의 간절한 부탁도 있고, 우식까지 나서서 참여하기를 종용하는데 무작정 거절하기도 께름칙한 면이 있었다. 바닥 좁은 구석에서 거의 매일같이 얼굴 마주치는데 나가지 않으면 어떻게 그들 얼굴을 볼까 걱정되기도 했다. 못 이기는 척 나가서 재현이 말마따나 머릿수나 채우고 있자 생각했다.

"내가 거기 나가지 않으려는 게 아니라 요즘 마음이 복잡해서…. 또 내가 무슨 큰 도움이 되는 것도 아니고…. 하지만 재현씨 얘기도 있고 해서 나가보려고 생각은 하고 있어요."

"형씨, 잘 생각했어요. 형씨가 왜 도움이 안 돼? 나도 들어서 알고 있다니까, 형씨는 환경 전문가라고 소문이 자자하던데요. 잘 되면 내가 술 크게 한번 사리다. 하하하"

그제야 우식이 만족했다는 듯이 호탕하게 웃었다. 말은 그렇게 했으나 그가 술을 크게 사리라는 기대는 아예 하지 않았다. 속으로 피식, 웃었다. 구두쇠로 소문난 우식이었다.

임시 반대대책위원회를 한다는 곳에 재현이와 함께 나갔다. 막상 나가보니 현동이도 와 있었다. 심각하게 느껴져 주민등록을 옮기고 참여하기로 했다며 너스레를 떨었다. 그뿐만이 아니었다. 면면을 보니 마을회의 때 반대 발언을 했던 사람들은 대다수 참석하였다. 마을회의 때 민주적 절차 문제를 제기하였던 노인회장을 비롯하여 주로 이주민들이 많았고, 원주민 중에도 설득해서 참여한 사람이 꽤 되었다. 그리고 길수 노인은 강경반대론자가 되어 적극적으로 참여하였다.

임시회의에서는 많은 의제가 중구난방 거론되었다. 먼저 이장을 비롯한 마을 지도부를 향한 성토가 있었다. 마을회의 때도 거론되었지만 이장이 어떻게 마을 일에 대해서 중립이라는 명분으로 뒤에 빠져 있으려고 하느냐며 불만을 쏟아놓았다. 앞장서도 모자랄 판에 그래서는 안 된다는 것이다. 심지어 어떤 사람들은 이장이 저쪽에 벌써 넘어간 거 아니냐고, 추측성 의심을 하기도 했다. 그러나 다른 쪽에서는 증거도 없이 그런 말을 하면 안 된다며, 그래도 우리 마을 이장이니 반드시 설득해서 같이 가야 힘을 받을 수 있다고 했다. 설득해야 한다는 쪽으로 기울었다.

서로 이해관계나 관심사는 다르지만, 풍력발전이 들어와서는 안 된다는 공감대 하에 여러 방안이 제기되었다. 터무니없는 얘기도 많았고, 우리가 이렇게 반대해도 잘 될까? 의심하는 발언도 있었다. 감당하기 힘든 거대한 세력과 싸워야 하는 것도 부담이지만, 이장을 비롯하여 마을 토박이들 눈치를 살펴야 하는 사람도 있다 보니 의견이 분분했다.

장시간 논의 끝에 몇 가지 결론에 이르렀다. 누구도 소위 총대를 메려는 사람이 나타나지 않았다. 그래서 연장자순 연명으로 대책위원을 꾸릴 것, 두 번째, 우선 급하니 풍력발전 반대 서명을 받을 것, 세 번째, 반대 탄원서를 작성하여 서명부와 함께 군청을 비롯한 관계 관청에 보낼 것, 마지막으로 이장을 최대한 설득하여 함께 할 수 있도록 할 것 등이었다. 탄원서도 이장을 통해서 제출하자고 결의하였다. 상구에게는 탄원서를 작성해달라고 부탁했다. 일절 발언도 하지 않고 듣고만 있는 상구가 선뜻 나서지 않자 사람들이 통사정하듯 부탁해서 하는 수 없었다.

그래서 다음날부터 바로 반대 서명이 이루어졌다. 거의 80% 가까이 서명을 받았다. 거주하는 주민뿐만 아니라 도시를 근거지로 두고 주말주택으로 왔다 갔다 하는 사람, 심지어 부재지주까지 파악하여 받았다. 부재지주도 이해관계가 있기 때문이다. 대부분 마을 사람들이 반대함에도 여전히 냉소적인 사람들이 있었다. 잘 되나 보자는 등, 그렇게 해봐야 어떻게 그들을 이길 수 있냐는 등 말이 많았다.

그런 와중에도 풍력발전단지 추진 사업체는 일부 마을 주민을 이따금 불러내어 밥을 사주고, 찬성 활동을 독려하는 등 지속해서 우군화 작업을 진행했다. 그들은 개별적으로 직접 현금 보상을 할 수 있는 것처럼 주민들을 속이기도 했다. 그러나 그것은 법상 불가능했다. 「발전소주변지역지원에관한법률」에 따르면 마을 발전을 위해 발전기금을 지원할 수는 있어도 각 개인에게 현금 보상은 하지 못하도록 하고 있음에도 주민들을 자기 편으로 포섭하기 위해 감언이설을 퍼뜨렸다.

그뿐만이 아니다. 풍력발전단지를 조성하게 되면 인근에 대규모 공원을 조성하여 마을이 관광단지가 될 거라는 청사진까지 선전하며 마을 사람들이 판단을 흐리도록 틈새를 집요하게 파고들었다. 풍력발전단지 개발을 찬성하면 마을을 잘 살 수 있게 해주겠다는 것이다.

다른 사람들이 서둘러 서명을 받으러 다니는 동안 상구는 탄원서를 써야 했다. 마을을 둘러싸고 있는 자연환경을 조사하고, 마을 역사도 알아보았다. 마을이 막다른 오지여서 지금까지는 자연환경이 잘 보존되어 있었다. 대대로 고랭지농사를 지으며 남부럽지 않게 살았다. 다른 곳과 달리 농지가 넓어 젊은 사람들이 일부 남아 농사짓고 살아가는 흔치 않은 마을이었다.

그런데 풍력발전단지가 들어서는 경우 그로부터 초래되는 환경파괴는 물론 노인들이 많이 사는 특성상 건강 위험이 심각함을 지적했다. 분지 형태라서 소음이 분지 안에 갇혀 더 영향이 클 것이라는 점도 강조했다. 무엇보다도 이로 인해 평화롭게 살던 마을이 둘로 갈라져 반목하고 질시하게 되어 공동체가 파괴될 지경에 이르렀음을 읍소했다. 그러나 단호하고도 강력한 의지를 담았다. 상구는 고민에 고민을 거듭해서 탄원서를 썼다. 그리고 대책위에 재현을 통해 보냈다.

문제는 이장이 나서지 않았다. 마을회의 때 반대 대책위를 구성해서 활동해도 문제 삼지 않겠느냐는 말에 마지못해 동의하기는 했으나 내키지 않는 눈치였었다. 탄원서와 서명부가 작성되어 군청 등 관계기관에 제출하여야 함에도 알아서 하라는 투였다. 그리하여 임시 대책위원회는 마을 임시총회를 소집하여 사안을 보고하고 마을 사람들 동의를 얻어 관계기관에 탄원서를 제출하기로 하였으나, 이마저도 이장은 협조하지 않았다. 급기야 이장에게 마을 임시총회를 소집해달라는 내용증명까지 발송하기에 이르렀다. 같은 마을에 살면서 내용증명이라는 절차까지 밟게 되었으니 불신은 점점 더 고조되었다. 모월 모일까지 총회를 소집해주지 않으면 대책위 독단으로라도 소집할 것이며, 대책위의 대외활동도 이장이 허용하겠다는 의사로 간주하여 진행하겠다는 내용이었다.

　내용증명까지 보냈으니 일단은 이장이 마을 임시총회를 소집해주기를 기다리면서 일시 소강상태가 되었다. 대책위 사람들도 다시 일상생활로 돌아갔다. 그러는 사이 마을 주변은 가을로 막 접어들었다. 여기저기 산속에 노란빛이 감도는 나뭇잎이 나타나기 시작했다. 그러면 인식하지도 못하는 순간에 가을이 성큼 다가와 온 산을 노랗고 빨갛게 물들인다. 그만큼 온도가 빨리 떨어진다는 뜻이다.

　일을 끝내고 우연히 저녁을 먹게 된 어느 날 우식이 상구와 재현이 같이 앉은 자리에서 말했다. 숲에 사놓은 땅을 빨리 개발해야겠다는 것이다. 풍력발전단지 문제도 문제지만 여기는 해발이 높은 산악지대라 겨울이 빨리 오므로 일찍 서두르지 않으면 내년 봄으로 훌쩍 넘어가니 서둘러야겠다고 말했다. 풍력발전 문제는 당장 들어오는 것도 아니고, 혹시나 결정된다 해도 몇 년은 기다려야 하니 서둘러 개발해 집을 팔고 자기는 얼른 빠져나가겠다는 심산이다. 벌써 인근 중장비업체에 날을 맞춰 놨다고 했다. 그러면서 상구에게 그날부터는 주택 공사현장에 나가지 말고 충성이와 함께 나무 벌목하고 토목공사 하는 것을 보조해달라고 했다.

　상구는 우식의 말에 마음이 뒤숭숭했다. 그 땅은 상구 자신도 들어가 봤지만, 아름드리나무가 제법 많이 들어찬 건강한 숲이었다. 그 나무들을 모두 베어 쓰러뜨린다 생각하니 너무 아깝다는 생각이 들었다. 어쨌든 상구 자신이 관여할 바는 아니나 자꾸만 주변 숲이 없어진다고 생각하니 이게 잘하는 일인가 싶었다.

　뒤숭숭한 마음으로 이런저런 생각을 하며 집에 돌아왔다. 그런데 집

안에 불이 꺼져 있다. '얘가 어디 갔나? 아니면 벌써 자고 있나?' 중얼거리며 거실 등을 켜고 새봄이 방문을 열었다. 일찍 잠들었겠거니 하고 방문을 열었으나 방안은 텅 비어 있었다. '얘가 대체 어디 갔지?'하며 안방 문도 열어 보고, 없을 줄 알면서도 마당 옆 숲을 바라보며 쉴 수 있는 그네 의자에 앉아 넋 놓고 있는 건 아닌지 싶어 가보았지만 역시 없었다. 갑자기 불안해지기 시작했다.

새봄이가 어디 간다는 얘기는 없었다. 요즘 엄마 문제로 불안해하며 다시 말수가 적어지긴 했어도 얼마 전 풍력발전 개발 문제를 가지고 새봄이와 많은 이야기를 했었다. 그리고 아빠가 풍력발전단지 조성 반대 탄원서를 쓴다며 마을 환경을 둘러보고 조사할 때 옆에서 참견하고, 우리 마을 숲이 아주 깨끗하고 오래된 숲이니 꼭 지켜야 한다는 얘기도 힘주어 말했었다. 아마 풍력발전단지가 들어와서 숲이 파괴되면 자기는 여기서 살 수 없을지도 모른다며 심각한 표정을 짓기까지 했었다.

상구는 퍼뜩, 스치는 게 있었다. 숲속에 들어가면 커다란 상수리나무가 있는데 들어가서 의논 좀 해봐야지, 라며 혼잣말을 하는 걸 들었던 기억이 났다. '혹시 얘가 또 숲속에 들어갔나?'하는 생각에 이르렀다. 상수리나무 얘기는 새봄이에게 몇 번 들었던 얘기지만 실제로 볼 수는 없었다. 그래서 얘가 무슨 헛것을 보고 그러나 보다 생각했기 때문에 신경 쓰지 않았었다. 좀 더 기다려보자 생각했다. 숲에 들어갔다면 늦게라도 돌아올지 모르는 일이었다.

그러나 밤이 이슥한데도 새봄이는 나타나지 않았다. 가끔 어울리는 대웅이가 혹시나 알까 해서 전화해봤지만 만나지 않았다고 했다. 집안의 불이란 불은 모두 켜놓고, 밖에 있는 등도 모두 켜놓았다. 마치 등대 불빛을 보고 배가 방향을 잡아 돌아오듯이 새봄이가 숲에 들어갔다면 캄캄한 숲에서 집에 환하게 밝혀 놓은 빛을 보고 들어오라는 뜻이었다. 하지만 불빛을 보고 길잡이 삼아 들어오라는 새봄이는 소식이 없었다.

상구는 밤새도록 잠도 못 자고 집 안팎을 서성거렸다. 캄캄한 숲속을 혹시나 해서 손전등으로 몇 번이고 비춰보았다. 아무런 움직임도 볼 수 없었다. 그리고 이미 밤이 너무 늦어서 이웃 사람들에게 알릴 수도 없었다. 재현에게는 전화해볼까 하다 그만두었다. 지난번에도 새봄이가 사라져 난리를 친 적이 있는데, 영 내켜 하지 않는 사람을 억지로 숲에 끌고 들어간 적이 있었다. 상구 일을 잘 도와주는 현동이는 서울에 갔다. 어스름 새벽이 오는데도 새봄이는 돌아오지 않았다. 상구는 꼬박 밤을 새웠다.

다음날 상구는 재현이부터 찾아갔다. 그래도 의지할 구석은 재현밖에 없었다. 새봄이가 집에 들어오지 않은 자초지종을 얘기했다. 여태껏 들어오지 않은 것을 보니 분명 일이 난 게 틀림없다며 불안에 떨었다. 재현은 침착하라며 커피를 내왔다. 한가롭게 커피를 마시고 있을 수 없는데도 재현은 커피를 마시며 침착하라고 재차 권했다.

"지난번처럼 숲에 들어가서 길을 잃어버린 거 아녜요? 요즘 새벽에는 무척 춥던데…."

재현이 지난번 일을 상기시키며 분명 숲에 들어가서 길을 잃어 들어오지 못했을 것이라는 추측이었다. 그때는 다행히 밤을 넘기기 전에 찾아서 집에 데리고 돌아왔지만, 이번에는 달랐다. 여름도 아니고 가을이어서 날씨도 쌀쌀하고 적당한 은신처를 찾지 못했다면 낭패였을 것이다.

"그래서 걱정된다니까요. 빨리 숲에 들어가 찾아봐야겠어요. 재현씨, 시간 되나요?"

"시간이 안 되도 내야지요. 새봄이가 무사해야 할 텐데…. 아 참, 우리만 들어가는 것보다 한 사람이라도 더 들어가서 같이 찾아보죠. 성호 형님도 집에 있을 텐데."

"저야 좋죠. 그나저나 빨리 서두르죠."

상구는 초조해서 앉아 있을 수가 없었다. 재현은 영문도 모르는 성호에게 전화해서 빨리 나오라고 소리쳤다. 새봄이 사라졌다는 말만 듣고 부리나케 성호도 합류했다.

"아니 새봄이가 사라졌다니, 무슨 일이야?"

세 사람은 나란히 새봄이가 숲에 들어갈 때마다 지나는 찰피나무 밑을 통과해서 숲으로 들어갔다. 숲속을 걸으면서 재현이 성호에게 자초지종을 설명했다.

우선 지난번 새봄이를 발견한 곳부터 가보기로 했다. 그러나 흔적은 없었다. 한편에 노루 똥만 가득 쌓여 있었다. 노루가 떠나지 않고 둥지로 계속 쓰고 있다는 흔적이다. 재현은 자기가 개를 찾으러 다녔던 경험을 떠올려 더 위로 올라가 보자고 했다. 그곳에 큰 바위가 있으니 그 밑에 은신했을지도 모른다고 했다. 역시 아무런 흔적을 발견하지 못했다.

다시 계곡을 따라 아래로 내려왔다. 내려오면서 상구는 새봄이 했던 말을 떠올리며 일행에게 그 얘기를 했다.

"새봄이가 종종, 이 숲속에 거대한 상수리나무가 있다고 했는데, 혹시 못 보셨어요? 새봄이가 그 상수리나무 얘기를 하면서 거기 자주 간다고 지나가는 말처럼 했거든요."

"상수리나무야 이 숲속에 흔하잖아? 얼마나 큰 나무를 말하는 거야?"

성호가 반문하며 말했다.

"저도 잘 모르겠어요. 새봄이 말로는 엄청 크다고 하던데…."

"아, 참네! 그렇게 해서 어떻게 찾아. 이 숲속에 있는 큰 상수리나무 찾자면 수백 그루는 되겠네."

하긴 그랬다. 그냥 큰 상수리나무라고만 하면 집 주변만 해도 대여섯 그루가 서 있다. 성호는 틈만 나면 주변에 열매며 산나물 채취를 하러 다녔기 때문에 웬만한 큰 나무는 눈에 익다. 그냥 어중간하게 말해서는 기억하지 못할 것이다. 계곡을 따라 계속 내려가도 새봄이는 보이지 않았다.

"우리 저 계곡을 한번 건너가 봐요."

재현이 눈앞에 계곡을 가리켰다.

성호가 계곡 안을 들여다보았다. 성호는 눈이 휘둥그레지면서 겁을 냈다.

"계곡이 너무 깊은데…. 다른 곳은 없는지 더 찾아보자고. 아마도 건너갈 만한 곳이 있을 텐데…."

성호와 일행은 다시 올라가며 계곡을 살폈다. 살펴 가며 올라가다 보니 좀 얕은 계곡이 눈에 띄었다. 상구는 건너갈 만한 곳임을 직감하고 이리저리 살피고 있는 재현과 성호에게 소리쳤다.

"여기 건너갈 만한 곳이 있는데요! 짐승들도 여기로 많이 지나다니나 봐요. 길이 나 있어요."

소리치는 곳을 가보니 정말 다른 곳과는 다르게 계곡이 좁아졌다. 그리고 길이 나 있었다. 그러나 풀숲을 젖혀야 보이지 눈에 잘 뜨이는 곳은 아니었다. 일행은 그 계곡을 건너갔다. 바로 새봄이가 건너다녔던 누리장나무가 있는 곳이었다.

계곡을 건너 숲에 들어가니 이편에 있는 숲이 더 우거졌다. 마치 사람 손을 거의 타지 않은 정글 같았다. 일행은 새봄이가 이렇게 깊은 곳까지 들어왔을 리는 없다고 동시에 생각했다. 그래도 이왕에 들어온 거더 돌아보기로 했다. 특히 커다란 상수리나무가 있는지 집중해서 살펴봤다. 상수리나무가 이곳에도 흔하게 눈에 띄었다. 그러나 거대한 상수리나무가 어디 있는지 잘 보이지 않았다. 높이가 2~30m 이상 되는 상수리나무는 여기저기에 많이 보였지만 특이하게 느낄 만큼 거대한 나무는 발견할 수 없었다.

얼마나 헤매고 다녔는지 모른다. 해를 중천에서 본 것이 얼마 전이었다. 이렇게 계속 헤매고만 다닐 수 없었다. 새봄이 흔적은 어디에서도 발견되지 않았다. 상구는 일행에게 미안하여 이제는 돌아가자고 말했다. 그러나 세 사람 얼굴은 시간이 지날수록 점점 더 어두워졌다.

숲에서 나와 상구 집에서 잠시 쉬었다. 상구는 밖에 나가서 점심이나 같이 먹고 들어오자고 권했으나 이 상황에서 무슨 밥을 먹겠느냐고 극구 사양했다.

차만 마시고 가겠다고 해서 차를 마시다가,

"혹시 다른 데 간 거 아녜요? 우리가 그렇게 숲속을 샅샅이 뒤졌는데도 안보였잖아요? 짐작 가는 데 없어요?"

재현이 의구심 강한 표정으로 말했다.

상구는 힘없이 고개를 가로저었다. 다른 데 갈 곳이 없었다. 새봄이는 여태껏 안으로만 자기 성을 쌓고 살아서 주변에 아는 사람이 없었다. 재현과 성호를 보내놓고 곰곰이 생각했다. 갈 곳이 있을 리 없었다.

그러다가 언뜻 혜숙을 떠올렸다. 며칠 전 엄마 생각나지 않느냐고 물었을 때 강하게 부정했지만, 강한 부정일수록 긍정인 경우도 많다.

"혹시, 애가 엄마한테 갔나?"

상구는 혼자 중얼거렸다.

그럴지도 모르겠다고 생각했다. 그러나 막상 그렇게 생각이 들어도 전화를 하려니 망설여졌다. 그게 확실한 게 아니고 추측에 불과한 것이며, 한편 전화를 해서 그곳에 가 있다는 사실이 확인되면 그나마 다행이지만 그렇지 않다면 새봄이가 실종됐다는 사실을 알리는 꼴이 되기 때문이다. 저녁이 됐어도 새봄이 소식이 없자 더욱더 초조해졌다.

더는 망설이고만 있을 수 없었다. 두려움과 희망이 뒤섞인 심정으로 혜숙에게 전화를 걸었다. 저쪽에서는 전화를 받았으나 말이 없었다. '혹시 새봄이가 당신에게 가지 않았어?'라고 묻자, 그제야 깜짝 놀라는 눈치였다. 오지 않았다고 했다. 애가 어제 갑자기 사라졌고, 오늘도 찾아다녔는데 못 찾았다고 풀이 죽어 말했다. 그러자 혜숙이 호들갑을 떨며 오히려 상구를 책망하는 말을 마구 쏟아냈다. 이제 애를 둘씩이나 잡게 생겼다고 불같이 화를 냈다. 거기 내려가서 새봄이 하나 잘 데리고 있으라고 내려보냈더니 또 사고가 터졌다고 울부짖었다. 상구는 혜숙이 그렇게 마구 막말을 쏟아내도 대꾸할 기운이 없었다. 새봄이가 거기 가지 않은 게 확인됐으니 더 듣고 있을 필요가 없어졌다. 전화를 일방적으로 끊었다.

어둑해질 무렵 대웅이가 찾아왔다. 누나가 없어졌다고 해서 걱정돼서 찾아왔다고 했다. 그리고 얼마 전 새봄이와 상수리나무를 찾아 숲에 들어갔다 왔는데, 누나가 말했던 그 커다란 상수리나무를 찾지 못하고 그냥 나왔다고 말했다. 그 말을 하면서 대웅이는 얼굴이 거의 흙빛으로 변했다. 자신이 새봄이 말을 믿지 못하겠다는 투로 건넨 말이 후회되었다.

대웅이와 이야기하고 있는데, 저녁을 먹고 왔다며 재현이 다시 상구 집에 내려왔다. 걱정돼서 내려왔다고 했다. 상구는 새봄이 엄마에게도 전화해봤는데, 거기에 가지 않았다고 말했다. 그리고 방금 대웅이가 한 얘기도 전했다. 놀랍지 않다는 눈치다.

"저녁 먹으면서 생각해봤는데요, 숲속을 한 번 더 뒤져보는 게 어때요? 새봄이가 숲에도 자주 간 적이 있고, 상수리나무 얘기도 자주 했다면서요. 더군다나 대웅이와 그곳을 찾아 들어갔었다면 아마도 또…. 우리가 찾지 않은 곳이 있을지도 몰라요. 이 숲은 길을 잘못 들면 엉뚱한 곳으로 빠지는 경우가 많아요. 현동이도 지난번에 엉뚱한 곳으로 빠졌잖아요."

상구는 재현의 말이 일리가 있다고 생각했다. 새봄이가 숲에 들어가서 길을 잃어 산 능선을 우연히 넘게 되면 방향감각을 잃어버려 전혀 엉뚱한 곳으로 빠질 가능성이 충분히 있다.

"일단 우리만으로 찾기는 힘드니, 우선 119로 실종신고부터 합시다."

재현이 생각난 듯이 제안했다.

상구는 당장 새봄이를 찾을 방법이 생각난 듯이 얼굴이 반짝 환해졌다. 왜 여태까지 그 생각을 못 했을까? 자신을 책망하듯 무릎을 주먹으로 쳤다. 전화기를 들어 소방서로 전화했다. 가까운 면 소재지에 소방서가 있다. 전화로 그간의 경과를 간단히 설명했다.

조금 있으니 소방서 관계자가 차를 몰고 집으로 찾아왔다. 벌써 주변은 캄캄했다. 찾아온 소방대원에게 다시 자세하게 설명했다. 재현도 옆에서 거들었다. 재현이 말한 대로 새봄이가 숲에 드나든 얘기를 하며 이 일대 산속을 다시 한번 수색해봤으면 한다고 말했다. 어린 소녀가 이 숲속을 헤매고 있을 거라고 애원하듯 말했다. 위험할지 모르니 당장 수색에 나섰으면 한다고 호소했다. 그러나 이미 밤이 늦어 수색하기 위험하다고 어려움을 토로했다. 좀 더 일찍 신고해주셨으면 좋았을 뻔했다고 아쉬워했다. 그리고 대원이 부족해 읍내 소방서에 지원을 요청해야 한다고도 했다. 그래서 내일 아침 일찍부터 수색하는 게 좋겠다고 했다. 어쩔 수 없었다. 재현이 상구 어깨를 토닥이며 위로했다. 소방대원이 아직 젊은 친구이니 잘 버티고 있을 것이라 말하고는 철수했다.

또 이튿날이 밝았다.

상구는 이렇게 긴 하룻밤을 경험하기는 처음이었다. 한순간도 자지 못했다. 생각 같아서는 밤중에라도 수색했으면 하는 마음이 간절했다. 그러나 소방대원의 생각은 달랐다. 새봄이를 생각하면 당장에라도 나서고 싶지만, 모든 사람의 안전이 제일이라고 생각한다며 극구 말렸다. 그래도 냉정하게 차를 타고 사라지는 소방대원이 원망스러웠다.

아침이 되자 마을 사람들이 꾸역꾸역 모여들었다. 성호를 비롯해 상수, 동식, 하성은 말할 것도 없고, 최근에 이사 온 용진, 달성, 상열도 합류했다. 인사만 나눴을 뿐 술자리 한번 갖지 않은 사람들이 돕겠다고 나섰다. 재현이 일일이 전화해서 119대원이 도착하면 수색하는 걸 같이 돕자고 전화를 했다고 한다. 거기에 우식이도 쭈뼛거리며 마당으로 걸어들어왔다. 바빠 죽겠는데 엉뚱한 일이 생겨서 일도 못 한다고 불만이 가득한 표정이 역력했다. 아주머니들도 모여서 근심 어린 표정으로 서성거렸다. 죽을상을 짓고 있는 상구에게 다가와 별일 없을 테니 걱정하지 말라며 위로했다. 그때 대웅이가 마당으로 걸어들어왔다. 자기도 누나 찾는 데 가야 한다며, 꼭 같이 가게 해달라고 상구에게 사정을 했다. 눈빛이 간절했다. 그리고 자신이 누나와 함께 들어갔던 경험이 있으니 가봐야 한다고 울먹이며 말했다. 누군가 대웅이도 이제 어린애가 아니니 데리고 가자고 했다. 모두 이렇게 자기 일처럼 나서니 분명 찾을 것이란 희망이 있었다. 그러나 긴장된 표정은 숨길 수 없었다.

조금 있으니 마당으로 현동이 걸어들어왔다. 서울에 가 있었는데, 어쩐 일이냐고 물었다.

"재현 형님이 어제저녁에 전화했어요. 새봄이가 없어졌다고…."

재현이 전화해서 지난번 경험도 있고, 네가 그래도 여기 산속 지리를 잘 아니 시간 있으면 내려와 보라고 해서 새벽에 출발했다고 한다. 상구는 재현이 말만 듣고 자기 일처럼 내려와 준 현동이 고마워 두 손을 꼭 잡았다. 현동은 별일 없을 테니 걱정하지 말라고 위로했다. 상구는 눈물을 찔끔거렸다. 재현이 다가왔다.

"빨리 왔네! 그래도 연락하는 것이 좋을 것 같아서…. 이번에는 산 너머 멀리까지 찾아보려고, 그래도 네가 경험이 있잖아? 물론 소방대원들도 있지만 같이 들어가 찾으면 나을 것 같아서 전화했다. 와줘서 고마워!"

"별말씀을요! 당연히 와야죠."

그런 말들을 주고받는 사이 소방대원들이 도착했다. 소방대장이 마당에 모인 마을 사람들을 모아놓고 행동 지시를 했다. 소방대원이 부족하니 남자들도 모두 출동하자고 제안을 했다. 이웃 사람들은 당연하다며, 완전 무장을 한 옷차림을 내보였다. 모두 장화 차림에 바람막이 옷을 단단히 여미고, 등산지팡이 하나씩 챙겨 나왔다.

세 팀으로 나누어 한 팀은 산봉우리 능선 너머 멀리까지 나가기로 하고 거기에 현동이도 따라붙었다. 재현이 현동을 산을 탄 경험이 많은 사람이라고 소방대장에 소개했다. 다른 한 팀은 재현과 성호, 동식, 그리고 상수리나무 찾으러 들어가 봤다는 대웅이와 소방대원이 한 조가 되어 계곡 너머 더 깊숙한 숲속을 찾아보기로 했다. 상구는 상수 형님이 나이가 많음에도 따라가려 하자, 그러면 멀리 가지 말고 집 주변을 비롯해 마을 인근 숲을 다시 찾아보기로 했다. 아주머니들도 몇몇이 따라나섰다. 모두 이렇게 자기 집안일처럼 나서주니 눈물겹도록 고마웠다. 무거운 마음으로 출발하면서 무슨 특이한 일이 생기면 서로 연락하기로 하고 찰피나무 밑을 통과해서 차례차례 숲으로 들어갔다.

오후 서너 시가 되도록 이상한 점이 발견되지 않았다. 인근 숲을 뒤졌던 상구와 상수, 아주머니들은 아무것도 발견하지 못하고 먼저 상구 집으로 돌아와서 소식이 오기만을 기다렸다. 재현에게 전화했더니 숲이 너무 우거져 이곳에 들어오면 길을 잃기 쉽겠다고 말했다. 더 깊숙한 곳으로 들어가 본다고 하며 전화를 끊었다. 대웅이 기억을 따라 더 깊숙이 들어갔다. 산 너머로 간 현동에게도 전화했으나 전화가 불통이었다. 그곳은 휴대전화가 되지 않는 곳인가 보았다. 차라리 새봄이를 찾지 못했다고 전해오는 것보다 나았다. 혹시나 모를 일이기 때문이다. 좋은 소식이 들려오기만을 기다렸다.

그런데 그때 상구 집 입구에 택시가 들어왔다. '택시가 여기엘 왜?' 하는 의문을 가진 사람들이 고개를 내밀고 쳐다봤다. 이곳에 택시가 들어오는 것은 아주 드문 일이다. 멀어서 여간해서는 택시를 타고 들어오지 않기 때문이다.

택시 문을 열고 나오는 사람을 보니 여자였다. 상구는 깜짝 놀랐다. 아내 혜숙이 아닌가! 상구는 허둥지둥 달려가 혜숙을 맞아들였다. 다른 사람들은 처음 보는 사람이 그것도 여자가 상구 집에 들어오니 눈이 휘둥그레져 놀랐다. 여태껏 상구 집에 여자가 찾아오는 것을 보지 못했기 때문이다. 상구 아내가 있다는 소리만 들었지, 오늘 처음 보는 얼굴이다. 이웃 사람들은 그제야 이 사람이 상구 아내임을 알아차리고 인사를 했다. 혜숙은 쭈뼛하며 인사를 건성으로 하고, 새봄이가 어떻게 됐는지부터 물었다. 아직 소식이 없다고 말했다. 사람들이 서먹서먹하며 서로 눈치를 보냈다. 둘이 할 얘기가 있을 테니 돌아가자는 것이다. 모두 각자 집으로 돌아갔다.

상구는 혜숙이 찾아올 줄은 몰랐다. 그렇게 냉랭하게 서운한 말을 퍼붓길래 기대도 하지 않았다. 새봄이 그래도 제 자식 아닌가. 이혼해달라고 요구하고는 있지만, 새봄이 사라졌다는 사실을 알고 그냥 있기는 어려웠나 보다. 안으로 들어가서 커피를 내놓고 앉았다. 어떻게 살고 있었나 궁금했는지 집안을 슬쩍 돌아보고 앉았다.

"그래도 깨끗하게 해놓고 살았네."

명색이 남편인데 딸을 데리고 내려와서 사는 동안 한 번도 내려오지 않고 신경 쓰지 않은 것에 대한 미안함의 표현인지, 아니면 신경 쓰지 않았어도 잘 살아서 다행이라는 얘긴지 모를 말을 혼잣말처럼 했다.

상구는 혜숙에게 지금 소방대원하고 마을 사람들이 산속으로 들어가 새봄이를 찾는 중이라고 설명해줬다.

"정말 고마운 사람들이네. 근데 어찌 된 거야? 왜 새봄이가 숲속에 들어가?"

도무지 이해할 수 없다는 듯이 혜숙은 도리질했다.

상구는 자기가 보고 느낀 대로 새봄이 고라니를 만난 날부터 지금 실종되기까지 이야기를 해줬다. 그 고라니를 만나러 가끔 숲에 들어갔다 나오곤 했다고 말했다. 그래도 여기 와서 고라니를 만나고 조금은 쾌활해졌다는 얘기도 덧붙였다.

그렇게 긴 얘기를 아내에게 하는 사이 땅거미가 내려앉을 시간이 되어서야 먼저 재현 일행이 들어왔다. 대웅이가 가보자는 곳으로 갔지만 상수리나무도 보이지 않았고, 새봄이 흔적도 찾을 수 없었다고 했다. 그로부터 1시간쯤 후에 현동 일행도 도착했다. 현동 일행은 산 너머를 가로질러 정반대 방향 마을로 내려갔다. 차를 가지고 데리러 오라고 해서 다른 소방대원이 데리고 온 참이었다. 역시 흔적을 찾을 수가 없었다고 했다. 숲에 정말 들어간 건지도 확실히 모르겠다고 고개를 갸우뚱했다. 소방대원은 일단 철수해야겠다며, 무슨 다른 소식이 생기면 연락해달라는 말을 남기고 떠났다. 다른 사람들도 상구 아내가 온 것을 보고 눈인사를 하고 나서 각자 뿔뿔이 흩어졌다. 현동이 상구에게 내일 더 찾아보자는 말을 하고 집으로 돌아갔다.

귀신이 곡할 노릇이었다. 그렇게 찾아 헤맸는데 새봄이는 어디로 사라졌단 말인가? 상구는 불안해서 어쩔 줄을 몰랐다. 더 늦어지면 새봄이가 버티지 못할 것이라는 불안감도 엄습했다. 그리고 이 숲속에는 멧돼지를 비롯해 새봄이를 해칠만한 짐승도 꽤 있다고 생각하니 더욱더 불안했다. 어디 은신처라도 찾아서 숨어 있다면 모르되, 연약한 새봄이가 숲에서 며칠 밤낮을 견딘다는 것은 상상할 수가 없었다.

아무 성과 없이 소방대원이 돌아온 것을 안 혜숙은 실신 지경이었다. 새봄이를 살려내라며 상구를 붙들고 흐느껴 울었다. 어떻게 새봄이를 관리했길래 숲으로 나돌아다니게 놔뒀느냐고 소리소리 질렀다. 상구는 혜숙이 무슨 말을 해도 할 말이 없었다.

그렇게 울다가 지쳤는지 소파에 누워 잠이 들었다. 가만히 혜숙의 얼굴을 들여다봤다. 미안했다. 시집와서 마음 편하게 해주지 못한 것이 너무 후회되었다. 새봄이 체취라도 맡으며 자도록 새봄이 방에 안아다 뉘었다. 접촉한 기척에 깰 법도 한데 깨지 않았다. 아니 깨지 않은 척했을

지도 모르겠다.

상구는 또 긴 긴 밤을 보냈다. 다음날 새벽같이 혜숙이 올라가야겠다며 자동차로 기차역까지 태워다 달라고 했다. 상구는 혜숙이 좀 더 있다가 갔으면 했지만 할 수 없었다. 붙잡을 처지가 아니었다. 새봄이가 어디 있는지도 모르는 상태에서 무작정 머물러 있을 수도 없다며 올라가는 게 낫겠다고 했다. 새봄이 소식이 있으면 연락해달라는 말밖에 없었다.

이 숲을 지키지 않을 수가 없어

그것은 우연이었다.

누구의 조화로 하늘다람쥐 몸으로 변신한 것인지 새봄이 자신도 몰랐다. 새봄이는 멧돼지, 담비 등으로부터 추적을 피하려고 마음속으로 간절히 원했다. 예전에 하늘다람쥐가 새봄이 길 안내할 때 나무 사이사이를 자유자재로 날아다니는 것을 보았다. 멧돼지에게 쫓기는 순간에 언뜻 그 생각이 났다. 하늘다람쥐로 변신하면 멧돼지의 추적을 모면할 수 있을 것이라는 생각뿐이었다. 그런데 그 간절함이 통했던지, 아니면 알 수 없는 어떤 조화가 있었는지 새봄이 원한대로 하늘다람쥐가 되었다.

상수리나무 우듬지에서 한동안 내려올 수 없었다. 멧돼지와 담비가 북쪽 숲으로 사라졌지만 새봄이가 다시 내려오기만을 숲 어딘가에 숨어서 호시탐탐 노려보고 있을지 모른다는 생각이었다. 그도 그렇지만 갑자기 새봄이 몸이 하늘다람쥐가 되었다는 사실에 자기 자신도 믿을 수 없어 변신한 몸을 자꾸만 살펴보았다. 융털같이 보드라운 회갈색 털에 익막이 뚜렷하게 발달해 있었다. 꼬리를 흔들어 보았다. 분명 새봄이가 보았던 그 하늘다람쥐가 영락없었다.

그러나 이내 걱정되었다. 위험에서 벗어나려 하늘다람쥐가 되게 해 달라고 빌었지만 이제 어떻게 해야 할지 난감했다. 이 모양으로 집에 갈 수도 없었다. 아빠가 자신을 알아볼 리 없었다. 상수리나무 가지에 앉아 어쩔 줄 몰라 하고 있을 때 뭔가 기어오르는 게 보였다. 예전에 그 하늘다람쥐였다. 반가웠다. 우선 얘기할 상대가 필요했다.

"내가 너하고 똑같은 모습이 됐어. 나도 뭐가 뭔지 모르겠어?"

새봄이는 불안함과 놀라움이 뒤섞인 감정으로 말했다.

하늘다람쥐는 다 알고 있다는 듯이 빙그레 웃었다.

"알아, 그건 그렇고 고라니가 널 무척 걱정하고 있더라. 같이 도망가 다 헤어졌는데 어떻게 됐나 하고…."

"맞아, 소담이가 정말 걱정하겠다. 지금 소담이는 어딨어?"

하늘다람쥐는 대답은 하지 않고 따라오라는 듯이 꼬리를 까닥이며 돌아섰다.

상수리나무 가지를 타고 내려가다 옆에 있는 소나무로 훌쩍 날아갔 다. 새봄이도 똑같이 소나무로 옮겨가려 몸을 움직였다. 종종걸음으로 내려가는데 상수리나무 중간쯤 구멍에서 얼굴을 삐죽이 내밀고 바라 보는 게 있었다. 부엉이가 새봄이와 눈이 마주쳤다. 다 알고 있다는 듯 이 눈만 끔벅거렸다. 잠시 무슨 말인가 부엉이에게 물어보려다 소나무 가지에서 하늘다람쥐가 손 흔들며 재촉하길래 얼른 새봄이도 날아올 랐다. 새봄이도 하늘다람쥐처럼 훌쩍 날아올랐다. 믿을 수 없는 상황이 벌어졌다. 기분이 상쾌했다. 전에 느껴보지 못하던 자유로운 기분이 온 몸을 짜릿하게 감쌌다. 하늘다람쥐 옆에 착지했다. 새봄이는 자기가 날 아오른 일이 자랑스러운 듯이 옆에 하늘다람쥐를 보았다. 하늘다람쥐 가 잘했다며 엄지를 번쩍 들어 올렸다. 느릅나무로 옮겼다가 층층나무로 옮겨갔다. 새봄이도 똑같이 따라 했다. 잣나무 숲이 우거진 곳에 당도했다.

잣나무 가지에서 하늘다람쥐가 아래를 가리켰다. 잣나무 아래 바위 틈새 은밀한 곳에 소담이가 웅크리고 있었다. 두려워서 숨어 있는 것인지, 아니면 쉬고 있는 것인지 구분을 할 수 없었다. 아마 멧돼지 추격을 피하고 있는지도 몰랐다. 새봄이는 혹시나 멧돼지나 담비 등이 있는지 주위를 살핀 다음 조심조심 소담이가 있는 곳으로 내려갔다. 소담이는 하늘다람쥐가 내려오는 것을 보고 눈이 휘둥그레졌다.

"소담아, 놀라지 마! 나야, 새봄이."

새봄이는 소담이와 헤어지고 나서 벌어졌던 일을 소상히 설명했다. 설명하면서도 자신이 믿기지 않는다는 듯 여전히 놀라워했다. 소담이는 다 듣고 나서 집히는 게 있는지 웃었다.

"난 네가 그놈들한테 잡혀서 일 난 줄 알고 얼마나 걱정했다고…. 다행이다. 너도 놀라고 피곤할 테니 어떻게 할지 일은 나중에 생각하고 우선 저 하늘다람쥐 집에 가서 쉬는 게 낫겠다."

소담이가 이제 안심했다는 듯이 긴 한숨을 토해냈다.

그리고 생각난 듯 새봄이에게 말했다.

"그런데, 마을 사람들이 네 이름을 부르면서 온 숲속을 찾고 다니더라. 네 아빠 모습도 봤어. 사색이 되어 있던데…. 네가 없어져서 찾고 다니나 봐."

새봄이는 그렇지 않아도 아빠가 무척 걱정되었다. 하지만 지금 나타나 봐야 알아보지도 못할 테고, 우선 피곤해서 자야겠다는 생각만 굴뚝 같았다. 순식간에 너무 많은 변화를 겪었더니 정신도 없고, 무슨 일인가 싶어 혼란스러웠다. 일단 자고 나서 정신을 차린 다음 이따 밤에

나 움직여야겠다고 생각을 했다. 새봄이는 하늘다람쥐를 따라가 커다란 떡갈나무 구멍으로 들어갔다. 하늘다람쥐 집이었다. 이내 잠이 들었다. 스르르 눈이 감기는 것을 막을 수가 없었다.

얼마나 잠을 잤는지 몰랐다. 눈을 떠보니 밖이 어두컴컴했다.

"깼구나! 그렇게 곤히 자니 깨울 수가 있어야지. 하긴 우린 낮에는 돌아다니지 않으니 너를 깨울 필요도 없지."

하늘다람쥐가 옆에서 나갈 채비를 하는지 부스럭거리며 말했다.

"내가 여기서 얼마나 잤어?"

새봄이 미안한 듯이 물었다.

"어제저녁부터 오늘 저녁까지 꼬박 잤지! 난 그렇게 자라고 해도 잘수 없을 거 같은데…. 근데 오늘 낮에 종일토록 우리 숲속이 엄청 시끄러웠어. 그렇게 많은 사람이 숲에 들어온 건 처음이야. 네 이름을 부르며 여기저기 들쑤시고 다니는데…. 난 무서워서 집 안에 꼭꼭 숨어 있었지. 네가 없어져서 찾으러 다니는 것 같아. 네가 깨면 알려주려고 기다리고 있었어. 난 지금 이맘때면 열심히 도토리나 잣을 찾으러 다녀야하는데…."

하늘다람쥐는 이제 새봄이에게 알려줬으니 나가봐야겠다고 구멍을 빠져나갔다.

새봄이도 여기에 이렇게 무작정 있을 수는 없어서 하늘다람쥐를 따라나섰다. 앞서 나간 하늘다람쥐는 벌써 어디론가 사라졌다. 동작이 여간 재빠른 것이 아니었다. 우선 집으로 가봐야겠다고 생각했다. 밤길인 데도 새봄이 눈에는 환하게 불이 켜져 있는 것처럼 잘 보였다. 나뭇가지 사이사이를 날아 금방 집 앞에 다다랐다. 찰피나무 꼭대기에 앉아집을 바라봤다. 불이 환하게 켜져 있었다. 하지만 의외로 조용했다. 아빠가 마을 사람들과 함께 웅성거리며 시끌벅적거릴 줄 알았는데 아무도 보이지 않았다.

불이 켜져 있는 거실 안을 들여다보았다. 찰피나무에서 보아도 새봄이 집 거실은 훤히 들여다보였다. 불이 환하게 밝혀진 거실에는 두 사람이 보였다. 한 사람은 아빠가 분명한데, 또 한 사람은 분간이 가지 않았다. 커튼에 가려 소파에 앉아 있는 사람이 잘 보이지 않았기 때문이다. 두 사람이 심각한 표정으로 얘기하고 있었다.

집에서 더 가까이에 있는 야광나무로 옮겨갔다. 야광나무에는 빨간 열매가 가득 열렸다. 지금은 그러나 야광나무 열매가 눈에 들어오지 않았다. 아빠가 어떻게 하고 있는지 궁금해서 견딜 수가 없었다. 야광나무에서 보면 찰피나무에서 볼 때와는 달리 소파가 보이는 쪽으로 방향이 틀어져 있어 소파에 앉아 있는 사람이 잘 보일 수 있었다.

"앗! 엄마다. 엄마가 여길 어떻게 왔지!"

새봄이는 깜짝 놀랐다.

그토록 보고 싶었지만, 아빠를 생각해서 냉정한 척 거짓 감정을 내보였었다. 새봄이는 너무 반가운 나머지 야광나무에서 뛰어 내려 거실 창문 앞까지 한달음에 뛰어갔다. 그러나 아무도 밖을 내다보지 않았다. 엄마는 아빠에게 화를 내는 것인지 소리 지르다가, 또 흐느껴 울기도 했다. 한참을 그렇게 울다가 엄마가 소파에 스르르 누워버렸다. 아빠는 그 모습을 한동안 바라보았다. 그리고 엄마를 안아 새봄이 방에 옮겼다. 새봄이는 엄마를 소리쳐 불렀으나 찍찍, 소리만 나왔다. 아빠라도 밖을 내다보면 좋으련만 냉장고에서 술병을 꺼내 혼자 술을 마시고 방으로 들어가면서 거실 등을 껐다. 집안이 캄캄해졌다. 새봄이는 혹시나 아빠가 담배를 피우러 밖에 나올지 모른다는 생각에 한참을 기다렸지만 헛수고였다. 추위가 털 속을 파고들었다. 새봄이는 추위에 떨다 떡갈나무 하늘다람쥐 집으로 돌아왔다.

임시 대책위는 내용증명까지 보내 마을 임시총회를 소집해달라고 했지만 아무런 회신이 없었다. 내용증명에 지정한 날짜가 임박해서야 이장에게서 연락이 왔다. 총회는 소집할 건 없고, 임시 대책위 대표자와 만나자고 했다. 최고 연장자인 길수 노인과 재현이 이장을 만났다. 이장은 여전히 불만 가득한 표정이었다.

재현은 이장이 우리와 같이 행동해 줬으면 좋겠다는 말과 그동안 서명을 받은 서명부를 내밀었다. 마을 주민 80%에 가까운 사람들이 서명한 명부를 뒤적거리며 조금은 당황한 눈치였다. 상구가 작성한 반대 탄원서도 내밀었다. 이장은 이걸 어떻게 했으면 좋겠냐고 물었다. 재현이 우선 이걸 군청에 접수하자고 했다. 다른 관련 기관에는 먼저 군청에 접수해서 반응을 보고 접수하는 게 좋겠다고 말했다.

이장은 떨떠름한 표정을 짓다가 안 되겠던지 마지못해 응하듯이 말했다.

"나도 사실 풍력발전이 여기 들어오는 거 좋아하지 않아요. 하지만 우리가 반대한다고 해서 그게….."

그 말을 듣고 길수 노인이 발끈하고 나섰다.

"아니, 여보슈 이장. 내 알기로 당신네도 여기서 대대로 농사짓고 살고, 또 농토도 꽤 많이 갖고 있지 않소? 그런데도 그렇게 뜨뜻미지근하게 나오고 있소?"

길수 노인이 화가 난 듯 목소리가 커졌다. 여전히 말속에는 땅 이야기가 빠지지 않았다.

길수 노인이 큰 소리로 떠들어 산통을 깰까 염려하여 재현이 슬쩍 손으로 제어했다. 낌새를 보아하니 잘만 설득하면 이장도 수그리고 들어올 것 같다는 생각이 들었다. 그런데 부아를 건드리다 발끈하고 자리를 박차고 나가버리면 낭패였다. 이장도 한 성질 한다는 소문이 있다. 길수 노인은 눈치를 챘는지 뒤로 물러서 재현에게 맡긴다는 표정을 지었다.

길수 노인의 노기 띤 기세에 이장이 움츠러들어서 그런지는 모르지만, 어쨌든 자세를 바꾸어 선선히 응했다.

"그럼, 총회 소집할 거 없이 내가 그거 면에다 접수하면서 면장님한테도 말씀드리고 면사무소를 통해서 군청에 정식으로 접수해달라고 할 테니 이리 주슈."

그렇게 해서 반대 탄원서와 서명부를 군청에 접수했다.

그러나 날이 가도 군청에서는 가타부타 아무런 전갈이 오지 않았다. 기다리다 못한 임시 대책위는 군청에 군수를 직접 만나 자초지종을 설명하기 위해 면담을 신청하자고 하였다. 이장에게 동행하자고 하였으나 극구 자기는 빠지겠다며 당신들이 알아서 하라고 한다. 그러면 군수와의 면담 신청을 해달라고 부탁했다. 이장은 한참을 망설이다가 마지못해 허락했다. 이장은 매사가 그랬다. 앞으로 나서지 않았다.

군수와 면담 날짜가 잡혀 임시 대책위 사람 다섯 명이 군수를 면담하기로 했다. 재현은 상구에게도 같이 가자고 종용했으나 새봄이도 실종된 마당에 마음이 편치 않아서 나설 수 없었다. 상구는 자기는 못 가니 다른 사람들이 갔다 와서 얘기나 해달라고 말했다. 벌써 새봄이가 사라진 지 여러 날이 지났다. 정식으로 실종신고를 하고 찾아주기를 바랐으나 아무런 소식이 없었다.

재현이 군수와 면담을 다녀와서 전한 얘기는 실망스러웠다.

군수는 평창군에 풍력발전 개발 문제로 민원이 폭주하여 여간 골치 아픈 게 아니라고 했다. 그런데 또 민원이 들어오니 귀찮은 눈치를 보였다고 한다. 본인도 여러분들과 같이 우리 군에 풍력발전이 더 들어오는 것을 반대한다고 했다. 앞으로 풍력발전 개발허가 신청이 들어오면 여러 가지 사항을 들어 반대할 거라고 했다. 안심하고 있으라고까지 했다고 한다. 그러나 문제는 마지막 단서를 단 게 영 께름칙했다고 재현이 말했다. 군수 말인즉, '우리가 그렇게 반대하고 허가를 내주지 않아도 업체 측에서 법원에 소송을 걸면 우리로서도 다른 방법이 없어요. 소송에서 이기면 다행이지만 지면 담당 공무원도 다치고, 나도 곤란해져요. 훨씬 복잡해진다는 얘기지. 그때는 어쩔 수 없이 여러분들도 이해를 해줘야 합니다'라고 말하며 면담을 끝냈다고 했다.

군수 면담을 끝내고 와서 임시 대책위는 설왕설래했다. 누구는 군수 말을 한번 믿고 기다려보자는 측도 있었고, 군수가 마지막에 자기가 빠져나갈 구멍을 마련하는 것으로 봐서 군수도 결국 업체 측과 한통속일 수밖에 없다고 주장하는 사람도 있었다. 재현과 상구도 후자에 가깝다고 의심했다. 군수만 믿고 있을 게 아니라 반대 탄원서를 다른 곳에도 보내자고 주장했다.

그리하여 임시 대책위는 산자부와 원주지방환경청, 동부지역산림청에도 반대 탄원서를 보냈다. 다른 기관에서는 아무런 연락이 오지 않았는데, 동부지역산림청에서만 무슨 일인지 파악하고 싶다며 면담하자고 연락이 왔다. 관할 행정기관이니 당연했다. 대표단을 꾸려 면담하고 왔지만 역시 시원찮은 반응이었다. 산림청은 허가 기관이 아니고 해당 산림이 국유림이기 때문에 협의 대상일 뿐이라고 했다. 최종적인 개발허가권자는 해당 관할 시·군이기 때문에 평창군에 개발 허가신청이 들어오는지 잘 알아 보라는 조언뿐이었다. 어쨌든 협의가 들어오면 최대한 법률요건을 들어 반대하겠지만 장담할 수 없다는 내용이었다.

행정기관 민원창구의 사고방식은 다 이런 식이다. 민원인의 어려움을 적극적으로 이해하려고 하지 않는다. 민원인의 고충을 들어주는 척하며 어떻게 하면 자기들이 다치지 않고 빠져나갈지부터 구멍을 찾아 놓는다.

이렇게 행정기관만 찾아다니며 호소해봤자 큰 소득을 얻을 수 없을 거라는 불안감이 엄습해왔다. 아직 업체에서 군청에 개발 허가신청을 넣었다는 소식이 들리지는 않았지만, 우호적인 주민들을 접촉하며 더 적극적으로 나섰다. 이장은 여전히 수수방관하고 있었다.

그러다 이상한 소문까지 들렸다. 개발업체 관계자가 군청 담당과에 왔었다고 한다. 상황이 어떻게 돌아가는지 파악해보기 위해 왔다고 해서, 군청 담당자가 주민들 거의 모두가 반대하고 있는데 개발사업이 가능하겠느냐고 반문했다고 한다. 그런데 그들은 반대하는 주민이 50 % 도 되지 않는다고 자신만만한 태도를 보이며 조만간 다시 찾아오겠다고 하고는 돌아갔다고 한다. 노인회장이 군청 노인회 모임이 있어서 나갔다가 들었다고 했다. 다른 면 노인회 사람이 풍력발전 문제가 어떻게 돌아가고 있느냐고 물어보길래, 지금 탄원서도 보내고 반대하기 위해 대책위도 꾸렸다고 했더니, 자신도 군청 사람한테서 들었다며 이야기를 전해주더란다.

반대 대책위 사람들은 마음이 급해졌다. 이러다가 앉아서 당하는 것은 아닌지 불안했다. 어떤 사람은 풍력발전 싸움에 경험이 있는 외부 환경단체에 도움을 요청하는 게 어떻겠냐고 제안을 했다. 우리는 싸움 경험도 없고, 저들과 싸우기 위해서는 정확한 지식으로 무장해야 하는

데 여러모로 부족하다는 이유를 들었다. 그것도 일리가 있다고 많은 사람이 머리를 끄덕였다.

그러나 우리가 단일대오를 형성해서 싸우지 않고는 동력이 구축되지 않으니 먼저 군청에 모여서 항의 집회라도 하는 게 좋지 않겠냐고 조심스레 말하는 사람이 있었다. 재현이였다. 재현이 사람들을 설득했다. 외부 단체나 사람이 처음부터 결합하면 위화감이 조성될 수도 있고, 또 그들에게 의존하게 되면 투쟁력이 저하될 게 뻔하다고 했다. 그리고 이 지역은 대체로 보수적인 풍토가 강해서 불순분자니, 뭐니 하며 색깔을 씌워 공격할 것이고, 그렇게 되면 우리 쪽 운신 폭이 굉장히 위축될 수 있다고도 했다. 더 중요한 것은 다른 데 있다고 했다. 지금은 이장이나 일부 사람들이 참여하고 있지 않지만 언젠가는 그들을 설득해서 같이 해야 이길 수 있지, 그렇지 않으면 지는 싸움을 할 수도 있다고 했다. 따라서 외부 사람들을 접촉하는 것은 지금은 아니고 정말 싸움이 힘에 부칠 때 그때 가서 해도 늦지 않다고 했다.

상구도 재현의 의견에 동의했다. 듣고 있던 사람들도 재현의 논리정연한 의견에 이구동성으로 찬동했다. 이제 마음이 어느 정도 한곳으로 모였다. 이장을 비롯한 일부 다른 사람들이 함께할 수 있도록 설득을 계속하면서, 또 한편으로는 상황 전개에 따라 언제든지 주민들의 강력한 의사를 보여 주기 위한 만반의 준비를 하기로 하였다. 군청에 가서 항의 집회를 하자는 결의를 다졌다.

새봄이는 다음날 일찍 엄마를 보기 위해 나섰다.

하늘다람쥐는 낮에는 떡갈나무 구멍 집에서 하루 내내 자고 밤에 먹이활동 한다. 하늘다람쥐가 깰까 조심하면서 몰래 빠져나왔다. 아침 날씨는 쌀쌀했다. 하늘다람쥐는 이렇게 아침 일찍 활동하지 않으므로 나뭇가지에 앉아 지저귀던 새들이 깜짝 놀라 쳐다봤다. 그러나 새봄이는 마음이 급해 새들 눈초리는 안중에도 없었다. 빨리 엄마가 있는 집으로 가봐야 했다. 집 근처 찰피나무에 도착한 것은 이른 아침이었다.

마침 그때 아빠가 현관문을 먼저 나오고 곧바로 엄마가 따라 나왔다. 아무 말도 없이 아빠는 앞 운전석에 타고 엄마도 이어서 차에 탔다. 새봄이는 엄마를 소리쳐 불렀다. 엄마는 어디서 찍찍, 거리는 소리에 무슨 일인가 싶어 차에 오르려다 말고 뒤돌아보았으나, 아무것도 못 본 듯 이내 차에 올라타 문을 닫았다. 새봄이가 아무리 소리쳐 불러도 그건 사람 소리가 아니었다. 그러니 엄마가 그 소리를 알아들을 리 없었다. 차가 멀어지는 것을 지켜만 볼 수밖에 없었다. 새봄이는 엄마를 목이 잠기도록 불렀으나 소용없었다.

새봄이는 실망한 나머지 엉엉 울었다. 야광나무에서 빨간 열매에 취해있던 어치가 먹이를 먹다 말고 다가왔다. 무슨 큰일이 났나 싶어 궁금해서다. 아침 댓바람부터 나와서 울고 있는 하늘다람쥐는 생소하기 때문이었다. 어치가 따먹던 야광나무 열매를 새봄이에게 건네주며 물었다.

"넌 왜 이렇게 일찍 나와서 울고 있니? 무슨 일이라도 있어?"

그제야 울음을 그치고 새봄이 대답했다.

"응, 난 이 집 사는 새봄이라고 하는데, 금방 엄마가 떠났어. 난 엄마를 여기 이사 온 후로 한 번도 못 봤거든…."

그제야 어치도 눈앞에 있는 하늘다람쥐가 우리 숲에 들어오곤 한다는 새봄이라는 사람임을 알아차렸다.

"그랬구나! 하긴 네 모습을 보니 네 엄마가 알아보지 못하고 떠난 것도 이해가 되네. 그런데 어떻게 네가 하늘다람쥐로 변신해 있니?"

어치가 궁금해서 못 참겠는지 물었다.

새봄이는 자신이 변신하게 된 과정을 설명해줬다. 자기도 무슨 영문인지 모른다고 했다.

"그러면 아마도⋯."

어치는 무슨 일인지 알겠다는 듯이 말하려다 말고 입을 닫았다.

"왜 말하려다 말고 끊니?"

새봄이 이상하여 물었다.

"아니, 나도 그냥 짐작만 할 뿐인걸. 사실 전설처럼 말만 전해 들었지, 그런 일을 겪어본 적이 없어. 널 처음으로 본 거야. 혹시 그분이⋯."

"⋯."

새봄이는 어치가 사정을 어느 정도 알고 있으면서도 말을 하지 않는다고 생각했다. 언젠가 소담이가 간절히 원하고 진심으로 공감하면 자기뿐만이 아니라 나무와 풀들과도 이야기를 나눌 수 있다고 해서 그렇게 이루어졌고, 이번에도 정말 위기의 순간을 벗어나려 기도한 나머지 우연히 하늘다람쥐 몸을 얻었다. 그런데 '그분'이라니! 그럼 이 모든 게 우연이 아니란 말인가! 새봄이는 골똘히 생각했다.

"변신한 몸을 준 분이 따로 있나? 이상하네? 그렇다면 그분이 누구지?"

새봄이 중얼거리며 어치를 바라봤다. 아는 대로 대답해 주길 기다렸다.

그러자 어치가 부질없다는 듯이 말했다.

"그렇게 물어봐야 답이 나올 건 하나도 없어. 나도 전혀 모르는 일이야. 그냥 전설처럼 전해오는 이야기니까. 그런데 그 전설이 전해오는 옛날얘기만은 아닌가 보다."

어치는 화제를 돌리려고 뭔가 찾듯이 두리번거렸다. 물어봐야 나올 게 없으니 그만하고 다른 일이나 하자는 눈치다.

"여기 이러고 있으면 뭐 하겠니? 너희 엄마도 이제 떠났는걸. 그만 훌쩍이고, 우리 이렇게 만난 것도 인연이라면 인연인데, 기분전환도 할 겸 숲속에 들어가 구경하자. 내가 안내해줄게."

새봄이도 마냥 앉아 슬퍼하기보단 어치를 따라가 숲을 구경하는 것도 좋겠다 싶었다.

어치가 앞서서 날아갔다. 다만 하늘다람쥐는 새처럼 날 수 없으니 먼저 어치가 날아서 인근 나뭇가지에 앉으면 그 나뭇가지로 새봄이도 날아가는 방식으로 숲속 깊숙이 들어가기 시작했다. 어치와 하늘다람쥐가 앞서거니 뒤서거니 어울리는 모습을 보고 물까치가 무슨 일이냐고 물었다. 이상한 장면이라고 생각해서다. 어치가 새봄이라고 대답해주었다. 물까치는 '아, 우리 숲 귀한 손님!'이라며 반갑다 인사하고, 야광나무 열매를 찾아 날아갔다.

완연한 가을로 접어드니 풀은 추레해져 눕기 시작하고, 나무는 노랑, 빨강 옷으로 바꿔 입기 시작했다. 상수리나무도 우듬지부터 붉은 갈색 잎을 달고 아래로 차츰 갈색 물감이 흘러 내리기 시작했다. 머지않아 마른 잎을 떨어뜨릴 것이다. 하나씩 육신의 고통을 지워가는 것이다. 그러면 나뭇잎은 쪽배가 바람 부는 대로 아무런 방향 없이 그냥 흘러가듯 파란 하늘 바다를 여행한다. 그게 낙엽의 생이 다하는 여행일지 모르지만 '이제 자유다'라고 마음껏 소리 지르는 홀가분한 모습이다. 이승의 삶에 이별을 고하고 깃털처럼 가볍게 손 흔드는 것이다.

다람쥐들은 겨울 준비하느라 바쁘다. 도토리며 잣 등을 볼 주머니에 두툼하게 물어 집이 있는 굴속으로 날라 저장해두어야 하기 때문이다.

어느 때는 근처 아무 곳에나 도토리를 물어다 파묻어놓는 습성이 있다. 먹이가 부족한 이른 봄에 먹기 위해 저장해두는 것인데, 찾아 먹지 못해 가끔 그곳에서 참나무 싹이 수북하게 돋아났다.

나비, 벌도 어느새 보이지 않았다. 점박이 무당벌레는 가을 햇볕이 쬐는 바위에 모여 따뜻한 온기를 받아들이고 있다. 겨울 오기 전 마지막 움직임이다. 나뭇잎이 떨어지면 낙엽 밑에 들어가 혹독한 겨울을 견딜 것이다. 사마귀는 이미 나뭇가지에 알을 낳아 붙여놓았다.

계곡 언저리 억새는 부는 바람에 하얀 수염을 붙잡고 날아갈까 두려워하며 떨고 있고, 계곡 어둑한 숲속에는 여전히 푸르름을 자랑하는 속새가 겨울이 와도 끄떡없다며 긴 바늘잎으로 무수한 창끝을 세워 겨울에 대항하려 준비하는 듯하다. 관중은 여름내 습지에서 길고 웅장한 잎을 둥글게 꽃처럼 피우더니 어느새 담뱃잎 마르듯이 시들어갔다.

새봄이 눈에 숲속 아래는 익숙한 풍경이었다. 따라서 구경하기 힘들었던 산 정상으로 올라가 보자고 어치에게 말했다. 말 끝나기 무섭게 방향을 틀어 계곡을 따라 위로 올라가기 시작했다. 위로 올라갈수록 단풍은 고울 대로 고와져 울긋불긋 색동옷을 입은 것처럼 아기자기했다. 나무들이 저마다 가장 고운 옷으로 치장하고 뽐내기 자랑에 나온 듯하다. 연노란색, 짙은 노란색, 갈색, 붉은색 단풍 사이로 소나무와 잣나무들도 지지 않으려고 여름보다도 더 짙푸름을 자랑한다. 화려함보다는 활기찬 씩씩함으로 눈길을 끌기 위해 안간힘을 쓰는 것 같다.

한참을 단풍 든 나무와 숲과 바위, 계곡 안 풍경을 구경하며 올라가다 보니 큰 바위가 눈에 띄었다. 언젠가 재현 아저씨가 산봉우리로 올라가다 보면 정상 어름에 굉장히 커다란 바위가 있다고 했다. 바로 그 바위다. 그냥 '큰 바위'라고만 했지 얼마나 큰 건지, 생김은 어떤지 구체적인 표현이 없어서 감이 오지 않았는데, 정말 덩치는 코끼리보다도 몇 배는 더 크고, 마치 거대한 거북이가 땅을 짚고 있는 것처럼 펑퍼짐한 바위가 나타났다. 웬만한 집채보다도 컸다. 새봄이는 저렇게 큰 바위는 태어나서 처음 접해보는 것이다.

어치가 먼저 훌쩍 날아올라 바위 위에 앉았다. 새봄이는 한 번에 오르지 못하고 옆에 큰 굴참나무로 기어오르다가 거의 우듬지까지 올라가서야 바위에 뛰어 내릴 수 있었다. 순간 새봄이 입이 다물어지지 않았다. 이런 풍광은 처음 접한다. 저 멀리 마을 중심부에 옹기종기 모여 있는 집들이 달에서 바라보는 것처럼 까마득히 보였고, 새봄이가 사는 숲속 마을에도 집들이 술래잡기하듯 지붕만 빼꼼히 내밀고 숨어 있었다. 새봄이는 자기 집이 어디에 있는지 찾았으나 나무들에 가려 보일락 말락 잘 구분이 되지 않았다.

딛고 서 있는 발끝 아래 일망무제 거칠 것 없이 펼쳐진 숲이 마치 거대한 호수 물결이 출렁거리듯이 부는 바람에 따라 일렁였다. 떨어진 나뭇잎이 바람에 날아갔다. 이리저리 휘날리는 나뭇잎이 호수 위 새 떼가 정처 없이 군무 하는 듯하다.

산봉우리부터 시작한 단풍은 거의 산 아래 턱밑까지 치달았다. 단풍은 정상에서부터 물들기 시작하면 눈에 띌 사이도 없이 성큼성큼 아래로 뛰어 내려간다. 단풍이 물드는 것은 아마 신이 사람 눈을 피해 밤에 나와 날마다 한 번씩 거대한 붓으로 높은 곳에서부터 차례대로 내려가며 색칠을 하는 것이 아닌가 싶었다.

이곳은 짙푸른 호수만이 아니라 노란 호수, 빨간 호수, 주홍 호수가 마구 뒤섞여 마치 장난기 많은 어린 신이 심술부리듯이 형형색색 물감을 뿌려 그림을 그려놓은 듯하다. 그것은 아무 의도 없이 그려진 그림이라 더 인상 깊고 아름다웠다. 자연스러움 그대로였다. 그런데 새봄이 는 일본잎갈나무 군락을 보고 눈살을 찌푸렸다. 일본잎갈나무는 속성으 로 자란다고 대규모 조림을 한 수종이어서 군락을 이룬다. 그리하여 군 데군데 싯누렇게 익은 일본잎갈나무 단풍은 거대한 호수 위에 점점이 뜬 황무지 섬처럼 보인다. 아름답다기보다 황토로 뒤덮인 사막처럼 황량해 보였다. 새봄이는 '내가 숲을 그리는 어린 신이라면 황톳빛 물 감을 휘저어 저 잎갈나무숲을 마구 흩뜨려 놓고 싶다'고 속으로 생각 했다.

어치는 새봄이를 바라보며 자신도 감격에 겨운 듯 놀란 표정을 지었 다. 어치 자신은 나무 사이를 날아다니며 먹고 살기만 바빴지, 이런 풍 광을 미처 구경하지 못했다. 새봄이와 함께 처음 올라와 툭, 터진 숲을 구경했다. 이렇게 광활하고 아름다운 숲이 우리 속에 있었다는 사실을 오늘에야 알았다는 표정이다. 새봄이와 어치는 시간 가는 줄을 모르고 바위에 앉아 있었다. 새봄이는 풍경에 취해 아빠도, 엄마 생각도 잠시 잊었다. 이 아름다운 숲을 잘 지켜야 한다고 자신도 모르게 다짐하고 있었다.

해가 서산으로 넘어가는 모습을 바라보며 어치에게 말했다.

"너는 이 숲을 어떻게 생각하니? 이 숲은 너와 나, 그리고 여기 깃들 어 사는 모든 생명체에게 가장 소중한 살림터야. 이 숲이 없어지면 너 와 나는 물론이고 동물, 나무, 풀 가릴 것 없이 모두 살지 못하는 것처럼 저기 저 아래 사람도 마찬가지야. 난 오늘 문득 깨달았어. 숲은 우리 모 두의 생명과 같다고, 이 아름다운 숲은 지금 여기 사는 생명만의 것도 아니야. 대대로 이어갈 후세 것이기도 하지. 그러니 이 숲을 지키지 않 을 수가 없어! 안 그래?"

새봄이는 어치가 대답해달라고 물은 것이 아니다. 자기 자신에게 물었다. 자신의 가슴속에 맑은 샘물이 솟아오르듯 뿌듯해지는 형언할 수 없는 무언가가 있었다. 그래서 방언이 터지듯 혼자 말한 것이다. 어치도 새봄이 말뜻을 알아들었는지 묵묵히 앞만 바라보았다.

우식은 더 기다릴 수 없었다.

새봄이가 사라진 날 상구 집에 들르긴 했어도 내내 불만 섞인 표정으로 있다가 슬그머니 돌아갔었다. 상구 딸이 갑자기 없어졌다니 들르지 않을 수 없어 왔었지만, 그는 내내 자기 일이 먼저 걱정되었다. 상구 때문에 공사가 차질이 빚어져 못마땅했다. 상구 사정은 무시하고 일을 진행할 수는 있었으나 그래도 몇 가구 안 되는 마을 구석에서 크다면 큰 일이 벌어졌는데, 마냥 무시할 수만은 없었기에 공사추진 날짜를 연기했었다. 중장비업체에 연락해서 며칠만 연기하자고 했다. 그런데 중장비업체에서도 다른 공사하는 곳에 맞춰 놓은 날짜가 있는데 무작정 연기할 수는 없다고 했다. 마침 공사해달라는 곳이 생겨서 거기 며칠 갔다 올 동안만 연기하자고 했다. 일단 잠정적으로 그렇게 하자고 했다.

상구는 새봄이가 사라진 이후로 거의 식음을 전폐하듯 했다. 자책과 후회와 심지어 공포감까지 느끼며 혼이 나간 사람처럼 헤매고 다녔다. 경찰서에 실종신고도 하고, 소방서에 가서 다시 한번 수색해줄 수 없느냐고 사정도 해봤다. 그러나 별 소득이 없다며 움직이려고조차 하지 않았다. 혹시 가출했을 가능성도 열어놓고 있고, 실종신고도 해놨으니 집에서 잠시 소식을 기다리고 있으라고 종용했다. 하는 수 없었다.

대대적인 수색을 한 다음 날에도 상구는 현동 그리고 대웅이와 숲속을 더 돌아다녔다. 대웅이는 따라오지 않아도 된다며 극구 말렸지만,

막무가내였다. 하긴 이 산골에서 마음 터놓고 지낸 사람이 제 또래 새 봄이 밖에 없었으니 누구보다 걱정하는 사람은 대웅이였다. 기특하기 도 하고 고마워하며 같이 숲속에 들어갔다. 현동이 제 일처럼 앞장서주 어 얼마나 고마운지 몰랐다. 수색조가 가지 않았다고 생각되는 곳을 위 주로 찾았다. 그러나 역시 헛수고였다.

대웅이는 상수리나무를 더 찾아보자고 했다. 자신은 발견하지 못했 지만 누나가 그리 말하는 것을 이제는 믿고 싶었다. 분명 어딘가에 있 을 것 같았다. 대웅이 말이 아니더라도 지금 상태에서는 지푸라기라도 잡자는 심정으로 새봄이가 말했던 거대한 상수리나무가 있는지 찾아 보기로 했다. 지난번에도 찾아보았으나 보이지 않았지만 그래도 더 찾 아보기로 했다. 지난번 계곡을 넘어가는 길을 기억하여 누리장나무를 지나 건너갔다. 그러나 새봄이가 말하는 그렇게 거대한 상수리나무는 아무리 뒤져봐도 찾을 수 없었다. 대웅이의 낙담은 상구보다 더했다. 어깨를 늘어뜨린 채 숲에서 간신히 나왔다.

이제는 정말 얘가 어디 가출해 있다가 무사히 돌아오기만을 빌었다. 그것이 그나마 무사할 것이라는 기대였다. 숲에서 실종되었다면 여태 껏 버티고 있을 거라고 기대를 하는 것은 무리였기 때문이다. 상구는 며칠 사이에 얼굴이 많이 상했다. 상구는 폐인처럼 집안에 누워있었다.

며칠 후 우식이 음료수를 사 들고 상구를 찾아왔다. 얼굴을 보더니, 미간을 찡그렸다.

"에구, 많이 상했구만. 뭐 좀 먹기라도 하는 거요?"

상구는 무슨 일 때문에 우식이 찾아왔는지 짐작을 했다.

"형씨도 알겠지만, 새봄이 일 때문에 우리 일이 여러 날 미뤄졌지 않 소. 그래서 하는 말인데…."

우식이 말을 끊고 상구 기색을 살폈다.

상구는 괜찮다며, 계속 말하라고 눈짓했다.

우식은 헛기침을 한번 하고는 말을 이었다.

"저기 마을 위에 토지, 토목공사 하는 거, 더는 미루기 힘들 것 같소. 장비업체에 날을 맞춰 놨는데, 무작정 연기하기는 곤란하다네. 그래서 모레는 공사를 시작해야 할 것 같소. 충성이는 상구 형님 그냥 두고 우리끼리도 충분하다며 공사 시작하자고 하는데, 내 물어보고 온다고, 그런 다음에 시작하자고 했어요."

자기 일 때문에 공사가 늦어지면 우식이 입는 손해도 손해려니와 앞으로 우식이 제공하는 일자리에 나가기도 어려워질 거라는 불안감이 앞섰다. 새봄이 문제로 상구는 마음이 불편해서 내키지는 않았지만 억지로라도 나가봐야겠다고 생각했다. 새봄이 생각만 하며 없는 소식을 기다리고만 있을 수 없었다. 공사장이 집 근처이니 무슨 소식이라도 있으면 바로 상구에게 전달될 거라는 기대도 있었다.

"모레부터 시작한다고요? 그럼 나가야지요. 그런데 그 큰 나무들 마구 쓰러뜨려야 하는데, 사람이 접근하면 위험할 텐데…."

우식은 예상했던 것과 달리 상구가 선선히 대답하자, 만족했던지 너털웃음을 지었다.

"아이, 그건 걱정하지 말아요. 장비가 일을 대부분 할 텐데, 주변을 살피면서 사람이 접근하는 걸 막고, 정리만 잘해 주면 돼요. 그러면 안전 문제는 걱정 없어요. 그리고 조경수로 쓸 만한 것들을 미리 점찍어서 장비 기사에게 말해 그 자리에 남겨 놓거나 옮겨 심는 거, 이런 거 감독이나 잘하면 돼요. 그리고 땅을 파헤치면 자연석이 많이 나오는데, 그런 것들 기사와 의사소통을 잘해서 조경석으로 어디에 쓸 것인지 미리미리 잘 배치해 놓고요. 하하하.”

상구는 우식과 함께 웃을 수가 없었다. 생활비 버는 공사 현장이니 어쩔 수 없다 처도 그동안 집터 토목 공사를 할 때마다, 수십 년 묵은 아름드리 나무가 한순간에 쓰러지고, 땅속 물길이 파헤쳐져 물이 샘솟듯 솟아 나오고, 수백 수천 년 동안 흙 속에서 잠자던 크고 작은 바위들이 드러날 때마다 무언가 죄짓는 느낌을 떨쳐 버릴 수 없었다.

“그럼 모레 아침 공사장에서 봅시다. 그리고 잘 좀 먹어요. 딸이 돌아오더라도 그렇게 아빠가 피골이 상접해서 있으면 마음이 좋겠어요?”

위로하는 말이지만 어쩐지 비꼬는 말처럼 들렸다.

정말 새봄이가 아무 일 없다는 듯이 문을 열고 들어선다면 얼마나 좋을까. 그렇다면 서로 고민을 더 진솔하게 나누고, 이해하고, 따뜻하게 안아주고, 더 사랑해줄 수 있을 것 같았다. 그동안 새봄이가 외로워해도 청소년기라 그렇겠지, 하며 어쩔 수 없다는 듯이 내버려 두었다는 편이 맞다. 더군다나 엄마와 떨어져 살면서 엄마와의 정을 너무 일찍 떼어놓은 것은 아닌지 걱정되어 더 측은하게 느껴졌다.

상구는 자신도 모르게 숲을 향하여 무릎을 꿇고 빌었다. 제발 무사하게만 돌아와서 아빠 품에 안겨 다오, 하며 빌고 또 빌었다. 눈물이 주르륵, 흘렀다.

하늘다람쥐는 누가 죽였나

새봄이는 어치와 산봉우리에 올라가서 우리 숲을 조망한 감흥을 쉽게 잊을 수 없었다.

하늘다람쥐 집에 돌아와서 산 정상에 올라가 본 우리 숲이 얼마나 아름다운지에 대해 열변을 토했지만, 하늘다람쥐는 새봄이가 무슨 말을 하는지 전혀 이해하지 못했다. 태어나서 여태까지 하늘다람쥐는 나무와 나무 사이만을 돌아다니며 나무 구경만 하고 다녔으니 알 리가 없었다. 어디 높은 곳에 가서 숲 전체를 볼 일이 없었다. 그럴 필요도 느끼지 못했다.

누구나 다 마찬가지이다. 숲속에서 나무와 풀만 보면 나무와 풀의 생김새나 철마다 변하는 나뭇잎의 색깔, 그리고 어디 나무가 병들어 죽었거나 폭풍우에 쓰러졌는지 등의 경우는 잘 알 수 있다. 그러나 숲 전체가 어떻게 생겼고, 숲이 어떤 상황에 놓여 있는지를 알려면 높은 곳에서 조망해야 알 수 있다. 숲속의 나무도 보고 때로는 숲 밖에서 숲 전체도 볼 줄 알아야 한다. 그래야 전반적으로 파악하고 분석할 수 있는 혜안을 가질 수 있다.

산봉우리에 올라가서 전체를 조망해야 '와! 우리 숲이 이렇게 광활했어!'라고 감탄사라도 늘어놓고, 또는 울긋불긋 보물 같은 수채화를 보는 것처럼 가을 숲을 보아야 감격에 겨워 눈물도 흘려본다. 또 전체를 바라봐야 사람들이 야금야금 들어와 숲을 파괴하고 허물어가는 상황을 파악할 수 있듯이, 숲을 보지 못하고 숲속에서만 돌아다니는 하늘다람쥐는 숲 전체의 아름다움을 볼 수 없고, 숲이 무너져가는 상황을 심각하게 느끼지 못한다. 단순히 내가 매일 다니던 곳에 나무 몇 그루가 없어졌다고만 알 뿐이다.

새봄이 얘기를 더 들어봤자 이해할 수 없다고 여긴 하늘다람쥐는 밤이 되자 먹이를 구하러 나가려고 서둘렀다. 할 수 없이 보내놓고 하늘다람쥐가 저축해둔 도토리 몇 개를 축내고는 잠이 들었다. 잠을 자고 있는데, 숲속으로 드르르, 드르르, 하는 기계음 같은 것이 들렸다. 차바퀴 움직이는 소리 같기도 한 게 너무 커서 새봄이 잠들어 있는 떡갈나무가 흔들거렸다. 먹이를 찾아 밤새 돌아다니다 온 하늘다람쥐가 신음하는 새봄이를 보고 깨웠다. 꿈이었다. 분명 커다란 괴물이 숲으로 다가오고 있었다. 새봄이는 그제야 꿈인 것을 알고 안심했다.

지난밤 악몽에 시달리다 깨서 이리저리 뒤척이다가 다시 잠들었던지, 해가 중천에 떠도 일어날 줄을 몰랐다. 허리가 끊어질 듯이 아파 일어나보니 벌써 오후였다. 옆에 하늘다람쥐는 누가 업어가도 모를 정도로 깊은 잠에 빠졌다.

새봄이는 슬그머니 빠져나와 소담이를 찾으러 갔다. 며칠 볼 수 없었다. 여기저기 숲속을 뒤져도 보이지 않았다. 어디 멀리까지 나갔나? 생각하며 상수리나무 할머니를 찾아갔다. 혹시나 거기 있을지도 모른다고 생각했다.

상수리나무에 당도하여 가지에 앉아 부엉이가 있던 구멍을 살펴보았으나 없었다. 새봄이는 조심조심 나무 둥치를 타고 내려가 그 비밀공간으로 들어가려 고개를 내밀었다. 순간 아! 하고 비명을 지르며 숨이 멎는 듯했다. 거기에 소담이는 없고, 담비가 앉아 있었다. 의외였다. 더 놀랐던 건 맞은 편에 부엉이가 앉아서 무언가 얘기를 나누고 있는 것 같았다. 새봄이는 정말 깜짝 놀라 한 발짝 뒤로 물러났다. 여차하면 줄행랑을 놓을 참이었다.

새봄이가 온 것을 알아챈 부엉이가 손짓하며 느긋하게 말했다.

"새봄이 왔구나! 괜찮아. 이리 들어오렴."

그 말에도 털이 쭈뼛 서고 오금이 저려 움직일 수가 없었다. 재차 부엉이가 들어오라는 말을 하고 나서야 조심스럽게 엉덩이를 들이밀었다.

새봄이 너무 겁을 먹고 있는 것을 보고 부엉이는 담비에게 나무라듯 말했다.

"보라고, 이렇게 순수하고 겁 많은 처녀를 두고 사악하니, 간교하니 말할 수가 있어!"

그래도 담비는 새봄이를 앞에 두고 잡아먹을 듯이 쏘아보았다.

부엉이는 담비가 항의하러 왔다고 했다. 인간을 숲으로 들어서 그 때문에 숲이 온통 시끄럽고 난리가 났다고, 조만간 인간들이 또 들어와서 우리 숲을 요절을 낼지도 모르니 당장 새봄이를 숲에서 내쫓으라는 요구였다고 한다. 마침 새봄이가 찾아왔으니 부엉이는 차분하게 얘기해 보자며 새봄이를 주저앉혔다.

부엉이가 먼저 말했다.

"그건 너희들이 새봄이를 해하려 하니까 이렇게 하늘다람쥐로 변신한 거 아니냐? 그래서 집으로 돌아가지 못하니 이 소녀를 찾으려고 사람들이 들어와서 들쑤시고 다닌 거지. 어쩌면 직접적인 원인을 제공한 건 너희들일 수 있어."

부엉이는 약간 노기 띤 목소리로 담비를 설득하려 말했다.

담비는 머쓱한지 머리를 긁적이며,

"그거야 멧돼지 형님이 워낙 강경해서 어쩔 수 없이…."

담비는 그러나 물러날 수 없다며 다시 가다듬어 말했다.

"보세요, 지금은 우리가 잘 몰라서 그렇지 언젠가는 분명히 인간들이 우리 터전을 완전히 망가뜨리러 들어올 거라고요. 여기 이 소녀가 사는 마을만 해도 예전에는 우리가 뛰놀던 기름진 밭 아니었어요? 화전민들 떠나고 겨우 복구돼서 살기 좋은 숲이 됐었는데, 불과 몇 년 전부터 다시 하나둘 집이 들어오면서 숲이 망가지고 있잖아요?"

부엉이와 새봄이는 그 말에 이의를 제기할 수 없었다. 그 말은 사실이니까.

그러자 기세 오른 담비는 자기 말이 받아들여진다고 생각하며 한 발 더 나갔다.

"따지고 보면 멧돼지 형님이 무식하고 용감해서 그렇지 틀린 말은 아니라고요. 인간을 믿어서는 안 된다는 말은 절대 틀린 게 아니라고요. 그러니 나도 저 아이를 빨리 내보내는 게 상책이라고 생각해요."

"그런데 담비야…."

부엉이는 담비의 흥분을 가라앉히려고 말을 끊었다가 이었다.

"멧돼지를 비롯한 너희들은 하나만 알고 둘은 모르는 일이야. 그렇게 부딪혀서 폭력을 폭력으로만 대항하려고 하면 누가 손해겠니? 우리가 인간들에게 그렇게 당했다고 해서 폭력으로 또 대항하면 그건 더 큰 폭력으로 돌아오게 돼 있어. 아무리 작은 폭력이라도 폭력은 또 다른 폭력을 부르는 악순환의 연속이야. 그렇게 해서 누가 더 피해를 보겠니? 폭력을 행사한 자보다 엉뚱하게도 정작 폭력과는 아무런 관계없는 평범한 자들만 훨씬 더 많이 희생당한 게 인간 역사 아니냐? 그게 어디 인간에게만 속한 사실이겠어. 우리 숲에서도 큰 폭력이 벌어지면 아무런 죄도 없고, 힘없는 식구들이 더 많이 희생당할 게 불을 보듯 뻔해. 그걸 알면서 폭력을 행사한다는 건 어리석은 일이다. 물론 자존을 지키기 위해 대항하는 폭력까지 나무랄 수 없지만, 단순히 복수를 위한 폭력은 절대 해서는 안 된다고 생각한다. 어쨌든 어떤 폭력도 쉽게 정당화해서는 안 돼."

부엉이가 위엄있게 말하자 담비는 반박하지 못하고 얼굴만 붉어졌다. 그래도 여전히 수긍할 수 없다는 태도다.

담비가 흥분하며 말했다.

"우리 멧돼지 형님 가족이 그리 처참하게 당했잖아요. 그렇게 따지면 멧돼지 형님도 최소한 자기 자존을 지키려고 하는 것 아니에요?"

부엉이는 담비의 흥분된 말에 어떻게 대답해야 할지 망설이다가,

"그래, 멧돼지 가족이 당해서 그러는 거 다 이해한다. 하지만 내가 말한 의도는 폭력을 당할 때 그 당시 자기 자존을 지키기 위해 대항해서 폭력을 행사하는 것은 정당하다고 생각한다. 그러나 나중에 복수하듯이 모의해서 폭력을 행사하면 그것은 또 다른 폭력일 뿐, 아무에게도 도움이 되지 않는다는 얘기야. 폭력 행사한 자에 대해서는 분명 잘잘못을 따져야 한다. 그러나 그 따지는 방법이 또 다른 폭력이어서는 안 된다는 거야. 복수하는 폭력은 그게 크건 작건 폭력의 악순환만 가져오니 자제하자는 얘기지. 그러니 평화적으로 해결할 수 있으면 얼마든지 평화적으로 해결하자는 게 내 뜻이다."

담비는 머리를 숙이고 긁적였다. 부엉이 말에 수긍한다는 뜻인지 아닌지 분명하진 않지만 그래도 이전보다 수그러든 것만은 확실했다.

부엉이는 담비를 보고 온화한 미소를 지었다. 그리고 조용히 말했다.

"그리고 그날 새봄이가 우리 숲에 왜 들어왔는지 아니?"

부엉이는 새봄이를 바라보며 담비에게 그날 한 얘기를 들려주라고 눈짓했다.

새봄이는 지금 악한 무리가 풍력발전소라는 것을 이 숲에 건설하려 한다는 것과 그를 둘러싸고 일어나는 마을 내 갈등과정, 그렇게 되는 경우 소음에 시달리는 것은 물론이고, 이 숲이 되돌릴 수 없이 파괴돼서 숲속 생명은 뿔뿔이 흩어지거나 무수히 죽게 될 수 있다고 말했다. 그래서 마을 사람들은 그걸 막기 위해서 투쟁할 준비를 하고 있다고도 말했다.

"그날 이러한 상황들을 우리에게 알려주려고 들어와서 어떻게 했으면 좋을지 상의하고 돌아가던 참이야. 그런데 너희들이 새봄이를 습격해서…."

담비는 처음 듣는 이야기였다. 충격에 휩싸여 말을 잇지 못했다. 그렇다면 새봄이를 크게 오해했다고 생각했다. 그런 줄도 모르고 멧돼지와 함께 새봄이를 죽이려 모의하고 쫓아다녔으니 자신이 너무 부끄러워졌다. 다만 다른 인간들은 모두 악한 무리라는 점은 굽힐 수 없었다.

모든 이야기가 끝난 후 새봄이가 부드러운 미소를 지으며 담비를 보고 말했다.

"난 담비 네가 무슨 생각을 하고 있는지 알아. 너희가 당한 만큼 인간을 미워하는 거 다 이해해. 나도 뭐라 말할 수 없어. 너희들이 나를 적대시하는 것도 그런 점에서 이해할 수 있어. 하지만 지금 마을 사람 대부분은 우리 숲이 망가지고 너희들이 죽는 거 원하지 않아. 그래서 우리는 마을 사람과 숲에 사는 모든 생명이 힘을 합쳐서 이 숲을 파괴하려는 악마들을 물리쳐야 하는 거야."

새봄이는 선악의 개념을 동원하여 담비가 이해하기 쉽게 말했다. 그렇게 설명해야만 이 공간 분위기와 맞을 것이라는 판단이 언뜻 들었다. 그들은 마을 사람 안위 따위는 안중에도 없다. 더군다나 숲속 터전을 파괴하고, 하찮은 미물이라 여기는 숲속 생명을 죽이는 것쯤은 눈 하나 깜짝하지 않을 것이다. 양심이라곤 털끝만치도 기대할 수 없다. 그러니 그들을 악마라 표현해도 무리가 없다고 생각했다.

담비는 새봄이 말을 듣고 눈물을 뚝뚝, 흘렸다. 그동안 새봄이에게 품었던 증오와 폭력 행사를 진심으로 후회했다.

"정말 미안해, 새봄아! 내가 널 크게 오해했어! 앞으로는 우리 숲을 지키기 위해 힘을 합치자. 내 멧돼지 형님에게도 잘 말해서 생각을 돌려보도록 해볼게. 마을 사람들도 우리 숲을 지키기 위해 그렇게 생각하고 있다니 조금은 안심이 돼. 우린 숲을 파괴하려는 거대한 악마와 싸워야 할 때야. 우리끼리 이렇게 아웅다웅할 때가 아니야!"

담비는 비장한 말투로 말했다.

새봄이도 진심으로 담비를 위로하며 그동안 인간이 저지른 악행에 대해 사과했다. 둘은 얼싸안고 서로 등을 토닥여주었다. 담비도 새봄이도 서로 흐르는 눈물을 닦아주었다.

"그렇지만 내가 인간을 다 믿는 건 아니다. 언젠가는 또 돌변할 수 있으니까. 인간은 절대 자기들에게 손해 보는 짓은 안 해. 인간들 머릿속에는 더러운 이기심이 가장 깊숙한 곳에 자리 잡고 있으니까. 그렇지만 새봄이 너만은 믿어볼게."

담비는 인간을 향한 불신이 뿌리 깊었다.

그게 어찌 일순간에 무너지겠는가? 서로 폭력을 행사한 당사자로서, 아니 일방적으로 당했다고 해도 과언이 아닌 한 당사자가 불신을 품는 것은 당연할지 모른다. 하나씩 하나씩 신뢰를 쌓는 일이 반복될 때 비로소 불신의 벽돌이 하나씩 떨어져 나가고 대신 신뢰의 벽돌이 쌓일 것이다. 하나씩 신뢰가 쌓이다 포화상태에 이르렀을 때 불신의 벽은 어느 순간 와르르 무너지게 된다. 그것이 감정 법칙이다.

부엉이는 둘이 얼싸안고 있는 모습을 보고 흐뭇해했다. 어찌 새봄이와 담비가 서로 부둥켜안고 마음을 주고받을 줄 상상이나 했나? 이제 새봄이도 생각이나 마음이 많이 성숙하고 단단해져 걱정하지 않아도 될 것이라는 안도감이 확신으로 굳어졌다. 부엉이는 기뻤다. 날개를 있는 힘껏 크게 펴 둘의 어깨를 감쌌다.

담비는 부엉이에게 항의하러 왔다가 생각지 못한 두려운 소식을 들었지만 새 친구를 만나서 한편으로는 또 다른 희망을 품고 돌아가게 되었다. 담비는 밖으로 나서며 다시 한번 새봄이를 바라봤다. 순수하고 맑은 새봄이 눈빛과 따뜻한 가슴을 더 간직하려는 듯이 몇 초간 멈춰서서 뒤돌아보았다. 담비 눈빛도 예전에 그 눈빛이 아니었다.

담비가 돌아가자마자 소담이가 두리번거리며 들어왔다. 소담이가 오지 않았으면 집에 가서 아빠가 어떻게 하고 있는지 보러 가려고 했다. 엄마를 보내고 많이 괴로워하고 있을지 모른다. 가서 위로해드려야 한다고 생각했다. 새봄이가 환한 얼굴로 소담이를 맞았다.

소담이는 두리번거리며 새봄이 몸부터 살폈다. 혹시 담비에게 해코지당한 건 아닌지 걱정돼서였다.

"괜찮아? 들어오다가 봤는데, 담비가 여기서 나가던데?"

"응, 나도 여기 우연히 들렀는데, 담비가 있더라고. 그래서 부엉이 님하고 같이 오랜 시간 얘기 나눴어."

"그래? 난 그것도 모르고, 혹시 담비가 여기 와서 부엉이 님에게 떼쓰거나 네게 해코지하지 않았나 걱정했지. 분명 네 얘기 했을 거야. 내 짐작이 맞지?"

담비가 와서 새봄이를 숲에서 추방해달라고 요구하다가 우연히 새봄이가 와서 함께 진심이 담긴 이야기를 하고 돌아가게 됐다고 부엉이가 대신 말해주었다. 앞으로는 담비도 많이 달라질 것이라고 덧붙였다.

"걔들이 어떻게 달라져요? 걔들은 얼마나 우리 약한 동물들을 괴롭히는데요. 몰라서 그렇지 새봄이를 추방하는 게 아니라 반대로 그 못된 놈들을 추방해야 한다고요."

씩씩거리며 소담이가 부엉이에게 따지듯 말했다.

"우리 소담이가 담비 일당에게 많이 당한 모양이구나. 호호호."

부엉이는 오랜만에 걱정을 던 듯 흐뭇하게 웃었다.

"아까도 부엉이 님이 말씀하셨지만, 미움은 미움을 낳게 마련이야. 너도 이제 담비를 그만 미워하렴. 나도 이제 미워하지 않을 테니까."

새봄이는 부엉이를 쳐다보며 '제가 말을 잘했죠?'라고 하듯 히죽, 웃었다. 새봄이 미소 띤 얼굴을 보며 부엉이도 빙그레 웃었다.

그게 마음속 깊은 곳에 있는 진심은 아니라도 반복해서 화해하다 보면 자기도 모르게 화해와 용서의 정점에 도달해 있으리라고 생각했다. 담비와 대화하면서 소통이 정말 중요한 것임을 깨달았다. 대화가 없었으면 여전히 불신에 싸여 상대방을 증오하고, 그 증오심을 또 다른 이에게 전파하고 있었을 것이다. 이제 그 불신과 증오심을 중단할 수 있다는 점에서 담비와 만나 얘기하길 잘했다는 생각이 문득 들었다.

"그런데 아까 너 찾으려고 숲속을 얼마나 헤매고 다녔다고. 도대체 어디 갔었던 거야?"

소담이는 새봄이 물음에 갑자기 침울한 표정을 지었다.

"응, 저기 산 중턱에 사는 노루한테 갔다 왔어. 난 노루와 사촌지간처럼 가깝게 지내는 사이거든. 남편 노루가 시름시름 앓다가 어제 죽었어. 둘 사이는 정말 다정하고 사랑하는 사이였는데…."

"에고, 결국 이 세상을 하직하고 말았구나! 얼마 전에도 아내 노루가 찾아와서 자기 남편을 살려달라고 울며불며 애원하다 돌아갔는데…."

부엉이가 마음이 편치 않은 듯 며칠 전 일을 회상했다.

"그런데, 나도 죽음은 어찌할 수 없는 일이라 잘 타일러 돌려보냈지만, 아내 노루가 너무 슬퍼해 가슴이 아팠단다. 병들어 죽든 늙어서 죽든 죽음은 그 누구도 거역할 수 없고, 어차피 받아들여야 한다면 죽음에 대해서 그렇게 너무 슬퍼하지 말아라, 또 죽음이 다시 생각해보면 마냥 슬퍼할 것만도 아니라고 말했지만 그런 말이 무슨 소용 있겠니? 노루에게 아무런 위로가 되지 못한다는 걸 알면서도…."

부엉이 말을 듣고 소담이가 고개를 갸우뚱했다.

아내 노루는 남편을 보내놓고 장이 끊어질 듯한 고통을 참지 못하여 같이 따라 죽겠다고 울부짖다 남편 시신 옆에서 실신까지 했다. 그런데 슬퍼할 것도 아니라니?

소담이 의문이 깊어 물었다.

"죽음이 마냥 슬퍼할 것도 아니라니요? 죽음이야말로 이 세상에서 가장 애절하고 가슴 아픈 이별 아닙니까?"

죽음이야말로 가장 극악한 공포 대상이요, 의문투성이였다.

"맞아요. 난 내 동생이 죽고 나서 매일같이 동생이 보고 싶어 울면서 지냈어요. 할아버지, 할머니 돌아가셨을 때는 그냥 덤덤했는데, 매일같이 붙어 지내던 동생이 갑자기 죽으니까 처음에는 그렇게 보고 싶었거든요. 그런데 시간이 지날수록 공포로 바뀌는 거예요. 죽음은 어느 순간 만질 수도, 볼 수도 없는 완전히 무無의 상태로 사라지는 거잖아요. 난 그래서 내 동생의 모습을 잊지 않기 위해서 무던히도 노력했어요. 그러니까 서준이가 밤에 나타나는 거예요. 어느 날 방문을 열고 들어오더라고요. 너무 기뻐서 얼른 일어나 다가가 안으려고 갔는데…."

새봄이는 슬픔과 공포가 뒤섞인 표정으로 둘을 돌아보았다. 그러면서 자기도 모르게 눈물이 주르륵 흘러내렸다. 눈물을 닦으려고도 하지 않았다. 한순간 몸까지 떨었다. 소담이는 새봄이가 가여워 살포시 안으면서 눈물을 닦아 주었다. 부엉이도 슬픈 표정으로 새봄이를 바라보다가 어깨를 토닥여주었다. 마치 손녀를 바라보는 눈빛이었다.

소담이가 새봄이를 따뜻하게 감싸 안은 채로 위로하며 말했다.

"그래…. 나도 어느 날 갑자기 인간들에게 아빠를 잃었거든. 난 죽은 아빠 얼굴도 보지 못했어. 어디서 돌아가신 지도 몰라. 같이 먹이를 찾으러 갔던 아저씨에게 전해 들었을 뿐이지. 그때 너하고 똑같은 경험을 했어. 하지만 시간이 지나니까 아빠가 잊어지긴 하더라. 아마도 망각이라는 것이 없으면 우리 모두 미쳐버렸을지 몰라."

새봄이가 어느 정도 진정됐는지 소담이 품에서 벗어나며 말했다.

"그런데 서준이가 그렇게 며칠 나타나다가 없어졌어. 연기가 사라지듯이 아무 흔적 없이…. 그때부터 난 갑자기 서준이가 보고 싶은 게 아니라 밤이 너무 무섭더라고. 그래서 엄마, 아빠 방에 가서 자려고 문을 두드리려다가 돌아온 게 몇 번인지 몰라. 그게 안 되더라고. 엄마, 아빠도 서로 사이가 좋지 않을 때라서…. 정말 그때 난 혼자였어."

다시 소담이를 바라보며 말을 이었다.

"네 말대로 시간이 지나니까 내 맘이 차분해지더라고. 서준이도 잊어지고…."

라고 말하다가 고개를 흔들며 도리질했다.

"난 그때 혼자가 돼서 죽음이 뭔지 궁금해서 아무거나 책을 사서 읽었던 거 같아. 하지만 다 소용이 없었어. 쓸데없는 말들 뿐이더라고. 그런데 이거 하나는 가슴 속에 남았어. 사람이 죽음으로 유한한 삶을 살아서 다행이라고. '모든 인간은 대체 가능할 듯하지만, 사실은 그렇지 않다고' 말야. 만약 인간이 영원히 살 수 있다면, 죽음이 없다면 우리는 그냥 아무렇게나 의미 없이 막 산다는 거야. 생각해봐. 그럴 것 같지 않아?"

부엉이는 새봄이 얘기를 듣고 고개를 끄덕이며 말했다.

"새봄이가 그동안 고통을 많이 겪었구나. 동생하고 사이가 좋았나 보지? 노루 남편도 마찬가지지만, 너도 동생을 그리 보냈으니 마음 아픈 것이야 말해 무엇 하겠니! 가까이 있던 관계일수록 죽음의 이별은 더 큰 충격으로 다가오지. 그 부재가 더 크게 느껴지거든. 부재야말로 죽음의 본질이기도 해."

부엉이는 말하다 말고 지그시 눈을 감았다. 그리고 생각을 정리한 듯 눈을 떠 새봄이를 바라봤다.

"새봄이가 말한 것처럼 인간이든 뭐든 우리는 한번 태어나면 죽음을 향해 달려가는 숙명적인 존재지. 어떠한 누구도 그 죽음을 대신할 수 없는 거야. 그만큼 한번 난 인생이 무엇보다 소중한 시간이라는 얘기란다. 그 누구도 대신할 수 없는 삶이니까! 그런데도 남의 눈만 의식하며 사는 사람이 많아. 그런 사람은 자기 삶을 직시하는 것이 아니라 남의 눈에 어떻게 비치느냐가 더 중요하다고 생각하는 거지. 하지만 그것은 한낱 껍데기에 불과해. 그렇게 사는 것은 자기 자신을 잃어버리고 사는 거야. 자기 삶이 절대 아니란 말이다. 그런 사람은 죽음에 닥치고 나서야 비로소 후회하게 된단다."

부엉이 눈을 가만히 들여다보며 듣고 있던 새봄이 말했다.

"얼마 전에도 부엉이 님하고 얘기 나눴지만, 인간은 참, 자만심에 가득 찬 존재인 동시에 가장 어리석은 존재인 것 같아요. 인간은 살면서 자기가 죽을 수밖에 없는 존재라고 생각하지 않고 사는가 봐요. 그러니까 남의 눈만 의식하면서 자기 겉치장에만 신경 쓰고 살잖아요. 그러니 저리 욕심부리고, 빼앗고 심지어는 남을 죽이기까지 하는 것 아니에요?"

소담이는 새봄이 말에 자기도 모르게 피식 웃고 말았다. 본인이 인간이면서 어리석은 존재라고 스스럼없이 말하는 데는 웃지 않을 수 없었다.

"그래, 인간은 그런 점에서 예외적인 존재라고 하면 우스울지 모르지만 어쨌든 죽음의 의미를 잘 생각해보면, 그렇게 살 수 없는데도 끊임없이 오류를 거듭하면서 사는 게 인간이야. 생각해봐라. 인간이든 뭐든 모든 만물은 나면 반드시 죽는 것이 정해진 숙명인데, 그 죽음을 누가 대신해 줄 수 없는 거잖니? 그렇다면 죽음 앞에서 삶은 한없이 숙연해져야 할 텐데도 그렇지 않다는 거야. 안타까운 일이지. 그러나 새봄이가 말한 것처럼 유한한 생명을 직시한 사람은 그 유한한 삶을 헛되이 하지 않기 위해 열심히 산단다. 고대 철학자 세네카가 이런 말을 했단다. '사람은 마치 죽을 것처럼 모든 것을 두려워하고, 마치 불사할 것처럼 모든 것을 바란다' 라고. 이 말은 태어나서 삶은 한 번밖에 주어지지 않는 것, 그러니 자기가 인생에서 소중하다고 생각하는 것에 온 힘을 쏟아 매진하라. 그리하여 죽음은 생을 빛나게 하는 빛이 될 것이니, 삶은 결국 죽음을 통해서 완성된다고 하는 말이다. 그러니 어떻게 한 번 나온 삶을 헛되이 보내다 죽겠니?"

부엉이의 엄숙하고도 진지한 말에 새봄이는 고개를 푹 수그리고 눈물을 흘렸다. 소담이와 부엉이는 새봄이가 갑자기 눈물을 흘리는 모습에 깜짝 놀랐다.

"부엉이님 말씀을 듣고 보니 내가 큰 잘못을 했던 거 같아요."

새봄이는 그동안 혼자 가슴속에 숨겨왔던 아픔을 털어놓았다.

상윤이는 용숙이와 어울리면서 새봄이에게 미안했던지 쭈뼛쭈뼛 다가와서는 남몰래 사과나 초콜릿 등을 건네주곤 했다. 하지만 새봄이 마음이 풀어질 리 없었다. 냉랭하게 물리쳤다. 새봄이는 상윤이의 행동이 맘에 들지 않았다. 용숙의 눈치를 살살 살피면서, 들키면 어쩌나 겁을 내며 조심스럽게 행동하는 것이 느껴질 정도였다. 그렇게 상윤이는 심약해 보였다. 사실 상윤이는 사내로서 건장함보다는 예쁘장한 외모와 가냘픈 행동거지로 중성적 매력을 가지고 있는 아이였다. 그러니 굳센 성격은 찾을 수 없었다. 하지만 요즘 아이들은 그런 사람에 더 매력을 느끼는 것도 사실이다. 새봄이도 마찬가지다.

그런데 어느 날 학교가 파하고 집에 돌아가는데, 새봄이 다니는 골목길 어귀에서 상윤이가 기다리고 있었다. 새봄이는 못 본 체하고 지나가려 하였으나, 길을 막고는 막무가내로 자기를 용서해달라고 빌었다. 그런 모습을 보고 용서하지 않을 사람은 이 세상에 없을 거라고 새봄이는 생각했다. 그동안 상윤이에게 상심하고 서운했던 감정이 일순간 사라졌다. 그렇게 상윤이와 화해했다.

문제는 그 이후에 벌어졌다.

새봄이와 상윤이가 밖에서 만나고 다닌다는 소문이 삽시간에 학교에 퍼졌다. 둘은 몰래 만나면서 조심한다고 했지만, 누군가의 눈에 띈 모양이다. 그러나 이상하게도 용숙이의 태도가 잠잠했다. 상윤이에게 대하는 태도도 변하지 않았고, 새봄이에게는 원래 백안시했으니 별다른 낌새는 없었다. 예상하기는 지난번처럼 학교 옥상으로 불러올려 폭행이라도 하면 어쩔 수 없이 맞기라도 할 수밖에 없다고 각오를 하고 있었지만 그러지 않았다. 새봄이는 그러한 용숙이 더 무서웠다. 괜히 가슴이 떨리고 불안해졌다. 알 수 없는 더 큰 공포가 다가올 것 같은 불안함이었다.

이제는 상윤이마저도 아이들이 쉬쉬 피하는 모습이 느껴졌다. 용숙이가 그렇게 하도록 뒤에서 조종하고 있는지, 아니면 그의 위세에 알아서 그렇게 행동하는지는 알 수 없었다. 그 시간이 새봄이에게는 아무도 없는 적막강산 지옥에 떨어져 있는 느낌이었다. 그나마 다행인 것은 상윤이와 마음을 같이하고 있다는 위안 아닌 위안이 있어 버틸 수 있었다.

그런데 그러한 고요 속의 폭풍이 얼마 가지 않았다.

용숙이가 할 말이 있다며 새봄이를 복도로 불러냈다. 용숙이가 웃으며 쪽지 하나를 건넸다. 그리고 밖에서 만나 할 얘기가 있으니 쪽지에 적힌 곳으로 나오라는 것이다. 머뭇머뭇 쪽지를 받아들고 공포에 질린 표정을 하자, '걱정하지 마. 너 혼자가 아니고 상윤이도 나올 테니…'라며 짐짓 안심시키듯 말했다. 상윤이도 같이 나온다고? 그럼 서로 화해하자는 의도인가? 새봄이는 알 수 없었다. 그래도 상윤이와 함께라니 마음이 조금은 놓였다.

용숙이가 나오라는 곳은 학교에서 서너 블록쯤 떨어진 곳에 있는 도심공원이었다. 나무가 울창해서 낮에도 외진 곳은 사람 눈에 잘 띄지 않는 곳이었다. 새봄이는 그곳에 한 번도 가본 적이 없었다. 불안과 기대에 뒤섞인 마음을 추스르며 쪽지에 적힌 대로 공원에 찾아갔다. 벌써 해가 떨어져 주변은 어둑어둑했다. 멀리 어둠 속에 사람의 윤곽이 보이고, 빨간 불빛이 켜졌다 사라지기를 반복했다. 불안해하며 그곳에 다가가니 남자애들 몇몇이 담배를 물고 기다리고 있었다. 상윤이도 보였다. 새봄이는 상윤이를 보고 안심했다. 그런데 용숙이는 아무리 둘러봐도 보이지 않았다. 상윤이를 비롯한 아이들은 용숙이와 어울려 다니던 같은 반 친구들이었다.

새봄이가 도착하자 그중에 덩치가 제일 큰 중식이란 친구가 새봄이에게 아는 체를 했다. 느물거리며 새봄이 곁에 다가와서는 음흉한 목소리로 말했다.

"너, 우릴 원망하지 마라. 우리야 네가 미워서 그런 것도 아니니까…."

중식이 다른 애들에게 눈짓을 보냈다. 그러자 상윤이를 가로막고 섰다. 상윤이는 친구들의 갑작스러운 행동에 어리둥절하며 어찌할 줄 몰라 했다. 상윤이는 이런 상황을 예측하지 못하고 온 것임이 분명했다. 그중에 한 명이 상윤이를 위협하며 '너 새꺄, 가만히 입 닥치고 있어. 소리 하나라도 지르면 죽을 줄 알아. 그러게 왜 용숙이를 배신해!'라고 말하곤 침을 칵, 땅에다 뱉었다.

새봄이는 벌어지는 상황을 단박에 알아차렸다. 도망가려고 몸을 트는 순간 중식이 새봄이 팔을 낚아챘다. 우악스런 손이 새봄이 몸을 잡고 쓰러뜨렸다. 한 손으로는 입을 막고 옷을 벗기기 시작했다. 강렬히

저항하자 다른 한 놈이 붙어 팔을 붙들었다. 중식이 기분이 잡쳤는지 주먹으로 새봄이 얼굴을 가격했다. 무서웠다. 저항할 힘이 없었다. 꼼짝달싹할 수 없었다. 상윤이를 바라봤다. 그는 공포에 질려 덜덜 떨고만 있었다. 애원하는 눈빛으로 상윤이 눈을 바라보았으나 그는 이미 어떻게 할 수 없는 처지였다. 완전히 제압당한 강아지처럼 소리도 지르지 못하고 떨고 있었다. 새봄이는 나무에 뒤덮인 어둠 속으로 빨려 들어가듯 주위 풍경이 가뭇하게 사라져가고 있음을 느꼈다. 태어나서 느낄 수 없었던 고통이었다.

"난 그래서 그 이후로 학교에 나갈 수 없었어요. 무엇보다 상윤이 얼굴을 쳐다볼 수 없었죠. 용숙이를 증오하기보다 그 당시에는 상윤이가 더 원망스러웠거든요. 어떻게 그리 무기력할 수 있는지…."

소담이가 눈물을 뚝뚝, 흘리며 새봄이를 감싸 안았다. 그동안 그렇게 고민하고 마음 아파하면서 말도 없이 지냈던 원인을 이제야 알았기 때문이다. 새봄이가 이토록 가여울 수가 없었다. 같이 끌어안고 흐느껴 울었다. 부엉이도 눈을 끔벅거리며 눈가에 맺히는 이슬을 쓸어내렸다.

새봄이는 소담이의 따뜻한 체온을 느끼며 실컷 울고 나니, 속에 맺혔던 응어리를 풀어낸 듯한 시원함을 느꼈다. 그동안 서럽고 고통스러웠던 마음이 소담이의 위로를 통해 치유된 듯했다. 말이 필요 없었다. 공감하고 함께 울어주는 것만으로도 충분했다.

기분이 가라앉았을 즈음 다시 새봄이가 잠긴 목소리를 억지로 열었다.

"난 모든 희망이 없어진 듯한 절망을 느꼈어요. 집에 골방에 틀어박혀 밤인지 낮인지 모를 날을 보냈어요. 엄마, 아빠는 무슨 일인지 싶어 불안해하긴 했지만, 워낙 혼자 우울해하며 지낸 일이 많았기 때문에 별

낌새를 눈치채지 못하더라고요. 난 이렇게 살아서 무엇하나 하는 생각
이 들어 엄마가 잠이 오지 않을 때 먹던 수면제를 있는 대로 털어먹었
어요. 얼마나 잤는지는 몰라도 다시 눈을 떠보니 병원 침대였어요. 내
가 다시 깨어난 것을 보고 난 대성통곡을 했어요. 아빠와 엄마는 무슨
일이 있었느냐며 추궁했는데, 나를 병원에 옮기고 나서 내 몸에 난 멍
자국을 알았나 봐요. 어떻게 된 일이냐고 닦달을 해서 애들한테 맞아서
그렇다고 둘러댔죠. 차마 그것까지는 말할 수가 없더라고요. 너무 수치
스럽기도 하고…"

그때 아빠는 학교에 찾아가 딸이 애들한테 따돌림당하고, 심지어는
폭행까지 당해서 자살하려고 했었다며 강력하게 항의했다. 학교는 발
칵 뒤집혔다. 누가 새봄이를 폭행했는지 담임선생님을 중심으로 반 아
이들의 개별 면담이 이루어졌고, 그렇게 해서 그간의 사정을 어느 정도
파악하였다. 그 사실을 교장 선생에게 보고하였다. 용숙이를 비롯해 가
담한 아이들을 퇴학시키거나 정학시키는 등 징계를 하자고 건의했다.

그러나 교장 선생님은 아빠를 불러 은근히 무마시키고 끝내려는 의
도를 보였다. 아빠는 이러면 경찰서에 고발하겠다고 노발대발했다. 그
애들을 어떻게 학교에 그대로 두고 새봄이를 학교에 보낼 수 있느냐며,
절대로 그럴 수 없다고 했다. 그러나 교장 선생은 집요했다. 학교의 명
예도 있고, 이런 일이 밖에 알려져 자신의 교직 생활에 큰 오점을 남기
고 학교를 떠나는 것을 몹시 두려워했다. 하지만 워낙 아빠가 강력하게
나오니 타협을 하였다. 적극 가담한 중식은 퇴학시키고 나머지 애들은
무기정학을 시키거나 전학을 종용하는 선에서 마무리 지었다. 그러나
용숙이는 여전히 아무 일 없다는 듯이 학교를 다녔다. 새봄이도 함구하
고, 누구도 발설하기 싫은 사실은 그대로 묻힌 채로였다.

새봄이는 학교에 나갈 수 없었다. 용숙이는 여전히 학교에 나오고 있으니 그 애 얼굴과 다시 맞닥뜨리는 것이 무서웠다. 그러나 더 괴로웠던 것은 다시는 상윤이 얼굴을 볼 수가 없을 것 같았다. 그 감정은 너무도 복잡했다. 미워하고, 증오하고, 안타까웠다.

다시는 학교에 가지 않는다며 자퇴를 하겠다고 아빠에게 말했다. 그래도 학교는 가야지 않겠느냐고 설득했지만 새봄이는 요지부동이었다. 그렇게 해서 학교를 자퇴하고 말았다.

"오늘 부엉님 말씀 듣지 않았다면 난 평생 자책만 하며 고통 속에 지냈을 거 같아요. 사람이 태어나서 그렇게 한 번뿐인 인생을 잠시 잠간의 잘못된 생각으로 버릴뻔했으니…. 하지만 그때는 그렇게 하는 게 제일 마음 편할 수 있다고 생각했거든요."

새봄이는 긴 한숨을 쉬며 생각하기도 싫다는 듯이 고개를 가로저었다.

부엉이는 무슨 말을 먼저 해야 할지 망설여졌다. 무슨 말을 해도 새봄이를 위로할 수 없다고 생각됐기 때문이다. 하지만 마음을 고쳐먹었다. 위로만 한다고 해서 새봄이 상처가 치유될 수도 없거니와 자기 자신을 위로만 하는 것은 그 자신의 위로로 오히려 병약해질 수 있다는 사실을 지적하기도 하지 않는가. 어설픈 연민은 새봄이를 나약하게 만들뿐이다.

"새봄아! 너 이 숲속을 돌아다니면서 보지 않았니?"

"뭘요?"

부엉이의 갑작스러운 질문에 새봄이가 되물었다.

"무슨 말이냐면, 저 숲에 우거진 오리나무 말이다. 오리나무 숲은 나무들이 빽빽하게 들어차서 가느다랗게 위로 길게만 자라지 않았니?"

정말 그랬다. 오리나무만이 아니라 숲에 나무들이 가득 차서 햇볕을 전체적으로 받지 못하면 나무들은 햇볕을 받기 위해 위로만 자라기 때문에 가늘고 약하게 자란다. 마치 온실 속에서 자란 나무들같이 병약해서 조금만 바람이 불어도 이리저리 휘청거리며 갈피를 잡지 못하는 것을 보았다.

"봤어요. 그게 왜요?"

"너도 봤다시피 그 오리나무 중에 쓰러져 죽은 나무들이 많은 걸 봤을 거다. 그렇게 약하게 자란 나무들은 폭풍이나 비바람에 취약해서 버티질 못하지. 쉽게 비바람에 꺾이거나 쓰러져 죽게 된단다. 반면 숲 가에 자란 소나무 한번 봐라. 아니 멀리 볼 것 없이 네 집 근처 마당 가에 큰 찰피나무 만해도 그래. 그런 소나무나 찰피나무는 비바람에 시달려 이리 휘고 저리 꺾여서 가지들이 볼품없어도 우람하게 자란 모습을 보지 않았니? 그들은 자라면서 온갖 시련을 겪으면서도 꿋꿋하게 성장해 지금은 오히려 멋지고 훌륭한 나무가 됐잖니. 이제 그들은 웬만한 폭풍우가 와도 끄떡없이 버틴단다."

새봄이는 고개를 끄덕였다. 우리 집 찰피나무는 어떤 가지는 비바람에 부러졌다가 다시 자라서 그런지 구부러졌다가 다시 뻗었지만, 오히려 더 멋진 우람한 가지가 되었다. 가지뿐만이 아니라 나무둥치는 툭툭 불거져 우락부락한 거친 피부를 가졌어도 새봄이 아름으로는 두를 수 없을 정도로 굵어 그 웅장함이 새봄이 마음을 압도하고도 남았다. 존경스러운 마음이 들 정도였다.

"그건 나무뿐만이 아니라 사람들도 다 마찬가지란다. 부모 보호 아래 편하게만 자란 아이들은 결코 튼튼하게 성장할 수 없단다. 그런데도 인간들은 자기 새끼들 어떻게든 고생시키지 않으려고 온갖 물질적인 지원을 아끼지 않지. 결코 인간의 성장에 도움이 되지 못한다는 것을 알지 못한단 말이야. 어리석기 그지없는 인간들이지. 쯧쯧."

새봄이는 우리 아빠나 엄마만 봐도 부엉이 말이 맞다고 생각했다.

"사람은 대개 편안함만을 추구하면서 걱정 없는 삶이 행복이라고 착각하지만, 결코 그런 사람에게 행복은 오지 않는단다. 삶은 오직 그 사람만이 지켜나가는 것이다. 따라서 삶의 가치는 남들 그 누구도 함부로 평가해서는 안 돼. 삶은 오직 그 사람에게 고유한 가치가 있는 것이거든. 다른 사람과 비교만 하면서 산다면 그림자 같은 삶을 살 뿐이야."

새봄이는 부엉이 말을 들으면서 알 듯 모를 듯한 표정을 지었다. 여태껏 집에서나 학교생활이 모두 뒤죽박죽이어서 왜 이렇게 내게만 시련을 안겨다 주는지 고통스럽기만 했었다. 그래서 사실 자포자기 심정으로 도시 생활에서 벗어날 수 있다니 도피하는 심정으로 아빠 따라서 이곳에 들어왔다고 해도 과언이 아니다. 공부고 뭐고 모두 내려놓고 쉬고 싶은 심정이었다.

"새봄이 네가 이해할지 모르겠지만 너에게 닥친 모든 시련이 너를 시험한다고 생각하렴. 세상에 태어나서 시련 한 번 겪지 않고 사는 사람 하나도 없을 것이다. 그렇지만 그 시련을 어떻게 대하느냐에 따라 그 사람의 인생을 정반대로 바꿀 수도 있고, 아닐 수도 있단다. 한 번의 시련에 꺾여 생을 단념하는 사람도 있는 반면에 아무리 시련이 닥쳐도 꿋꿋이 이겨내는 사람이 있다. 그 결과는 네가 상상하는 그대로다. 운명은 정면으로 부닥쳐 개척하는 자만이 그 사람 앞에 세상이 환하게 열린단다. 자, 운명 앞에 무릎을 꿇겠니? 아니면 닥치는 시련을 온몸으로 부닥쳐 싸우겠니? 그것은 새봄이 너 스스로 결정해야 한단다. 니체라는 철학자는 '위험하게 사는 것만큼 아름다운 것은 없다'고 역설했다. 오히려 인생의 시련을 달갑게 여기고 즐기며 극복하고 살란 얘기지. 너에게 닥친 그 가혹하고도 힘든 시련들은 너를 단련시키는 담금질과도 같은 훌륭한 친구라고 생각하면 좋겠구나!"

부엉이가 새봄이 마음속을 꿰뚫고 있다고 생각했다. 그동안 새봄이는 괴로운 나날들을 보냈다. 부엉이 말에 과거가 주마등처럼 머릿속을 스쳐 지나갔다.

"나는 그렇게 생각한다. 죽음이 공포요, 슬픔일 수 있지만, 누구도 피할 수 없는 게 죽음이다. 그럴 바에야 죽음이 무엇인지 알려고 골똘히 생각하고 있는 것보다 오늘을 더 열심히 사는 게 무엇보다 현명하지 않을까? 모든 만물은 정해진 자기 생을 산다. 그래서 죽음을 정확히 이해하고 직시할 필요는 있지만, 죽음 그 자체도 감당하기 힘든데 죽음 이후, 그거 생각할 시간에 지금 네가 살아 있는 순간을 즐겁고 보람있게 사는 거, 그게 가장 현명하고 유일한 삶의 방법이라고 생각한다. 결국 생의 유한성을 제대로 응시하고 깨달을 때만이 한없이 겸손해진단다. 끝없는 욕심을 내려놓게 되지. 그렇게 될 때야 너도, 그리고 너를 둘러싸고 있는 우주 만물이 편안해진단다."

새봄이는 머리가 갑자기 환해짐을 느꼈다. 아주 잘 닦인 거울을 통해 자신의 모습을 보는 듯했다. 티끌 하나 보이지 않았다. 어떻게 사느냐 하는 것은 어떻게 죽느냐와 통하는 것이라는 생각에 미쳤다. 태어나는 것은 정할 수 없지만 죽는 것은 정할 수 있다지 않는가. 어떻게 죽을지를 정하는 것이 곧 올바른 삶을 사는 것이라는 생각이 문득 들었다.

소담이도 오랜 슬픔에서 깨어난 것처럼 말했다.

"어쨌든 여기서 들은 얘기를 내일 내 친구 노루에게 가서 말해줄래요. 받아들일지 모르지만 그래도 해주는 게 좋겠지요? 그 말 듣고 다시 예전처럼 힘을 내서 살았으면 좋겠어요. 정녕 죽은 남편이 그리워서 못 견디겠으면 바람과 나무에 귀 기울여 보라고. 간절하면 돌아와서 대답해줄지 모르잖아요? 노루가 그만 슬퍼했으면 좋겠어요."

새봄이도 노루가 그만 슬퍼했으면 좋겠다며 슬며시 소담이 어깨를 감싸 안았다.

"새봄아, 그런데 너희 엄마 왔었다며? 하늘다람쥐가 그러던데, 만나기는 했어?"

소담이는 새봄이가 엄마를 무척 그리워하고 있음을 알고 있었다. 새봄이는 소담이 물음에 고개를 저었다. 이내 풀이 죽은 표정이다.

"엄만 날 알아보지 못하고 그냥 가버렸어. 이제는 영영 만나지 못할 수도 있다는 생각이 자꾸 들어."

이번에는 소담이가 새봄이 어깨를 감싸 안았다.

새봄이는 소담이 품에서 어깨를 들썩거리며 밀려오는 슬픔을 어쩌지 못했다.

부엉이는 새봄이가 말 못 할 가슴앓이를 하고 있음을 알았다.

"엄마에게 무슨 일이 있긴 있구나? 여기 숲에서 새봄이 네 엄마 모습을 한 번도 보지 못했는데, 무슨 사정이 있겠거니 했다."

새봄이는 엄마가 아빠에게 이혼을 요구하고 있다는 것과 엄마에게 다른 남자가 생겼다는 사실을 얘기했다. 아빠와 떨어져 살았다고 금방 그렇게 다른 남자가 생겼다는 사실을 이해할 수 없고, 자식에게조차 그리 냉정할 수 있는지 모르겠다고 불만을 토로했다.

부엉이는 묵묵히 듣기만 했다.

새봄이는 말을 한 김에 내쳐 이야기를 풀어놓았다. 동생 서준이 사고로 죽은 다음부터 집안 분위기가 침울해지기 시작했고, 아빠와 엄마 사이가 예전 같지 않아진 것도 그때부터였다고 말했다. 새봄이는 왜 이렇게 불행만 달고 다니는지 모르겠다고 말하면서 얼굴을 감싸 쥐고 괴로워했다. 아빠 엄마가 헤어지면 어쩌나 하는 걱정이 떠나질 않았다.

새봄이 마음이 진정되기를 기다려 부엉이가 그제야 입을 열었다.

"내가 무슨 말을 하든 네가 상처받은 고통이 치유되기는 힘들 거다. 그리고 내가 자세한 내막은 잘 알지 못하지만, 네가 엄마와 아빠가 이혼할지 모른다고 하면서 내가 왜 이렇게 불행한지 모르겠다고 했지? 물론 아무런 문제 없이 가족이 함께 살면 좋겠지. 하지만 엄마도 그렇게 결정하기까지 많은 생각과 고민이 있었을 거다. 엄마와 더 이야기를 나눠봐라. 어쨌든 네 엄마는 엄마의 인생을 사는 거고, 너는 또 네 인생을 살아갈 거다. 엄마가 심사숙고해서 그렇게 결정한다면 그것대로 존중해줄 필요가 있다. 문제가 있는데, 감정이 떠나 같이 있으면 고통을 느끼는데 무조건 같이 산다고 행복한 것은 아니잖니? 네 마음속에 붙들고 있는 엄마를 놓아주고, 너는 너대로 아무에게도 의존하지 않고 네 인생을 네 방식대로 개척한다면 그게 바로 네 행복을 찾아가는 길일지도 모른다."

쉽게 납득이 되진 않았지만, 한편 부엉이 말도 일리가 있다고 생각했다.

"듣고 보니 그렇겠네요. 난 여태까지 새봄이는 생각 안 하고 엄마가 자기 편한 것만 찾아간다고 생각했어요. 아빠도 불쌍해 보였고요. 그래서 정말 미웠거든요. 미우면서도 너무나 보고 싶었어요. 이제 엄마를 이해하려고 노력하고, 더 얘기를 나눠봐야겠어요. 그래서 그게 엄마가 찾는 진정한 행복이라면 편하게 놓아드릴 자신 있어요. 하지만 엄마를 만나면 아빠가 아직도 엄마를 많이 생각하고 있다고 말해 줄래요."

아직도 새봄이는 엄마에게 미련이 남아 있었다.

"지금 보니 새봄이가 잠깐 사이에 한 뼘은 자란 거 같네, 하하하"

부엉이와 소담이가 유쾌하게 웃었다. 새봄이는 머리를 긁적였다.

부엉이와 긴 이야기가 끝날 즈음 새봄이는 주먹을 불끈 쥐었다. 그동안 너무 움츠러들어 살았다고 생각했다. 그렇다고 해서 무의미한 것은 아니다. 생각할 시간을 가졌으니까.

"부엉이 님 정말 고맙습니다. 제게 용기를 주셔서, 이제 저도 일어설 수 있을 것 같아요. 일어서서 세상 밖으로 나갈 수 있을 것 같아요."

새봄이는 갑자기 머리가 맑아지는 느낌을 받았다.

부엉이는 둘을 남겨두고 흐뭇한 표정으로 날아올랐다.

하늘로 뚫린 구멍으로 나가다 말고 혼잣말처럼 중얼거렸다.

"인간들이 마음을 고쳐먹으면 좋으련만. 우리 숲이 도대체 장차 어떻게 되려나…."

걱정 섞인 부엉이 말이 새봄이와 소담이가 앉아 있는 공간에 메아리처럼 울렸다.

긴 이야기를 나누고 하늘다람쥐 집에 돌아와 보니 하늘다람쥐는 집에 없었다. 벌써 날이 어두워 밖으로 먹이를 줍기 위해 나간 것이다. 요즘은 더욱 부지런해져야 겨울에 식량 걱정을 덜 수 있다. 또 도토리 몇 개를 축냈다. 미안했다. 하늘다람쥐가 마련해 놓은 식량을 아무 노력 없이 먹었다. 이제 하늘다람쥐 신세만 지고 있을 수는 없다고 생각했다. 피곤했다. 저절로 눈이 감겼다. 하늘다람쥐가 새벽에 들어온 것도 몰랐다.

오전 시간도 한 참 지났을 때였다. 멀리서 천둥 치는 소리가 들렸다. 콰앙~ 빠지직~, 콰앙~ 빠지직~ 하는 소리가 연달아 들렸다. 눈을 번쩍 떴다. 심상치 않은 소리다. 새봄이는 옆에서 지옥에 빠진 듯 자는 하늘다람쥐를 깨웠다. 지금 나는 소리를 들어보라고 귀에 손을 오므려 쥐었다. 또 콰앙~ 빠지직~ 하는 소리가 선명하게 들렸다. 끼이익~ 하는 중장비가 돌아가는 소리도 들렸다.

둘은 구멍에서 재빨리 나와 소리가 나는 쪽으로 날았다. 오리나무숲을 지나 소나무와 잣나무 숲도 지났다. 숲속 마을 상단에 있는 숲에 다다랐다. 그곳은 떡갈나무와 물푸레나무, 생강나무, 가래나무, 다릅나무가 혼재되어 자라는 숲이었다. 새봄이는 눈에 들어온 광경을 보고 깜짝 놀랐다. 벌써 숲이 쑥대밭이 되었다.

굴착기 두 대가 괴물이 되어 날뛰었다. 숲이 마구 망가졌다. 한 대는 나무를 쓰러뜨리며 새봄이가 있는 쪽으로 전진해오고, 다른 한 대는 나무를 제거한 곳에서 흙을 파헤쳤다. 흙 속의 바위를 들어내어 한 곳으로 내동댕이쳤다. 다람쥐가 살려고 필사적으로 도망갔다. 새들은 이미 더 깊은 숲속으로 피했다. 가래나무 가지에 앉아 있던 청설모는 놀라서 도망가는 것을 잊은 모양이었다. 눈을 동그랗게 뜨고 바들바들 떨었다.

그런데 가만히 보니 장비 옆에서 이것 저것을 지시하는 사람이 눈에 띄었다. 바로 아빠였다. 새봄이는 절망했다. 아빠가 저기서 우리 숲을 파괴하고 있으니 놀라서 어찌할 바를 몰랐다. 충성은 쓰러뜨린 나무들을 트럭이 와서 사고 없이 실어 가도록 이리저리 안내하고, 길바닥에 흙먼지가 일지 않도록 가끔 물을 뿌렸다. 모두 태연자약했다.

새봄이는 저절로 눈물이 흘렀다. 저 괴물을 막아야 한다고 생각했다. 하늘다람쥐에게 소담이와 상수리나무 할머니에게 이 사실을 알리라고 보냈다.

새봄이는 놀라서 꼼짝 못 하는 청설모에게 다가가 빨리 여길 빠져나가라고 소리 질렀다. 그제야 정신 차린 청설모는 옆에 커다란 물박달나무 가지로 뛰어올랐다. 청설모가 새봄이에게 소리쳤다. 빨리 빠져나오라 소리치는 것이다. 새봄이는 그러나 개의치 않고 괴물이 있는 근처 나무로 접근해 갔다.

육중하게 움직이는 괴물의 몸짓이 몹시 사나웠다. 아름드리나무도 커다란 쇠바가지로 한번 툭, 치면 우지끈 부러지며 쓰러졌다. 인정사정이 없었다. 벌써 100여 미터는 숲이 초토화가 되었다. 뿌리가 드러난 나무 시체가 여기저기 나뒹굴고, 풀은 짓이겨져 형체가 아예 사라졌다. 졸지에 습격당한 곤충들은 어찌할 바를 몰라 어지럽게 날아다니고, 타격당한 나무에서 우수수 떨어지는 나뭇잎은 아프단 신음 하나 못 지르고 흘러내리는 굵은 눈물 같았다. 새봄이가 흘리는 눈물도 이와 같았다.

상구는 나뒹구는 나무의 잔가지를 한 귀퉁이에 옮겨다 정리하고 있었다. 잔가지들이 굴러다니면 작업하는데 걸리적거리기 때문이다. 그때 장비 기사가 뭐라고 소리 지르는 모습이 보였다. 장비 기계음 때문에 사람 말소리가 잘 들리지 않았다. 장비 옆으로 다가갔다. 기사가 높이 치솟은 느릅나무 위를 가리켰다. 나무 꼭대기 가지 위에 짐승이 한마리 보였다.

기사는 저놈이 아까부터 도망가지도 않고 저리 버티고 있다고 말했다. 정말 그랬다. 찍찍~ 소리를 내며 이 가지 저 가지 옮겨 다니면서 분노에 찬 발길질을 하였다. 마치 자기 말을 들어달라는 호소 같기도 했다. 내지르는 소리가 날카롭고 애절했다.

상구는 그놈을 자세히 살펴봤다. 분명 익막을 가진 하늘다람쥐였다. 상구는 하늘다람쥐가 천연기념물이고 멸종위기 야생생물 2급 종이라는 것을 안다. 그런데 왜 저놈이 여기서 달아나지 않고 저러고 있는 걸까? 이상했다. 그렇다고 함부로 할 수는 없었다. 죽을지도 모르기 때문

326

이다. 쫓아내려고 큰소리로 위협을 했다. 작은 막대기를 던져 쫓아내보려고도 했다. 그러나 그놈은 꼼짝하지 않았다. 더 날카롭게 소리를 질러댔다. 꼭 누군가를 기다리며 버티고 있는 것 같았다.

하지만 계속 지체할 수는 없었다. 자기 차 안에 누워 있던 우식이 무슨 일인가 싶어 차에서 나와 어슬렁어슬렁 다가왔다. 장비 기사가 느릅나무 위를 가리켰다.

"아 참, 그깟 짐승 한 마리 때문에 그러고 있어!"

우식이 팩, 하고 소리 질렀다.

상구는 자기에게 책망하는 소리처럼 들렸다. 그냥 진행하라고 기사에게 소리쳤다.

"어쩔 수 없어. 그냥 처버려!"

말이 떨어지는 순간 기사는 로봇처럼 아무 감정 없이 커다란 쇠바가지를 쳐들었다. 하늘다람쥐가 버티고 있는 나무를 한순간에 쓰러뜨렸다. 눈 깜짝할 사이였다. 우지끈 나무가 부러지며 땅바닥에 쓰러졌다. 순간 하늘다람쥐도 피할 수 없었다. 나무가 쓰러지며 하늘다람쥐도 땅바닥에 곤두박질쳤다.

새봄이는 땅바닥에 떨어지면서 저기 멀리 숲속에서 눈빛들이 반짝이는 것을 보았다. 소담이, 노루도 보이고, 하늘다람쥐, 청설모는 나뭇가지 위에서 발을 동동 구르고 있었다. 산비둘기 부부도 보였다. 오소리, 너구리도 보였다. 그 옆에 담비도 보이고, 살쾡이도 보였다. 그 뒤에 멧돼지도 와 있었다. 씩씩거리며 화를 내는 모습 같았다.

상구는 하늘다람쥐가 떨어지는 것을 보고 달려갔다. 보호해야 할 종이었기에 다치더라도 크게 다치지만 않았으면 하는 마음이 간절했다. 떨어져 있는 하늘다람쥐가 피투성이가 되어 널브러져 있었다. 상구는 순간 죄책감이 가슴을 파고들었다. 괜히 서둘렀다 싶었다. 한 번 더 쫓아 내보고 할 걸 그랬다는 후회가 밀려왔다.

하늘다람쥐를 만지려고 손을 대는 순간 상구는 너무 놀라 뒤로 나자빠졌다. 하늘다람쥐가 서서히 변하면서 새봄이가 거기 피투성이인 채로 누워있는 게 아닌가! 사라졌던 새봄이가 하늘다람쥐라니! 상구는 얼른 정신 차리고 새봄이를 끌어안았다.

우식이도 놀라 헐레벌떡 뛰어왔다. 기사도, 충성이도 놀라 뛰어왔다. 멀리서 공사 장면을 지켜보던 재현이도 뛰어왔다. 믿을 수 없는 장면을 보고 모두 입을 다물지 못했다.

상구가 피를 토하듯 소리쳤다.

"새봄아! 새봄아!"

정신이 없었다. 어찌해야 할지 갈팡질팡 발만 굴렀다. 누군가 소리를 질렀다.

"119 불러. 빨리, 119 불러."

공사는 중단되고 새봄이는 구급차에 실려 숲을 빠져나갔다.

에필로그 | 대미산이 춤을 춘다

"어! 저기 맨 앞에서 플래카드 들고 가는 사람이 누구여? 잘 모르는 사람인데?"

"누구 말여?"

두 사람이 양옆에서 대형 플래카드 하나를 들고 앞장서고, 또 다른 플래카드는 긴 대나무 깃대에 만장을 걸듯이 플래카드를 내려 걸고 옆에서 따라 걸었다.

"저기 앞줄 옆에 혼자 플래카드 치켜들고 가는 사람!"

대열 후미에서 수군거리는 소리가 들렸다.

"아, 저 사람? 저기 건너 숲속 마을 자작나무골에 사는 사람이야. 저 사람 딸이 숲속에서 실종됐다가 찾았잖아?"

"아, 그 사람이구만…."

"그런데, 그 딸은 어떻대? 심하게 다쳤다고 했잖아?"

"병원에서 수술을 몇 번이나 했는데, 워낙 심하게 다쳐서 결국…."

"쯧쯧…. 참 안됐다. 아직 창창한 나인데… 제대로면 대학교 들어갔을 나이 아녀?"

"그렇지, 여기 산골에 내려와서 몇 년을 살았으니…."

대열 제일 앞에 재현과 대웅이 양옆에서 대형 플래카드를 들고 앞장 섰다. 대웅이 어느 날부터 모든 일에 앞장서기 시작했다. 오늘도 자신 이 플래카드를 들고 가겠다 고집부렸다. 마을 사람은 그가 아직도 학생 이고, 어리니 시위에 나서더라도 뒤에 가만히 따라다니는 게 좋겠다고 말렸다. 혹시나 좋지 않은 일이 생기면 해를 입지 않을까 염려해서였 다. 그러나 말려도 소용없었다. 막무가내였다. 사람들은 '쟤가 갑자기 왜 변했냐?'라고 혀를 내두르며 수군거렸다.

흰 바탕에 붉은색 글씨가 선명하다.

플래카드에는 '풍력발전 음모 분쇄하여 대미마을 살려내자!!'라는 글 귀가 쓰여있다. 옆에 상구는 깃대에 플래카드를 길게 내려 걸었다. 상 구가 들고 있는 플래카드에는 '풍력발전소가 웬 말이냐, 환경파괴 절대 반대!!'라는 문구가 바람에 펄럭였다. 다른 사람들 몇몇은 손팻말을 들 고 뒤따랐다. '풍력발전 절대 반대'나 '환경파괴 절대 반대', 또는 '대미 마을 살려내자'라는 구호를 들고 중구난방 고함을 질렀다. 군청 앞 도 로를 따라 걷다가 청사 앞 광장에 들어섰다. 광장에 부는 바람이 제법 매서웠다. 현동이 앞에 나서서 사회를 봤다.

군청과 산림청, 산자부 등에 풍력발전 단지 조성 반대 탄원서를 보냈 다. 그리고 군수나 다른 행정기관 책임자와 면담도 하였다. 풍력발전단 지를 조성하는 경우 마을을 둘러싸고 있는 천혜의 숲이 파괴됨은 물론 마을에 사는 사람이 노인이 대부분이라 건강 위협도 심각하다. 우리 마 을은 분지 마을이라 소음피해가 더 심각할 것이다. 그리고 시행업체가 마을을 들쑤시고 다녀 대대로 평화롭게 살던 공동체가 와해 될 지경에 이르렀다. 절대 개발허가를 내주어서는 안 된다. 우린 목숨을 걸고 결단코 반대할 것이라는 의지를 전달했다. 그러나 모두 검토해보겠다, 반대하지만 소송을 걸어서 지면 어쩔 수 없다, 가서 기다려달라는 뜨뜻미지근한 반응뿐이었다.

시행업체 사람들은 더 활발하게 움직였다. 우호적이라고 생각되는 사람들만 선별해서 몰래 불러내 술과 밥을 사주고, 명절날 선물 공세도 빠지지 않았다. 은밀히 전달됐다. 선물 받은 사람은 자기들끼리 누구누구가 선물을 받았는지 확인하며 은근히 다른 사람에게 권하기도 했다. 말만 하면 선물을 받아다 주겠다는 뜻이다.

뿐만이 아니다. 임시 대책위 사람들에게도 접근해서 찬성으로 의사만 바꿔주면 나중에 충분히 사례하겠다는 유혹도 은밀하게 진행됐다. 끝내 반발하는 사람에게는 협박도 서슴지 않았다. 이 사업은 정부 시책으로 하는 건데, 당신들이 아무리 반대해봤자 당신들만 다칠 거라며 든든한 뒷배가 있음을 암시했다.

임시 대책위 사람들은 초조해졌다. 반대 서명을 받을 당시 많은 사람이 반대했는데, 이렇게 우물쭈물하다가는 저들의 음모에 하나둘씩 넘어가서 반대 운동이 위협받을지 모른다는 불안감이 컸다. 그러기 전에 여세를 몰아 군청에 가서 시위하자고 재현이 제안했다. 아무리 탄원서를 보내고 기관장과 면담을 해도 눈 하나 깜짝 안 하는데, 집단이 움직여서 우리 위력을 보여줘야 그래도 움직이는 시늉이라도 할 거 아니냐고 강력히 주장했다. 모두 찬성했다.

다음으로 이장을 설득하는 문제가 남았다. 재현은 이장하고 같이 반대 운동을 해야 성공할 수 있다고 주장했다. 그래야 마을 사람들도 빠짐없이 참여할 수 있다고 했다. 하지만 누가 이장을 만나 설득할 것인지가 남았다. 대책위에서 강력한 발언을 하는 사람들 대개는 이장을 불신했다. 그러니 누구도 선뜻 나서려고 하지 않았다. 그때 상구가 나섰다.

"내가 한번 나서보겠습니다. 될지 안 될지는 모르겠지만 진심을 담아서 설득은 해볼게요."

의외였다. 매사에 소극적이어서 논의에도 잘 참여시키지도 않았는데 가장 껄끄러운 일에 나서겠다고 하니 한편으로는 반갑기도 하고, 저 사람이 나서서 과연 될까? 하는 의심이 드는 것도 사실이었다. 그때 재현이 함께 가겠다고 나섰다. 둘은 의미심장하게 눈빛을 교환했다. 재현이 함께라면 맡겨볼 만하다고 생각했다. 그래도 이장이 재현의 말이라면 듣는 척이라도 한다는 사실을 알고 있기 때문이다.

상구는 재현과 함께 이장을 찾아가서 이야기를 나눴다.

풍력발전이 들어오면 심각하게 대두될 문제들을 이야기했다. 그동안 논의했던 주제들을 다 동원했다. 그리고 이장이 가장 중요하게 여길 것으로 생각되는 부동산 가격 폭락 문제도 슬쩍 제기했다. 이장도 고충을 털어놨다. 솔직히 말했다. 자신도 이곳이 고향이고 물려받은 땅이 많다고 했다. 풍력발전이 들어오면 땅값 떨어지고 손해가 막심할 거라는 사실도 안다고 했다. 그런 말을 하면서 머리를 긁적였다. 그런데 이쪽저쪽 나뉘어서 싸우니 어느 쪽 편을 들기도 난감했다고 했다. 몇몇 이름을 대면서 나도 원주민이어서인지 솔직히 원주민들 위세를 거역하기가 어려웠다고도 말했다. 사실 찬성하는 사람 중에는 마을에서 행세깨나 하는 사람이 있었다. 그러면서 이장 노릇 하기가 이렇게 힘들 줄 몰랐다며 길게 한숨을 쉬었다.

그리고 마지막으로 상구가 새봄이 얘기를 꺼냈다. 그 애가 숲을 지키려다가 저렇게 됐다고 눈물이 그렁해서 말했다. 내가 새봄이가 말하던 상수리나무 얘기를 한 번만이라도 믿어주기만 했어도 지금 이렇게 슬퍼하진 않을 거라고 했다. 이장은 '자네 딸 참 안됐네!'라고 하며 상구의 두 손을 그러쥐었다. 그럼에도 이장은 여전히 딱 부러지게 자신도 풍력발전을 반대한다고는 하지 않았다. 그러나 분위기만 조성된다면 따라올 것이라는 예감이 들었다. 많이 누그러진 것이 보였다. 그렇게 판단하고 군청 마당에서 반대 집회를 열기로 하고 준비하였다.

집회 분위기는 점점 고조되었다. 풍력발전 반대 집회를 개최한다는 소식을 듣고 먼저 풍력발전소를 설치한 마을에서도 사람들이 지원을 나왔다. 소개가 있었다. 풍력발전을 설치하도록 찬성한 마을 이장이 생생한 경험담을 들려주었다. 여기저기서 분개하는 목소리가 신음처럼 터져 나왔다. 지금 그는 후회가 막심하다고 말했다. 절대로 당신들 마을에는 풍력발전소 건설하면 안 된다고 힘주어 말했다. 옳소! 옳소! 하는 소리가 사방에서 터져 나왔다.

마을 사람들은 다른 마을에서도 지원을 나오니 사기가 올랐다. 괜히 집회에 나갔다가 군청 직원이나 경찰에게 눈도장 찍히는 것은 아닌지 걱정하며 전전긍긍했었다. 지역사회다 보니 알음알음해서 한 다리만 건너면 아는 사람들이라 당연했다. 하지만 여기저기서 집회 취지를 이해하고 지원해주니 마음이 놓였나 보다.

집회가 막바지로 치달았다. 군청 관계자들도 나와서 이리 뛰고 저리 뛰고 허둥댔다. 그때 현동이 상구를 소개했다. 상구는 쭈뼛거리며 앞에 나왔다. 나와서 보니 대열 뒤쪽에 이장이 서 있는 걸 발견했다. 이장이 겸연쩍은 듯이 서서 손을 흔들었다. 상구도 슬쩍 손을 흔들었다. 이장이 웃었다.

현동이 상구 딸 새봄이와 관련된 이야기를 간략히 소개했다. 새봄이는 숲에서 심하게 다쳐 병원에서 치료받았으나 안타깝게도 하늘나라에 갔다고 말했다.

상구는 새봄이 병원에서 사경을 헤맬 때 이야기를 나눴는데, 마을 사람들에게 부탁하고 싶다며 한 말이 있어 받아 적어왔다고 했다. 그걸 여기에서 소개하고 싶다고 했다. 한옆에 서서 고개를 푹 수그리고 있는 대웅이가 보였다. 그리고 새봄이가 생각났는지 울먹거렸다. 이윽고 상구는 자세를 가다듬고 말을 하기 시작했다. 사방이 조용해졌다.

"마을 어르신들 모두 안녕하세요?

저는 우리 마을에 이사 와서도 한 번도 어른들께 인사 여쭙지 못하고 살았어요.

저는 서울에서 마음에 큰 병을 얻어 아빠 따라 이사 왔습니다.

자연과 친구가 되면 내 병도 나을 거라는 아빠 말씀만 믿고 내려왔습니다.

하지만 그게 쉽게 되지 않았습니다.

사람에게 상처받은 내 마음은 여기서도 사람에게 쉽게 내보일 수가 없었습니다.

사람뿐만 아니라 숲도, 나무도, 꽃도 처음에는 내 마음에 들어오지 않았습니다.

사람들이 날 이상하게 쳐다보는 것도 다 알고 있었습니다.

그럴수록 방문을 닫고 어둠 속에 스스로 나를 가둬놓고 지냈습니다.

상구는 담담히 적어온 글을 읽다가 새봄이가 그동안 아파했을 마음을 생각하니 눈물이 흘러내렸다. 편지를 읽다 감정이 복받쳐 중단했다.

새봄이와 지냈던 어둠의 시간이 떠올랐다. 마음을 좀 더 헤아려주지 못한 자신이 한없이 미웠다. 잠시 잿빛 겨울 하늘을 쳐다보다가 마음을 추스르고 다시 읽어나갔다.

　　그러다 우연히 고라니를 치료해 주면서 우리 숲에 관심 가지게 되었습니다.
　　그때부터 숲에 들어가고, 숲에만 들어가면 마음이 편안해졌습니다.
　　사람보다 숲이 더 좋았어요. 사람은 관심을 가진 만큼 알게 된다고 들었습니다.
　　숲에 관심을 가지니 동물, 나무, 풀, 곤충들의 소중함을 알게 되었습니다.
　　신은 광물 속에서는 잠자고, 식물 속에서는 깨고, 동물 속에서는 움직이고, 인간 속에서는 사유한다는 말이 있습니다.
　　그러니 그들도 인간과 똑같이 존중받아야 한다는 것입니다.
　　나는 그들을 통해서 사람의 본모습을 들여다보게 되었습니다.
　　숲은 우리 사람의 마음을 비춰주는 거울입니다.
　　사람의 마음이 폭력에 물들면 숲도 망가지기 시작합니다.
　　그 폭력이 숲에도 전염이 되기 때문입니다.
　　인간의 폭력으로 숲이 망가지면 동물도 나무도 풀도 모두 죽습니다.
　　그들이 모두 죽으면 나중에 사람도 죽습니다.
　　숲은 사람 때문에 망가지기도 하고, 사람이 살릴 수도 있습니다.
　　우리 숲은 인간만의 것이 절대 아닙니다.
　　또 동물, 나무, 풀, 곤충만의 것도 아닙니다.
　　숲이 건강할 때 우리도 그들과 똑같이 건강하게 살 수 있습니다.

숲의 모든 것은 인간의 간섭을 받지 않고 평화롭게 살 권리가 있습니다.

우리 숲을 지켜주세요!

숲을 지키는 것은 동물, 나무, 풀, 곤충만을 위한 것이 아닙니다.

우리 모두 행복한 삶을 살기 위한 것입니다.

숲은 우리의 친구입니다. 그들도 우리와 똑같은 생명입니다.

우리 숲을 반드시 지켜주십시오.

새봄이와 숲에 얽힌 이야기를 아는 사람들이 눈시울을 적셨다. 대웅이는 눈물을 흘리며 상구 곁으로 다가왔다. 상구가 대웅이를 힘주어 안아주었다. 대웅이는 '누나가 보고 싶어요' 라는 말을 되뇌이며 울음을 그칠 줄 몰랐다.

분위기가 가라앉자 현동이 구호를 외치면서 열기를 높혀갔다. 상구도, 이장도, 재현도, 성호도, 동식도, 상수도, 길수 노인도, 노인회장도, 아주머니, 아저씨 모두 주먹을 불끈 쥐고 하늘을 향해 힘껏 내질렀다. 처음에는 구호 외치는 소리가 남의 시선을 의식해 굴속으로 기어들듯 자신감이 없었으나 시간이 지날수록 힘이 넘쳐났다. 자신감이 구호 소리에 실려 힘찼다. 북소리도 요란했다. 구호 소리가 군청 마당을 가득 채웠다. 지나가던 사람들까지 무슨 일인가 싶어 기웃거리더니 대열에 합류하는 사람까지 생겼다. 남 일 같지 않아서이다. 평창군에는 풍력이니, 태양광이니, 소수력발전이니 하며 에너지 개발사업을 추진하는 측과 주민들이 마찰을 빚는 곳이 한둘이 아니다.

대웅이 앞서서 상구가 들고 있던 플래카드를 받아 높이 들고 휘둘렀다. 플래카드가 바람에 펄럭였다. 대웅이가 선창을 했다. 마치 하늘에 있는 새봄이가 들으라고 하는 듯이 우렁찼다.

'풍력발전소가 웬 말이냐, 환경파괴 절대 반대!!'

'풍력발전 음모 분쇄하여 대미마을 살려내자!!'

사람들이 따라서 더 힘차게 구호를 외쳤다.

대미산에 눈이 펑펑 쏟아지고 있었다.

대미산자락 자작나무골 사람들은 눈이 너무 와서 걱정이라고 발을 동동 굴렀다. 하늘이 희끄무레하게 뿌옇다. 눈이 잠시도 그치지 않고 내렸다. 함박눈이다. 내리는 눈 때문에 마을 건너편 산봉우리가 희미한 그림자처럼 보였다. 너무도 많이 오기 때문이다. 바람도 불지 않았다. 조용했다. 멀리 보이는 청태산과 대미산에 눈이 덮였다. 눈이 내려 눈꽃이 숲속 나무에 만개했다. 여름, 가을 내내 사람들이 드나들었던 돌투성이 밭에는 눈이 소복이 쌓여 적막감이 감돌았다. 눈밭 위에 어떤 짐승 발자국인지 숲속으로 길게 꼬리를 물었다. 내리는 눈이 발자국을 덮고 있다.

눈을 치우던 현동이 중얼거리듯 말했다.

"이건 고라니 발자국 같은데? 혹시 그 고라니가 새봄이 보고 싶어서 헤매고 다니는 건가? 이렇게 추운 겨울에는 고라니가 인가 근처까지 와서 돌아다니지 않는데…."

그 말을 들은 재현도 그런 것 같다고 고개를 끄덕였다.

소담이 발자국인지 알 수 없으나 숲에서 나온 발자국이 다시 숲속으로 이어져 돌아가고 있으니 그렇게 추측하는 것도 무리는 아니었다. 숲에서 나와 먼 길을 지켜보다 사람들이 웅성거리며 나오니 놀라서 도망 갔으리라는 생각이다.

마을 사람들은 눈이 쌓이면 또 나와서 몇 번이고 눈을 치웠다. 길옆으로 밀어낸 눈이 높이 쌓였다. 조금만 더 내리면 마치 터널을 이룰 것만 같았다.

"아유, 지겹게도 오네. 이상하구먼! 근래 오던 눈하고는 비교할 수도 없이 많이 오네. 하긴 눈이 많이 오면 내년에 풍년이 든다곤 하지만, 이렇게 많이 오니 풍년이고 뭐고 귀찮기만 하네."

상수가 눈을 치우다 말고 하늘을 쳐다보며 말했다.

요사이 예년과는 다르게 예측할 수 없는 기후 때문에 걱정이 늘었다. 눈뿐만이 아니라 비도 올 때는 너무 집중적으로 퍼붓는다. 그리고 해마다 기온도 더 올라가고 있다는 느낌을 받았다. 비가 하도 많이 쏟아지니 산 중턱을 깎아 형성된 마을이라서 이전에는 걱정하지도 않던 산사태 걱정도 은근히 한다.

"그나저나 상구 형님은 잘 지내고 있나 모르겠네요?"

상구와 그래도 친하게 지냈던 현동이 아쉬운 듯 재현을 보며 말했다.

새봄이가 병원에 입원해 있을 당시 새봄이 병구완을 위해 혜숙이 와 있었다. 상구는 새봄이가 이 지경이 된 것에 대해 입이 열 개라도 할 말이 없었다. 혜숙이 밤새도록 새봄이 곁을 지키는 것을 보고만 있을 수밖에 없었다. 새봄이가 잠시 잠깐 정신이 돌아올 때마다 둘은 무슨 말인지 주고받았다. 그러면 조금은 안심하고 밖으로 나왔다. 그동안 끊었던 담배를 자신도 모르게 피워 물고 있었다. 그러던 때 병원 옥상 휴게소에서 밤하늘 아래 회색의 생경한 도시 풍경을 멍청히 바라보며 담배를 물고 있으니 혜숙이 다가왔다. 새봄이가 잠들었다고 눈짓으로 말하며 옆에 다가와 앉았다. 새봄이가 '아빠가 불쌍해 엄마, 아빠 마음은 엄마를 아직 사랑하고 있어'라고 말하며, 자기 손을 꼭, 잡더란다. 그 말을 전하는 혜숙의 눈가에 눈물이 계속 흘러내렸다. 상구는 눈물 흘리는 혜숙을 가만히 끌어 품에 안았다. 말을 하지 않아도 무슨 마음인지 알았다.

군청 광장에서 집회가 끝나고 얼마 지났을 즈음 상구가 이사 가야겠다고 하며 살던 집을 중개소에 내놨다. 새봄이도 없는 여기서 살 수 없다고 말했다. 여기 있으면 죽은 새봄이가 자꾸 떠올라 더 괴로워진다고도 말했다. 그것도 그렇지만 이제 새봄이를 잃고 아내마저 떠나보내고 싶지 않다고 했다. 그래서 다시 서울로 돌아가 아내와 합쳐 살기로 했다고 했다. 그리고 훌쩍 대미산 산골을 떠나갔다.

"잘 지내고 있겠지! 그럼! 말을 안 해서 그렇지, 그 사람이 얼마나 아내 걱정을 했다고. 아마 그런 아픔을 겪었으니 더 사랑하며 살 거야! 그래야 하고 말구. 그래도 한 번쯤 연락할 만도 한데…. 사람이 참…. 난 그렇게 보지 않았는데, 무심하구먼. 그동안의 정리情理가 그것밖에 안 됐나?"

재현도 아쉬운 듯 말하며 넉가래질을 더 힘차게 내질렀다. 쌓인 눈이 풀썩이며 길 밖으로 날아갔다.

상수는 눈을 치우다 말고 저 아래 마을로 들어오는 길 입구를 내려다봤다. 다른 사람들도 분주하던 손길을 멈추고, 상수의 눈길을 따라 굽이친 마을 길을 바라다봤다.

저 멀리 길을 따라 사람이 하나 올라오고 있었다. 대웅이였다. 요즘 대웅이는 부쩍 숲을 드나드는 눈치였다. 숲을 보호해야 한다고 마을 사람들을 찾아다니며 호소했다. 사람들은 뒤에서 '얘가 죽은 새봄이 하고 어울리더니 혹시 새봄이 귀신이 붙은 거 아냐?'라고 수군덕거렸다.

새봄이가 병원에 있을 때, 대웅이를 불러달란 적이 있었다. 정신이 혼미한 상태에서도 대웅이를 보고 싶다고 또렷하게 말했다. 상구의 급한 연락을 받고 대웅이 새봄이를 만났다. 새봄이는 대웅이 손을 잡고 '숲속에서 네가 날 안아줬을 때 무척 행복했어'라고 희미한 목소리로 말했다. 그리고 상수리나무는 네가 간절하게 보고 싶어 할 때만 나타난다고도 말해주었다.

군청 앞 광장에서 집회가 있은 후 시행업체에선 놀랐는지 한 발짝 물러난 듯 보였다. 군수도 나와 주민들을 무마시키려 애를 썼다. 하지만 일시 소강상태에 들어선 것뿐이었다. 완전히 물러나진 않고 마을 주민들 눈치만 살피고 있었다. 그러나 마을 사람들의 마음은 이전보다 더 단단해져 있었다. 대웅이도 거기에 한몫하고 있는 것은 물론이다.

"아저씨들, 눈 치우고 계세요? 저도 함께 치우죠."

"어서 와. 오늘도 숲에 갔다 왔나?"

사람들은 대웅이를 반갑게 맞았다. 활기찼다. 눈을 치우는 손길이 가벼웠다.

"그런데, 아저씨, 나 얼마 전 숲에 들어갔다 왔었는데, 새봄이 누나하고 같이 갔던 길을 되짚어서 들어갔었어요. 그런데 글쎄, 거기에 커다란 상수리나무가 있더라고요. 정말 엄청나게 컸어요! 새봄이 누나 말이 사실이더라고요!"

대웅이가 울창한 숲을 바라보며 진심을 담아 말한다는 듯 손으로 가리켰다.

눈을 치우다 말고 모두 허리를 펴 대웅이가 가리키는 숲을 바라봤다. 어쩌면 그 말이 맞을지도 모른다고 고개를 끄덕였다.

멀리 숲속에서는 수컷 고라니가 짝을 찾는지 크억~ 크억~ 하는 괴상한 울부짖음이 메아리처럼 들려왔다. 대미산 산봉우리가 하얀 눈으로 뒤덮여 눈앞에 있는 것처럼 가깝게 보였다. 대미산이 하얀 이를 드러내고 웃고 있는 것 같았다.

"형님들, 저기 대미산 좀 봐요. 대미산이 하얀 옥양목 적삼을 입고 춤추고 있는 것처럼 보이지 않아요?"

재현이 대미산을 가리켰다.

눈 치우던 사람들이 일제히 대미산을 바라봤다.

"어디? 그러네! 마치 하얀 팔을 쭉, 벋어서 펼치고 있는 것처럼 보이네. 정말 춤추는 것처럼 보여!"

성호가 맞장구를 쳤다.

"그럴 만도 하지. 하마터면 저 산봉우리가 난도질당할 뻔했는데…. 저기에 커다란 생채기가 나기라도 했어 봐. 생각만 해도 끔찍하지. 그걸 쳐다보면서 매일 우리 가슴도 무너졌을 거야."

상수는 가슴을 쓸어내리며 말했다. 안도의 한숨을 쉬었다. 그러나 마음속의 그늘을 완전히 걷어내지는 못했다.

여전히 눈은 펑펑 내리고, 대미산은 아무 말이 없었다. ■

동귀일체同歸一體로 여는 새 삶의 꿈

김영호문학평론가

지구가 불타고 있다. 지구촌 곳곳이 극한적인 자연재해로 고통을 겪고 있다. 유럽은 기록적인 폭염과 가뭄 그리고 동시 다발적인 대형 산불로 최악의 여름을 보내고 있다. 미국의 대표적인 사막 지대인 데스벨리 국립공원은 천 년에 한 번 확률의 기습적인 홍수로 불과 3시간 만에 계곡과 도로가 잠기면서 공원이 폐쇄되었다. 미국 서부는 1,200년 만의 극심한 가뭄으로 미국 최대의 인공 호수인 미드호 수위가 50미터 넘게 낮아져 농사 포기와 제한 급수로 큰 어려움을 겪고 있다. 남아시아의 인도와 파키스탄은 50도를 넘나드는 121년 만의 기록적인 폭염으로, 아프리카 케냐는 3년째 우기가 실종되면서 생계 위협과 질병으로 고통받고 있다.

우리나라도 지난 8월 8일 서울 지역에 집중된 115년 만의 기록적인 폭우로 수도권이 엄청난 수해를 입었고, 이어진 중부 지방의 홍수 피해도 컸다. 같은 시기에 제주는 폭염으로 고통을 겪었다.

이런 전 세계적인 기후 재앙의 원인은 단연 지구 온난화로 인한 기후 변화라 할 수 있다. '기후 변화에 관한 정부 간 패널(IPCC, Intergovernmental Panel on Climate Change)'은 오늘날 우리가 겪는 기후 변화는 화석 연료 기반의 산업 활동에 의해 야기되었다고 지적하며, 지구의 온도를 산업화 이전보다 2도 이상 높이지 않도록 2010년에 합의했다. 하지만 기후 위기가 점차 현실화하면서, 2018년 송도에서 열린 IPCC 제48차 총회에서 더 강력한 조치로 1.5도 온난화 보고서가 채택되었다. 지구 온도를 2도가 아닌 1.5도 이내로 억제하기 위해 2030년까지 온실가스 배출량을 2010년 대비 45퍼센트 줄여야 2050년까지 인간 활동으로 발생하는 배출량이 순 제로에 도달할 수 있다는 것이다. 현재의 이산화탄소 배출 추세라면 1.5도 이하로 유지할 수 있는 시간이 12년밖에 남지 않았다고 한다. 기후 위기에 나름 대처해 보자는 정도가 아니라, 우리의 생존을 위해 지금 당장 필사적으로 노력해야 한다는 것이다.

상상을 뛰어넘는 기상 이변이 점차 일상이 돼 가는 지금, 기후 변화는 우리가 감내할 수 있는 임계점을 넘어서고 있다. 지구가 지금까지 겪은 다섯 차례의 대멸종에 이은 여섯 번째 대멸종이 가능하다는 기후 재난 시나리오가 그 심각성을 말해 준다. 지구가 겪은 대멸종 중 소행성 충돌로 인한 공룡 대멸종을 제외한 네 차례의 대멸종이 모두 온실가스에 의한 기후 변화와 관련돼 있다고 한다. 그중 최악은 이산화탄소가 지구 온도를 5도 높이며 시작된 세 번째 대멸종인데, 지금은 그때보다 10배 빠른 속도로 대기 중에 이산화탄소가 배출되고 있어 2050년이면 지구는 거주 불능이 될 거라는 암울한 전망을 제시한다. 이산화탄소 배출량 제로에 도달하려는 우리의 필사적인 노력이 없다면, 그 목표년에 지구는 살 수 없는 곳이 된다는 것이다.

이렇듯 기후 위기의 위험을 몸으로 겪으며 기후 변화에 대한 대응이 회피할 수 없는 행동 과제가 되었다. 하지만 1992년의 리우 지구 정상 회의 이후 30년간 합의한 각종 공약이 대부분 구속력 없는 협약에 그치면서, 주요 탄소 배출국의 기후 변화 억제 행동은 미미하며 기후 변화의 직접적인 피해국인 개발 도상국에 대한 배상 노력 또한 부진하다. 각국이 온실가스 감축 행동에 소극적인 이유는 경제적 충격을 최소화하는 데에 역점을 둔 고도의 정치적 선택이기 때문이다. 근본적으로는 탈규제 자본주의와 충돌해 소수 기득권 엘리트들에게 심각한 위협을 주기에, 적극적인 행동에 나서지 않는 것이다. 소규모 농업과 목축에 의존하는 케냐가 기후 변화로 인해 겪고 있는 심각한 피해에 대한 선진 국의 배상과 지원은 요원하다. 우리나라도 이번의 기록적인 폭우로 직접적인 피해가 저지대나 건물 지하에 사는 저소득층에 집중되고 있지만, 이에 대한 정부의 대책이 별 실효성이 없는 것과 유사하다. 물론 기후 변화에 의한 극한적인 기상 이변인 만큼 이번 집중 호우에 불가항력적인 면이 있지만, 그렇다고 피해를 최소화하려는 정부의 적극적인 대응 부족에 대한 책임까지 면죄부를 주는 건 아니기 때문이다.

이렇게 화급한 여건에서 환경을 지키고자 하는 시민단체나 주민들의 집단행동은 조금은 한가한 듯 보일 수 있다. 개인이나 지역적인 환경 보호 노력이 화석 연료에 기반한 산업활동의 중단 없이는 불가능한 것으로 보이기 때문이다. 고도의 기술 산업사회가 가져온 풍요와 편리함을 누리면서 기후 변화를 막아 보려는 노력이 가당치 않아 보이는 것이 사실이다. 그러나 이미 살펴보았듯이 기후가 모든 생명의 조건을 바꾸는 게 분명하다. 하지만 더 깊이 따져 보면 기후 변화는 결국 탈규제 자본주의 체제가 가져온 것이다. 따라서 기후 변화가 자본 축적과정의 필연적인 귀결이며, 부의 불평등 또한 자본주의가 근본 요인임을 알 수 있다. 결국 사회 경제 시스템의 근본적인 전환, 나아가 정의로운 전환이 필요하다. 인간의 목적에 따라 자연을 착취하는 인간 중심적 산업 문명에서 벗어나 자연이나 뭇 생명과 평화롭게 공존하는 생명 중심적 생태 문명으로의 문명사적 전환이 없이는, 생태계 회복은 요원하다. 생태계 파괴는 화석 연료 기반의 산업 문명으로 발생했지만, 생태계 위기의 근본적인 원인은 산업화를 낳은 인간의 사고방식이나 인간 사회의 구조에 있기에 그렇다.

급박한 기후 위기를 어떻게든 막아 보려는 기후 정의 행동의 실천 못지않게 생태계에 대한 근본적인 인식의 변화 또한 중요하다. 인간을 자연의 주인으로 보는 데카르트의 기계론적 이원론에서 출발한 서구과학과 기술공학이 지금의 기후 위기를 초래한 만큼, 자연의 일부인 인간이 뭇 생명이나 물질들과 긴밀하게 연결돼 있다는 생태학적 윤리 인식을 가질 때에야 기후 위기의 실질적인 극복이 가능할 것이다. 무엇보다 자연을 하나의 물질적 대상이 아닌 주체적으로 느끼는 생명으로 인식해야, 우리가 자연의 한 부분임을 자각할 수 있다. 이런 자각을 섬세한 자연 묘사, 그리고 자연과 인간의 교감에 대한 정밀한 천착을 통해 보여 주는 창조적인 생태 소설이 바로 변경섭의 장편소설 『누가 하늘다람쥐를 죽였나?』이다. 제목의 물음에 대한 답을 찾아가는 과정이 이 소설의 줄거리를 이루는데, 쉽게 유추해 볼 수 있듯이 바로 '우리'가 그 '누가'에 해당한다.

아메리카에 서식하는 세 종을 빼면, 시베리아나 만주 우리나라 중북부 지방에서만 만날 수 있는 희귀 동물인 하늘다람쥐는 포유류 유일의 생체 형광물질을 가진 신비한 다람쥐다. 하늘다람쥐는 오래된 나무를 벌채하는 등 숲이 훼손되면서 개체 수가 급속히 감소하고 있어 멸종 위기 야생 동물 2급으로 지정되었다. 그 이름에서 알 수 있듯이 앞다리와 뒷다리 사이에 털로 뒤덮인 비막을 이용해 평균 20미터 정도를 날아가는 능력이 있으며, 날개와 꼬리의 근육을 사용해 180도 회전이 가능할 정도로 민첩하다. 속리산이나 운문산 등의 생태계를 대표하는 깃대종이면서, 대전 보문산과 식장산에서도 그 서식이 확인되었다. 강원도에서는 곳곳에 골프장이 건설되며 하늘다람쥐가 그 터전을 잃을 위기에 처하자, 녹색연합과 함께하는 대한민국 깃대종으로 선정되기도 했다.

생태학적 윤리학은 자연을 적자생존의 무한 경쟁 무대로 보지 않으며, 자연은 우리 생명의 토대이기 때문에 자연을 파괴하는 것은 곧 자연 속에 있는 우리 자신을 파괴하는 것과 같다고 본다. 사실 만물의 영장으로 자처하는 고등 생물인 우리 인간도 쌍방에 이익을 주는 다른 유기체와의 공생을 통해 진화해 왔다. 식물의 에너지를 만드는 엽록체나 동물의 에너지를 만드는 미토콘드리아는 박테리아다. 이런 박테리아와의 공생이 없었다면 오랜 단세포 생명에서 벗어나 복합 세포를 지닌 동식물이나 곤충과 새도 존재할 수 없었다고 한다. 그래서 박테리아를 진화의 숨은 공로자라고 부른다. 이런 고도의 전문적인 과학지식 외에도 생명 현상을 인간 중심주의나 지구 중심주의에서 벗어나 깊고 넓게 탐구한 학자들은 다 공통으로 인간의 취약성과 함께 다른 모든 존재와 공생하는 것에 주목한다. 세계적인 천문학자인 칼 세이건은 우리는 별의 물질로 이뤄진 존재들이라고 밝혔다. "이 속의 칼슘, 유전자 속 탄소, 머리카락 속 질소, 안경 속 규소 모두 수십억 년 전 수백 광년 떨어진 별의 원자들로부터 만들어져"『창백한 푸른 점』. 이렇게 우주적 관점에서 인간의 본질을 본다면, 우리는 우주와 아주 긴밀하게 연결돼 있다는 것이다.

이 작품의 무대는 강원도 평창의 깊고 무성한 숲이다. 청태산과 대미산 그리고 용마봉에 둘러싸인 아늑한 분지에 있는 작은 마을로, 자작나무숲이 마을 중심에 있어 자작나무골로 불리는 곳이다. 상수리나무나 잣나무 특히 하얀 자작나무숲에서 주로 사는 하늘다람쥐가 자작나무의 기다란 꽃순과 두툼한 열매를 좋아하는 것과도 연결된다. 주인공 새봄이가 자신이 치료하고 돌보다 숲으로 돌려보낸 고라니 소담이와 재회하도록 이끄는 산제비나비는, 나비 박사 석주명 선생이 '산신령나비'라 부를 정도로 속세에 물들지 않고 맑은 산속에서 우아한 자태를 유지하며 산다. 그래서 석 박사는 우리나라 대표 나비로 부르는데, 날개 위쪽에 청록색의 띠가 있고 아래쪽엔 범무늬가 있다. 이 작품의 무대는, 이렇게 자작나무숲과 산제비나비 그리고 하늘다람쥐가 한데 어울려 사는 청정 지역이다. 이런 맑은 생태계는 수많은 생명이 서로 어울려 살아가는 터전이고, 또한 범접할 수 없는 생명의 신비를 느낄 수 있는 곳이다. 그래서 새봄이도 서울에서 이사온 뒤, 약초꾼도 길을 잃는 깊고 넓은 숲을 무서워하다가, 긴 겨울잠에서 깨어나 새싹을 틔우는 텃밭에서 생명의 경이를 느끼고 비로소 숲과 자연에 마음을 연다. 이렇게 열린 마음으로 식물도감과 나무도감 그리고 인터넷 검색을 통해 다양한 식물들의 이름과 생태를 알아가며 그 아름다움과 소중함을 느끼게 되면서, 새봄이는 숲에 대한 무서움을 이겨 낸다. 그동안 방안에만 박혀 외톨이로 지내던 새봄이에게 자연의 생명력이 활력소가 된 것이다. 자연에 대한 새봄이의 관심은, 수많은 생명체의 다양한 생태를 섬세하게 구분하면서도 이들을 있는 그대로 사랑하게 한다.

뿔나비가 끈끈이대나물꽃에 앉았다. 청띠신선나비가 참나무에 앉아 이리저리 걸어 다닌다. 그러더니 나무 등치 상처 난 곳에 주둥이를 디민다. 호랑나비가 벌개미취에 앉았다가 범부채에 오랫동안 머문다. 흰색 바탕에 주홍색 띠가 치마를 두른 듯한 부전나비는 하얀 톱풀꽃에서 별 볼 일 없었는지 이내 옆에 있는 큰까치수염꽃에 옮겨붙어 떠날 줄 모른다. 검은색에 은색 무늬의 멋쟁이 은판나비가 샘가에 떼로 모여 물을 먹느라 새봄이 다가가는 줄도 모른다. 다가가 손을 뻗을라치면 한꺼번에 하늘로 솟아오르며 나는 모습이 여간 이채로운 것이 아니다.

이 작품의 최고 미덕은, 그간 사건의 배경으로만 존재하던 자연을, 주인공과 함께 교감하며 이야기를 이끌어 나가는 대등한 위상으로 격상시킨 것이다. 그냥 식물도감이나 나무도감 등을 통해 알게 된 대상들의 이름을 죽 나열하는 것에 그치며, 그것들의 모습이나 색깔 그리고 생태 등이 전혀 떠오르지 않아 그저 죽은 사물에 불과했던 자연이, 비로소 살아서 움직이며 우리 마음에 입체적으로 다가오게 된 것이다.

새봄이가 외톨이로 지내며 고등학교마저 자퇴하게 된 것은 초등학교 6학년 때 초등학교 4학년인 남동생과 함께 하교하다가 교통사고로 동생을 잃은 일에 대한 깊은 자책감 때문이었다. 여기에 아들을 잃은 엄마가 아들의 죽음에 대해 새봄이의 책임을 추궁하듯이 은근히 구박하는 일이 더해졌다. 나중에 드러나지만 엎친 데 덮친 격으로, 학급에서 마음을 준 남자친구 상윤과의 사귐을 시기한 친구의 부추김으로 급우들에게 성폭력과 폭행을 당한 것이 큰 상처가 되었다. 이런 상처와 아픔을 새봄이는 숲과 자연에서 회복하게 된다. 결정적으로는 아버지가 차로 친 고라니를 집에 데려와 치료하고 돌본 뒤 숲으로 돌려보내면서, 고라니 소담이와 깊은 애정과 신뢰로 서로 교감하게 된 것이 자연과 하나가 되는 체험으로 이끄는 계기가 된다.

새봄이는 산제비나비 안내로 깊은 숲속의 엄청나게 높은 고목인 상수리나무 밑에서, 숲으로 돌아간 고라니 소담이와 1년 만에 재회하게 된다. 새봄이 팔 아름으로 몇 번을 둘러야 둘레를 알 수 있을지 가늠이 되지 않을 정도의 두께에, 하늘을 찌를 듯 높이 서 있는 그 상수리나무는, 나이를 알 수 없을 만큼 오래 살아 대단한 위엄과 함께 현명한 지혜를 갖춘 할머니로 숲에 사는 존재들에게 존경을 받는다. 여기서 이 상수리나무 나이가 몇 살인지는 구체적으로 나오지 않지만, 올드하라 브리슬콘 소나무는 5,000살이 넘고, 부산 기장군 장안리 느티나무는 1,300살이며, 경기도 양평군 용문사 은행나무는 1,100살이라고 하니, 나무의 오랜 수명은 우리 상상력을 훌쩍 뛰어넘는다. 고목인 상수리나무 또한 범접하기 힘든 위엄과 그 지혜에서 오는 신령함이 느껴진다. 문제는 그 상수리나무의 실체를 누구나 볼 수 있는 것은 아니라는 점이다.

그렇게 실망에 낙담까지 하면서 자책하다가 불현듯 상수리나무를 보며 소담이가 지나가는 말처럼 했던 말이 떠올랐다. 저 상수리나무는 이 숲속에서 영험한 존재라 믿지 않는 자에게는 보이지 않을 수도 있다는 말이었다. 대웅이는 새봄이를 따라 들어왔지만 내내 의심하고 있었다. 혹시 대웅이가 믿지 않아서 나타나지 않은 건가? 그렇다면 왜 내 눈에도 보이지 않았지? 의구심은 끊이지 않았다. 그렇다면? 조바심이 났다. 빨리 다시 들어가서 확인해 보고 싶었다.

새봄이는 혼자 고라니 소담이를 만나러 상수리나무를 찾았으나 찾지 못하고 산속에서 길을 잃었다가 어렵게 구조된 적이 있다. 또 마을 후배 대웅이에게 상수리나무를 보여 주려고 숲에 들어갔으나 찾지 못했다. 소담이는 상수리나무가 숲을 대표하는 영험한 존재임을 믿지 않으면 보이지 않는다는데, 새봄이가 숲에서 길을 잃었을 때는 왜 안 보였을까. 당시 새봄이는 상수리나무를 찾는 간절한 마음은 있었으나, 뱀을 만날까 봐 두려워하며 숲길을 간다. 숲을 이루는 일원인 뱀에 대한 부정적 편견이 숲속 모든 존재에 대한 열린 마음을 가려 버렸기 때문에 상수리나무를 볼 수 없었으리라. 대웅이와 함께 상수리나무를 찾았을 때는 대웅이의 의심하는 마음이 있었기에 새봄이도 함께 볼 수 없었을 것이다. 어떤 존재의 모습이나 생태에 대한 선입견이나 편견은 있는 그대로 그와 관계 맺는 것을 방해하기 때문이다.

　평화로운 자작나무골 사람들의 일상은 국내 최대 시설 용량의 풍력 발전기 20여 기를 대미산 너머 능선에 설치하려는 개발 계획을 두고 찬반 양쪽으로 갈리며 갈등이 시작된다. 기후 변화를 초래한 주요인이 화석 연료 기반의 산업 활동으로 야기된 지구 온난화 때문이기에, 각국 정부는 이산화탄소 배출량을 줄이기 위해 신재생 친환경 에너지 개발로 탈 탄소 친환경 녹색 성장을 추구하고 있다. 독일을 선두로 한 유럽 연합은 2050년까지 온실가스 배출량 제로를 목표로 친환경 에너지 전환을 적극적으로 추진하고 있고, 중국도 2050년까지 전력 공급의 60% 이상을 재생 에너지로 공급하겠다는 목표로 재생 에너지에 투자를 확대하고 있다. 우리나라도 2050년까지 탄소 배출 제로화를 목표로 내세우고 있으나, 국제 기준으로 본 재생 에너지 비율은 현재 유럽과 비교하면 최저 1/5 수준으로 매우 미미한 수준이다.

친환경 재생 에너지로의 전환이 시대적 요청임은 대부분 인정하지만, 시설 설치 과정에서 오히려 환경을 파괴하거나 주민 건강에 위해를 끼치는 등 여러 문제점이 드러나며 주민과 갈등을 빚고 있다. 대미산 능선에 풍력 발전기를 설치하려면 환경 보호등급 1급지인 국유림을 상당 부분 까뭉개야 하고, 발전기에 접근하는 도로를 내기 위해 산등성이를 파헤쳐야 하며, 국내 최대의 대용량 시설을 설치하려면 지름 100여 미터 면적은 평지로 만들어야 하는 등 상당한 환경 파괴가 불가피하다. 탑신 위에서 도는 거대한 프로펠러 소리와 탑신 안에서 나는 저주파 기계음이 합쳐지며 인근 주민들의 건강에 끼치는 위해 또한 크다. 그렇다고 인접 주민들이 오랜 삶의 터전을 떠나 다른 곳으로 옮기기도 쉽지 않다. 여기에 집값이 떨어지는 것에 대한 주민들의 현실적인 걱정도 있다. 마을 어른들과 달리 새봄이에겐 숲이 파괴되면서 삶의 터전을 잃게 될 소담이가 걱정된다. 자연이 파괴되면서 자연의 아름다움에서 누리던 마음의 평화가 사라진다면, 우리의 영혼은 누추해지고 비참해질 것이다. 무엇보다 친환경 에너지 전환이라는 목표가 옳다면 그 목표를 이루는 과정과 방법 또한 친환경적이어야 한다.

　　이렇게 환경 보호의 이면도 섬세하게 따져 봐야 한다. 태양광 패널 설치도 그렇다. 야산이나 농지의 무분별한 훼손으로 산사태나 농지 잠식의 문제가 있다. 아마존을 지구의 허파로 인식하는 것도 너무 소박하다. 아마존 숲은 산소 생산량만큼 소비하는 장년기 숲이어서 큰 효용 가치가 없다고 한다. 아마존의 열대 우림을 젊은 수종으로 바꿔나가지 않는다면, 아마존에 대한 우리의 믿음은 환상에 불과할 뿐이다. 실제로 지구에 많은 산소를 공급하는 주인공은 바닷속 식물 플랑크톤이라고 한다. 그런가 하면, 온실가스 배출의 주범으로 화석 연료 기반의 교통

부문이 지목되고 있는데, 실제로 온실가스 배출 비중을 보면 교통보다 축산업이나 낙농업이 훨씬 높다. 특히 대규모의 공장식 축산과 낙농업에서 파생되는 메탄가스는 이산화탄소보다 온난화 효과가 수십 배 높다고 한다. 교통에서는 전기 자동차나 수소 자동차로의 전환이 점차 현실화하는 데 반해, 메탄가스를 줄이기 위해 육류나 유제품의 소비를 줄이거나 대체품을 찾으려는 노력이 상대적으로 적다는 것을 지적해야 한다. 육류의 대체품으로 식용 곤충이, 유제품 대신 식물성 식품이 개발되고 있으나, 아직 미미한 수준이다.

공장식 축산업이나 낙농업이 온실가스 배출의 주범임을 애써 부각하지 않는 것은, 육류나 유제품에 대한 인간의 끝없는 식욕을 옹호하는 것이다. 온난화 효과가 이산화탄소보다 훨씬 높은 메탄가스를 굳이 외면하는 것은, 소의 트림이나 배변에는 잘못이 없다는 동물 애호 의식에서 비롯된 것이 아니다. 공장식 축산업이나 낙농업의 주체인 업자에게 메탄세를 물리든, 아니면 육류나 유제품 중심의 식생활을 개선해야 한다.

이렇게 인간의 탐욕이나 잘못을 피해자인 동물에게 돌리는 인간의 이기적 태도는 비난받아 마땅하다. 이는 '어떻게 우리가 인간을 믿을 수 있습니까?' 부분의 현대판 '금수회의록'에서 잘 드러난다. 개화기 대표적인 지식인인 안국선이 1908년에 출간한 신소설이자 우화소설인 『금수회의록』은, 짐승과 곤충들이 나서 개화기의 인간 사회를 비판하고 인간의 행위를 신랄하게 규탄하는 내용이다. 인간 불효·사대주의·부정부패·탐관오리·풍속 문란 등을 비판하면서, 남의 나라를 위협하여 빼앗는 불한당 일본을 규탄하는 등 강한 민족의식도 표출하고 있다. 우리나라 최초로 금서로 지정되었는데도 당시 4만 부가 팔렸다고 한다.

'어떻게 우리가 인간을 믿을 수 있습니까?' 부분은, 상수리나무를 중심으로 사방에 동물들, 곤충, 파충류까지 옹기종기 종류별로 모여 앉아 집단으로 뭇 생명을 경시하고 그들의 터전을 빼앗는 인간의 야만적 행위를 성토하는 내용이다. 물론 이들은 모두 '생태계 파괴'라는 화급한 주제 의식에 지배되어 직설적인 토로에 치우치면서 소설적 형상화가 미흡하지만, 인간과 자연의 공감과 화합을 입체적으로 보여 주기 어려운 한계 때문으로 보인다. 인간 성토에 나선 이들 중 나이가 지긋한 산비둘기의 말을 경청할 필요가 있다. 그는 자연 파괴로 질주하는 인간의 폭력에 절망하면서 인류가 지구 생태계를 무너뜨리고 있는 인류세의 문제점으로, 인간의 탐욕이 생태계를 무너뜨린 점을 지적하고 있다.

오늘 주제에서 잠시 벗어나 내 생각을 얘기하자면, 나는 가끔 이런 생각을 해봤다네. 사실 이런 현상이 벌어지는 것은 자연 생태계가 무너졌기 때문에 벌어지는 현상이란 말이지. 생태계란 원래 미생물을 비롯한 모든 동식물이 서로 견제하고 밀접한 관계가 형성되면 저절로 균형이 이루어져 인간도 동물도, 식물도 모두 균형을 이루어 평화롭게 잘 살 수 있다는 원리가 아닌가. 실제로도 그렇고. 그런데 인간만은 예외란 말이지. 인간들만 그렇게 생각하고 있지 않다는 게 큰 문제야. 인간만이 더 잘 살고, 더 오래 살려는 욕망 때문에 인간이 더 많아지고, 그만큼 자연을 더 많이 착취해야만 됐지. 그 때문에 자연은 엉망이 되었고, 인간들만이 자기 살 자리 마련하고 자연을 배려하지 않은 결과 생태계가 무너졌단 말이야.

인간의 이기적 탐욕과 선민의식 그리고 자신이 자연의 주인이라는 우월주의가 생태계 파괴의 근본 원인임은 사실이다. 그러나 이런 이기적 탐욕의 사회적 뿌리는 1900년대의 산업혁명 이후가 아니라, 16세기 영국의 석탄 혁명 이후, 값싼 노동력으로 캐낸 석탄을 값싼 에너지로 착취해 자본을 축적하는 과정에서 시작되었다고 한다. 그러니까 인간이 생태계 파괴의 주범이 되는 인류세는 사실은 탐욕적인 자본주의 시스템에 바탕을 두고 있는 셈이다. 그래서 학자들은 인류세가 아니라 '자본세'로 부르자고 제안한다. 값싼 노동력과 자연을 착취해 자본을 축적하는 자본주의적 세계생태가 무한 성장의 한계에 도달하면서, 지구를 생명체가 살 수 없는 곳으로 만들고 있다. 이렇듯 기후 위기의 근본 원인은 탄소가 아니라 자본주의이므로, 탄소 제로 노력을 추동하는 원동력은 물질 만능의 자본주의 시스템에서 벗어나, 자연과 인간이 화합하여 평화롭게 공존하는 정의로운 공동체주의가 되어야 한다.

자연과 인간의 화합은 인간이 숲속의 동물, 나무, 풀, 곤충들하고 다 말하고 통할 수 있어야 가능하다. 고라니 소담이와 새봄이의 소통 또한 진심으로 소통하려고 간절하게 말을 건넬 때 가능하다. 자연도 단순한 객체가 아니라 주체적으로 느끼는 주체임을 인정해야, 자연과 교감하며 함께 진화해 갈 수 있다. 새봄이가 가족과 학교에서 받은 상처와 영혼을 숲의 뭇 생명과 교감하며 치유하듯이 말이다. 이를 진화 생물학자 에드워드 윌슨은 "뇌와 심리는 동식물과의 끊임없는 공共진화 속에서 자연과 교감할 때에만 생명력을 유지할 만큼 자연에 밀착되어 있다."고 말한다. 고라니 소담이의 말을 들어보자.

"이상할 거 하나도 없어. 이제 너는 이 숲속의 동물, 나무, 풀, 곤충들하고 다 말하고 통할 수 있을 거야. 네가 몰라서 그렇지. 여태껏 네가 내게도 그렇고, 나무, 풀 모두에게 진심으로 간절하게 말을 걸지 않았기 때문이야. 그러니 나도 나무도, 풀도 말을 할 필요가 없었지. 네가 말을 하듯이 우리도 모두 말을 할 수 있어. 진심으로 원하고 타인에 대해 공감하려고 노력하면 그의 마음이 보이고, 무슨 말을 하는지 알아들을 수 있어. 봐! 지금 너는 나와 말하고 알아듣고 있잖아. 진심을 가지고 이 숲속의 친구들에게 말을 걸어봐. 그러면 다 대답해 줄 거야."

이렇게 자연과의 공감을 통해 숲의 일원이 된 새봄이는 작은 숲속에서 끊임없이 벌어지는 우주 생성과 소멸 원리를 깨우친다. 우주 만유가 서로 의존해 끊임없이 생성 성장 소멸 또 생성하는 순환적 생태 구조에 의해 이렇게 오랜 세월 동안 그 항상성을 유지하고 있음을 깨우치는, 만다라의 역할을 숲이 하는 것이다. 아주 먼 옛날 아득히 먼 곳에서 별이 죽으며 흩뿌린 원자들로 이루어진 만유가, 식물 동물 미생물이 생산자 소비자 분해자 다시 생산자로 이어지며 함께 우주 공동체를 이루고 있음을, 숲의 뭇 생명과 소통하고 공감하며 깨우치게 된 것이다. 무기물에서 유기물로 상호 변화 순환하는 물질 순환의 단계마다 생산자 소비자 분해자가 서로 의존하며 적합한 삶의 터전을 이루는 곳이 바로 우리 생태계이다. 이렇게 상호 의존해야 하기에 서로를 존중하며 조화와 균형을 이루어야 생태계가 유지된다.

뭇 생명과 공감하며 생태계의 구조적 원리를 깨닫고 인간과 자연을 소통시키려 애쓰는 새봄이는, 인간에 대한 증오에 빠진 멧돼지의 공격을 받는 절체절명의 순간을 맞는다. 새봄이가 하늘다람쥐가 되어 위기를 벗어나려 간절히 원하는 찰나, 새봄이는 하늘다람쥐로 변신해 위기를 모면한다. 이렇게 하늘다람쥐로 변신해 평등한 숲속의 일원이 된 새봄이는, 인간과 자연을 소통하게 하는 매개자 역할을 자처한다. 하지만 자신을 알아보지 못하는 아버지나 마을 사람들에게 숲을 파괴해선 안 된다고 설득하려는 노력은 한계에 부딪히고, 결국 아버지가 숲을 파괴하는 현장에 찾아가 굴삭기를 몸으로 막아 내다 숨지고 만다. 숨진 하늘다람쥐가 새봄이라는 것을 알게 된 아버지와 마을 사람들은, 모처럼 한마음이 되어 풍력 발전기 설치 반대 운동에 나서게 된다.

숲을 파헤치는 굴삭기 작업을 온몸으로 막아 내다 숨진 하늘다람쥐가 결국은 공사 현장에 있던 상구 딸 새봄이라는 것이 밝혀지듯이, 자연 파괴는 곧 우리 자신을 파괴하는 것과 같다는 것을 비통하게 보여 준다. 이렇듯 생태학적 윤리학은 자연은 우리 생명의 토대이기 때문에 자연을 파괴하는 것은 곧 자연 속에 있는 우리 자신을 파괴하는 것과 같다고 본다. 이런 인식을 100여 년 전에 해월 최시형 선생은 아주 민감하게 표현한 바 있다. 우리가 사는 생태계인 천지는 우리를 포함한 만유를 낳고 성장시킨 부모와 같기에 부모를 모시듯이 해야 한다. 얼음을 밟듯이 조심해서 모시고 극진히 공경하는 것이 자식 된 우리의 도리라는 것이다. 그래서 나막신을 신고 뛰어가는 아이가 땅을 울리는 소리를 듣고, 어머니 살 같은 땅의 아픔을 느끼고 가슴 아파한 해월의 그 마음을 지금의 우리도 가져야 한다.

천지 만물이 모두 우주의 궁극적 실재인 한울님을 모신 존재이고, 만유와 우주와 내가 서로 긴밀하게 연결돼 의존하며 살아가기 때문에 나와 만물은 결국 하나다. 우리 안에 이렇게 한울님이 내재하므로 우리가 하는 일상사 모든 것이 다 한울님의 일인 것이다. 다만 주어진 일을 얼마나 정성스레 실천하느냐가 일의 귀하고 천함을 결정한다는 해월의 가르침은, 모든 일(노동)은 신성하며, 모든 사람이 그냥 일꾼이 아니라

'일하는 한울님'임을 깨우쳐 세상 사람을 한울님으로 거듭나게 했다. 해월은 스승 수운의 가르침인 '시천주'를 사람과 만물을 실생활에서 하늘처럼 섬기라는 실천 윤리로 제시해 진리의 생활화를 강조했다. 해월은 한울 공경과 사람 공경을 넘어 자연 공경의 경물敬物에 이르러야 도덕의 극치를 이루고, 우주와 한 몸이 되는 천지기화天地氣化의 덕에 합일될 수 있다고 한다. 경물은 단지 환경을 보호하는 데 그치는 것이 아니라, 만유에 내재한 한울님의 이치를 깨달아 이를 지키는, 우주 공동체의 삶을 사는 것을 말한다.

수운과 해월이 제시한 동학의 진정한 가르침은, 만물이 온전한 생명으로 대등하게 존중되는 동귀일체同歸一體의 세상을 이루는 데 있다. 무엇보다도 인간과 자연을 대립 관계로 보는 분절적 사고에서 벗어나 천지 만물을 하나의 생명으로 자각하는 전일적全一的, 유기체적 사고를 회복해야 한다. 특히 동학이 가르치는 동귀일체의 세계관으로 우리의 가치관과 생활양식을 전환해야만, 물질 만능의 자본주의적 생태 체계에서 벗어날 수 있고, 나아가 시급한 기후 위기에도 진정하게 대처할 수 있다. 자연과 노동력에 대한 착취, 공장식 축산에 대한 집착 등의 자본주의적 체제를 바꾸는 근본은, 저항을 넘어서는 창조적 대안 운동을 지향해야 한다. 변경섭의 이 소설이 그런 전환의 디딤돌이 되길 소망한다.

김영호 84년 『한국문학의 현단계 III』(창비)으로 등단. 문학평론집 『지금, 이곳에서의 문학』(봉구네책방, 2013) 『모두가 행복한 나라를 꿈꾸다』(봉구네책방, 2014) 『공감과 포용의 문학』(작은숲, 2019). 시집 『바람이 부르는 노래』(심지, 2021)

"사람은 사람을 恭敬함으로써 道德의 極致가 되지 못하고, 나아가 物을 恭敬함에까지 이르러야 天地氣化의 德에 合一될 수 있느니라."

해월 최시형 선생님이 '三敬' 편에서 설법하신 경물敬物의 이치다.
나는 숲에 살며 해월 선생의 이 가르침을 곱씹어 보았다.

숲에 들어가서 숨죽이고 가만히 앉아 있어 보라.
그러면 비로소 당신에게 걸어오는 말소리가 귀에 들린다.
숲의 생명이 들려주는 이야기에 오롯이 귀 기울일 때 당신 주위에 뭇생명이 살고 있다는 사실을 알게 되고, 모든 생명은 당신과 다를 바 없음을 깨닫는 순간 그들과 서로 잘 어울려 사는 법도 배우게 된다. 그렇게 당신 스스로 겸손해질 때 당신의 생명도 온전하게 보호받을 것이고, 당신 밖의 하찮다고 생각하던 미물도 자연스럽게 존중하게 된다.
숲의 소리만이 아니다. 세상 모든 일도 남의 소리부터 들을 자세가 되어 있어야 비로소 자기 내면의 변화가 이루어지고 밖의 세상도 변한다. 자연 속에서 자연을 벗하며 자연의 일원으로 산다는 의식이 있으면 그는 남을 배려하고, 사랑하며, 평화롭게 세상을 살아가는 법을 배우게 된다. 그러면 세상이 모두 온유로워질 것이다. 그것이 만물을 공경하며 살아라, 설법하신 이유일지 모른다.

숲은 모든 삶에 평등하다. 그리고 그 안의 삶은 혼돈의 삶들이다. 우연이면서 필연인 모든 존재들의 삶은 철저히 경쟁적이다. 경쟁적이면서 또한 협력하며 산다. 그러나 유일하게 숲의 원칙에 대한 예외자로서 타자를 철저히 파괴하며 사는 존재가 인간이다. 우리의 숲에서도 마찬가지다. 우리 숲에서도 그런 일이 계속 벌어진다.

해월 선생은 사람은 하늘을 공경敬天하고, 사람을 공경敬人하며, 나아가 물을 공경敬物해야 천지기화의 덕에 합일될 수 있다고 했다. 시대를 앞서간 탁견이라고 감탄했다. 그러나 이 시대는 불행하게도 그의 사상을 잊어먹고 있었다. 동방의 한 나라에서 지금부터 1세기도 훨씬 전에 선지자적 가르침을 설파했으나 누구도 그 중요함을 깨닫지 못하고 있었다.

지구 위기의 시대가 도래했다. 이제야 무릎을 치고 후회하고 있다. 이제야 선생의 가르침을 되짚어보고 있다. 선생은 사람이 사람을 공경하는 것을 나아가서 물까지 공경해야 덕이 완성된다고 보았다. 자연을 공경하는 것을 일종의 '의무'라고 보았을지 모른다. 이제는 '의무'가 아니라 물이 마땅히 공경받아야 하는 '권리'의 시대가 되어야 할지 모른다. 그렇게 대접받아야 숲이 살아나고, 지구도 순리롭게 순환하는 온전한 존재가 될 수 있을 테니 말이다. 그러나 슬픈 일이다. 여전히 선생은 안타까워하며 후손들을 지켜볼 뿐이다.

　사람도 숲의 일원일 뿐이다. 그걸 깨닫기까지 너무 먼 길을 에돌았다. 하늘다람쥐의 죽음은 깨닫지 못하는 인간에 대한 장송곡이다. 자연을 훼손하는 행위가 계속되는 한 결국 스스로를 파괴하는 비수가 되어 돌아올 것이라는 의미다. 그 희생이 헛되지 않았으면 하는 생각이다. 우리 숲이 지켜졌으면 하는 바람이 크다. 숲은 생명이 태어나고, 살고, 죽는 터전이기 때문이다. 숲이 망가지면 인간도 언젠가 숲의 운명과 함께 할 것이다.

　　　　　　　　　　　　　　　　2022년 초하初夏에
　　　　　　　　　　　　　　　　평창 대미산 자락에서